O CANIBAL DE NINE ELMS

ROBERT BRYNDZA

O CANIBAL DE NINE ELMS

TRADUÇÃO DE Marcelo Hauck

3ª REIMPRESSÃO

Título original: *Nine Elms: A Kate Marshall Thriller*

EDITORA RESPONSÁVEL
Flavia Lago

PREPARAÇÃO DE TEXTO
Carol Christo

REVISÃO
Helô Beraldo

CAPA
Alberto Bittencourt
(sobre imagens de Shutterstock)

DIAGRAMAÇÃO
Christiane Morais de Oliveira

Dados Internacionais de Catalogação na Publicação (CIP)
(Câmara Brasileira do Livro, SP, Brasil)

Bryndza, Robert
O canibal de Nine Elms / Robert Bryndza ; tradução Marcelo Hauck.
-- 1. ed.; 3. reimp. -- São Paulo : Gutenberg, 2024.

Título original: Nine Elms: A Kate Marshall Thriller
ISBN 978-65-86553-64-2

1. Ficção policial e de mistério (Literatura inglesa) I. Título.

21-63377 CDD-823.0872

Índices para catálogo sistemático:
1. Ficção policial e de mistério : Literatura inglesa 823.0872
Maria Alice Ferreira - Bibliotecária - CRB-8/7964

A **GUTENBERG** É UMA EDITORA DO **GRUPO AUTÊNTICA** 

São Paulo
Av. Paulista, 2.073 . Conjunto Nacional
Horsa I . Sala 309 . Bela Vista
01311-940 . São Paulo . SP
Tel.: (55 11) 3034 4468

Belo Horizonte
Rua Carlos Turner, 420
Silveira . 31140-520
Belo Horizonte . MG
Tel.: (55 31) 3465 4500

www.editoragutenberg.com.br
SAC: atendimentoleitor@grupoautentica.com.br

Outono de 1995

CAPÍTULO 1

A detetive Kate Marshall voltava de trem para casa quando o telefone tocou. Levou um tempo vasculhando as dobras do comprido casaco antes de encontrá-lo no bolso interno. Pegou o tijolão, puxou a antena e atendeu. Era seu superior, o inspetor-chefe Peter Conway.

– Senhor. Alô.

– Finalmente, ela atende! – ralhou, indo direto ao ponto. – Estou te ligando há um tempão. Para que ter um celular desses se não atende?

– Desculpe. Fiquei no tribunal o dia todo para ver a sentença do Travis Jones. Ele pegou três anos, o que é mais do que eu...

– Um passeador de cães achou o corpo de uma jovem desovado no Crystal Palace Park – informou, interrompendo-a. – Nua. Há marcas de mordida no corpo, um saco plástico amarrado na cabeça.

– O Canibal de Nine Elms...

– Operação Cicuta, na verdade. Você sabe que não gosto desse nome.

Kate quis responder que aquele nome já tinha pegado e que seria usado para sempre, mas ele não era o tipo de chefe que encorajava provocações. A imprensa havia cunhado o apelido dois anos antes, quando Shelley Norris, de 17 anos, foi encontrada em um ferro-velho na área de Nine Elms, no sudoeste de Londres, perto do Tâmisa. Tecnicamente, o assassino só mordia as vítimas, mas isso não fora empecilho para que a imprensa inventasse um bom apelido de *serial killer*: o Canibal de Nine Elms. Nos dois anos seguintes, outras duas adolescentes foram sequestradas, ambas no início da noite, voltando da escola. Os corpos foram descobertos vários dias depois dos desaparecimentos, desovados em parques de Londres. Nada vende mais jornal que um canibal à solta.

– Kate. Onde você está?

Estava escuro do lado de fora da janela do trem. Ela olhou para o painel eletrônico no vagão.

– No trem. Quase em casa, senhor.

– Pego você em frente à estação, no lugar de sempre.

Ele desligou sem esperar pela resposta.

***

Vinte minutos depois, Kate aguardava em uma pequena calçada entre a passarela subterrânea da estação e a movimentada rua South Circular, onde uma fileira de carros movia-se lentamente. Havia construções em grande parte da área ao redor da estação. Para Kate chegar até seu pequeno apartamento, passava por uma rua comprida e repleta de canteiros de obras vazios. Lugar no qual não se deve demorar depois que escurece. Os passageiros com quem saiu do trem tinham atravessado a South Circular e se dispersado pelas ruas escuras. Ela olhou para trás, a passarela subterrânea úmida e vazia estava banhada pelas sombras, e trocou a perna de apoio; entre os pés, uma sacolinha de compras para o jantar.

Um pingo de água acertou o pescoço dela, depois outro, e começou a chover. Kate suspendeu a gola do casaco e, encurvando o corpo, se aproximou da luz ofuscante dos faróis no trânsito.

Kate havia sido designada para a Operação Cicuta dezesseis meses antes, quando a contagem de corpos vitimados pelo Canibal de Nine Elms estava em dois. Tinha sido ótimo participar de um caso importante, particularmente porque a nomeação a levou a ser promovida à patente de detetive à paisana.

Nos oito meses desde a descoberta do terceiro corpo – uma estudante de 17 anos chamada Carla Martin – o caso esfriou. A Operação Cicuta perdeu importância e Kate, com vários outros policiais subalternos, foram transferidos para o esquadrão antidrogas.

Semicerrando os olhos, observou através da chuva a comprida fileira no trânsito. Faróis altos apareceram em uma curva fechada na estrada, mas não havia sirenes de polícia ao longe. Ela olhou para o relógio e saiu do clarão.

Kate não via Peter havia dois meses. Logo depois de ser transferida, dormiu com ele. Peter raramente socializava com a equipe e, em uma rara noite de bebidas depois do trabalho, acabaram conversando e ela achou a companhia e a inteligência dele estimulantes. Ficaram até tarde no *pub*, o restante da equipe já tinha ido para casa, e acabaram no apartamento dela. Na noite seguinte, Peter a convidou para ir à casa dele. O casinho com o chefe, não em uma, mas em duas ocasiões, era algo que a queimava por dentro de arrependimento. Foi um momento de loucura. Dois momentos, antes de ambos recuperarem o juízo. Kate tinha um forte senso moral. Era uma boa policial.

Pego você em frente à estação, no lugar de sempre.

Estava incomodada por Peter ter dito aquilo ao telefone. O chefe tinha lhe dado carona para o trabalho duas vezes e, em ambas, um colega dela, o detetive-inspetor Cameron Rose, que morava ali perto, também estava no carro. Ele teria dito *no lugar de sempre* para Cameron Rose?

O frio começava a subir por trás do casaco comprido e a chuva infiltrava pelos buracos do "sapato bonito" que tinha colocado para ir ao tribunal. Kate ajustou a gola e encurvou-se dentro do casaco, voltando a atenção para a fileira no trânsito. Quase todos os motoristas eram homens, brancos, na faixa dos 35, 40 anos. O lugar ideal para um *serial killer*.

Uma *van* branca imunda passou por ela e o rosto do motorista estava distorcido pela água da chuva no para-brisa. A polícia acreditava que o Canibal de Nine Elms usava uma *van* para sequestrar as vítimas. Fibras de carpete de uma Citroën Dispatch branca 1994 – há mais de cem mil veículos desses registrados em Londres e nos arredores – tinham sido encontradas em duas das vítimas. Kate se perguntou se os policiais que tinham permanecido na Operação Cicuta continuavam trabalhando naquela lista de proprietários de Citroën Dispatch. E quem era a nova vítima? Nada tinha sido publicado nos jornais sobre o desaparecimento de alguém.

O semáforo à frente ficou vermelho e um pequeno Ford azul parou na fileira de carros a alguns metros. O homem dentro dele era o típico executivo de Londres: sobrepeso, na faixa dos 55 anos, de terno risca de giz e óculos. Ele viu Kate, suspendeu as sobrancelhas sugestivamente e piscou os faróis. A detetive desviou o olhar. O Ford azul avançou devagar, fechando o espaço na fileira de carros até a janela do passageiro quase emparelhar com ela. O vidro desceu e o homem se inclinou.

– Oi. Parece que está com frio. Eu esquento você... – Ele deu uns tapinhas no banco do passageiro e pôs para fora a língua fina e pontuda.

Kate ficou paralisada. Um pânico subiu por seu peito. Esqueceu que estava com o distintivo e que era policial. Isso tudo desapareceu de sua mente e o medo se apoderou dela. – *Anda*. Pula para dentro. Vamos deixar você quentinha – disse ele antes de dar tapinhas no banco do passageiro de novo, impaciente.

Kate afastou-se do meio-fio. A passarela subterrânea atrás dela estava escura e vazia. Os outros veículos na fileira tinham motoristas homens e eles pareciam distraídos, encasulados em seus carros. O sinal à frente continuava vermelho. A chuva dedilhava preguiçosamente no teto dos veículos. O homem se inclinou ainda mais e abriu alguns centímetros da porta do passageiro. Kate deu outro passo para trás, mas se sentiu encurralada. E se ele saísse do carro e a empurrasse para dentro da passarela subterrânea?

– Não estou brincando. Quanto é? – perguntou o homem. O sorriso dele tinha desaparecido e Kate viu que a calça do sujeito estava desabotoada. A cueca tinha uma cor desgastada e desbotada. Ele enganchou o dedo por baixo da cintura e expôs o pênis e um emaranhado de pelos púbicos agrisalhados.

Kate continuava enraizada no lugar, desejando que o sinal abrisse.

Uma sirene de polícia berrou de repente, rasgando o silêncio, e os carros e o arco da passarela subterrânea foram iluminados por uma luz azul intermitente. O homem se arrumou depressa, abotoou a calça e fechou a porta. Acionou as travas. O rosto reassumiu a expressão impassível. Kate vasculhou dentro da bolsa e pegou o distintivo. Aproximou-se do Ford azul e bateu o distintivo na janela do passageiro, nervosa por não ter feito isso antes.

A viatura sem identificação de Peter, com a luz giratória azul no teto, se aproximava depressa pelo acostamento de grama, passando ao lado da fileira do trânsito. O sinal ficou verde. Um carro na frente da viatura arrancou e Peter entrou na vaga. O homem dentro do Ford estava em pânico, ajeitando o cabelo e a gravata. Kate o encarou, guardou seu distintivo na bolsa e seguiu na direção do carro de Peter.

CAPÍTULO 2

— Desculpe fazer você esperar. Trânsito – disse Peter, abrindo um sorrisinho. Recolheu uma pilha de documentos do banco do passageiro e os colocou atrás do banco dele. Era um homem bonito, de 30 e tantos anos, ombros largos, cabelo volumoso, escuro e ondulado, maçãs do rosto salientes e olhos castanho-claros. Estava com um terno preto e caro, feito sob medida.

– Sem problema – disse ela, sentindo-se aliviada, colocando a bolsa e as compras no assoalho, relaxando no banco. Assim que Kate fechou a porta, Peter acelerou e ligou a sirene.

O para-sol estava abaixado no lado do passageiro e ela capturou seu reflexo no espelho enquanto o suspendia. Não estava de maquiagem nem se vestia de maneira provocativa, sempre se achou um pouco comum. Não era delicada. Tinha traços fortes. O cabelo na altura do ombro estava amarrado para trás, enfiado por baixo da gola do comprido casaco de inverno, quase que por acaso. A única característica marcante no rosto eram os olhos peculiares, de um azul violeta surpreendente, com uma explosão de laranja inflamado que os inundava da pupila para fora, causada por heterocromia setorial, uma condição rara que deixa os olhos com duas cores.

A outra característica menos permanente no rosto era um ferimento no lábio começando a cicatrizar, causado por um bêbado irado que resistiu à prisão alguns dias antes. Não teve medo de lidar com o bêbado e não ficou com vergonha quando ele a acertou. Fazia parte do seu trabalho. Por que se sentiu envergonhada ao ser assediada pelo executivo nojento? Era ele quem vestia a cueca cinza frouxa e tinha a virilidadezinha curta e grossa.

– O que foi aquilo? Com o carro lá atrás? – perguntou Peter.

– Ah, estava com uma luz de freio queimada – respondeu ela. Era mais fácil mentir. Sentia-se constrangida. Kate pôs um fim à lembrança do homem no Ford azul. – Convocou a equipe toda para ir à cena do crime?

– É claro – respondeu ele, dando uma olhada rápida para a detetive. – Depois que conversamos, recebi uma ligação do comissário assistente Anthony Asher. Ele falou que, se esse assassinato estiver ligado à Operação Cicuta, basta eu pedir que terei todos os recursos de que precisar à disposição.

Ele acelerou em quarta marcha por uma rotatória e pegou a saída para o parque Crystal Palace. Peter Conway era um policial de carreira e Kate não tinha dúvida de que solucionar aquele caso resultaria na promoção dele a superintendente ou até superintendente-chefe. Peter tinha sido o policial mais jovem a ser promovido a inspetor-chefe na história da Polícia Metropolitana.

As janelas estavam começando a embaçar e Peter ligou o ar quente. O arco de condensação no para-brisa ondulou-se e retrocedeu. Entre um grupo de casas coladas umas às outras, Kate vislumbrou o horizonte iluminado de Londres. Milhões de luzes alfinetavam o tecido negro do céu, simbolizando as casas e os escritórios de milhões de pessoas. Kate indagou qual delas pertencia ao Canibal de Nine Elms. "E se nunca o acharmos?", pensou ela. "A polícia não encontrou Jack, o Estripador, e naquela época Londres era minúscula em comparação a hoje."

– Conseguiram mais alguma pista analisando o banco de dados das *vans* brancas? – perguntou ela.

– Interrogamos mais seis homens, só que o DNA deles não era compatível com o do sujeito que procuramos.

– Ele deixar o DNA nas vítimas não é descuido nem falta de controle. É uma espécie de marcação de território. Como um cachorro.

– Você acha que ele quer que a gente o pegue?

– Sim... Não... Possivelmente.

– Ele está se comportando como se fosse invencível.

– Ele *acha* que é invencível. Mas vai cometer um deslize. Eles sempre cometem – afirmou Kate.

Viraram na entrada norte do Crystal Palace Park. Um carro de polícia aguardava ali e um policial acenou para que passassem. Percorreram uma comprida via de cascalho, geralmente reservada para pessoas a pé. Ela era margeada por grandes carvalhos cujas folhas que se soltavam e acertavam o para-brisa, emitindo um barulho molhado e obstruindo o limpador. Ao longe, o enorme transmissor de rádio do Crystal Palace aparecia acima das árvores como uma Torre Eiffel magricela. Depois de uma descida, a via terminava em um pequeno estacionamento ao lado de um comprido e plano gramado que dava para uma área arborizada. Uma enorme fita de isolamento da polícia contornava todo o gramado. No centro dele, havia uma segunda fita, menor, ao redor de uma tenda da perícia forense que brilhava no escuro. Ao redor da segunda fita, estavam a *van* do patologista, quatro viaturas e um grande veículo de apoio da polícia.

Onde o asfalto se encontrava com a grama, a fita do primeiro isolamento agitava-se à brisa. Eles foram recebidos por dois guardas: um homem de meia-idade com a barriga caindo sobre o cinto e um jovem alto e magro que parecia adolescente. Kate e Peter mostraram as identificações ao policial mais velho. Os olhos dele, contornados por pele solta, saltitavam entre os distintivos dela e de Peter e a faziam lembrar-se de um camaleão. Devolveu-as e foi suspender a fita da polícia, mas hesitou, olhando para a tenda brilhante.

– Em toda a minha vida, nunca vi nada parecido com isso – alertou ele.

– Você foi o primeiro a chegar ao local? – perguntou Peter, impaciente para que o sujeito suspendesse a fita, mas sem vontade de suspendê-la ele mesmo.

– Fui. Agente Stanley Greshman, senhor. Esse é o agente Will Stokes – disse ele, gesticulando na direção do jovem policial, que, repentinamente, fez uma careta, virou o rosto e vomitou por cima da fita da polícia. – É o primeiro dia de trabalho dele – acrescentou, meneando a cabeça. Kate olhou com dó para o rapaz, que suspirou, vomitou novamente e ficou com fiapos de baba pendurados na boca. Peter pegou um lenço branco limpo do bolso interno e Kate achou que o ofereceria ao jovem policial, mas ele o levou ao nariz e à boca.

– Quero que lacrem a cena deste crime. Ninguém fala uma palavra – ordenou Peter.

– É claro, senhor.

Ele agitou os dedos à fita da polícia. Stanley a suspendeu, os dois detetives se inclinaram e passaram por baixo. O gramado em declive levava à segunda fita da polícia, onde o detetive Cameron Rose e a detetive-inspetora Marsha Lewis aguardavam. Cameron, como Kate, tinha 20 e poucos anos, e Marsha era mais velha que todos, uma mulher robusta na faixa dos 50 anos, com um elegante terninho e um comprido casaco, tudo preto. Seu cabelo grisalho era curto e ela tinha uma voz rouca de fumante.

– Senhor – disseram os dois em uníssono.

– O que está acontecendo, Marsha? – questionou Peter.

– Todas as entradas e saídas do parque estão fechadas e já solicitei um pelotão à polícia local para que façam um pente-fino da região e um porta a porta. A patologista forense já está aí dentro, pronta para falar com a gente – disse Marsha.

Cameron era muito alto, magro e destacava-se acima dos outros. Não tinha tido tempo para trocar de roupa e, de calça *jeans*, tênis e jaqueta de inverno verde, mais parecia um adolescente desleixado que um detetive. Kate se questionou por um momento o que ele estaria fazendo quando recebeu a ligação para ir à cena do crime. Deduziu que ele tinha chegado ao local com Marsha.

– Quem é a patologista forense? – perguntou Peter.

– Leodora Graves – respondeu Marsha.

***

Estava quente dentro da tenda e a iluminação tinha um brilho incômodo. A patologista forense Leodora Graves, uma mulher baixinha, de pele escura e olhos verdes penetrantes, trabalhava com dois assistentes. Uma mulher nua estava caída de bruços numa depressão enlameada da grama. Um saco plástico transparente amarrado com força no pescoço cobria-lhe a cabeça. A pele pálida estava manchada de terra e sangue, e repleta de cortes e arranhões. A parte de trás das coxas e das nádegas tinha várias marcas de mordidas profundas.

Kate parou ao lado do corpo, já suando por baixo do capuz e da máscara descartáveis. A chuva martelava o forro esticado da tenda, forçando Leodora a levantar a voz.

– A vítima foi colocada nessa posição: deitada sobre o lado direito do corpo com o braço sob a cabeça. O braço esquerdo está perpendicular ao corpo e estendido para a frente. Há seis mordidas na lombar, nas nádegas e nas coxas. – Ela apontou para as mordidas mais profundas, de onde a carne havia sido removida com tamanha profundidade que a espinha da garota ficou exposta. Aproximou-se da cabeça da vítima e suspendeu-a delicadamente; a corda fina amarrada com força no pescoço cortava a carne agora inchada. – Reparem que o nó é bem específico.

– O nó punho de macaco – disse Cameron, falando pela primeira vez. Parecia abalado. Embora as máscaras descartáveis ocultassem o rosto dos colegas de equipe, Kate conseguia ler a expressão alarmada nos olhos deles.

– Isso mesmo – confirmou Leodora, segurando o nó com a mão enluvada. Ele era incomum por causa da série de voltas cruzadas, parecia uma bolinha de lã, quase impossível de ser reproduzido por uma máquina.

– É ele, o Canibal de Nine Elms – afirmou Kate.

As palavras saíram-lhe da boca antes que pudesse contê-las.

– Preciso fazer mais análises na autópsia para chegar a essa conclusão, mas... sim – concordou Leodora. A chuva engrossou, intensificando o trovejante dedilhar no teto da tenda. Ela soltou a cabeça da jovem, colocando-a delicadamente de volta no braço. – Existem vestígios de estupro. Há fluidos corporais e ela foi torturada. Além disso, cortaram a garota com um objeto afiado e a queimaram. Dá para ver as queimaduras nos braços e nas coxas. Parece que foram feitas com o isqueiro de um carro.

– Ou de uma *van* Citröen Dispatch branca – disse Kate. Peter encarou-a com a cara fechada. Não gostava de se sentir em desvantagem na argumentação.

– Causa da morte? – perguntou ele.

– Preciso fazer a autópsia, mas, extraoficialmente, nesse estágio, diria que asfixia com o saco plástico. Há sinais de hemorragia petequial no rosto e no pescoço.

– Obrigado, Leodora. Fico aguardando ansioso o resultado da autópsia. Espero que a gente consiga identificar depressa essa pobre jovem.

Leodora acenou para seus assistentes com a cabeça e eles buscaram uma maca portátil com um reluzente saco preto para o corpo. Colocaram-na ao lado do cadáver e viraram delicadamente a jovem para cima dela. A frente do corpo nu tinha pequenas marcas circulares e arranhões. Era impossível identificar a aparência da garota – o rosto era grotesco e distorcido sob o plástico. Tinha grandes olhos azuis-claros, opacos e paralisados pela morte. A expressão nos olhos fez Kate estremecer. Era desprovida de esperança, como se seu último pensamento tivesse ficado paralisado no olhar. Sabia que ia morrer.

CAPÍTULO 3

Ver o corpo espancado da jovem deixou Kate perturbada e exausta após um dia que já havia sido longo, mas precisava agir depressa numa investigação daquele porte. Assim que saíram da tenda da perícia, Kate ficou responsável pelos interrogatórios porta a porta na Thicket Road, uma comprida avenida de casas elegantes no lado oeste do parque.

Apesar de ter uma equipe de oito policiais, levaram quase cinco horas para realizarem a tarefa na rua toda, e a chuva não deu trégua. A principal pergunta – *Você viu uma van Citroën Dispatch 1994 branca ou alguém agindo de maneira suspeita?* – despertava medo e curiosidade nos moradores da Thicket Road. A busca por uma *van* branca havia sido muito divulgada pela imprensa, mas a polícia não tinha permissão para fornecer detalhes do caso. Mesmo assim, a maioria das pessoas com quem Kate falou sabia que ela estava trabalhando no caso do Canibal de Nine Elms e tinha opiniões, perguntas e suspeitas. Tudo isso gerava uma infinidade de pistas a serem investigadas.

Logo após a meia-noite, Kate e a equipe foram convocados para retornar ao local da reunião na estação. O corpo da jovem já estava no necrotério para a autópsia, e a visibilidade ruim e a chuva forte dificultavam a busca por vestígios no Crystal Palace Park. Disseram, então, para interromperem os trabalhos, que seriam retomados na manhã seguinte. O policial com quem Kate estava trabalhando embarcou em um ônibus de volta para o norte de Londres, deixando-a sozinha no estacionamento. Estava prestes a chamar um táxi quando os faróis de um carro reluziram na esquina e Kate viu Peter caminhando em sua direção.

– Quer uma carona para casa? – ofereceu o chefe, também ensopado e cansado. Ele tinha ganhado pontos com Kate por arregaçar as mangas e não ter ficado sentado com um copo de café em uma das *vans* de apoio. A detetive deu uma olhada no parque ao redor. Restavam três viaturas, mas concluiu que pertenciam aos policiais que tinham tirado o menor palitinho no jogo para decidir quem ficaria acordado ali no parque.

Peter a viu hesitar.

– Não tem problema. E você deixou suas sacolas no meu carro – disse ele.

A falta de entusiasmo de Peter em dirigir até a casa dela a fez sentir-se mais propensa a aceitar a carona.

– Obrigada. Seria ótimo – aceitou, desejando, repentinamente, um banho quente, um chá e torradas besuntadas de manteiga e mel, seguidos de cama quente. Ele abriu o porta-malas e pegou um punhado de toalhas na sacola da lavanderia.

– Obrigada – disse Kate, pegando uma, colocando-a nos ombros e enxugando o rabo de cavalo. Ela abriu a porta do passageiro e viu que as sacolas de compras continuavam no chão. Peter abriu a porta do motorista e o porta-luvas. Vasculhou lá dentro, pegou um manual de carro e um molho de chaves antes de encontrar uma caixa de lenço umedecido. Limpou os dedos depressa e jogou os lenços sujos debaixo do carro.

– O pente-fino no terreno deu algum resultado? – perguntou ela.

– Algumas fibras, bitucas de cigarro, um calçado, mas é um parque... vai saber a quem pertencem.

Ele prendeu uma toalha no banco do passageiro, pegou uma garrafa térmica no console central e entregou-a a Kate, enquanto prendia outra toalha no banco do motorista. Kate divertia-se com o que via. Parecia bastante sistemático ali, arrumando e prendendo tudo de maneira exagerada, certificando-se de que as capas improvisadas tampassem tudo e que permaneceriam no lugar.

– Acho que você é a primeira pessoa que vejo tentando deixar o banco do carro arrumadinho igual a uma cama de hospital – disse ela.

– Estamos encharcados e este carro é novo. Você não sabe o quanto tive que lutar para comprá-lo – disse ele, franzindo a sobrancelha.

Era a primeira vez naquela noite que Peter demonstrava alguma emoção. Os bancos sujos do carro geraram nele uma ansiedade verdadeira. Kate se perguntou se era aquilo que acontecia depois de muito tempo na polícia. A pessoa não deixava as tragédias a afetarem e se estressava com bobagens.

Ficaram em silêncio no trajeto para a Deptford. Ela olhava fixamente pela janela. Dividida entre tentar tirar a imagem da garota da cabeça e tentar mantê-la ali. Para não esquecer o rosto e catalogar todos os detalhes.

Kate morava em um apartamento térreo atrás de uma fileira de lojas baixas bem perto da Deptford High Street. O acesso à porta da frente ficava em um estacionamento de cascalho esburacado e o carro de Peter batia e sacolejava nos buracos inundados. Pararam em frente à porta, debaixo de um toldo e ao lado da entrada de serviço do restaurante chinês da região, onde havia uma pilha de engradados cheios de garrafas de refrigerante vazias. O farol de Peter refletia na parede desbotada dos fundos do prédio de Kate, iluminando o interior do carro.

– Obrigada pela carona – disse ela, abrindo a porta e dando um passo largo para evitar uma poça grande. Peter se inclinou e entregou a sacola de compras para Kate.

– Não esquece isto e até amanhã, às dez, na delegacia.

– A gente se vê lá.

Ela pegou a sacola e fechou a porta. O farol dele iluminava o estacionamento enquanto ela cavoucava o bolso em busca da chave e abria a porta da frente. Em seguida, escureceu. Virou-se e viu os faroletes traseiros desaparecerem. Tinha sido um erro idiota dormir com o chefe, mas após ver a jovem morta e saber que havia um assassino à solta, tudo aquilo pareceu uma bobagem e sem importância alguma.

CAPÍTULO 4

O interior do apartamento estava frio. Uma pequena cozinha dava vista para o estacionamento e ela fechou apressadamente a persiana antes de acender a luz. Tomou um banho demorado e ficou sob a água até o calor retornar aos seus ossos, depois pôs um roupão e voltou à cozinha. O aquecimento central fazia seu trabalho e bombeava água quente gorgolejante pelos canos, esquentando o cômodo. Repentinamente faminta, foi pegar uma lasanha de micro-ondas na sacola de compras, mas por cima dela estavam o molho de chaves e a garrafa térmica do carro do Peter. Kate pôs a garrafa na bancada e foi ao telefone na parede da cozinha ligar para o bipe, assim ele não precisaria chegar em casa antes de descobrir que não estava com a chave. Prestes a ligar, percebeu as chaves na mão. Eram quatro, todas grandes e velhas.

Peter morava em um prédio novo perto de Peckham. A porta da frente tinha uma fechadura da marca Yale. Lembrava-se claramente disso por causa daquela segunda noite em que ele a convidou para jantar lá. Tinha hesitado em frente à porta do lado de fora, encarando a fechadura e pensando: "Que porcaria é esta que estou fazendo? Na primeira vez, eu estava bêbada. Agora, estou sóbria e voltei atrás de mais".

As chaves na mão dela eram chaves de encaixe para fechaduras grandes e um pedacinho de corda as prendia ao chaveiro. A corda era fina e produzida com fios bancos e azuis entrelaçados. Um barbante, ou corda, bem resistente. Forte e benfeita. Virou a amarra da corda na mão – o nó na ponta era o punho do macaco. Devolveu o fone ao gancho e ficou observando as chaves.

Kate teve a sensação de que o cômodo estava inclinando-se sob seus pés, os pelos da nuca arrepiaram. Fechou os olhos e as fotos dos locais em que as garotas mortas foram encontradas cintilaram por trás deles – sacos amarrados com força no pescoço, vácuo dentro deles, distorcendo-lhes a fisionomia. Amarrados com um nó. Abriu os olhos e observou as chaves e o nó punho de macaco.

Não. Estava exausta e inventando histórias.

Puxou uma cadeira e sentou-se à mesa da cozinha. O que sabia de Peter fora do trabalho? O pai dele estava morto. Tinha escutado boatos estranhos aqui e ali sobre a mãe sofrer de alguma doença mental. Ela estava no hospital. Peter teve uma infância difícil, lutou muito para superá-la e orgulhava-se de ter conseguido. Era um policial muito estimado pelo alto escalão. Não tinha namorada nem esposa. Era casado com o trabalho.

E se as chaves pertencessem a um amigo? Ou à mãe? Eram de uma porta grande ou de uma fechadura robusta. A polícia havia especulado que o assassino precisava de um lugar para guardar a *van* e as vítimas. Um depósito ou uma garagem grande. Se Peter tivesse um depósito, teria mencionado isso, e ela se lembrava de ouvi-lo reclamando do prédio em que morava. Tinha dito que pagava uma fortuna por um espaço no estacionamento subterrâneo e ele não incluía garagem.

Não. Tinha sido um dia longo e estressante. Precisava dormir.

Pôs as chaves na bancada e tirou a lasanha da sacola. Abriu a embalagem externa, colocou a caixinha plástica no micro-ondas e programou dois minutos. A mão pairava diante do *timer*.

Ficou pensando na época em que contrataram um especialista, um chefe escoteiro aposentado, que explicou o nó punho de macaco para o pessoal na sala de investigação. O nó chamava a atenção porque apenas pessoas com certo nível de *expertise* conseguiam fazê-lo. O punho de macaco era amarrado na ponta de um pedaço de corda como um nó ornamental e um peso, para que fosse mais fácil dá-lo. Possuía esse nome porque parecia um pequeno punho ou uma patinha fechados.

A lasanha girava lentamente no micro-ondas.

O chefe escoteiro aposentado disse que a maioria dos meninos do escotismo aprendia a fazer nós. O nó punho de macaco tinha pouca utilidade prática, mas era feito por entusiastas. Todos na sala de investigação tentaram fazê-lo sob a atenta instrução do chefe escoteiro e apenas Marsha conseguiu. Peter foi um fiasco e até fez piada sobre o quanto era horrível naquilo.

– Só aprendi a amarrar os sapatos aos 8 anos! – esbravejou ele na ocasião. Todos os policiais na sala de investigação riram, e Peter pôs a mão no rosto com fingido constrangimento.

As chaves eram velhas e um pouco enferrujadas. Tinham passado óleo nelas para conservá-las. Algumas partes da corda brilhavam, o nó punho de macaco era antigo, encardido e oleoso.

Roendo as unhas, não percebeu que o micro-ondas apitou alto três vezes para avisar que tinha terminado.

Sentou à mesa da cozinha. As três primeiras vítimas foram estudantes com idades entre 15 e 17 anos. Todas sequestradas na quinta ou na sexta, e os corpos apareceram no início da semana seguinte. Elas praticavam esporte e, nos três casos, foram capturadas no caminho para casa depois do treino na escola. Os sequestros foram tão bem executados que o assassino devia saber onde estariam e preparou a emboscada.

Eles interrogaram professores de Educação Física em todos os bairros e fizeram o mesmo com professores homens que tinham *vans* Citroën Dispatch brancas 1994 registradas em seu nome. O DNA de nenhum deles era compatível com o do criminoso. Em seguida, investigaram os pais das vítimas e seus amigos. A rede ficava cada vez mais ampla e as teorias mais desvairadas em relação a como as vítimas poderiam estar ligadas ao assassino. Kate lembrou-se de uma pergunta escrita no quadro da sala de investigação.

QUEM TINHA ACESSO ÀS VÍTIMAS NA ESCOLA?

Um pensamento lhe passou pela cabeça como um choque elétrico. Tinham feito uma lista de professores, assistentes de classe, responsáveis por ajudarem as crianças a atravessar as ruas, cantineiras... mas e a polícia? Policiais iam com frequência às escolas para conversar com as crianças sobre drogas e comportamento antissocial.

Em duas ocasiões, Peter a tinha convencido de se juntar a ele na visita a escolas para conversar sobre segurança viária com alguns alunos que estudavam em bairros pobres. Também tinha trabalhado em uma apresentação antidrogas que percorreu escolas de Londres. Quantas escolas ele visitou? Vinte? Trinta? A verdade a encarava ou estava apenas cansada e sobrecarregada? Não... Peter tinha comentado que visitou a escola da terceira vítima, Carla Martin, um mês antes de ela desaparecer.

Kate levantou e vasculhou os armários. Só encontrou uma garrafa de xerez que tinha comprado para oferecer à mãe na última visita dela. Serviu uma dose caprichada em um copo e deu uma golada.

E se não tivessem nenhuma pista porque o Canibal de Nine Elms era Peter Conway? As noites que passaram juntos vieram-lhe à mente e ela afastou essas memórias, pois não queria se lembrar daquilo. Sentou-se, trêmula. Tinha mesmo peito para acusar o chefe de ser um *serial killer*? Então, viu a garrafa térmica de Peter ao lado do micro-ondas. Ele tinha bebido nela no carro. Teria o DNA dele.

Kate levantou, as pernas bambas. A bolsa estava no chão à porta dos fundos e ela esforçou-se um pouco para abrir o fecho. Em um dos bolsos interiores, achou um envelope de provas novo.

A garrafa tem o DNA do Peter. Temos o DNA do Canibal de Nine Elms. Posso fazer uma solicitação discreta.

Pôs luvas de látex novas e aproximou-se da garrafa como se ela fosse um animal selvagem que estava prestes a capturar. Respirou fundo, puxou-a da bancada, largou-a no envelope de provas e selou-o imediatamente. Colocou-o na minúscula mesa da cozinha. Tinha a sensação de que era uma traição a tudo em que acreditava. Ficou em silêncio por alguns minutos ouvindo a chuva martelar o telhado, tomou outro gole de xerez e o sentiu esquentar as entranhas.

Ninguém precisa saber disso. A quem ela poderia pedir que fosse discreto? Akbar, da perícia forense. Havia trombado com ele certa vez saindo de um dos bares *gays* no Soho. Foi um momento constrangedor. Kate estava com um cara e Akbar também. Ele a convidou para beber alguma coisa no dia seguinte depois do trabalho e a detetive lhe garantiu que o segredo dele, se fosse segredo, estava seguro com ela.

Ligaria para ele bem cedo, levaria a garrafa para a perícia de carro e lá recolheriam o material genético. Ou, talvez, fosse melhor ela dormir um pouco e aquilo tudo não passaria de uma teoria maluca na manhã seguinte.

Bateram na porta e Kate deixou o copo cair. Ele espatifou-se e cacos de vidro e líquido marrom espalharam-se pelo linóleo. Depois de um silêncio, uma voz disse:

– Kate, é o Peter, você está bem? – Ela levantou o rosto e olhou o relógio. Quase duas da madrugada. Outra batida na porta.

– Kate, você está bem? – Peter esmurrou a porta com mais força.

– Estou! Tudo bem! – respondeu com a voz trêmula, olhando a bagunça no chão.

– Não é o que diz a sua voz. Pode abrir?

– Acabei de deixar um copo cair no chão ao lado da porta. O que está fazendo aqui?

– Você está com as minhas chaves? – perguntou ele. – Acho que posso ter deixado cair na sua sacola.

Houve um longo silêncio. Ela se desviou dos cacos de vidro, colocou a corrente silenciosamente e abriu a porta. Pela fresta, viu Peter encharcado, com a gola do casaco levantada. Ele abriu um sorriso largo, um sorriso branco. Seus dentes eram muito bem alinhados e brancos, ela reparou.

– Ótimo, achei que tivesse ido dormir. Acho que está com as minhas chaves.

CAPÍTULO 5

Kate olhou para Peter. O estacionamento atrás dele estava escuro e ela não viu o carro dele.

– Kate. Está caindo um toró. Posso entrar um pouquinho?

– Está tarde. Espera aí – disse ela, inclinando-se por cima dos cacos de vidro para pegar as chaves na bancada. – Aqui. – Os olhos dos dois se encontraram quando ela estendeu as chaves na palma da mão. Peter olhou o lacinho enrolado na mão trêmula com o nó punho de macaco. Depois, olhou para Kate com um sorriso malicioso.

Mais tarde, Kate ia pensar em como deveria ter agido. Se tivesse feito uma piada sobre o nó ser o mesmo que o assassino usava, Peter teria pegado as chaves e ido embora para casa?

– É que o pneu do meu carro furou ali na frente. Aí vi que as chaves não estavam no porta-luvas – disse, finalmente quebrando o silêncio e tirando a água do rosto. Peter, no entanto, não pegou as chaves, e ela ficou ali parada com a mão estendida.

– Kate, estou me molhando aqui. Posso entrar?

Ela hesitou, a garganta seca.

Peter forçou a porta com o ombro e a corrente cedeu com facilidade. Atravessou a soleira e forçou-a a voltar na direção da cozinha. Fechou a porta e ficou parado ali, pingando água.

– O quê?

Ela meneou a cabeça.

– Nada. Desculpe – respondeu ela, com uma voz que não passava de um grunhido estridente.

– Preciso de uma toalha... estou encharcado.

Tudo naquela situação era surreal. Kate saiu da cozinha, foi até o roupeiro e pegou uma toalha. Sua cabeça estava a mil. Tinha que agir normalmente. Olhou ao redor, à procura de algo com que se defender.

Pegou um pequeno peso de papel de vidro liso. A única coisa que conseguiu encontrar remotamente parecida com uma arma.

Seu fôlego travou na garganta quando retornou à cozinha. Peter estava no meio do cômodo olhando para a garrafa térmica dentro do envelope de provas na mesa da cozinha. Quando se virou para ela, a feição era a mesma, mas a raiva o havia mudado. Era como um animal prestes a atacar. Olhos arregalados, pupilas dilatadas e os lábios esticados deixando os dentes à mostra.

"Faça alguma coisa!", gritou uma voz na cabeça de Kate. Mas não conseguia se mover. O peso de papel fez um baque ao cair da mão dela e atingir o chão.

– Ah, querida Kate. Kate, Kate, Kate – disse suavemente. O vidro quebrado estalava sob os pés de Peter, que foi à porta dos fundos e a trancou.

– Peter. Senhor. Não pensei nem um minuto que você... É minha obrigação investigar...

Ele tremia, mas movimentou-se com calma até o telefone. Com um puxão rápido, o arrancou da parede, ainda preso ao suporte de metal. Kate recuou quando os preguinhos que seguravam o fio na parede se soltaram e deslizaram pelo linóleo. Peter arrancou o cabo da tomada e pôs o telefone na bancada ao lado da geladeira.

– Que estranho. Você disse que o assassino cometeria um deslize... As chaves... A porcaria das chaves. – Ele deu um passo na direção dela.

– Não. Não. São só chaves – argumentou Kate. Se desse mais um passo à frente, ele bloquearia o caminho para fora da cozinha.

– A garrafa... – ele meneou a cabeça e riu. O som era frio e metálico. Desprovido de humor.

Kate disparou para a sala, onde o celular estava carregando, mas ele foi mais rápido, a agarrou pelo cabelo, girou e a esmurrou contra a porta da geladeira. A dor explodiu na lateral do rosto de Kate, ele permaneceu em cima dela, puxou-a pelos ombros para que ficassem cara a cara e agarrou-a pelo pescoço com uma mão.

– Área barra-pesada esta em que você mora – comentou calmamente, prendendo-a contra a porta da geladeira com o ombro e a perna esquerdos. Ela deu um chute, acertou a lateral da perna de Peter e tentou arranhar seu rosto e o pescoço, mas ele usou os cotovelos para manter os braços dela abaixados. – Invadiram a sua casa. Você assustou o intruso. Ele entrou em pânico e te matou.

Apertou a garganta com mais força. Ela não conseguia respirar e o rosto de Peter, aproximando-se do dela, começou a embaçar. Tateando ao redor, os dedos de Kate encostaram na bancada. Peter inclinou-se sobre o peito dela, que sentiu a pressão expulsando o resto de ar dos pulmões. Gritou ao sentir uma costela quebrar.

– Eu mesmo vou liderar a investigação do seu assassinato. A trágica morte de uma estrela da equipe policial em ascensão.

Kate se contorceu, fez força para trás e conseguiu soltar um pouco o braço esquerdo. Com a mão, sentiu a beirada da bancada e achou o telefone onde Peter o tinha deixado. Golpeou-o sem muita força, mas a ponta afiada do suporte de metal resvalou na testa dele, cortando a pele acima do olho.

Peter afrouxou a mão por um momento e Kate conseguiu empurrá-lo. Ele cambaleou para trás em choque com o sangue escorrendo do corte profundo na testa.

Kate suspendeu o telefone no suporte e partiu para cima dele sem sentir os cacos de vidro sob os pés descalços. Peter cambaleou para trás, cuspindo sangue. Avançou para o cepo com facas sobre a pia e sacou uma.

"As facas! Por que não tentei pegar uma faca?", pensou Kate. Virou-se e correu para a sala, mas tropeçou e caiu sobre o telefone, o que fez com que perdesse o fôlego. Rolou de lado e tentou levantar, mas Peter, já sobre ela, lhe deu um murro no rosto. Kate chutava e se contorcia ao ser arrastada para o quarto e arremessada na cama. Bateu a cabeça na cabeceira e viu estrelas. O roupão abriu, deixando-a nua. Peter subiu nela com o rosto coberto de sangue, o branco dos olhos ficando avermelhado, dando ao sorriso um tom rosado obsessivo. Agachou nos ossos do quadril de Kate, puxou os pulsos dela para baixo e os pressionou com os joelhos.

Suspendeu a faca, passou a ponta da lâmina nos mamilos, desceu até o umbigo e pressionou a pele. O aço afiado talhou a carne facilmente e atravessou os músculos do abdome. Ela gritou de agonia, incapaz de se mover. Era aterrorizante a rapidez com que o sangue empoçava na barriga. Ele torceu a faca calmamente e a forçou pelos músculos na direção do coração. Kate gritou de agonia. A faca agarrou em uma costela.

Peter se aproximou mais com os lábios esticados, deixando os dentes com manchas rosa à mostra. A dor era insuportável, mas Kate reuniu suas últimas forças, lutou, se contorceu, soltou um joelho e o bateu com força na virilha dele. Peter gemeu, caiu para trás e despencou da cama no chão.

Kate olhou para a faca espetada no abdome. O sangue empapava o roupão e a roupa de cama brancos. "Deixe a faca aí dentro", disse uma voz em sua cabeça. "Se tirá-la, sangrará até morrer." Peter começou a se levantar com os olhos alucinados de raiva e rosados pelo sangue que escorria da cabeça. Ela pensou em todas as vítimas, em todas as garotas que tinham sido torturadas. A raiva deu-lhe uma onda de adrenalina e energia. Pegou o abajur de lava ao lado da cama e acertou o pesado frasco de vidro cheio de óleo e cera na cabeça de Peter, uma, duas vezes, e ele desmoronou de um jeito esquisito com as pernas arreganhadas.

Kate soltou o abajur. A dor no abdome quase a fez desmaiar e precisou de toda a sua força de vontade para não tirar a faca no trajeto até a sala, sentindo a lâmina se deslocar à medida que avançava. Achou o celular e ligou para a emergência. Deu seu nome e endereço, disse que o Canibal de Nine Elms era o inspetor-chefe Peter Conway, que ele estava no apartamento dela e tinha acabado de tentar matá-la.

Então, soltou o telefone e perdeu a consciência.

[illegible] lados se [illegible] um [illegible]
[illegible] vermelha [illegible] Peter Gemeinhardt [illegible] partidas [illegible]
[illegible]

[illegible] para [illegible] de [illegible] O [illegible]
[illegible] de [illegible] 17 [illegible] dias [illegible]
[illegible] [illegible]
[illegible] do [illegible] tratado pela [illegible]
[illegible] em todas as [illegible] em todas as [illegible]
[illegible] do [illegible] da [illegible]
[illegible] de [illegible] lado [illegible]
[illegible] do [illegible] e [illegible]
[illegible] contra [illegible]

[illegible] para [illegible] a [illegible]
[illegible] que [illegible]
[illegible] que
[illegible] Peter Gemeinhardt, que [illegible]
[illegible] a idade de [illegible]
[illegible] e [illegible] a [illegible]

QUINZE ANOS DEPOIS

Setembro de 2010

CAPÍTULO 1

Era uma manhã cinzenta no final de setembro e Kate caminhava pelas dunas de areia. Estava de maiô preto e carregava os óculos de mergulho na dobra do braço direito. Serpenteava entre as dunas sinuosas de areia seca, onde o capim amarelo-claro crescia, e os pés descalços quebravam a fina crosta feita pela maresia.

A praia estava deserta e a maré muito baixa expunha faixas de pedras pretas antes de as ondas quebrarem. O céu era de um cinza perolado, mas na direção do horizonte ele retorcia-se num nó negro. Kate tinha descoberto a natação seis anos antes, quando se mudou para Thurlow Bay, na costa sul da Inglaterra, a oito quilômetros da cidade universitária de Ashdean, onde agora lecionava Criminologia.

Todas as manhãs, independentemente do clima, nadava no mar. Isso a fazia sentir-se viva. Melhorava o humor e era um antídoto para a escuridão que carregava no coração. Desmascarar Peter Conway como o Canibal de Nine Elms quase a matou, porém as sequelas eram mais devastadoras. A imprensa tinha descoberto o relacionamento sexual entre ela e Peter Conway, o que desempenhou um papel importante no julgamento subsequente. Quinze anos depois, ela ainda sentia que estava recolhendo os cacos.

Kate emergiu das dunas sentindo a areia ficar molhada e sólida à medida que se aproximava do mar. A primeira onda quebrou a alguns metros de onde parou para colocar os óculos e a espuma subiu até os joelhos. Nos dias mais frios, a água cravava a pele como faca. Corpo saudável, mente saudável, grande verdade. Era apenas água. Conhecia a sensação de ser esfaqueada. A cicatriz de quinze centímetros no abdome era sempre o primeiro local em que sentia o frio.

Enfiou as mãos na espuma e sentiu a força da água retrocedendo, deixando-a na areia molhada com filetes de algas verdes entre os dedos.

Livrou-se deles balançando as mãos, amarrou o cabelo levemente grisalho para trás e passou a tira elástica dos óculos por cima da cabeça. Outra onda quebrou, colidiu em seus pés e ascendeu depressa até a cintura. O céu escurecia e ela sentiu pingos de chuva quente no rosto. Pulou de cabeça em uma onda que quebrava. A água a envolveu e ela saiu nadando, batendo os pés com força. Avançava veloz e habilmente como uma flecha cortando a espuma sob as ondas que quebravam. Conseguia enxergar o fundo, onde a areia rapidamente transformava-se em uma treva rochosa.

O rugido da água ia e vinha quando respirava a cada quatro braçadas, indo na direção da tempestade. Já estava bem afastada e movia-se contra as ondas que rolavam no sentido da praia. Parou e se deixou flutuar de costas, subindo e descendo nas oscilações da água. Outro trovão ribombou, mais alto. Kate virou o rosto para trás e viu sua casa no topo de um penhasco rochoso. Era confortável, decrépita e ficava no final de uma fileira de casas bem espaçadas umas das outras ao lado de uma loja de surfe e uma lanchonete, fechados durante o inverno.

O ar estava carregado, a tempestade se aproximava, mas o mar tinha se acalmado. Kate prendeu a respiração e mergulhou, a força da maré na superfície diminuía à medida que descia lentamente na direção do fundo arenoso. Correntes geladas movimentavam-se em ambos os lados do corpo. A pressão aumentava.

Peter Conway jamais se afastava da mente dela. Em algumas manhãs, quando sair da cama parecia uma tarefa hercúlea, indagava se ele achava difícil encarar cada dia. Peter ficaria preso pelo resto da vida. Era um prisioneiro famoso, um monstro, que recebia alimentos e cuidados do Estado e jamais negou o que tinha feito. Kate, em comparação, era a heroína; contudo, ao pegá-lo, perdeu a carreira, a reputação e ainda tentava levar uma vida normal depois do acontecido. Perguntava-se qual deles estava realmente cumprindo pena perpétua. Hoje, sentia-se ainda mais próxima de Peter. Hoje, ele seria o assunto de sua primeira aula.

Com os pulmões prestes a explodir, Kate deu duas pernadas fortes, apareceu na superfície e começou a nadar novamente. Trovões ribombavam e, aproximando-se da praia, ela pegava as ondas que se avolumavam, sentindo o coração bombear e a pele energizada pela água salgada. Uma onda ergueu-se atrás dela e Kate a aproveitou quando quebrou, batendo os pés, arrastando-os no fundo, tomada pela emoção de pegar uma onda até a areia estar sob os pés e sentir-se segura, novamente em terra firme.

***

O auditório onde seria a aula era grande, empoeirado e sem graça, com fileiras e mais fileiras de assentos em declive que se estendiam até o teto. Kate gostava de observar, de seu ponto de vista privilegiado no pequeno palco circular, os alunos chegarem para a aula. Impressionava-se com o pouco que percebiam daquilo que os rodeava – todos absortos em seus telefones, mal suspendendo o olhar quando assentavam.

Kate estava no palco acompanhada de seu assistente, Tristan Harper, um jovem alto e atlético, na faixa dos 20 e poucos anos. Tinha cabelo escuro bem curto e tatuagens elaboradas nos antebraços. Usava o uniforme masculino de ambiente acadêmico: calça bege e camisa xadrez com as mangas dobradas. A única diferença era que tinha trocado os habituais mocassins claros ou sapatos sociais pretos por um Adidas de cano alto vermelho-claro.

Ele conferiu o projetor de *slides*, que tinha carregado antecipadamente e posicionado ao lado do atril.

– Estava ansioso por esta aula – comentou ele, entregando o controle remoto para Kate. Sorriu e saiu do palco. Segundos depois, as luzes foram apagadas, mergulhando o auditório na escuridão. Um murmúrio de conversas empolgadas tomou conta do lugar e Kate viu o rosto dos alunos iluminados pelos telefones celulares. Aguardou até fazerem silêncio e, então, apertou o botão do projetor.

"O CANIBAL DE NINE ELMS" apareceu na tela enorme.

Um susto coletivo ressoou quando uma foto da cena do crime apareceu na tela. Tinha sido tirada em um ferro-velho. O corpo nu de uma garota estava caído de lado na lama revirada, ao lado de uma pilha de carros enferrujados e meio amassados. As pilhas de veículos sucateados estendiam-se com o horizonte enevoado de Londres e as chaminés gêmeas do Battersea Power Station ao fundo. Um corvo solitário pousado no alto da pilha de carros observava o corpo da jovem lá embaixo. A lama e as intempéries deram à carne uma cor de ferrugem parecida com metal – um pequeno objeto grotesco desovado pelo proprietário.

– O curso em que se matricularam chama-se Ícones do Crime. E ele reflete de que maneira nós, como sociedade, somos obcecados por assassinatos e *serial killers*. É apropriado que comece com um *serial killer* que conheço: Peter Conway, o ex inspetor-chefe da Polícia Metropolitana, hoje conhecido como Canibal de Nine Elms. A jovem na foto foi a primeira vítima dele, Shelley Norris... – Kate saiu da luz da imagem projetada. – Se acham essa imagem perturbadora, ótimo. Essa é a reação normal. Se querem estudar Criminologia, vão ter que se envolver com o pior da humanidade. A foto foi tirada no Ferro-Velho Nine Elms Lane em março de 1993 – prosseguiu Kate. Passou para o próximo *slide*. A foto seguinte mostrava, em grande-angular, as costas do corpo de uma mulher jovem caída em um mato alto. Uma névoa baixa pairava sobre as árvores ao redor do local.

– A segunda vítima foi Dawn Brockhurst. O corpo foi desovado no Beckenham Place Park, em Kent. – O *slide* seguinte era um *close-up* do corpo de frente. A menina não tinha rosto, apenas uma polpa ensanguentada; restava apenas parte da mandíbula inferior e uma fileira de dentes.

– Kent, na fronteira com Londres, tem uma das maiores populações de raposas selvagens do Reino Unido. A polícia demorou vários dias para encontrar o corpo e o saco plástico amarrado na cabeça dela foi rasgado por raposas em busca de alimento. Elas comeram parte do rosto de Dawn. – Kate passou para o próximo *slide*, um *close-up* das marcas de mordida. – O Canibal de Nine Elms gostava de morder as vítimas, porém, por causa da decomposição do corpo de Dawn exposto às intempéries, as mordidas foram incorretamente atribuídas às raposas. Isso impediu que os dois primeiros assassinatos fossem conectados imediatamente.

Um baque surdo ressoou quando uma das cadeiras de madeira se fechou e uma aluna, uma jovem no centro do auditório, saiu apressada com a mão na boca.

Kate passou os *slides* da vítima seguinte de Peter, que terminou com a foto da cena do crime da quarta vítima, Catherine Cahill. Ela foi levada de volta à fria e chuvosa noite em Crystal Palace, às luzes quentes da tenda da perícia, o que tinha intensificado o cheiro de carne em decomposição, mas, também, feito a grama soltar o aroma de um dia de verão. Catherine olhava através do plástico amarrado com força na cabeça. E, depois de tudo isso, Peter prendeu as toalhas por cima dos bancos do carro, porque não queria que se sujassem.

Kate pressionou o botão e, após um clique, a imagem do *slide* seguinte era de Peter Conway, tirada em 1993 para a identidade de policial. Com uniforme da Polícia Metropolitana e quepe, ele sorria para as lentes. Bonito e carismático.

– Peter Conway. Respeitado policial de dia, *serial killer* à noite.

Kate contou a eles que tinha trabalhado ao lado de Peter Conway e de que forma suspeitara que ele era o Canibal de Nine Elms. Disse-lhes que tinha entrado em confronto com ele e que quase não escapou com vida.

O *slide* seguinte mostrava o apartamento de Kate depois do ataque de Peter. A garrafa térmica e o molho de chaves na mesa da cozinha, ambos numerados como prova. A mobília da sala, velha e surrada, e, em seguida, o quarto dela. O papel de parede úmido e descascando, enrolado nas pontas, com uma estampa de flores amarelas, laranja e verdes; a cama de casal com um emaranhado de roupas de cama empapadas de sangue. Nacos de cera laranja endurecida e cacos de vidro do abajur de lava quebrado com o qual ela o havia golpeado.

– Cheguei muito perto de me tornar a quinta vítima do Canibal de Nine Elms, mas lutei. Médicos com raciocínio rápido salvaram a minha vida depois que fui esfaqueada na barriga. Fizeram lavagem estomacal no Peter e encontraram pedaços parcialmente digeridos da carne das costas de Catherine Cahill.

O auditório ficou silencioso. Todos os alunos estavam paralisados. Tristan também. Kate prosseguiu.

– Em setembro de 1996, Peter Conway foi a julgamento e, em janeiro de 1997, preso por tempo indeterminado na Blundeston Prison, em Suffolk. Após uma deterioração do estado mental dele e uma agressão de outro prisioneiro, ele, submetido à Lei de Saúde Mental, está detido por período indefinido no Hospital Psiquiátrico Great Barwell, em Sussex. É um caso que ainda assombra a imaginação do público e um caso ao qual estarei inextricavelmente ligada. Por isso, escolhi apresentá-lo primeiro.

O silêncio foi duradouro depois que acenderam as luzes. Os alunos no auditório piscavam à claridade.

– Agora. Quem tem alguma pergunta?

Uma jovem de cabelo bem curto rosa e *piercing* no lábio levantou a mão.

– Você solucionou o caso com eficácia e mesmo assim foi usada como bode expiatório pela polícia e largada às traças. Acha que isso aconteceu porque é mulher?

– A Polícia Metropolitana estava constrangida porque o oficial de destaque dela era o assassino do caso mais notório. O assunto dominou as manchetes durante anos. Você deve ter lido que cometi o erro de ter relações sexuais com Peter Conway. Quando isso veio a público, a imprensa concluiu que eu, de alguma maneira, estava de posse dos fatos, o que não era verdade.

Instaurou-se um breve silêncio.

– Você algum dia vai voltar para a polícia? – perguntou um homem sentado sozinho no canto.

– Agora, não. Sempre quis ser policial e sinto que minha carreira foi interrompida. Pegar o Canibal de Nine Elms foi meu grande triunfo. Isso também tornou impossível para mim continuar a carreira na polícia.

Ele assentiu e deu um sorriso nervoso.

– E os seus colegas? Você acha que é injusto muitos deles terem continuado anônimos e dado prosseguimento à carreira? – perguntou outra garota.

Kate refletiu um momento. Queria responder: "É claro que acho uma porcaria de injustiça! Eu amava o meu trabalho e tinha tanto a contribuir!" Mas respirou fundo e prosseguiu.

– Eu trabalhava com uma equipe de policiais ótima. É uma satisfação para mim eles ainda terem a oportunidade de estar por aí nos mantendo em segurança.

Iniciou-se um momento de falatório baixinho. Então, a garota de cabelo rosa levantou a mão novamente.

– É... pode ser pessoal demais, mas estou intrigada... Você tem um filho com Peter Conway, isso é verdade?

– É – respondeu Kate. Os alunos, chocados, começaram a murmurar. Parecia que nem todo mundo conhecia a história dela. A maioria tinha 3 ou 4 anos quando o caso foi alardeado na imprensa.

– Nossa. Ok. Então ele tem 14 anos?

Kate sentia-se relutante em falar sobre ele.

– Ele tinha 14 alguns meses atrás – respondeu.

– Ele sabe do passado dele? Quem é o pai? Como é isso para ele?

– A aula não é sobre o meu filho.

A garota de cabelo rosa olhou para os companheiros de ambos os lados: um jovem de *dreadlocks* castanho-claros compridos e uma garota com cabelo de cuia e batom preto. Ela mordeu o lábio, constrangida, porém determinada a descobrir mais.

– Bom, você tem receio de que ele seja, tipo, um *serial killer* igual ao pai?

Kate fechou os olhos e uma onda de memórias veio à tona.

O quarto do hospital parecia uma suíte de hotel. Carpete grosso. Papel de parede flocado. Flores. Frutas frescas dispostas em uma baixela. Um menu com letras douradas em alto-relevo na mesinha de cabeceira. Era tão tranquilo. Kate desejou estar em uma maternidade normal, como qualquer mãe normal, uma ao lado da outra, gritando de dor, compartilhando alegria e sofrimento. Sua bolsa tinha estourado no início da madrugada na casa dos pais, onde estava ficando. Acolheu as contrações, a dor aguda e curta cortava a maçante apreensão que a mordiscava insidiosamente nos últimos cinco meses.

A mãe, Glenda, estava ao lado da cama. Segurando a mão de Kate. Mais por obrigação, tensa e temerosa, sem demonstrar nenhuma alegria pela chegada do primeiro neto. Um tabloide estava pagando pelo quarto individual. Foi, ironicamente, o último recurso para tentar conseguir alguma privacidade. Em compensação pelo pagamento da conta, o jornal poderia publicar uma foto exclusiva da mãe com o bebê, que seria tirada no momento que Kate escolhesse, da janela do quarto do hospital. Por enquanto, a persiana estava fechada, mas Kate percebeu que a mãe ia espiar frequentemente, ciente de que um fotógrafo aguardava logo ali, no prédio comercial do outro lado da rua.

Kate não sabia que estava grávida de quatro meses e meio na noite em que solucionou o caso. Seus órgãos internos tinham sofrido cortes terríveis e a agressão a deixou na terapia intensiva com complicações e uma infecção grave durante várias semanas. Quando chegou o momento em que poderia optar pelo aborto, a gravidez tinha ultrapassado o limite legal.

Foi um parto demorado e doloroso e, quando o bebê finalmente conseguiu sair, soltou o primeiro grito, o que fez Kate estremecer. Recostou-se, exausta, e fechou os olhos.

– É menino e saudável – disse a enfermeira. – Quer segurá-lo?

Kate manteve os olhos fechados e respondeu que não com a cabeça. Não queria vê-lo nem segurá-lo, e ficou aliviada quando o levaram embora e o choro cessou. Glenda deixou o hospital durante algumas horas para descansar um pouco em um hotel ali perto, e Kate ficou deitada no escuro. Sentia-se em uma realidade alternativa. O bebê lhe tinha sido entregue à força pelo destino. Sentia ressentimento por ele e por todo mundo. E era menino. Conseguiria lidar melhor com uma menina. Meninos viravam serial killers, *com garotas isso raramente acontecia. Dormiu um sono agitado e, ao acordar, o quarto estava escuro. Um berço tinha sido colocado ao lado da cama. Um barulhinho gorgolejante a atraiu para perto dele. Na mente de Kate, o bebê tinha nascido com chifres e olhos vermelhos, mas se pegou olhando para um bebê lindo. Ele abriu os olhos. Eram de um azul-claro surpreendente e um deles possuía uma explosão de cor laranja igual à dela. Ele levantou uma mãozinha minúscula. Kate estendeu o dedo, o bebê o agarrou e abriu um sorriso desdentado.*

Kate tinha ouvido falar de como o instinto materno surgia de repente e foi uma espécie de choque no corpo, um interruptor ligado subitamente. Uma onda avassaladora de amor se apoderou dela. Como pôde pensar que aquele pequenino e lindo bebê era mau? Sim, tinha o DNA de Peter Conway, mas também tinha o dela. Ambos compartilhavam a mesma cor rara de olho e isso devia exercer alguma influência. Com certeza significava que era mais parecido com ela do que com o pai. Estendeu os braços e o pegou com carinho. Sentiu que o corpinho quente se encaixava perfeitamente na curva de seu braço. O cheiro da cabeça, o cheiro celestial dos bebezinhos... do bebê dela.

Kate retornou ao presente. Os alunos a encaravam, preocupados. O silêncio no auditório era denso e pesado.

Ela apertou o controle e o projetor exibiu o último *slide*, um *clipping* de notícias com Peter Conway algemado sendo levado para o tribunal Old Bailey, em Londres. No alto, estava escrito:

ASSASSINO CANIBAL PEGA PRISÃO PERPÉTUA

– É algo que debateremos ao longo do curso. Inato ou adquirido. As pessoas nascem *serial killers* ou se transformam nesse tipo de assassino? E, para responder à sua pergunta... Quero... não, *preciso* acreditar que a resposta é a segunda opção.

CAPÍTULO 2

Depois da aula, Kate foi para a sala dela. A mesa ficava ao lado de uma enorme janela com vista para o mar. O prédio do *campus* era localizado bem na beirada da praia e separado por uma estrada e pelo quebra-mar. A maré estava muito alta e as ondas explodiam no quebra-mar, borrifando jatos ao céu. Era uma sala aconchegante, com duas mesas abarrotadas ao lado de um sofá surrado e uma estante de livros grande que cobria a parede dos fundos.

– Você está bem? – perguntou Tristan, sentado à mesa dele no canto, analisando uma pilha de correspondências. – Deve ser difícil ficar revivendo aquilo.

– É, sim. Às vezes, parece o *Feitiço do Tempo* – respondeu Kate, puxando a cadeira e sentando, aliviada. Tinham pegado café antes de subirem e, quando estava tirando a tampa de plástico do copo, ela desejou ter um uísque miniatura para acrescentar em seu café. Só um Jack Daniel's pequenininho, vigoroso e suavizante, para amenizar o amargor quente do café e levar todos os sentimentos embora. Ela respirou fundo e afastou o pensamento do álcool. *Nunca se bebe um só.*

Todos na faculdade conheciam a história de Kate e Peter Conway – inclusive Tristan –, mas aquela foi a primeira vez que ela falou detalhadamente sobre o assunto na frente dele. Kate se recusava a ser uma vítima do passado, mas, quando se é vítima aos olhos dos outros, fica-se preso a esse rótulo.

– Não acho que muitos alunos de Criminologia tenham um professor que realmente *prendeu* um *serial killer* – comentou ele antes de soprar o café e dar um golinho. – Legal demais. – Virou-se, ligou o computador e começou a digitar.

Tristan não olhava para ela de um jeito diferente nem queria sondar mais e fazer perguntas. Queria seguir com normalidade e ela era grata por isso. Uma das razões pelas quais gostava de ter assistente homem: são bem mais diretos. Tristan trabalhava muito, mas era descontraído e uma pessoa de fácil convivência. Podiam trabalhar em um silêncio confortável sem terem que ficar de conversa fiada. Era assistente de Kate fazia pouco tempo e já tinha conquistado a confiança dela. Virou-se para o computador e o ligou.

– Teve alguma notícia do Alan Hexham?

– Mandei um *e-mail* para ele na sexta-feira – respondeu Tristan, checando suas mensagens. – Ele não respondeu.

Alan Hexham era um patologista forense com quem Kate trabalhava fazia três anos. Ele ia à faculdade uma ou duas vezes por semestre, como professor convidado, para dar aulas sobre casos arquivados.

– Tente entrar em contato de novo. Preciso que ele confirme a aula de protocolos forenses em cenas de crime na semana que vem.

– Quer que eu ligue para ele?

– Por favor. O número está na pasta de contatos na área de trabalho.

– Deixe comigo!

Kate abriu a caixa de entrada. Não reconheceu o endereço do primeiro *e-mail* e clicou nele.

Clearview Cottage
Chew Magna
Bristol
BS40 1PY
25 de setembro de 2010

Prezada Srta. Marshall,

Desculpe-me por lhe escrever desta maneira, assim, do nada. Meu nome é Malcolm Murray e entro em contato em meu nome e no nome de minha esposa, Sheila.

Nossa filha, Caitlyn Murray, desapareceu em um domingo, dia 9 de setembro de 1990, com apenas 16 anos. Ela saiu para encontrar uma amiga e nunca mais voltou. Por razões que explicarei, acreditamos que foi sequestrada e assassinada por Peter Conway.

Ao longo dos anos, ficamos cada vez mais desesperados, primeiro trabalhando com a polícia e, depois, quando o caso foi arquivado, contratamos um detetive particular. Nada disso gerou resultado e parece que a nossa garotinha desapareceu da face da Terra. No ano passado, sentimos que tínhamos chegado ao fundo do poço quando fomos a um médium que nos disse que Caitlyn tinha morrido, que está em paz e que a vida dela terminou pouco depois do desaparecimento em 1990.

Mais no início do ano, esbarrei com Megan Hibbert, uma antiga colega de escola de Caitlyn, que emigrou com a família para Melbourne algumas semanas antes do desaparecimento de Caitlyn. Isso foi em 1990, antes da internet, então Megan não tinha ficado sabendo do caso do Peter Conway (e Caitlyn desapareceu cinco anos antes do caso de Nine Elms virar manchete).

Conversei com Megan e ela se lembrou de Caitlyn comentar que tinha saído escondida algumas vezes com um policial. Ela disse que viu Caitlyn com um homem, que, pela descrição, é parecido com Peter Conway. Como sabe, ele foi detetive-inspetor da Polícia da Grande Manchester de 1989 a 1991, antes de se mudar para a Polícia Metropolitana de Londres.

Recentemente, escrevi para a polícia e passei essa informação. Eles fizeram a devida revisão dos arquivos do caso e atualizaram os detalhes sobre Caitlyn no *site* de pessoas desaparecidas, mas disseram que a informação não é suficiente para reabrirem o caso.

Escrevo-lhe para perguntar se consideraria investigar isso.

Nós dois acreditamos que Caitlyn está morta. Só queremos encontrar nossa garotinha. Odeio pensar que os restos mortais dela estão esquecidos em alguma vala ou esgoto. Nosso desejo atual é fazer um enterro cristão adequado.

Nós, é claro, a pagaremos. O número do meu celular está escrito logo aqui embaixo. Você também pode responder a este *e-mail*.

Tudo de bom, com esperança,

Malcolm Murray

Kate recostou-se na cadeira. O coração esmurrava barulhento no peito e ela olhou para Tristan, certa de que o rapaz também devia saber daquilo, mas estava ao telefone deixando uma mensagem para Alan, pedindo para retornar confirmando a participação na aula.

Virou o resto do café, desejando como nunca uma dose de uísque. Na imprensa, havia boatos e matérias sobre a possibilidade de Peter Conway ter matado outras mulheres. E, ao longo dos anos, a polícia tinha seguido linhas de investigação, mas não descobriu nada. Era a primeira vez que ouvia o nome Caitlyn Murray.

Olhou para o mar pela janela. Aquilo algum dia terminaria? Conseguiria escapar da sombra de Peter Conway e das coisas terríveis que ele tinha feito? Leu o *e-mail* novamente e decidiu que não podia ignorá-lo. Uma parte dela sempre seria policial. Kate aproximou a cadeira da mesa e começou a escrever a resposta.

CAPÍTULO 3

A 50 quilômetros da sala de Kate, caía uma chuva torrencial enquanto o patologista forense Alan Hexham acelerava o carro por uma estrada rural sinuosa. As montanhas e a vasta paisagem escarpada apareciam aos *flashes* no meio das árvores densas. O celular, que deslizava pelo banco do passageiro ao lado de um sanduíche, tocou. Alan pegou o telefone com a mão livre, mas, ao ver que era um número de Ashdean, cancelou a ligação e o jogou de volta no banco. Pegou o sanduíche, o desembrulhou com a mão livre e deu uma mordida nele.

Alan não esperava estar de serviço nesse dia e sua mente permanecia um pouco nebulosa devido à noite passada no necrotério. Agora que se aproximava dos 60 anos, não podia ficar varando noites no trabalho como antes.

A chuva apertou, reduzindo a visibilidade a um borrão, e ele pôs o limpador de para-brisa na velocidade máxima. O telefone tocou novamente e, ao ver que era de alguém de sua equipe, atendeu e falou de boca cheia.

– Chego aí em cinco minutos... Cadê você?... Meu Deus, mete o pé nessa droga. A chuva está esculhambando as provas periciais – desligou o telefone e o largou no banco quando a estrada afunilou, transformando-se em uma pista única que entremeava dois rochedos altos onde as colinas se convergiam. Acendeu o farol no escuro, rezando para que não encontrasse um carro no sentido contrário. Acelerou, deixando para trás os dois rochedos e a estrada voltou a ter duas pistas.

Alan viu uma viatura estacionada perto de um muro de pedras baixo, ao lado de um portão aberto. Estacionou atrás dela e uma bofetada de vento fechou a porta nele quando estava saindo, jogando em seu rosto o cabelo grisalho na altura do ombro. Durante um breve segundo, escutou a voz repreensiva da mãe: “Você não vai chegar longe com esse cabelo, tem que cortar, Alan, bem batidinho atrás e dos lados”. Pegou um dos elásticos que mantinha no pulso e amarrou o cabelo para trás, ainda se sentindo contestador, apesar de ela ter morrido havia muito tempo.

Viu dois policiais aguardando dentro da viatura. Saíram e se juntaram a ele no portão. Ambos estavam em choque. Com a mulher, a agente Tanya Barton, ele já tinha trabalhado, porém o jovem de pele branca, quase translúcida, lhe era desconhecido.

Alan era bem mais alto que os dois jovens policiais. Sempre foi alto, mas tinha engordado ao longo dos anos e se transformado em um homem imponente, robusto como um urso, de rosto maltratado pelo clima e uma barba densa tão grisalha quanto o cabelo.

– Bom dia, senhor. Este é o agente Tom Barclay – apresentou Tanya, gritando para ser ouvida por causa da chuva e do vento. Tom estendeu a mão.

– Preciso ver a cena – gritou Alan. – Chuva e provas periciais não combinam!

Liderados por Tanya, passaram pelo portão e entraram em um campo. Apressaram-se através da mistura de arbusto denso, mato e lugares cheios de ossos de ovelha, mantendo a cabeça abaixada ao vento que rugia ao redor dos ouvidos, sob nuvens cinzentas que pareciam os oprimir. O terreno tinha uma descida íngreme que ia na direção de um rio engolido pela tempestade. Água marrom ondeava por cima de pedras, carregando galhos enormes e lixo.

Alan viu que o cadáver caído entre pedras e tojo à margem do rio encontrava-se em avançado estado de decomposição. Estava muito inchado e com a pele marmorizada com manchas amarelas e pretas. Caído de frente, o corpo tinha uma cabeleira comprida, imunda e desgrenhada. Havia seis feridas abertas nas costas e nas coxas, e em duas partes a carne tinha sido arrancada a mordidas, deixando exposta a coluna vertebral.

Algo na maneira como o corpo estava caído acendeu luzinhas na cabeça de Alan. Aproximou-se da cabeça para ver se era homem ou mulher e sentiu a comida no estômago revirar. O rosto inexistia. Estava acostumado com sangue e entranhas, mas às vezes a violência de um ato parecia flutuar no ar. A impressão era de que o rosto tinha sido rasgado do corpo, restando apenas uma parte do maxilar inferior com uma fileira de dentes.

Aproximou-se, colocando luvas de látex.

– Vocês encostaram no corpo? – gritou ele. O vento mudou de direção e soprou o fedor da carne pútrida no rosto deles. Os dois jovens policiais fizeram careta e deram um passo atrás.

– Não, senhor – respondeu Tom com a mão na boca.

Alan suspendeu cuidadosamente o torso e viu que era um corpo feminino. Estava caída sobre o lado esquerdo do corpo, com a cabeça no ombro e um braço estendido para a frente. Viu algo preso no pescoço inchado. Com a mão livre, suspendeu a cabeça, apoiou a lateral do corpo em suas pernas para que ele não rolasse pela margem do rio e caísse na corrente turva. Uma corda fina estava amarrada com força no pescoço, envolvida pelos restos do que havia sido um saco plástico com cordão. Quando suspendeu mais a cabeça, o restante da corda saiu da lama e ele viu o nó na ponta. Uma bolinha com voltas entrecruzadas.

– Que droga! – xingou Alan, mas o som foi levado pelo vento. Virou para Tanya. Entre os dois policiais, ela era a que menos aparentava vontade de botar os bofes para fora. – Preciso do meu telefone. Está no bolso esquerdo do meu casaco! – gritou ele, ainda segurando a cabeça da vítima e apontando para o bolso. Tanya hesitou, depois estendeu a mão e vasculhou cuidadosamente as dobras do comprido casaco de Alan. – Depressa! – Tanya encontrou o telefone e o estendeu para Alan. – Não, preciso que tire uma foto desta corda em volta do pescoço e do nó – orientou ele, ainda segurando a cabeça. – A senha é dois, um, três, dois, quatro, três. – Com as mãos trêmulas, Tanya destravou o telefone, deu um passo atrás e o levantou. – Mais perto... não é foto de férias. Preciso de um *close-up* da corda em volta do pescoço e do nó!

Enquanto Tanya tirava as fotos, Alan percebeu que a vítima tinha um símbolo chinês tatuado na lombar. A ponta dele tinha sido arrancada com uma mordida. O que restou da tatuagem tinha se esticado e se distorcido pelo inchaço da pele. Alan soltou cuidadosamente a cabeça da jovem e se levantou. Ficou aliviado ao ver a *van* da perícia passando pelo portão lá no alto e entrando no campo. Tirou as luvas e pegou o telefone com Tanya. Deu uma olhada nas fotos, a última era um *close-up* do nó enlameado. Pressionou a foto e ampliou o nó. Não teria reconhecido o punho de macaco se as outras pistas do crime não estivessem na cena: as mordidas, a posição do corpo e o rosto arrancado.

Olhou para os dois jovens policiais. Eles o observavam atentamente.

Alan guardou o telefone e tirou da cabeça os pensamentos sobre o Canibal de Nine Elms. Concentrou-se em preservar a maior quantidade possível de vestígios da cena do crime.

CAPÍTULO 4

Depois do almoço, Kate ficou sozinha na sala dela. Tinha uma pilha de trabalhos para corrigir, mas não conseguia se concentrar e ficava checando os *e-mails* para ver se Malcolm Murray havia respondido.

Só queremos encontrar a nossa garotinha... Nosso desejo atual é dar a ela um enterro cristão adequado.

Na resposta que enviou, Kate evitou fazer qualquer promessa. O que poderia fazer? Não era mais policial, não tinha acesso a nenhum tipo de ferramenta investigativa. Havia se oferecido para falar com ele e colocá-lo em contato com um dos policiais do caso na época, mas queria não ter sido tão precipitada. Não tinha contato com nenhum dos policiais. Cameron, agora casado e com filhos, era inspetor-chefe. Morava no Norte. Marsha morreu de câncer no pulmão quatro anos depois da condenação de Peter e o restante dos colegas tinha sumido do mapa.

Kate deixou os trabalhos de lado, abriu o Google e fez uma pesquisa virtual sobre o desaparecimento de Caitlyn Murray. Existiam pouquíssimos arquivos de jornais locais na internet de 1990 e só achou um artigo posterior, de 1997, quando o caso do desaparecimento da garota tinha sido oficialmente arquivado pela polícia. Kate entrou no *site* Pessoas Desaparecidas do Reino Unido. Era de partir o coração ver as milhares de pessoas que familiares e entes queridos procuravam.

Foi necessário vasculhar bastante, mas achou Caitlyn no banco de dados. Em uma das fotos, Caitlyn vestia o uniforme da escola, sapato preto, saia verde curta, meia-calça preta, camisa creme e *blazer* verde. Parecia ter sido recortada de uma foto maior. Caitlyn estava sentada em uma cadeira de plástico e atrás dela havia parte de um uniforme pertencente a outra aluna ou professora. Tinha sido uma menina bonita, de rosto em forma de coração e grandes olhos azuis. As mãos de Caitlyn estavam juntas no colo e os ombros, um pouco caídos. O cabelo castanho-claro amarrado para trás tinha cachos compridos pendendo de lado, o que fez Kate achar que a foto tinha sido tirada do lado de fora em um dia frio e de muito vento. Kate ficou impressionada pela forma com que ela interagia com a câmera, encarando-a com confiança e um sorriso irônico.

O pequenino artigo de 1997 que Kate encontrou era do jornal *Altrincham Echo*. Ele informava que Caitlyn tinha estudado na Altrincham Old Scholars Grammar School. Kate acessou o *site* da escola, mas o arquivo de fotos dele só retrocedia até o ano 2000. Quando a tarde chegou ao fim e o sol afundou no mar, sentiu que havia chegado a um beco sem saída. Logo antes das seis horas da tarde, conferiu os *e-mails* pela última vez e, ao ver que não havia resposta, foi embora.

***

A casa estava quente e aconchegante quando pisou na entrada. O aquecimento central era antigo e, agora que o clima vinha piorando, se preocupava com a possibilidade de ele não durar outro inverno. Pendurou o casaco e achou reconfortante ouvir os estalos da caldeira no telhado, seguidos do som da água quente passando pelos canos.

O térreo da casa era em plano aberto e a entrada levava a enormes sala e cozinha. Uma janela panorâmica estendia-se pela parede dos fundos e dava vista para o mar. Diante dela, havia uma confortável poltrona. Era ali que Kate passava a maior parte do tempo livre. Havia algo hipnótico e profundamente tranquilizador em observar o mar. Ele vivia mudando. Nesta noite, estava claro e a tempestade do dia tinha se dissipado. A lua quase cheia lançava uma mancha prateada na água.

O resto da mobília na sala era velha e pesada: um sofá surrado e uma mesinha de centro, um piano vertical, que ela não tocava, encostado em um parede. O trabalho lhe dava direito de usar a casa e o conteúdo que pertencia ao predecessor. O restante das paredes estava coberto de prateleiras com romances e artigos acadêmicos amontoados de forma desorganizada. Foi à cozinha, largou a bolsa na bancada e abriu a geladeira, que lançou um triângulo amarelo brilhante no cômodo escuro. Pegou um jarro de chá e um prato de limões fatiados. A vontade de tomar um *drink* depois do trabalho nunca a abandonava. Pegou um copo para uísque, pôs gelo até a metade, uma fatia de limão e depois o chá gelado. Manteve as luzes apagadas, foi sentar-se na poltrona à janela e ficou observando o mar escuro cintilar ao luar. Deu um gole e saboreou o frio, doce e azedo do chá, açúcar e limão.

Kate estava nos Alcoólicos Anônimos, e no AA isso não era visto com bons olhos. Não havia álcool no chá gelado, mas aquilo envolvia todo o ritual de tomar uma bebida após o trabalho. "Dane-se", pensava Kate. Funcionava para ela. Frequentava as reuniões, mantinha contato com a madrinha e estava sóbria há seis anos. Sempre bebeu. Fazia parte da cultura na polícia ir ao *pub* depois do trabalho e ficar bêbado. Tanto os dias bons quanto os ruins na corporação eram justificativas para beber. No entanto, depois que o caso Canibal de Nine Elms virou seu mundo de cabeça para baixo, a bebida se tornou um problema, o que afetou sua capacidade de ser uma mãe responsável.

Jake nunca chegou a se ferir, mas com frequência Kate bebia tanto que era incapaz de funcionar normalmente. Os pais, Glenda e Michael, ficavam com ele nos fins de semana. Várias vezes, ficaram tomando conta do garoto, que passou muitos períodos estendidos com os avós para Kate poder se recompor.

As coisas chegaram a um ponto crítico certa tarde de sexta-feira quando Jake tinha 6 anos. Ele havia acabado de começar o ensino fundamental em South London, e Glenda e Michael tinham viajado em um fim de semana prolongado. Kate bebeu durante a semana, nada que achasse excessivo, mas, naquela tarde de sexta-feira, desmaiou no supermercado e foi levada às pressas para o hospital com intoxicação alcoólica. Não foi buscar Jake na escola e, quando tentaram contatar Kate e os pais dela, ninguém atendia. Ficou tarde e a escola chamou o serviço social. Glenda e Michael voltaram correndo para casa e Jake passou apenas algumas horas com uma bondosa família que ajudava o serviço social, porém o incidente escancarou o problema de Kate com bebida. Ela concordou em ir para a reabilitação e Glenda e Michael ficaram com a guarda temporária do neto.

Olhando em retrospecto, percebia que não estava bem mentalmente. Não levou a reabilitação a sério. Na cabeça dela, achava que Jake estava apenas ficando com os avós, como sempre, e que o teria de volta assim que pagasse suas dívidas e parasse de beber. Deviam existir outros pais que passavam mal e não iam buscar os filhos na escola. Quando recebeu alta da reabilitação, três meses depois, descobriu que Glenda e Michael tinham solicitado a guarda permanente de Jake e ganhado.

Nos anos seguintes, Kate lutou para voltar aos trilhos. Pegou-se brigando com os pais para ver o filho e recorreu legalmente várias vezes para ser reintegrada à polícia. A equipe legal de Peter Conway recorreu da condenação, o que manteve o caso nas manchetes e o circo midiático continuou rolando.

Seis anos atrás, Kate finalmente conseguiu manter a sobriedade quando lhe ofereceram um meio de vida – o trabalho na Universidade de Ashdean, que veio com uma casa e uma mudança completa de cenário. Achou a vida de acadêmica satisfatória e as pessoas não a julgavam. Durante muito tempo, seu objetivo havia sido reaver a guarda de Jake, mas na época ele tinha 8 anos, amigos, estava em uma ótima escola e muito feliz. Kate viu que Glenda e Michael tinham cuidado dele quando ela não podia e, para o bem do filho, era melhor que ficasse com os dois. Com o passar dos anos, restaurou o relacionamento e via Jake em todas as férias escolares e alguns fins de semana, além de conversarem por Skype duas vezes por semana, na quarta-feira e no domingo. Tinham um bom relacionamento. Sentia culpa e vergonha eternos pelo filho ter sido tirado de si, mas se agarrava à sobriedade e às coisas boas como se a vida dependesse disso.

Quando ficou mais velho, ela viu que era melhor para Jake que Glenda o levasse à escola e para brincar na casa dos amigos. Ele não era o garoto da mãe famosa, o filho do *serial killer.* Com essa distância de Kate, Jake conseguia ter uma vida relativamente normal. Podia ser o garoto que morava com os avós no casarão de quintal enorme com um cachorro fofo.

Jake sabia que o pai era um homem mau que estava preso, mas Peter Conway não desempenhava papel nenhum na vida dele. Peter estava proibido de ter qualquer contato com Jake até ele completar

16 anos. Mas Kate sentia que os problemas futuros se aproximavam. Em dois anos, Jake faria 16 anos. Ele já tinha importunado Glenda para deixá-lo criar um perfil no Facebook e estava chegando aos anos adolescentes de autoconhecimento e questionamento.

Sempre sentia que era errado chegar em casa sozinha enquanto o filho morava em outro lugar, mas precisava continuar olhando para o futuro, precisava continuar acreditando que os melhores anos estavam por vir. Jake teria uma vida ótima. Estava determinada a fazer isso acontecer, mesmo que significasse manter distância durante os anos formativos dele.

Uma mesinha perto da poltrona sustentava fotos emolduradas de Jake. Uma era da última foto da classe dele, outra de Jake no grande quintal coberto de folhas da casa dos pais dela, com Milo, seu amado labrador. A foto favorita de Kate era a mais nova, tirada no final de agosto na praia abaixo da casa. Com a maré muito baixa ao fundo, estavam ao lado de um enorme castelo de areia que haviam passado a tarde construindo. Jake envolvia a cintura da mãe com os dois braços e ambos sorriam. O sol brilhava no rosto deles e destacava a explosão laranja que tinham nos olhos azuis.

Pegou a foto e acariciou o vidro com o rosto. Jake já batia no ombro da mãe. Tinha olhos dóceis e cabelo escuro, com um corte desmazelado estilo *boyband* usado pelos integrantes do One Direction. Era um garoto bonito, mas possuía o nariz de Peter Conway, robusto e levemente pontudo.

– É claro que pareceria com o pai, é a natureza – comentou Kate em voz alta. – A criação, isso é trabalho meu... dos meus pais. Ele é feliz. Não existe motivo para virar uma pessoa má.

Sentiu os olhos se encherem de lágrimas. Devolveu a foto e olhou para o copo de chá gelado. *Seria tão* fácil beber alguma coisa. Só uma bebida. Balançou a cabeça, livrando-se da ideia, que se foi. Virou o chá gelado e olhou para a foto de Jake na escola, as crianças posando em duas fileiras de bancos com a srta. Prentice, uma loura bonita de 20 e poucos anos. Jake estava rodeado por seus quatro amigos mais próximos, como uma pequena *boyband* em formação, sorrindo, semicerrando os olhos ao sol.

A mente de Kate voltou para a foto de Caitlyn Murray na escola. Ela não parecia feliz como Jake. Levantou para ligar o *laptop* e verificar se o pai de Caitlyn tinha respondido ao *e-mail*, e o celular tocou. Foi até a bolsa na cozinha e viu que era Alan Hexham.

– Alô, trabalhando até tarde? – disse ela. Gostava de Alan. Ele fazia palestras para os alunos dela todo semestre e, além de ser um patologista forense brilhante, tinha se tornado um amigo.

– Kate, está ocupada? – perguntou sem rodeios.

– Não. Está tudo bem?

– Quero que venha ao necrotério... preciso de uma segunda opinião.

– De uma segunda opinião? – indagou Kate. Ele era sempre tão animado, mas nessa noite soava aturdido. Quase amedrontado.

– É. Por favor, Kate. Preciso muito da sua ajuda e da sua avaliação.

CAPÍTULO 5

O necrotério ficava nos arredores de Exmouth, a apenas alguns quilômetros da casa de Kate, no porão de um grande hospital da era vitoriana. O estacionamento estava tranquilo e vazio. Uma chaminé alta erguia-se dos fundos e uma densa fumaça negra jorrava no céu limpo.

O acesso do necrotério era por uma porta lateral e, depois de entrar, Kate estava em um túnel úmido que descia até o porão. Cheirava a mofo e desinfetante. Lâmpadas amarelas e fracas, espaçadas umas das outras, piscavam e zumbiam.

O túnel levava a uma recepção ampla de pé-direito alto com ornamentos vitorianos em gesso. O desenho fez Kate pensar em intestinos bem enroscados ou tecido cerebral. Registrou-se e conduziram-na a um auditório. Assentos de madeira elevavam-se por ele e desapareciam nas sombras.

Um grande cadáver nu estava disposto no centro do auditório em uma mesa de autópsia de aço inoxidável. Alan trabalhava com dois assistentes. Todos usavam roupas azuis e máscaras transparentes de acrílico. O cadáver inchado e enegrecido possuía uma abertura que se estendia da parte acima da virilha até o esterno, onde o corte se separava na direção dos ombros até o pescoço. A caixa torácica estava dividida ao meio e aberta como asas de borboleta. O buraco que deveria ser o rosto era uma lacuna obscena, com uma fileira de dentes inferiores atravessando a carne, que parecia um amontoado de cogumelos venenosos. Kate hesitou na entrada, inspirando o fedor misturado com o cheiro de madeira empoeirada do auditório antigo.

– Os pulmões estão bons e saudáveis, embora próximos da liquidificação – dizia Alan, suspendendo-os nas mãos ensanguentadas. Eles pendiam umedecidos acima do torso desmembrado, levando Kate a pensar em um polvo morto. – Depressa, vão se desintegrar.

Viu Kate e cumprimentou-a com a cabeça, enquanto um de seus assistentes se aproximava apressado com um recipiente de aço inoxidável para órgãos.

– Kate. Obrigado por vir – disse ele com a voz ecoando pelo pé-direito alto. – Pegue uma roupa cirúrgica atrás da porta dos fundos e lembre-se de pôr a proteção para o sapato.

Vestiu depressa a roupa, voltou e parou a alguns metros do corpo. O lugar estava muito frio e ela cruzou os braços sobre o peito. Ficou perto o suficiente para enxergar o que restava dos órgãos da garota, todos bem encaixados no torso aberto. Perguntou-se o que o corpo daquela jovem mulher tinha a ver com ela. Fazia muito tempo que não comparecia a uma autópsia e desejou que o estômago ainda aguentasse. Alan era bem mais alto do que os dois assistentes e começou a colocar Kate a par da situação, explicando onde e quando tinham encontrado o corpo.

– Apesar de não ter rosto a ser identificado, o corpo rendeu uma riqueza de amostras: sêmen, saliva, três mexas diferentes de cabelo, pelo pubiano na vagina, um cílio em uma das mordidas atrás das coxas.

– Mordidas? – questionou Kate.

– Isso. Seis – disse Alan, olhando para ela.

Um dos assistentes suspendeu o coração com cuidado e o carregou respeitosamente com as duas mãos até uma balança.

– Liam. Leve o recipiente ao órgão. Não fique andando por aí com isso! Samira...

Liam paralisou no meio do cômodo segurando o coração, enquanto Samira buscava a tigela de aço para ele colocar o órgão. Kate ignorou a encenação em dupla e se aproximou do corpo, sentindo o cheiro de carne em decomposição. Havia uma serra cirúrgica com sangue coagulado em cima de uma mesa adjacente. Autópsias eram sempre conduzidas com uma calma tão intensa. Ela já tinha escutado descreverem-na como *despedaçar alguém com cuidado.*

– Ela foi asfixiada?

– Foi – respondeu Alan. – Veja as marcas de corda no pescoço e na garganta, pequenos pontinhos vermelhos, como uma irritação. – Ele chamou a atenção de Kate para a área em questão com o dedo. – Indica rápida perda de oxigênio e posterior reoxigenação ligeira do sangue. Foi privada de oxigênio até o ponto da morte e depois reanimada.

– Estava em uma posição específica? Caída de lado com um braço estendido?

– Estava.

– O corpo foi deixado em um parque?

– Charneca. Parque Nacional Dartmoor, mas sim, exposto às intempéries.

– Já a identificou?

– Ainda não. De acordo com o exame dos dentes que restam, acabou de sair da adolescência. – Ele foi até uma bandeja e pegou um envelope de provas contendo a ponta rasgada do saco plástico e a corda com o nó. Entregou para Kate. – E encontramos isto amarrado no pescoço dela.

Pela segunda vez no dia, um pedaço do passado tinha repentinamente invadido o presente. Um arrepio percorreu-lhe o corpo quando encostou o dedo no nó através do plástico grosso, sentindo os sulcos firmes da bolinha. Olhou para Alan.

– Um nó punho de macaco? – disse ela, antes de olhar de volta para o corpo, tão decomposto e inchado que era difícil dizer como era a aparência da garota viva. – O que a polícia falou?

– Sobre você vir à autópsia? Eles não sabem – respondeu Alan.

Kate suspendeu o rosto e ergueu uma sobrancelha.

– Não foi isso que eu quis dizer.

– Uma jovem detetive está comandando esse caso. Acho que ela ainda brincava de Barbie quando Peter Conway estava tocando o terror. Não contei para ela. Quero que você dê uma olhada antes de começar a ligar este assassinato a um caso histórico.

Kate olhou para o nó de novo.

– Na minha cabeça, não há dúvida. Olhe para o todo. É o Canibal de Nine Elms.

– Peter Conway não fugiu, caso você esteja preocupada. Ele ainda está muito bem acomodado na cela dele, conforme determinação de Vossa Majestade.

– Eu sei. Se ele fugir, sou a primeira a ser informada. Há medidas em vigor para proteger a mim e meu filho... – Kate viu um traço de pena nos olhos de Alan. Nunca tinham discutido a situação dela, mas era óbvio que o patologista sabia. – Quem quer que tenha feito isso deve ser um imitador. Estou tirando conclusões precipitadas? Há muita coisa aqui para que seja só uma coincidência.

– É. Concordo – disse ele.

– Sabe quando ela morreu? O horário da morte? – indagou ela, retornando a atenção para o corpo.

– Ficou exposta às intempéries... vento, bichos rastejantes. Tem larvas na carne atrás da orelha esquerda e no ombro, e o corpo está inchado. Diria que a morte foi há cinco ou seis dias.

– Ou seja, na terça ou quarta-feira passada. Conway pegava as vítimas na quinta ou sexta-feira. Assim tinha o fim de semana para torturá-las e matá-las, depois desovava os corpos na segunda ou na terça-feira – disse Kate. Olhou para Alan. – Você colheu as impressões dentárias das marcas de mordida?

– Não. A pele estava decomposta demais.

– E o rosto dela? Sabe como foi removido?

Alan pegou um saquinho plástico no bolso da roupa cirúrgica e, dentro dele, havia um dente comprido.

– Um canino incisivo esquerdo – informou ele, suspendendo-o. Era liso e branco.

– De cachorro?

Alan confirmou com a cabeça e completou:

– De *doberman* ou pastor-alemão. Ele precisava estar muito bravo para fazer isso. Tenho medo até de pensar no que fizeram. Achamos o dente enterrado no que sobrou do maxilar superior direito, mas não acho que o cachorro sozinho tenha arrancado o rosto. Também há marcas de incisão com uma lâmina de serra.

– Como se o cachorro tivesse atacado e o rosto sido removido... ou terminado de ser removido... com uma faca?

– Isso mesmo – confirmou Alan.

– Você se deparou com algum outro assassinato que tinha as características do Conway?

– Não.

– Pode confirmar?

– Kate, pedi sua opinião profissional sobre o corpo e sou grato por...

– Alan. Você tem acesso aos bancos de dados da polícia. Se existe alguém por aí imitando os assassinatos de Peter Conway, esta mulher é a *segunda* vítima. A segunda vítima do Conway foi Dawn Brockhurst. Desovada ao lado de um rio... Raposas arrancaram o saco plástico que cobria a cabeça dela e comeram parte do rosto. Shelley Norris foi a primeira vítima dele e a encontraram em um ferro-velho na Nine Elms Lane...

Alan suspendeu as mãos.

– Sim, estou ciente... mas meu trabalho é fornecer os fatos, a causa da morte.

– Pode pelo menos dar uma olhada? Ou instruir a polícia a investigar?

Alan consentiu, cansado, com um movimento de cabeça. Os assistentes estavam fechando cuidadosamente a caixa torácica para, em seguida, costurarem a incisão em forma de Y no esterno.

Kate olhou para baixo e viu que ainda segurava o saco plástico contendo o pedaço de corda enlameado com o nó punho de macaco. Sua mão tremeu e ela o entregou depressa a Alan. Sentiu que, se o segurasse mais, ele poderia contaminá-la e arrastá-la de volta ao inferno turbulento do caso Canibal de Nine Elms.

CAPÍTULO 6

Kate não se lembra de ir embora do necrotério nem de se despedir de Alan. Pegou-se saindo do corredor comprido e úmido e chegando ao estacionamento.

As pernas se movimentavam e o sangue percorria as veias com tanta força e velocidade que era doloroso. Tudo estava abafado; o barulho da rua movimentada que ela atravessava. Uma névoa fina começava a se manifestar ao redor das luzes amarelas e fracas dos postes. O medo que sentia era irracional. Não era uma imagem nem um pensamento, mas a consumia. "Será que esse medo vai acabar comigo, de uma vez por todas?", pensou ela. Escorria suor no pescoço e nas costas, mas o ar frio causava arrepios nela.

Voltou a si dentro de uma loja de bebidas em frente ao necrotério e olhou para baixo. Estava com uma garrafa de uísque na mão.

Soltou a garrafa, que se espatifou no chão, respingando o linóleo acinzentado e os sapatos dela. Um indiano pequeno sentado atrás da caixa registradora assistia a um filme no *laptop* e o barulho da garrafa caindo o fez levantar o rosto. Tirou o fone e pegou um rolo grande de papel azul.

– Vai pagar isso – afirmou ele.

– É claro, me deixe ajudar – falou Kate, ajoelhando-se e pegando um caco da garrava quebrada. Ele cintilava o líquido âmbar. Estava tão perto da língua, e Kate sentia o cheiro.

– Não encoste em nada – ordenou o rapaz, olhando para ela com aversão... outra bêbada. De repente, a realidade voltou a tomar forma para Kate.

Vasculhou a bolsa e estendeu a ele uma nota de 20 libras. Ele a pegou, Kate percorreu um caminho em meio aos cacos de vidro e saiu da loja.

Não olhou para trás, atravessou a rua apressada e por pouco não foi atropelada por uma *van*, que buzinou. Quando chegou ao carro, entrou e trancou as portas. As mãos tremiam e dava para sentir o cheiro do uísque no sapato e na calça molhada. Uma parte dela queria chupar o líquido do tecido. Respirou fundo, abriu a janela e sentiu o ar frio circular no carro, amenizando o cheiro de uísque. Pegou o telefone celular e enviou uma mensagem para Myra, sua madrinha no Alcoólicos Anônimos.

ESTÁ ACORDADA? QUASE BEBI.

Ficou aliviada ao receber a resposta imediatamente.

SORTE SUA, MENINA. ESTOU ACORDADA E TENHO BOLO. VOU ESQUENTAR A CHALEIRA.

***

Myra era vizinha de Kate e morava em um apartamento sobre a loja de surfe, da qual era proprietária e gerente. O estabelecimento fechava no inverno e o pequeno estacionamento em frente estava vazio, tinha apenas um caixa automático preso à parede e uma velha placa giratória de dois lados com as beiradas sulcadas. Ela rodopiava depressa ao vento e mostrava, alternadamente, o que lá era vendido: BEBIDAS GELADAS e SORVETES. Kate foi à porta lateral e bateu. Olhou para o caixa automático brilhando no canto. Nos meses de verão, os surfistas o utilizavam, mas, fora de temporada, Kate era uma das únicas pessoas a usá-lo, porque era muito preguiçosa para ir à cidade.

Myra atendeu a porta segurando duas canecas de chá fumegantes.

– Segura aqui – pediu ela, entregando as canecas para Kate. – Vamos descer e tomar um ar.

Vestiu um casaco comprido e escuro de inverno e enfiou os pés em galochas Wellington. Seu rosto tinha muitas rugas, mas a pele era clara e o cabelo branco brilhava luminosamente sob a luz do corredor de entrada. Kate nunca lhe perguntou a idade e ela nunca lhe disse. Myra era uma pessoa reservada e Kate calculava que devia ter 50 e tantos, 60 anos. Devia ter nascido antes de 1965, ano em que Myra

Hindley e Ian Brady foram capturados pelos Assassinatos da Charneca – não foram muitas as pessoas que quiseram colocar o nome da filha de Myra depois disso.

Saíram e atravessaram a varanda com vista para o mar, onde havia três fileiras de mesas de piquenique vazias nas sombras.

Uma escada de concreto deteriorada levava à praia e Kate desceu lentamente atrás de Myra, concentrada em não derramar o chá.

O som do vento e das ondas aumentava à medida que chegavam ao final da escada, onde duas cadeiras de praia encontravam-se aninhadas nas dunas. Elas rangeram em uníssono quando se sentaram. Grata, Kate deu um golinho no chá quente e doce. Myra tirou uma caixa de bolinhos do bolso do casaco.

– Por que quis beber? – perguntou ela, com uma expressão séria no rosto. Não estava julgando, mas estava séria e com toda a razão. Seis anos de sobriedade não eram brincadeira. Comendo bolo, Kate contou a urucubaca tripla do dia: a aula sobre Peter Conway, o *e-mail* que tinha recebido, depois a autópsia.

– Eu me sinto responsável, Myra. O pai daquela menina, Caitlyn. Ele não tem mais ninguém a quem recorrer.

– Você não sabe se ela foi sequestrada pelo Peter Conway. E se for coincidência? – disse Myra.

– E a garota de hoje à noite... Meu Deus, o jeito que ela estava caída lá, como um pedaço espancado de carne... E a ideia de que está tudo começando de novo.

– O que quer fazer?

– Quero ajudar. Quero impedir que aconteça de novo.

– Você pode ajudar contando e compartilhando o que sabe, mas lembre-se que a recuperação nunca termina, Kate. Você tem um filho que precisa da mãe. Tem que pensar em si mesma. Nada é mais importante do que a sua sobriedade. O que acontece se voltar a uma loja de bebidas e não deixar a garrafa de uísque cair? E se for ao balcão, pagar por ela e tiver uma recaída?

Kate limpou uma lágrima do olho. Myra estendeu o braço e segurou a mão dela.

– Peter Conway está preso. Você o colocou lá. Pense na quantidade de vidas que salvou, Kate. Ele teria continuado. Deixe a polícia cuidar disso. Deixe Alan fazer o trabalho dele. E quanto à garota desaparecida, o que acha que pode fazer para encontrá-la? Como os pais dela podem ter certeza de que Peter Conway a matou?

Kate baixou os olhos na direção da areia e a alisou sob os pés com a ponta da bota. Conversar com Myra a tinha acalmado. A adrenalina não estava mais percorrendo seu corpo, e sentiu-se exausta. Conferiu o relógio. Eram quase onze horas da noite. Virou-se e olhou para o mar, para as fileiras de luzes de Ashdean cintilando na escuridão.

– Preciso descansar um pouco e tirar essa calça. Está fedendo à bebida.

Kate viu a preocupação de Myra, mas não quis prometer que deixaria o caso de lado.

– Vou com você e a ajudo a colocá-la na máquina de lavar – ofereceu Myra. Kate estava prestes a negar, mas concordou com um gesto de cabeça. Tinha feito umas loucuras na época em que bebia e o fedor de álcool a tinha empurrado do penhasco no passado. – E a gente tem uma reunião cedo amanhã, acrescentou com firmeza.

– Está bem – falou Kate. – E obrigada.

CAPÍTULO 7

Peter Conway percorreu o longo corredor do Hospital Psiquiátrico Great Barwell acompanhado por dois assistentes, Winston e Terrell.

Os muitos anos de encarceramento e a atividade limitada deram a Peter uma pança, além de pernas magrelas e fracas que despontavam do roupão ligeiramente curto demais. As mãos estavam algemadas às costas e ele usava capuz anticuspe. Era de malha de metal e cobria a cabeça inteira. Um painel reforçado de plástico na frente movia-se para dentro e para fora com a respiração. O cabelo grisalho molhado do banho despontava por baixo do capuz e pendia acima dos ombros.

Tinha passado um ano desde o último episódio violento de Peter. Havia mordido outro prisioneiro durante a terapia em grupo, um maníaco-depressivo chamado Larry. O motivo do desentendimento tinha sido Kate Marshall. Peter carregava um enorme amontoado de emoções sobre ela: fúria, ódio, luxúria e perda. Antes daquela sessão em particular, Larry tinha encontrado uma pequena matéria no jornal sobre Kate. Nada importantíssimo ou significativo, mas ele o ridicularizou. Larry deu o primeiro soco, mas Peter finalizou arrancando com uma mordida a ponta do narizinho gordo do sujeito. Recusou-se a deixar que fizessem uma lavagem estomacal nele para recuperarem o pedaço que faltava e agora tinha que usar algemas e o capuz anticuspe fora da cela ou do "quarto", como médicos mais progressistas gostavam de chamá-la.

Aconteceram vários incidentes ao longo dos anos: Peter mordeu um assistente, um médico e dois pacientes, e várias focinheiras, incluindo uma máscara de hóquei estilo Hannibal Lecter, foram usadas nele. Morder por prazer e por legítima defesa eram duas coisas diferentes na cabeça de Peter. A macia carne feminina tinha uma delicada, quase perfumada qualidade, a ser saboreada como um vinho fino. Carne masculina era peluda e fedorenta, só mordia homens em legítima defesa.

O advogado entrou com uma bem-sucedida ação contra o uso dessas restrições, citando a Lei dos Direitos Humanos. O capuz era usado pela polícia durante prisões para impedir que ficassem expostos a fluidos corporais e foi a única solução aceitável para Peter, com que concordaram o hospital, os tribunais e o advogado.

A cela de Peter ficava no final do comprido corredor. As portas grossas eram de metal e tinham uma portinhola que só podia ser aberta pelo exterior. Gritos, pancadas e ocasionais berros escapuliam pelas fechaduras, mas, para Peter e os assistentes, nas caminhadas matinais de ida para o banho, aquele era o ruído de fundo normal, como o gorjeio de pássaros no campo. Winston e Terrell eram enormes, imponentes, de mais de um metro e oitenta, e pareciam armários, como a mãe de Peter gostava de dizer. Embora parecesse uma caminhada de volta do banheiro tranquila, os dois usavam cintos de couro grossos com armas de choque.

Prisioneiros em alas de segurança máxima ficavam separados uns dos outros, em celas individuais, e raramente tinham contato com pessoas fora delas. Os corredores do hospital eram monitorados por uma extensa rede de câmeras, tanto por segurança quanto para coreografar os movimentos cotidianos. Peter sabia que devia estar de volta à cela nos minutos seguintes para dar ao próximo prisioneiro acesso ao chuveiro.

Ocupava a mesma cela havia seis anos. Quando chegavam à porta, Peter ficava de pé contra a parede oposta à porta, vigiado por Terrell, enquanto Winston a destrancava. Assim que era aberta, Terrell soltava as tiras do capuz anticuspe e Peter entrava. Eles fechavam e trancavam a porta.

– Vou abrir a portinhola, Peter. Preciso que se afaste e atravesse as mãos – informou Winston. Peter sentiu a corrente de ar quando ele a abriu e então enfiou a mão. Tiraram as algemas dele, que puxou os braços de volta. Soltou o capuz anticuspe, o tirou da cabeça e enfiou na portinhola.

– Obrigado, Peter – disse Winston antes de fechar a portinhola.

Peter se livrou do roupão, remexendo os ombros, e vestiu calça *jeans* e um suéter de linha azul. Tinham permitido que alguns pequenos luxos se esgueirassem para dentro da cela dele ao longo desses seis anos. Possuía um rádio digital e, embora muitas das bibliotecas locais no Reino Unido tivessem fechado por cortes no orçamento, a de Great Barwell continha um bom acervo e havia uma pilha de livros em sua mesinha de cabeceira. O único arrependimento por ter agredido Larry era a perda da chaleira. Privilégios que envolviam bebidas quentes eram difíceis de se conseguir e sentia falta de poder fazer o próprio chá ou café.

A vontade de ser livre nunca abandonou Peter. O último livro que leu era sobre a teoria do caos e foi cativado por ela e pelo "efeito borboleta". Havia muitas portas e cercas de arame farpado entre ele e a liberdade, mas sabia que, em breve, asas bateriam em algum lugar, o que significaria uma pequena mudança ou oportunidade, talvez surgisse a chance de fugir.

Ouviu o chiar de calçados no corredor do lado de fora e o ruído grave de um carrinho. Muito tempo atrás, descobriu que o hospital dividia o tempo em blocos de cinco minutos. Certa vez, ao ir ver o médico do hospital, houve um incidente com outro paciente e Peter foi levado de volta para a cela por um caminho intrincado e corredores desconhecidos. Por uma porta aberta, vislumbrou a sala de controle das câmeras de segurança – um amplo conjunto de telas mostrando imagens de todos os portões e corredores do Great Barwell. Apesar da duração de sua estadia, a planta do hospital lhe era desconhecida.

Bateram na porta e a portinhola foi aberta. Um narigão de comprimento quase cômico despontou pela fresta com molhados lábios vermelhos rodeados de espinhas.

– Peter? – grasnou uma voz. – Sua correspondência.

– Bom dia, Ned – respondeu, aproximando-se da portinhola. Ned Dukes era o paciente mais antigo dali. Estava internado havia 40 anos por aprisionar e estuprar garotos de 14. Baixinho e mirrado, tinha, cravados no meio do largo rosto redondo, um nariz comprido e uma boca carnuda dominada por espinhas. Os olhos cegos e leitosos rolavam de um lado para o outro enquanto apalpava o carrinho abarrotado de cartas e pacotes. Ned estava acompanhado de uma mulher mais velha, uma assistente cuja boca sem lábio formava uma linha taciturna.

– Na prateleira de baixo – disse ela, sem paciência. Ned não era o mais eficiente dos carteiros, mas fazia aquele trabalho desde antes de perder a vista e ficava extremamente agitado e aflito se não tivesse a rotina da entrega das correspondências. Na última vez que o hospital tinha tentado tirá-lo dessa atribuição, Ned protestou jogando água fervendo na genitália. Perdeu as bebidas quentes, mas permaneceu com o cargo de carteiro não oficial.

Ned se abaixou, respirando alto, e, com o nariz, ficou tateando as cartas muito bem empilhadas e derrubou uma das pilhas.

– Na do fundo! Lá! – ralhou a mulher, agarrando-lhe o punho e posicionando a mão dele na pilha de cartas de Peter. Ned as pegou e entregou através da portinhola.

– Obrigado, Ned.

– Tchau – despediu-se com um sorriso verdadeiramente repulsivo de dentes quebrados e marrons.

– Tchau, tchau – murmurou Peter ao fecharem a portinhola.

Retornou para a cama e examinou a correspondência. Como de costume, tinha sido aberta pelo hospital, conferida e mal colocada de volta nos envelopes.

Havia uma carta da Irmã Assumpta, uma freira que lhe escrevia de seu convento na Escócia havia vários anos. Queria saber se ele gostou do roupão que lhe enviou e perguntava quanto Peter calçava, porque tinha achado na Amazon um chinelo que combinava com ele. Finalizava a carta com uma oração pela alma dele. O resto da correspondência era um tédio para Peter: um escritor que fazia um livro sobre crimes reais pedindo uma declaração; um homem e uma mulher, que escreveram separadamente, dizendo que estavam apaixonados por ele; e, de alguma maneira, o nome dele foi parar no *mailing* da revista *Reader's Digest.*

Peter escreveu para Kate uma vez apenas. Uma longa carta durante um momento de fraqueza quando cumpria prisão preventiva aguardando a sentença. Soube que estava grávida dele e pediu para ela levar a gravidez adiante. Também requisitou fazer parte da vida do bebê.

Não obteve resposta. As únicas informações que conseguia vinham da mãe, Enid, e da imprensa. Nunca mais escreveu para ela. A rejeição de Kate àquilo que sentia e que expressou em sua franca e genuína carta foi uma traição pior do que ela ter descoberto os crimes dele. Uma determinação judicial em vigor impedia que Peter e Enid contatassem Jake e soubessem o endereço do garoto. É claro que Enid conhecia pessoas e tinha descoberto onde ele morava, não porque tivesse algum interesse nele, mas queria desbancar as autoridades.

Em dois anos, Jake faria 16 anos e a determinação judicial expiraria. Peter sabia que Kate era uma causa perdida, mas um dia ele encontraria o filho. E seria tão prazeroso virá-lo contra ela.

Aproximou-se da porta da cela e escutou. O corredor estava silencioso. Foi ao aquecedor soldado à parede no canto da cela. O aparelho tinha um grande disco plástico para regular a temperatura e, algumas semanas atrás, quando o girou, ele se soltou do suporte, mas a peça de plástico continuou inteira. Foi um presente arranjar um lugar para esconder as coisas. Revistavam as celas meticulosamente todos os dias.

Peter virou lentamente o disco do aquecedor para a esquerda e sacolejou o plástico, que se soltou. Pegou os óculos de grau e, com a haste, pescou dentro do encaixe. Virou o disco na mão e uma pequena cápsula caiu dele. A grande cápsula solúvel de uma vitamina C. Separou as duas metades da cápsula e, com as unhas, tirou um canudinho de papel bem fino, muito enrolado. Juntou a cápsula da vitamina novamente e a colocou na pilha de livros. Quando sentou na cama, se aproximou da parede de modo que ficasse colado a ela e não pudessem enxergá-lo caso abrissem a portinhola. Cuidadosamente, desenrolou o papel. Era um papel branco fino e encerado, daqueles usados em maquininhas que imprimem bobinas para caixas-registradoras.

A pequena tira de papel estava preenchida com uma caligrafia preta caprichada.

> ***Quando lhe escrevi e disse que tinha matado uma garota em sua homenagem, você deve ter achado que era um dos tristes e solitários fantasistas que lhe escrevem.***
>
> ***Escrevo novamente para afirmar que sou genuíno. Sou real.***
>
> ***Sequestrei e matei uma segunda menina. O nome dela é Kaisha Smith e deixei o corpo no rio perto de Hunter's Tor, em Dartmoor.***
>
> ***Muito em breve isso será reportado pela imprensa.***
>
> ***Continuo seguindo os seus passos e espero ser digno de você. Por favor, mantenha a nossa linha de comunicação aberta. Não se arrependerá. Meu plano é continuar o seu trabalho, mas também quero deixá-lo feliz. Eu o ajudarei a acertar contas antigas e, por fim, lhe darei a liberdade.***
>
> *Um Fã*

Tinha lido essa carta muitas vezes nos últimos dias. A mãe lhe garantiu que esse "fã" era genuíno e que tinha se encontrado com ele.

Peter ficava frustrado por as pessoas fora do hospital poderem se comunicar num piscar de olhos, enquanto ele devia se contentar com cartas e longos períodos agonizantes para receber uma resposta.

Estendeu o braço, ligou o rádio digital e percorreu as estações bem a tempo de escutar as manchetes do jornal das oito da manhã na BBC Radio Devon. Escutava a Rádio 4 e a rádio local todas as manhãs na esperança de que noticiassem algo e o que tinha sido escrito na carta do "fã" fosse confirmado. Ouviu os jornais inteiros, mas não havia nada.

Desligou o rádio e começou a enrolar a carta novamente quando escutou o carrinho no corredor. A cápsula vazia não estava na pilha de livros e ele passou um momento frenético procurando-a até achá-la debaixo da cama. Ela quase desintegrou em suas mãos suadas, enquanto empurrava o bilhete para dentro. Tinha acabado de encaixar o botão do aquecedor no lugar quando abriram ruidosamente a portinhola.

– Café! – gritou a mulher que entregava lanches e refeições. Peter foi à portinhola e viu o copinho plástico infantil vermelho desbotado. Podia tomar uma bebida quente toda manhã, servida nesse tipo de copo por segurança. Embora a impressão fosse de que aquilo havia sido concebido para humilhá-lo.

– Leite e sem açúcar? – perguntou ele.

– *Isso...*

– Parece que você não tem certeza.

– Não pode abrir na minha frente – ralhou a mulher. – Ou você vai beber, ou vou ter que levar embora.

Ele o pegou.

– Obrigado – disse antes de murmurar –, *piranha*.

– O que você falou?

– Perguntei se tem uma bolachinha – respondeu, abrindo um sorriso de dentes marrons. Ela meneou a cabeça com uma expressão de repulsa na cara fechada.

– Volto em uma hora. Tem que devolver o copinho...

– Vazio, virado para cima, sem a tampa... É, eu sei – antecipou Peter. A mulher bateu a portinhola. Ele inclinou o copinho e deu um gole. Estava frio, com muito leite e doce.

Foi à mesa, pegou um pedaço de papel e, com uma régua, cortou uma tira fina. E começou a escrever uma resposta para o Fã.

CAPÍTULO 8

Kate foi à reunião do AA na manhã seguinte com Myra. Era a reunião regular que tinham no salão paroquial de uma igreja bem na saída de Ashdean. Kate falou sobre quase ter perdido a sobriedade e, como sempre, as pessoas na reunião lhe deram força e compartilharam suas histórias de recuperação. Quando ela e Myra se separaram nos degraus da igreja, Kate ficou satisfeita por a colega não ter insistido em saber o que faria.

Tristan já trabalhava, sentado à sua mesa, quando Kate chegou na sala.

– Bom dia – cumprimentou ele. – Alan Hexham retornou. Ele pode dar a palestra na semana que vem. Também quer saber se você está bem. Ficou preocupado com a possibilidade da autópsia de ontem à noite ter deixado você aflita.

– Obrigada. Vou ligar para ele – respondeu sentando à mesa dela e ligando o computador. Dava para ver, pelo canto do olho, que Tristan queria saber mais. Por que Alan deixaria uma mensagem tão indiscreta? Ele não sabia se Kate compartilhava tudo com o assistente. Abriu o *e-mail* e viu a resposta de Malcolm Murray, que queria se encontrar com ela.

Kate olhou para Tristan. Ele trabalhava na atividade sobre o caso arquivado para a próxima aula, o que tinha envolvido pegar os arquivos e relatórios na polícia e organizar as informações para os alunos lerem. Tomou uma decisão.

– Quer tomar um café? – chamou ela.

– Claro, o que você quer? – respondeu ele, ajeitando o cabelo para trás.

– Não, estou chamando você para tomar um café comigo. Quero conversar sobre uma coisa.

– Ok – respondeu franzindo as grossas sobrancelhas castanhas. – Algum problema com o meu trabalho?

– Meu Deus, não. Vamos, vou morrer se não ingerir cafeína e aí a gente conversa.

Desceram até a nova e reluzente Starbucks no térreo do prédio da faculdade. Era quente e aconchegante, e, quando pegaram o café, conseguiram angariar uma mesa à janela com vista para o mar. Kate deu uma olhada para as mesas ocupadas do lugar, em que os alunos trabalhavam em seus *laptops* novos e reluzentes, devorando *muffins* e tomando *lattes* de três pratas, então lembrou-se de seus dias de aluna carente: do apartamento de um cômodo gelado e sobrevivendo com uma dieta de lentilhas e frutas. Um *latte* e um *muffin* da Starbucks eram mais caros do que a comida que ela comprava para uma semana inteira naquela época.

– Muitos desses alunos devem ser montados na grana – comentou Tristan, ecoando os pensamentos de Kate. – Olha aquele cara ali – disse ele, apontando para um sujeito bonito, de cabelo escuro, relaxado em uma das poltronas e falando ao celular. – Ele está com um Adidas Samba Luzhniki World Cup de edição limitada.

Kate olhou para o tênis branco com listras vermelhas.

– Sério? Para mim é só um tênis.

– Só fizeram alguns milhares e eles têm couro e camurça de bisão. Ele não deve ter recebido muito troco ao pagar 500 pratas. Desculpe, sobre o que você quer falar?

– Não se preocupe – disse ela, sorrindo. Quanto mais conhecia Tristan, mais gostava dele. Contou-lhe sobre o *e-mail* de Malcolm Murray e o encontro com Alan Hexham na noite anterior. Cortou a parte de quase ter tido uma recaída. E também mostrou o *e-mail* a Tristan.

– Você acha que estão ligados? A garota morta no necrotério e esse *e-mail* sobre Caitlyn?

– Não. Embora o jeito que essa garota foi morta seja hediondo e tenha todas as características de Peter Conway, ele está preso e a polícia trabalha no caso. Quero que você me ajude a investigar o desaparecimento de Caitlyn.

– Como? – disse ele, olhando para o *e-mail*.

– Você tem preparado todo o material para as minhas aulas sobre os casos arquivados. Gostaria que fosse comigo quando me encontrar com o Malcolm e a esposa dele, para que eu tenha uma segunda opinião. Sou muito próxima do caso, obviamente, e as suas ideias seriam bem-vindas.

Tristan ficou surpreso e empolgado.

– É claro. Adoro mexer com os casos arquivados, ler os arquivos antigos da polícia. São coisas muito interessantes.

– Você tem muito serviço amanhã? – perguntou Kate. Ela não dava aula na quarta-feira, mas usava o dia para trabalhar na preparação e em questões burocráticas.

– Dou um jeito de esquematizar as coisas, fico até um pouco mais tarde hoje. Quer ir amanhã?

– Quero. Teríamos que sair bem cedo e, é claro, vai contar como dia de trabalho e vou pagar as suas despesas.

– Está ótimo – disse ele, virando o resto do café. Olhou para o *e-mail* novamente e para a foto de Caitlyn que Kate tinha achado na internet. – Você deve ter a sensação de que isso é um assunto inacabado. O caso do Peter Conway era seu e, agora, podem existir mais vítimas.

– Ainda não sabemos disso. Não há corpo, mas, infelizmente, para mim, vou sempre ter a sensação de que o caso do Peter Conway é um assunto inacabado...

Tristan demonstrou compreensão com um gesto de cabeça antes de dizer:

– Como ele era? O Peter? Sei o que ele é agora, mas devia parecer uma pessoa normal. Ninguém suspeitou dele durante anos.

– Ele era o meu chefe e, mesmo que a gente tenha tido um caso, não existia brincadeira entre nós. Parecia um camarada decente, a equipe gostava dele. Sempre pagava rodadas de bebidas depois de um dia longo e difícil. O marido de uma das detetives se separou dela e o Peter dava colher de chá para ela, deixando a moça fazer o que precisava, buscar o filho na escola, esse tipo de coisa. E em 1995, se uma policial mulher tivesse um filho ou qualquer questão envolvendo criação de filhos, mandavam-na para o trabalho burocrático antes mesmo de alguém falar de direitos iguais para as mulheres.

– Acha que existia uma pessoa normal espreitando de dentro dele?

– Acho e, na maioria das pessoas que cometem assassinatos em série, os dois lados da personalidade geralmente estão em conflito. O bem e o mal.

– E o mal geralmente vence.

– Minha esperança é de que o bem triunfe tanto quanto o mal... – Sua voz desvaneceu. Não tinha mais tanta certeza.

– Obrigado, prometo que não vou te amolar mais com perguntas sobre ele... Isso é legal demais! Vou te ver como policial de novo investigando um crime.

– Pisa no freio aí. Só quero ir visitar o Malcolm e a esposa dele, nada além disso. Não estou prometendo nada a eles.

CAPÍTULO 9

Kate e Tristan partiram cedo na manhã seguinte e passaram duas horas na rodovia até Chew Magna, um bonito vilarejo a quinze quilômetros de Bristol.

O chalé de Malcolm e Sheila ficava nos arredores do vilarejo, no final de uma estradinha enlameada devido à chuva recente. Estacionaram perto do portão e Tristan teve que pular do banco do passageiro para não pisar em uma poça barrenta enorme.

O lugar era pitoresco e diferente do que Kate havia imaginado como a casa de Malcolm e Sheila – tinha visualizado uma encardida casinha vitoriana geminada ou um apartamento subsidiado pelo estado, similar às casas das outras vítimas.

O chalé tinha as paredes caiadas de branco e uma densa trepadeira envolvia o cano que descia do telhado e estendia-se sob o beiral. Os galhos estavam nus e algumas folhas amareladas pendiam dançando ao vento. Caminharam até a porta localizada atrás de um jardim cuja grama batia na altura do joelho e ervas daninhas altas cresciam das rachaduras no concreto.

Malcolm atendeu a porta. Era baixo, roliço e tinha ombros gordos. O cabelo muito ralo e fino parecia com o de um bebê: agarrado ao couro cabeludo cheio de veias. Estava de calça *jeans* vincada na frente e uma blusa com estampa vermelha e azul.

– Oi, oi, é um prazer enorme conhecer vocês – disse com uma voz rouca e dando um aperto de mão nos dois. Kate percebeu que ele tinha manchas escuras nas costas das mãos e calculou que devia beirar os 90 anos.

– Chegamos mais rápido do que imaginamos. Espero que não esteja cedo demais – disse Kate. Eram nove e pouco da manhã.

– A gente se sente bem melhor antes do almoço, quanto mais cedo, melhor, antes que a gente fique meio gagá – comentou, abrindo um sorriso.

Deu um passo atrás para deixá-los entrar. No chão, havia um grosso tapete desbotado de cor malva e a entrada de teto baixo era parcamente iluminada. No ar, um leve cheiro de desinfetante e lustra-móveis. Kate tirou o sapato e pendurou o casaco. Malcolm ficou observando Tristan desamarrar o cadarço do tênis e tirá-lo cuidadosamente, revelando uma imaculada meia esportiva branca como a neve.

– Nossa, que teteia – comentou Malcolm, ajeitando os óculos grossos com as mãos trêmulas.

– Obrigado – disse Tristan, suspendendo o tênis. – É um *Vintage Dunlop Green Flash*.

– Não, estou falando da meia. É tão branca! A Sheila nunca me deixaria usar uma meia tão branca. Elas devem ressaltar a sujeira.

Tristan riu e respondeu enquanto pendurava o casaco:

– Um pouquinho, sim. Mas sou eu que lavo a roupa lá em casa.

– Você é casado?

– Não. Moro com a minha irmã. Ela cozinha. O meu negócio é faxina e lavar roupa.

Kate sorriu. Não sabia daquilo e fez uma nota mental para perguntar mais a Tristan depois.

– Malcolm! Olha o vento! Fecha essa porta! – ordenou uma voz esganiçada da sala. – Arruma uns chinelos para eles.

– Está bem, você não pode ficar gripada – respondeu Malcolm, esticando o braço para fechar a porta. – Agora, cadê os chinelos?

Tanto Kate quanto Tristan disseram que não precisavam de chinelos, mas Malcolm insistiu, remexendo no baú grande debaixo do cabide de casacos até achar um chinelo amarelo de hotel para cada um com a frase: DIVERSÃO, SOLZÃO, ISTO É SHERATON! Ele os largou no chão em frente aos pés dos dois.

– Prontinho. Fomos para Madeira na virada do milênio. Foi o último feriado antes da Sheila ser dominada pela acrofobia... e depois, bom, enfim. Calcem que vão ficar quentinhos e ele vai manter essa meia limpa.

Malcolm saiu e Tristan fez uma careta para Kate. Os chinelos minúsculos estavam ridículos apertadinhos na ponta de seus pés enormes. Passaram por um grande relógio de pêndulo tiquetaqueando alto na entrada escura e chegaram à sala, bem mais clara. O lugar era uma bagunça: duas poltronas enfiadas sob a janela da frente perto de um ninho de mesas, e uma mesa de jantar com cadeiras empilhadas na outra ponta sob a janela com vista para o quintal tomado pelo mato alto. Quando Kate viu Sheila, entendeu o porquê. O meio da sala tinha sido liberado para encaixar uma poltrona de encosto alto em que Sheila estava sentada, aconchegada sob um cobertor azul felpudo. Tinha cabelo grisalho comprido, com madeixas que escapuliam do rabo de cavalo, e a pele era profundamente amarela. Perto dela, um enorme aparelho de diálise zumbia e chiava com uma fileira de luzinhas piscando e, do outro lado, havia uma mesa coberta de frascos e embalagens de medicamentos, além de uma lixeira amarela para objetos cortantes, destino final de agulhas e curativos. Quadrados em baixo relevo no carpete identificavam os locais em que a mobília antiga ficava.

– Malcolm! Você devia ter avisado. Olha para ele, pobre rapaz – disse Sheila ao observar Tristan, que estava um pouco pálido. Tubos grossos cheios de sangue emergiam debaixo do cobertor e entravam no aparelho, onde uma cânula girava, bombeando-o de volta às veias.

– Oi, sou Sheila – apresentou-se. Kate e Tristan se aproximaram e todos deram apertos de mão.

– Como ele é lindo! – falou Sheila, segurando a mão de Tristan. – É seu filho?

– Não, é meu assistente de pesquisa na universidade.

– Deve ser um trabalho interessante. Você tem namorada?

– É, sim, e não tenho, não – respondeu Tristan, desviando os olhos do sangue.

– Namorado? Um dos meus enfermeiros, o Kevin, é *gay*. Acabou de voltar de um cruzeiro da Disney.

– Não. Sou solteiro – esclareceu Tristan. Sheila finalmente soltou a mão dele e gesticulou para que se sentassem no sofá. Kate teve a impressão de que Sheila não recebia muitas visitas, pois falou constantemente até Malcolm voltar com uma bandeja de utensílios para chá. Ela explicou que estava na fila de espera por um transplante de rim.

– Tenho sorte de as autoridades locais trazerem esse aparelho aqui três vezes por semana.

Kate deu uma olhada geral na sala e viu que a cornija acima da lareira era a única parte do cômodo que não tinha sido rearranjada. Havia seis fotos de Caitlyn, inclusive uma dela ainda bebê, de olhos arregalados e espreitando por baixo de um cobertor azul no berço.

Em outra, uma versão bem mais jovem de Malcolm e Sheila estava em um banco, agachada ao lado de Caitlyn, que tinha 5 ou 6 anos. Era um glorioso dia de sol e todos seguravam sorvetes e sorriam para a câmera. Outra, provavelmente tirada em um estúdio profissional alguns anos depois, era um *close-up* dos três sentados em fila com um fundo manchado de azul e branco, todos com saudosos olhares perdidos. Havia duas outras fotografias de Caitlyn na adolescência, uma com um sorriso radiante ao lado de um girassol e outra segurando um gato malhado. A foto escolar usada no jornal não estava ali. A maneira abrupta com que a fileira de fotos terminava era apavorante. Caitlyn não pôde crescer e ter uma foto de casamento, nem um retrato do primeiro bebê.

***

Um tempo depois, tomavam a segunda xícara de chá e Sheila continuava tagarelando sobre os três enfermeiros que a visitavam frequentemente. Malcolm estava em uma cadeira que tinha buscado e posicionado ao lado da esposa. Ele finalmente levantou a mão.

– Querida, eles vieram de longe. Temos que conversar sobre Caitlyn – interrompeu com carinho.

Sheila parou abruptamente, o rosto enrugou e ela começou a chorar.

– Eu sei, eu sei – disse ela. Malcolm entregou-lhe um lenço, Sheila secou os olhos e assoou o nariz.

– Sei que vai ser difícil – afirmou Kate. – Posso fazer algumas perguntas?

Ambos consentiram. Kate pegou um caderno e virou algumas páginas. Você disse no *e-mail* que Caitlyn desapareceu no dia 9 de setembro de 1990. Que dia era?

– Era um domingo – respondeu Sheila. – Ela saiu com uma amiga... isso foi quando a gente morava em Altrincham, perto de Manchester. Estavam indo almoçar e ver um filme no cinema. Lembro o que ela usava quando saiu de manhã. Vestido azul de flor na bainha, sandália branca e uma bolsinha azul. Estava sempre linda. Sempre soube se vestir.

– A amiga com quem se encontrou é a que emigrou para a Austrália?

– Não, era outra amiga da escola, a melhor amiga dela, Wendy Sampson – respondeu Malcolm. – Wendy contou à polícia que elas foram a um café italiano, onde tinham almoçado no domingo, e depois assistiram a *De volta para o futuro III* no cinema. Saíram do cinema logo depois das três da tarde e se separaram no final da rua do comércio. Era um dia claro e ensolarado, e Caitlyn sempre caminhava do centro para casa quando o clima estava bom. A caminhada durava 20 minutinhos...

– Ela nunca chegou em casa – finalizou Sheila. – Uma mulher se lembra de vê-la na banca de jornal que ficava no meio do caminho entre o centro e a nossa casa em Altrincham. Disse que Caitlyn deu um pulo lá e comprou balas de menta.

– Lembram o nome dela?

– Não.

– Isso aconteceu quanto tempo depois que ela deixou Wendy na cidade? – indagou Kate.

– Meia hora, mais ou menos, a mulher não sabe a hora exata – respondeu Malcolm.

– Foi como se Caitlyn tivesse desaparecido sem deixar vestígio. Eu não queria me mudar, mesmo dez anos depois do sumiço. Achava que ela podia voltar e bater na nossa porta. Não suportava a ideia de não estarmos lá se ela retornasse – revelou Sheila. Ficaram um momento em silêncio, os únicos sons eram o bipe e o zumbido do aparelho de diálise.

– Você tem informações sobre Wendy? Número de telefone ou endereço? – perguntou Kate.

– Morreu há dois anos de câncer de mama. Ela se casou. O marido convidou a gente para o funeral – disse Sheila.

– Posso conseguir o endereço dele – disse Malcolm.

– O que Caitlyn gostava de fazer quando não estava na escola? – perguntou Kate.

– Ela participava de um grupo de jovens que ficava na esquina lá de casa, nas terças e quintas-feiras – respondeu Malcolm. – E trabalhava meio período em uma locadora de vídeo nas noites de segunda-feira e o dia inteiro no sábado. O nome da locadora de vídeo era Hollywood Nights e o do clube de jovens, Carter. Nunca soube o nome oficial, mas o zelador era um velho miserável chamado sr. Carter e o apelido dele pegou.

– Sabe o endereço dele?

– Oh, ele morreu há muito tempo. Estava beirando os 70 anos em 1990 – falou Sheila.

– Caitlyn fazia esporte na escola ou participava de alguma atividade escolar depois das aulas? – perguntou Kate. Sheila negou com um movimento de cabeça e esfregou um lenço na ponta do nariz. – E a amiga da escola lá de Melbourne?

– Megan Hibbert – disse Malcolm. – Foi estranho. Voltávamos a Altrincham todo ano para pôr flores no túmulo da mãe de Sheila. Certo ano, Sheila não pôde ir, então fui sozinho e, quando estava no cemitério, uma mulher se aproximou de mim e perguntou se eu era pai da Caitlyn. Era Megan, que tinha voltado ao Reino Unido depois de muitos anos para encontrar a família, e estava ali visitando o túmulo do avô. Fomos tomar um café. Ela só tinha ouvido falar de Caitlyn alguns anos antes, por causa do período que passou afastada no outro lado do mundo. Megan contou que Caitlyn tinha falado sobre um relacionamento que estava tendo com um policial... Aquilo me pegou em cheio, porque, bom, a gente achava que sabia tudo sobre ela.

– Alguma vez Megan viu Caitlyn com esse policial?

– Ela disse que numa noite, lá no grupo de jovens, estavam jogando pingue-pongue e Caitlyn saiu, dizendo que ia ao banheiro. Ela demorou um pouco a voltar, então Megan foi procurá-la e achou Caitlyn do lado de fora. Estava ao lado de um carro estacionado em frente e conversando com um homem pela janela... – Kate e Tristan viram como Sheila reagia àquilo: o rosto amarrotava e ela enxugava os olhos com um bolo encharcado de lenços. – Oh, meu amor, está tudo bem – disse Malcolm, pegando um lenço novo para ela.

– Qual era a aparência do homem? – perguntou Kate.

– Megan falou que não o viu direito, porque estava escuro. Era muito bonito, tinha uns 20 e poucos anos, cabelo escuro penteado para trás e dentes brancos e alinhados. Estava em um carro bacana, uma Rover azul-escura, e ela percebeu que era novinha em folha. Disse que Caitlyn ria e flertava. O sujeito pôs a mão para fora da janela e ao redor da cintura da minha filha, que entrou no carro e eles saíram. Caitlyn não contou a ela o nome do rapaz, mas falou que era policial. O desaparecimento não foi nessa ocasião. Megan falou que Caitlyn foi à escola no dia seguinte e que estava bem. Feliz.

– Megan os viu juntos de novo?

– Não.

– Caitlyn falou alguma coisa?

– Não. Elas eram amigas, mas não as melhores amigas.

– Megan falou que foi no verão, no início de agosto. Estava escurecendo por volta das nove horas da noite. Pode ter sido numa terça ou numa quinta-feira.

– E a investigação da polícia sobre o caso do desaparecimento de Caitlyn? Vocês têm os nomes dos policiais que trabalharam nela? – perguntou Kate.

– Só conhecemos dois. Uma mulher e um homem. A mulher era jovem. A agente Frances Cohen e o chefe dela, um tal de inspetor-chefe Kevin Pearson. Não sabemos onde estão agora – respondeu Malcolm.

– Eles foram muito simpáticos com a gente, mas não havia nada com que pudessem trabalhar... – disse Sheila. – Na época em que a Caitlyn desapareceu, Megan tinha se mudado com a família. Emigraram no final de agosto. Ela nunca contou nada a ninguém e parece que Caitlyn não falou do policial para Wendy.

– Peter Conway trabalhou na Polícia da Grande Manchester do início de 1989 a março de 1991, e depois se mudou para Londres. Sabe se ele trabalhou no caso? – perguntou Kate.

– Fizemos uma solicitação com base na liberdade de informação há algumas semanas para saber se Peter trabalhou no caso, mas ainda não tivemos retorno – informou Malcolm. – Ouvimos falar que ele estava na Narcóticos e a Polícia da Grande Manchester é uma organização grande. Morou a alguns quilômetros de nossa casa em Altrincham. Alugava um quarto em uma casa na Avondale Road, em Stretford. Estava escrito em um daqueles livros sobre ele. Vimos os retratos também, de quando era jovem. Tem a aparência da pessoa que Megan descreveu: bonito, cabelo preto penteado para trás e dentes brancos bem alinhados. É claro que sabemos o que ele fez com aqueles dentes. – Sheila desabou completamente e enterrou a cabeça no ombro de Malcolm. – Amor, olha os tubos, cuidado – disse ele, desemaranhando um dos tubos cheios de sangue do pulso. Levantou e foi a um aparador ao lado da lareira. Pegou uma caixa grande e a entregou à Kate. – Isto é tudo o que juntei ao longo dos anos... – Kate abriu o fichário e viu pilhas de fotos e documentos. – Tem recortes de reportagens, fotos da Caitlyn, informações sobre aonde ela foi no dia em que desapareceu... não achamos que ela ainda esteja viva, mas, como falei, só queremos encontrar a nossa filha e colocá-la para descansar.

– Sei que é uma pergunta difícil, mas vocês têm algum motivo para achar que Caitlyn fugiu? Ela estava infeliz com alguma coisa ou vocês discutiram por algum motivo?

– O quê? Não! – gritou Sheila. – Não, não, não, ela era feliz. É claro, era adolescente, mas não! Não? Malcolm?

– Eu não sabia de nada. A noite de sábado antes de ela desaparecer foi uma beleza. Comemos peixe com batata frita, vimos *The Generation Game* e depois um filme do James Bond. Todos juntos aqui, felizes da vida.

– Desculpe, mas tinha que perguntar – disse Kate. Malcolm aceitou com um gesto de cabeça.

Sheila recuperou a compostura.

– Sinto que você é nossa única esperança, Kate. Foi a única policial que enxergou através da fachada do Peter Conway. Você o pegou e você o prendeu. – Ela estendeu o braço para Kate, que levantou, se aproximou e segurou a mão aberta de Sheila. Parecia uma lixa, e a pele amarela brilhava muito. – Por favor, diga que vai ajudar a gente.

Kate olhou nos olhos dela e viu muita dor.

– Sim, vou ajudar vocês – concordou ela.

CAPÍTULO 10

A 140 quilômetros de Londres, Enid Conway chegou de táxi ao Hospital Psiquiátrico Great Barwell. Deu ao taxista o dinheiro exato – não era adepta a gorjetas – e bateu a porta com uma força que contradizia sua aparência idosa. Era uma mulher pequena, magra, tinha olhinhos maliciosos, cabelo negro como piche e a cara fechada acentuada pela maquiagem pesada. Vestia um comprido casaco xadrez e tinha uma bolsa Chanel rosa enganchada debaixo do ombro. Dedicou um momento a admirar seu reflexo na janela do táxi antes de o carro arrancar.

Os fundos do terreno do hospital davam para uma fileira de elegantes residências e, do outro lado da rua, estendia-se uma cerca de seis metros de altura com o topo coberto de arame farpado. No portão da frente, havia uma guarita para recepcionar os visitantes. Enid foi à janela, onde uma mulher mais velha, de rosto sério, estava sentada atrás de um conjunto de telas de televisão.

– Bom dia, Shirley – disse Enid. – Como vai?

– Esse clima não é bom para as minhas juntas – respondeu Shirley, estendendo a mão.

– É a umidade. Você precisa de umas termais... vim ver o Peter.

– Preciso da sua ordem de visita – ela disse, sua mão ainda estendida.

Enid pôs a bolsa nova na bancada entre elas, certificando-se de que o logo metálico em relevo da Chanel ficasse de frente para Shirley, e encenou procurar algo dentro. Shirley não demonstrou ficar impressionada.

– Aqui está – disse ela, entregando a ordem. Shirley conferiu, depois entregou o crachá de visitante pela portinhola. Enid o enfiou no bolso do casaco.

– Você sabe as regras. Todos devem prender o crachá de visitante no corpo.

– Este casaco é novinho, da Jaeger. Você pode não ter ouvido falar da Jaeger, Shirley, é uma marca muito cara – argumentou Enid.

– Prenda no cinto, então.

Enid lançou-lhe um sorriso sórdido e saiu andando.

– Ganhou um dinheirinho e está se achando. Só que pau que nasce torto nunca se endireita – murmurou Shirley, enquanto Enid subia a entrada com passos largos e pomposos.

O vasto hospital estendia-se em construções vitorianas de tijolo vermelho, com uma ala para visitantes de aparência futurística acoplada na parte da frente. Enid chegou ao primeiro ponto de checagem da segurança e desabotoou o casaco.

– Você é um dos novatos? – perguntou ela a um rapaz baixo e magrelo que aguardava ao lado do *scanner* de aeroporto. O olho esquerdo era vesgo e um tufo de cabelo preto bem fino mal agarrava-se à cabeça grande demais.

– Sou. Meu primeiro dia – respondeu de um jeito nervoso. Observou Enid tirar o casaco, revelando uma calça elegante e uma blusa branquíssima. O rapaz segurou uma bandeja diante da senhora, que pegou o sapato de salto, uma pulseira de ouro e brincos e os colocou nela. Pôs a bolsa Chanel e uma sacola de compras cheia de doces em outra bandeja. Enid passou pelo *scanner* e ele apitou.

– Mas que inferno! Tirei tudo. Você não vai me fazer tirar o aparelho auditivo, né? – reclamou, inclinando a cabeça para mostrá-lo no ouvido esquerdo.

– Não, tudo bem. Tem alguma placa de metal na cabeça ou pinos nos ossos? Desculpe, a gente tem que perguntar.

Enid deu uma olhada para as coisas dela movimentando-se pela esteira na direção da máquina de raio X. Por uma pequena abertura na parede, dava para ela enxergar a sala de controle, onde dois policiais estavam sentados atrás de vários monitores.

– Não, provavelmente foi a armação do meu sutiã que disparou o alarme – respondeu ela.

A esteira parou e a bandeja contendo a bolsa Chanel e a sacola de compras estava voltando para o *scanner*. Dois policiais na sala de controle analisavam a imagem, um apontando para algo. Enid estendeu o braço, agarrou a mão do rapaz e a pressionou nos seios.

– Aqui, confere, sente só – disse ela, levantando a voz. O rapaz tentou soltar a mão. Então, Enid abaixou a mão e pressionou os dedos do rapaz entre as pernas dela.

– Senhora! Por favor! – gritou ele.

– Está sentindo? Isso aí sou eu, não tem nada além de mim mesma – falou, aproximando o rosto do dele. Olhou para a sala de controle e viu que tinha ganhado a atenção dos dois policiais. Para eles, aquilo era um entretenimento pervertido. A bandeja com as sacolas continuou a passar pelo *scanner* e ela soltou a mão do rapaz. O *scanner* apitou novamente enquanto ela passava. – Viu? A armação do sutiã – afirmou ela.

– Certo. Está bem – concordou o rapaz com a voz trêmula. Enid recolheu o casaco e a sacola, foi até uma grossa porta de vidro e deu uma piscadela para os dois homens mais velhos na sala de controle ao passar. Após um momento, emitindo um zumbido, a porta se abriu e ela entrou em uma pequena sala quadrada com vidro espelhado, onde uma placa informava:

FIQUE EM PÉ COM AS PERNAS AFASTADAS
E OLHE PARA A CÂMERA NO ALTO

Havia um quadrado amarelo pintado no chão, contendo pegadas desbotadas. Ela parou no quadrado e olhou para a câmera. As lentes zumbiam baixinho movimentando-se para focá-la. A porta em frente apitou e abriu, deixando uma greta de alguns centímetros. Ela levava a outro ponto de checagem, onde a sacola foi novamente revistada por um policial negro alto, de quem Enid não gostava. Ele olhou na sacola e pegou embalagens de doces e chocolates.

– Você sabe, sempre trago doces para Peter – disse Enid, enquanto ele analisava cada embalagem de doce. Estava nervosa com a possibilidade de ele abrir um dos pacotes. – Acha que tem visão de raio X? Eles passaram pela porcaria do *scanner*! – O homem deu uma olhada para ela, assentiu com a cabeça e ficou esperando-a recolocar os doces na sacola.

Em seguida, ele apontou uma lanterninha dentro da boca de Enid, que levantou a língua. Examinou as orelhas e o aparelho auditivo. Por fim, gesticulou para que ela entrasse.

Peter Conway ainda era classificado como prisioneiro violento de categoria A e levavam isso em consideração ao lidarem com ele, mas Enid tinha sido bem-sucedida na solicitação para conseguir visitas cara a cara com o filho, sem separação por vidro entre os dois.

Encontravam-se duas vezes por semana em uma salinha. As reuniões eram gravadas em vídeo e assistentes do hospital estavam sempre presentes, observando-os atrás de uma grande janela de vidro. O cômodo era iluminadíssimo, tinha apenas uma mesa de plástico e duas cadeiras aparafusadas no chão. Sempre colocavam Enid na sala primeiro, depois levavam Peter. Enid tinha que assinar numerosos documentos judiciais afirmando que assumia o risco de se encontrar com Peter e que não podia recorrer caso o filho a atacasse.

Aguardou dez minutos na sala antes de Winston e Terrell levarem-no, algemado e com o capuz anticuspe.

– Bom dia, sra. Conway – disse Winston. Guiou Peter até a cadeira em frente à mãe, depois desatou as tiras na parte de trás do capuz anticuspe e retirou as algemas. Peter dobrou as mangas, ignorando os dois assistentes que se afastavam na direção da porta, um com o cassetete, o outro apontando o Taser. Assim que saíram, ressoou um zumbido e o barulho da tranca sendo ativada.

– Tudo certo, meu amor? – perguntou Enid. Peter levou a mão à cabeça, desafivelou o capuz e o tirou com um floreio. Dobrou-o com capricho e o pôs na mesa como se tivesse acabado de tirar um suéter.

– Tudo.

– Outro guarda novo – comentou ela, apontando para o assistente que os observava através do vidro. – Especificam *feio pra burro* no formulário de admissão deste lugar? – Ela sabia que a conversa estava sendo transmitida para fora da sala e ficava empolgada com o fato de não terem ideia do que estava *realmente* acontecendo durante as visitas dela. O assistente do lado de fora não reagiu e observava-os impassivelmente. Levantaram-se, Peter inclinou-se, beijou Enid na bochecha e eles se abraçaram. Acariciou as costas da mãe e desceu a mão à curva das nádegas. Enid pressionou-se nele e soltou um pequeno suspiro de prazer. Ficaram abraçados um longo momento, até o assistente bater no vidro. Relutantes, se separaram e sentaram.

– Trouxe seus doces – disse ela, suspendendo a sacola de compras e empurrando-a pela mesa.

– Maravilha. Obrigado, mãe.

Peter pegou três pacotes de balas duras, três de balinhas macias em forma de bebês e três de caramelos recheados de chocolate da Cadbury.

– Ah, meu *favorito*, caramelo com chocolate.

– Para saborear mais tarde tomando uma xícara de chá – comentou com um sorriso cúmplice. – Conseguiu recuperar a chaleira?

– Não.

– Filhos da mãe. Vou entrar em contato com Terrence Lane de novo, mandá-lo escrever outra carta.

– Mãe, não vão devolvê-la para mim e serão mais algumas centenas de libras em custos com advogado.

– É um direito humano básico poder fazer o próprio chá!

– É sério, mãe, deixa pra lá.

Enid recostou-se e fez biquinho. *Vai esperando*, pensou, olhando para o guarda observando-os através do vidro. Não vão nem saber o que os atingiu. Pegou a bolsa Chanel rosa e a pôs com reverência entre eles na mesa.

Peter soltou um assovio e comentou:

– Jesus Cristo, mãe, é original?

– É claro que é original, caramba!

– Quanto custou?

– Não se preocupe. Mas é tão original quanto o dinheiro que a comprou... – Recostou-se sorrindo e mordeu o lábio. Teve que se controlar para não falar mais e desejou pela milésima vez que pudessem conversar livremente.

– Sério, mãe?

Ouviram uma batida no vidro e, ao olharem, viram o assistente sinalizando para colocarem a bolsa de volta no chão.

– Que diferença faz a droga da bolsa estar na mesa ou no chão? Já me revistaram!

– Mãe, mãe, por favor – disse Peter. Enid fez careta e colocou a bolsa de volta no chão.

– Não duvido que enfiariam uma câmera na minha bunda para saberem o que comi no café da manhã – comentou ela.

– É o que fazem comigo – falou Peter. Enid estendeu o braço e pegou a mão dele. Já ia falar algo, mas se conteve.

– Peter. Os caramelos com chocolate. Quando voltar para a cela abra os pacotes, tá?

Enid deu algumas palmadinhas na mão do filho e eles trocaram olhares.

– É claro, mãe – disse Peter, assentindo com a cabeça. – Vou fazer isso.

CAPÍTULO 11

Kate e Tristan pararam em uma lanchonete na rodovia na volta do encontro com Malcolm e Sheila em Chew Magna. Ainda era cedo, os dois pediram peixe com batata frita e encontraram uma mesa tranquila no canto antes do movimento da hora do almoço. Comeram em silêncio durante alguns minutos. Tristan devorava a comida, mas Kate remexia a dela no prato. O peixe empanado e gorduroso estava deixando-a enjoada.

– Tenho tanta pena dos dois – disse Tristan. – Estão destruídos.

– Quando você foi ao banheiro, perguntei a qual médium foram. A pessoa que falou para eles que Caitlyn estava morta. Ela cobrou 300 pratas.

Tristan engoliu e pôs o garfo no prato.

– E eles acreditaram?

– Ela foi a primeira pessoa que ofereceu uma conclusão aos dois. Já vi isso em outros casos em que trabalhei. A perda de um ente querido que desapareceu não é apenas desoladora, ela prega peças na mente. Com o corpo, há um desfecho. Você ouviu Sheila dizer que não queria se mudar da casa.

– Você acha que tem informação suficiente para começar?

– O homem com quem Caitlyn estava se encontrando. Tem que existir um motivo para ela manter isso em segredo. Talvez só por ser mais velho, mas escondeu isso da melhor amiga.

– Pena que a melhor amiga não esteja aqui para responder às nossas perguntas – reclamou Tristan.

– O marido está – disse Kate, olhando para a caixa na beirada da mesa. Ainda que fosse apenas papelada, não quis deixá-la no carro, ciente do valor que tinha para Malcolm e Sheila. Limpou a mão em um guardanapo antes de abri-la.

Por cima, encontrava-se a última foto escolar de Caitlyn, a que havia sido recortada para o jornal. As garotas da sala dispunham-se em duas fileiras. As da fileira da frente estavam sentadas, com os joelhos encostados um no outro e as mãos juntas no colo. A foto foi tirada em um campo gramado e atrás delas havia um armário onde guardavam equipamentos de esporte: barreiras, uma sacola de bolas de futebol e uma pilha de tatames. Eram doze garotas na classe. Kate virou a foto. Um pequeno adesivo na parte inferior listava os nomes dos alunos, do professor e do fotógrafo.

– Quero começar pela localização das colegas de classe. Você tem Facebook?

– É claro, e você? – perguntou Tristan, perseguindo uma ervilha no prato com a ponta do garfo.

– Não.

Ele parou com o garfo cheio de ervilhas a meio caminho da boca.

– Sério?

Apesar do clima melancólico, Kate riu do espanto de Tristan.

– Não quero que as pessoas fiquem sabendo da minha vida, principalmente do meu passado. Pode me ajudar a procurá-las?

– Claro – respondeu ele, enfiando o resto das batatas na boca.

– Também quero conversar com a amiga em Melbourne. Sheila me passou o *e-mail* dela.

Tristan limpou as mãos em um guardanapo, pegou a foto de escola de Kate e analisou-a atentamente antes de dizer:

– Ela não parecia feliz, né, a Caitlyn?

– Também achei. Mas estava na escola. Podia só estar com raiva de ter que ficar no frio sem casaco.

Tristan devolveu a foto.

– Acha que ela ainda pode estar viva?

– Pode estar. Vi muitos casos estranhos na minha época, de gente que apareceu anos depois de sumir, mas Sheila e Malcolm não insinuaram ter nenhum problema com Caitlyn. Ela pode ter fugido e depois alguma coisa aconteceu com ela.

– Ou Peter Conway a matou?

– Isso é possível também. Peter morava lá perto. Podia ser ele no carro, mas alto, moreno e bonito não é muita coisa. Não combina com o estilo. Ele não saía com as vítimas. Sequestrava as meninas durante a semana e assim tinha o fim de semana para torturá-las, mas vale lembrar que *serial killers* desenvolvem a assinatura com o tempo. – Kate pôs a foto na mesa e esfregou os olhos cansados. – São toneladas de pistas para investigarmos.

O celular tocou, ela apalpou o interior da jaqueta, que estava pendurada no encosto da cadeira, e o pegou. Era Alan Hexham.

– Oi, Kate, você tem um minuto? – perguntou.

– É claro.

– A polícia identificou a jovem do necrotério, uma estudante da região, Kaisha Smith, de 16 anos. Informaram a família, então vão avisar a imprensa. Também investiguei todos os casos envolvendo mulheres jovens desovadas em ferros-velhos nos últimos seis meses. E você estava certa. Na quarta-feira, 28 de julho, o corpo de uma moça chamada Emma Newman foi encontrado nu em meio a carros velhos no Ferro-Velho Nine Elms perto de Tiverton. Tinha 17 anos. Havia saído recentemente do orfanato em que morava desde pequena. Ninguém prestou queixa do desaparecimento. Foi mordida, Kate, igual à Kaisha.

– Essa menina aí foi encontrada em um ferro-velho chamado Nine Elms? – perguntou Kate, sentindo o corpo gelar repentinamente.

– Foi, sinistro, eu sei.

– Tem certeza?

– Tenho. Puxei os arquivos.

– A que distância do ferro-velho fica a cena do segundo crime?

– É logo depois de Tiverton, uns 30 quilômetros de lá.

Kate levantou o rosto e viu que Tristan tinha ido para perto de uma TV pendurada na parede acima de algumas mesas do lado oposto. O jornal da hora do almoço mostrava uma imagem aérea do rio e do terreno ao redor, a cena do segundo crime. Embaixo estava escrito: CORPO DE GAROTA DESAPARECIDA É ENCONTRADO.

– Alan, está passando no jornal agora. Ligo para você depois. – Kate desligou e se aproximou de Tristan. – É a garota da autópsia – informou ela.

– Devem ter usado *drone* – disse Tristan, enquanto as imagens do alto na tela mostravam toda a cena desoladora do crime, o terreno rochoso e coberto de tojo com a tenda branca da perícia ao lado do imundo rio revolto. O *drone* desceu um pouco e capturou o momento de dois dias anteriores, quando carregavam pelo campo o saco preto com o corpo da tenda da perícia até a *van* do patologista. Em seguida, cortaram para uma repórter no alto do campo, ao lado de um muro de pedra. Seu cabelo esvoaçava ao vento forte.

– A vítima foi identificada como Kaisha Smith, 16 anos, de Crediton. Era aluna da Hartford School, um colégio particular. – Apareceu a foto de uma garota sorridente com o uniforme da escola. O cabelo com permanente era claro, tinha uma franja reta, e ela usava camisa e gravata sob o *blazer* marrom. Kate estremeceu. A jovem radiante não se parecia em nada com o cadáver inchado e espancado no necrotério. – Prestaram queixa do desaparecimento de Kaisha doze dias atrás, depois de sumir a caminho de casa após a aula. A polícia local está em busca de testemunhas.

O jornal passou para a próxima matéria. O restaurante começava a ficar movimentado e eles voltaram para a mesa. Kate contou a Tristan a conversa com Alan.

– Ferro-Velho Nine Elms? – questionou Tristan. – Que coincidência sinistra!

Kate concordou com um movimento de cabeça. Não era apenas sinistro, aquilo a aterrorizou. Duas mulheres jovens mortas exatamente com o mesmo estilo. Olhou o peixe pela metade no prato, a gordura empoçava ao redor da massa amarelada, e lembrou-se da carne em decomposição de Kaisha. Pôs o prato na mesa ao lado. Tristan pegou o telefone e deu umas cutucadas na tela, depois o virou na direção dela.

– O quê? – perguntou Kate.

– O Ferro-Velho Nine Elms é pertinho do cruzamento seis na M5. Vamos passar por lá a caminho de casa.

CAPÍTULO 12

Quando Peter voltou para a cela, ligou o rádio e enfileirou os três pacotes de caramelo com chocolate um ao lado do outro na cama. Procurou a embalagem ligeiramente menor.

Enid tinha um selador térmico em casa, mas abrir e resselar uma embalagem de bala exigia que uma pequena parte da ponta fosse cortada. Ele achou a embalagem mais curta, abriu-a e espalhou os caramelos embrulhados com papel pelo cobertor. Eram 32 no total. Começou a abri-los, examinando cada um e, depois, reembrulhando-os. Quando abriu o sexto, achou no caramelo a linha branca desbotada que procurava. Os caramelos de chocolate Cadbury são feitos de caramelo duro com chocolate macio no miolo. Pressionou a linha branca desbotada e as duas metades do doce separaram-se. O miolo de chocolate tinha sido retirado, deixando uma pequena cavidade, que havia sido preenchida com a cápsula transparente de um comprimido. Pegou-a e arremessou as duas metades do caramelo na boca. Cuidadosamente, limpou a cápsula com um lenço. Dava para ver o papel lá dentro, bem enrolado. Aproximou-se da porta da cela e escutou. O carrinho das correspondências ribombava pelo corredor. Ele reduziu a velocidade e seguiu em frente.

Peter sentou-se novamente na cama de costas para a porta, abriu a cápsula de comprimido, pegou a tira de papel e desenrolou-a. Estava preenchida com a caligrafia impecável da mãe em tinta preta.

Peter, o esquema do homem que se intitula "um fã" é sério. Pedi que me desse dez mil para mostrar que era genuíno – e o sujeito pagou! Chegou na minha conta há dois dias. O dinheiro foi transferido de uma sociedade limitada. Ele chamou de "tira-gosto" – um pagamento para criar confiança.

Estou mandando também outra carta dele. Não a li. Não quero saber o que ele faz com as garotas. E não quero que você fale sobre isso comigo. Estou interessada é nos planos dele para você e para mim. Ele falou que consegue tirar você daí. Disse que tem um plano. Vai providenciar o início de uma vida nova para mim e para você em algum lugar longe daqui.

Vou conseguir mais informações.

Enid

Peter recostou-se na cama. Havia se comunicado dessa maneira, em segredo, com a mãe poucas vezes nos últimos oito anos, sempre sendo meticulosos em relação a quando e como faziam isso. O homem tinha abordado Enid alguns meses atrás, quando caminhava no parque, e havia se apresentado como *um fã* que queria se comunicar com Peter. Isso já tinha acontecido outras vezes. Pessoas sempre a abordavam para que entregasse presentes a Peter ou para que autografasse coisas e Enid procurava saber se eram uma boa oportunidade para ela. O Fã tinha planos maiores e mais audaciosos, além do dinheiro para colocá-los em prática.

O rádio tocava ao fundo na cela, mas quando chegou a hora das manchetes do jornal, a principal matéria o fez endireitar o corpo.

O cadáver de Kaisha Smith, 16 anos, foi encontrado desovado e mutilado à margem do rio próximo de Hunter's Tor, em Devon. Kaisha era aluna na Hartford School, uma escola particular da região, e estava desaparecida há doze dias. A polícia está considerando a morte suspeita.

Peter levantou-se, aproximou-se do disco do aquecedor e pegou a última carta do Fã, a que já devia ter jogado fora. Com dedos trêmulos, desenrolou o papel. Já sabia o que estava escrito, mas precisava ter certeza. Sim, Kaisha Smith era o nome da menina e o local, o mesmo. Peter procurou no resto dos caramelos de chocolate na cama e achou o segundo bilhete. Leu-o com uma empolgação ascendente.

Deitou-se na cama estreita e imaginou-se sentindo o sol no rosto, sentado com Enid diante do mar, fazendo o próprio chá e bebendo-o em uma xícara adequada. Teriam identidades novas e dinheiro. Peter gostou de vê-la usando roupas novas, porém não queria que ela trocasse de perfume. A mãe usava o mesmo perfume desde que ele se lembre, Ma Griffe.

Lembrou-se de quando era pequeno e empoleirava-se na ponta da cama da mãe, vendo-a preparar-se para entreter um dos muitos tios que costumavam visitar a casa. Pegava o frasco quadrado na penteadeira e, com um cotonete, passava no pescoço e entre os seios nus. Se Peter tivesse se comportado, ela o deixava passar, contanto que fosse cuidadoso e não deixasse derramar nada. Enid segurava o frasco, o filho mergulhava a ponta do cotonete, depois ela inclinava a cabeça para trás. A pele do pescoço era muito macia na época e os seios, pequenos, firmes e com mamilos grandes e escuros. Quando Peter tinha 4 anos, a mãe contava vinte. *Tão jovem.*

Peter recostou-se na cama, puxou a camisa e ficou acariciando a carne branca da barriga. Tinha engolido todas as cartas da mãe e, agora, as assinadas pelo Fã. Depois de digeridas, uma partezinha delas se transformava em parte dele. Tinta e papel viravam carne nova. Deu uma olhada geral na pequena cela, estava empolgado, mas cauteloso. Quem era aquela pessoa? Conseguiria mesmo tirá-lo do hospital, levá-lo para algum lugar e dar a ele e Enid uma vida nova?

Peter fechou os olhos e evocou a imagem da mãe jovem sentada diante do espelho da penteadeira, com a cabeça inclinada para trás enquanto ele passava o perfume nela com cotonete. Esticou o braço e pôs a mão por baixo da cintura da calça.

Juntos de novo, eu e a mamãe. Juntos. Uma vida nova.

CAPÍTULO 13

Kate pegou o cruzamento na rodovia e sentiu o coração bater mais depressa. Olhou para Tristan ao lado, ele estava checando o caminho no celular. Muito rapidamente, estavam atravessando a charneca. A estrada era coberta por árvores densas dos dois lados.

– Pegue a próxima à direita – orientou ele.

Kate reduziu a velocidade e passaram por uma antiga cabine de telefone vermelha ao lado de um pasto de ovelhas, que se dispersaram ao avistarem o carro. Após alguns minutos, apareceu uma placa na direita para o **FERRO-VELHO NINE ELMS**. Entraram e desceram sacolejando por uma estradinha enlameada, esburacada e rodeada de árvores, campos e algumas casas abandonadas.

Repentinamente, Kate ficou ansiosa e empolgada. Tinha passado muito tempo no confortável mundo da academia e agora voltava ao mundo real. A estradinha fez uma curva para a esquerda e levou a um pátio barrento enorme, com pilhas e mais pilhas de carros destruídos que se estendiam ao longe. Várias poças jorravam lama no para-brisa.

– Esse lugar é enorme – afirmou Kate. Ouviu uma sirene tocar intermitentemente, então parou e abaixou o vidro. – Aposto que ali é o escritório.

Ela seguiu o som e, na encruzilhada seguinte, entre duas pilhas de carros, entrou à esquerda. O caminho estendia-se por uma comprida fileira de contêineres empilhados de modo instável. Uma árvore de Natal esquelética pendia de lado em um dos telhados, ao lado de um boneco inflável vestido de Papai Noel com um charuto despontando da boca obscenamente aberta. Quando chegaram ao final da fileira de contêineres, o espaço era aberto e funcionava como um estacionamento tosco ao lado de outro contêiner. Uma placa vermelha desbotada informava: SÓ DINHEIRO. NÃO ACEITAMOS CARTÃO!!!!

As janelas estavam respingadas de barro e Kate ouviu um rádio lá dentro tocando “Love is All Around”, do Wet Wet Wet.

Ela parou o carro.

– O que a gente fala? – perguntou Kate.

– Sou seu filho. Só dirijo correndo, a polícia apreendeu o meu carro e esqueci meu cordão de São Cristóvão no porta-luvas. Provavelmente, ele já era, mas a gente queria dar uma conferida – sugeriu ele.

– Você inventou isso agora? – perguntou Kate, impressionada.

– Vim tramando enquanto você dirigia – respondeu, abrindo um sorrisão.

– Muito bom. Quer liderar, então?

– Quero.

Estacionou o carro ao lado de uma caminhonete suja. Tinham jogado palha no solo para absorver a lama, e os dois escolheram bem o caminho para ir até o escritório e chamar por alguém.

A porta foi aberta por um homem mais velho que vestia calça de moletom azul desbotada e respingada de lama, e blusa de lã e colete grossos igualmente ensebados. Tinha tufos de cabelo comprido e bagunçado dependurados no couro cabeludo e uma barba longa e grisalha, bem cheia. Semicerrou os olhos para Kate e deu uma conferida rápida nela, depois em Tristan.

– Posso ajudar? – tinha um sotaque escocês carregado. Tristan contou a historinha sobre o carro batido.

– Você não vai achar um negócio assim – disse ele, gesticulando para as pilhas de carros estendendo-se pelo terreno. Os ciganos desfolham esses carros que nem gafanhotos. Meus rapazes correm risco de morte se pegarem alguma coisa, mas não dá para ficar policiando os caras.

– Ajuda se a gente tiver o número da placa para procurar no sistema? – perguntou Kate. Estava preparada para inventar coisas e encorpar a história deles. O sujeito pegou um maço de cigarro no bolso e acendeu um.

– Aquele ali é o meu sistema de cadastro! – resfolegou com o forte sotaque escocês, soltando a fumaça pela boca e pelo nariz, inclinando a cabeça para trás, deixando à mostra um telefone velho ensebado em uma mesa e um grosso livro-razão amarelo com as páginas enroladas.

Kate virou-se para Tristan.

– A culpa de bater a droga do carro foi sua! Aquele colar era da sua avó! – gritou, na esperança de que ele seguisse a pista dela.

– Foi um acidente! Não vi o carro parado no semáforo.

– Porque estava de olho na garota saindo do Tesco! – gritou Kate, gostando um pouquinho da encenação.

O velhote os observava tirando um pedaço de tabaco da boca.

– Achei que fosse a Sarah, mãe, e ela falou que estava doente e não ia sair naquele dia.

– Provavelmente, foi por causa dela que você o tirou. Falei para não deixar Sarah usar o colar!

O velhote suspendeu uma mão ensebada.

– Tá bom, tá bom. Quando foi a trombadinha no carro?

– Foi uma batida, aconteceu há umas cinco semanas – respondeu Kate. – Acertou a traseira de um caminhão em um semáforo. A frente ficou toda amassada. Era um Fiat vermelho.

– Olhem o pátio, a gente tem seções – explicou o homem, mostrando com a palma da mão. – Estão vendo lá atrás? São todos das últimas duas semanas. Seu carro deve estar lá. Mas é melhor não entrarem em carros empilhados… Meu salário não paga tão bem assim para eu deixar vocês...

Ele lambeu os lábios e olhou para Kate maliciosamente. O velho safado queria dinheiro. Vasculhou na bolsa e tirou uma nota de 20 libras. O velhote a pegou e ficou esfregando-a com alegria entre os dedos.

– Vocês têm uma hora até o meu chefe chegar. Se acontecer alguma coisa, estão por conta própria. Fala com a sua mãe para chamar uma ambulância... Não quero a polícia aqui de novo.

– Como assim *de novo*? Por causa dos ciganos? – perguntou Tristan.

– Foi no final de julho. Acharam uma moça, uma prostituta, desovada naquele canto lá no alto. Coitadinha da menina. Se estava fazendo programa, não sei como veio parar tão longe.

– As câmeras de segurança pegaram alguma coisa?

Ele soltou uma baforada espumosa antes de falar.

– Isto aqui não é a porcaria da Harrods. É um ferro-velho.

– Um cadáver? Aqui? – questionou Kate.

– Fui eu que achei a garota – respondeu ele confirmando com um movimento de cabeça confiante. – Perto do grafite grandão do Bob Marley.

– Quem era a menina? – continuou Kate.

– A gente não sabe. A polícia interrogou todo mundo, depois não falou mais nada. Estava toda arrebentada. Coberta de lama, a garota.

– Largaram a menina aqui de noite?

– Deve ter sido – respondeu ele. – Não fica ninguém aqui de noite. É bem isolado. Fico arrepiado às vezes, principalmente quando o vento uiva atravessando as latarias.

– Ok, obrigado – falou Tristan.

– Boa sorte na busca pelo colar – ofegou o velhote antes de arremessar a bituca do cigarro na lama. – E cuidado com o metal. Se vocês se cortarem, tomem uma injeção contra tétano depressa.

Prometeram que tomariam e voltaram para o carro.

– Bom trabalho – elogiou ela, observando o velhote voltar ao escritório antes de virar-se para Tristan. – Seu telefone está com sinal de rede?

Tirou-o do bolso e levantou:

– Está.

– Pesquise no Google a cena do crime da primeira vítima do Canibal de Nine Elms.

Kate ligou o carro e seguiu na direção dos fundos, para o lugar de que o velhote havia falado.

– Ok, a foto está no Google – informou Tristan.

– Se tem uma pessoa imitando Peter Conway, ela deve ter escolhido uma parte do ferro-velho que se assemelha à cena do crime original.

– Mas este lugar fica a quilômetros de distância da Nine Elms Lane em Londres – argumentou Tristan.

– A área urbana de Londres está sendo toda remodelada. O ferro-velho na Nine Elms Lane não existe mais, assim como a estação antiga que eu usava, na Falcon Road, que era ali perto. Vai tudo virar prédio comercial chique e casas elegantes.

Passaram por pilhas de carros destroçados, batidos ou esmagados. Em para-brisas e estofamentos de vários deles, havia manchas de sangue. Em alguns veículos, eram amarronzadas; em outros, pareciam mais frescas.

– Temos que achar duas pilhas de carros meio que com um caminho entre elas – informou Tristan, pinçando a tela do celular para ampliar a imagem. – As pilhas são de quatro carros.

Chegaram a uma pequena clareira e Kate esticou o pescoço para dar uma olhada geral no lugar. Encontrou o que procuravam. Um enorme mural do Bob Marley feito com *spray* na lateral de um *trailer* cujas rodas estavam enfiadas na lama. Com três outras pilhas de carros, ela formava a esquina de uma encruzilhada. Kate desligou o carro e abriu a porta. O barro era denso e fundo.

– Tem galochas lá atrás – disse ela. Kate saiu, foi ao porta-malas escolhendo onde pisava e retornou com dois pares de botas de borracha. – Esta é a maior – informou, entregando-as a Tristan. – É da minha madri... da minha amiga, Myra. A gente caminha junta de vez em quando.

Kate mordeu a língua – agora parecia uma alcoólatra namorando a madrinha. Tristan pegou a bota sem fazer nenhum comentário e os dois trocaram de calçado. Saíram e olharam para as pilhas de carros. Estava sossegado, mas soprava um vento fraco que fazia partes distorcidas de metal dos carros ao redor se moverem e gemerem. Tristan suspendeu o telefone.

– O que você acha? O corpo dela podia ter ficado por aqui? – indagou Kate, comparando o lugar em que estavam com a imagem na tela.

– Os carros são diferentes. Não tem o horizonte de Londres, mas acho que ferro-velho é ferro-velho – comentou Tristan.

– Esse é o problema – concordou Kate. – Talvez seja melhor eu liberar mais vinte pratas e pedir ao velhote para mostrar exatamente onde... Não, ele falou perto do Bob Marley. – Ela olhou para trás. Os olhos pesarosos de Bob Marley os observavam. Virou-se novamente e observou com mais atenção o telefone de Tristan. – Que droga. Olha. – Kate pegou o telefone, ampliou a foto e deixou exposta na tela a parte superior da pilha de carros à direita. Então olhou para a pilha de carros à direita de onde estavam. – Caramba.

– O quê? – perguntou Tristan.

– A foto tem um corvo pousado no alto da pilha direita de carros. Está vendo? Eu me lembro de ter lido no relatório da polícia do caso original que a perícia teve um problemão com ele. Tinham que ficar tocando o pássaro, mas ele pousava de novo no carro do alto. Estavam com receio de ele tentar bicar o corpo... Enfim, olha, tem um corvo no alto deste carro na foto, e tem um na nossa frente – disse Kate apontando para o carro no alto da pilha da direita.

Havia um corvo pousado no telhado de um MINI amarelo.

– Nossa! – exclamou Tristan, olhando com ela. Kate assoviou, mas o pássaro não se mexeu. Bateram palmas e o som ecoou pelo lugar.

– Está na cara que é falso – afirmou Kate. – Mas quem o colocou lá? É coincidência demais.

CAPÍTULO 14

Ficaram no ferro-velho alguns minutos observando o pássaro no topo da pilha de carros. As penas balançavam ao vento, mas ele permanecia imóvel.

– A gente liga para a polícia? – perguntou Tristan.

– E fala o quê? "Venham para cá depressa! Tem um passarinho empalhado preso em cima de um carro num ferro-velho."

– É, ia parecer que a gente é doido.

Tristan tirou uma foto com a câmera do celular e eles ampliaram a imagem para analisá-la.

– Parece que está amarrado com alguma coisa – comentou Kate. – Pode ter DNA nele. Se ficou exposto às intempéries, a chance é bem pequena, mas pode ter. É uma oportunidade. Você escala bem?

– Não. Tenho muito medo de altura – respondeu, olhando-a e dando um sorrisinho débil. – Tipo, eu morro de medo de altura.

Kate deu a volta na torre de carros. Eram quatro veículos empilhados, nenhum tinha porta nem vidro. Podia usar os vãos como degraus. Pensou nos anos em que trabalhou na polícia e em quantas vezes teve que escalar andaimes, árvores e muros altos. Já não estava em forma havia tempos. É claro, nadava, mas era um tipo diferente de exercício e nunca percorria distâncias muito longas, eram só uns dez ou quinze minutos toda manhã.

– A gente liga para o velhote? – sugeriu Tristan.

– Ele parecia ágil o bastante para escalar uma pilha de carros?

– Não. Putz, desculpe – disse ele. Tristan estava agitado só pela ideia de escalar.

– Tudo bem. Você tem algum plástico, uma sacola de compras velha?

Tristan vasculhou o bolso, achou uma sacola de compras e a entregou à Kate.

Os dois se aproximaram da pilha de carros e ela se segurou no primeiro. Uma grande Rover verde. Deu uma sacudida. Estava firme e não tinha vidro na janela.

– Aqui – disse Tristan, segurando dois pneus velhos na lama. Ele os puxou e empilhou à porta do carro. – Um degrau.

Kate subiu nos pneus, que a elevaram alguns centímetros, e conseguiu enganchar um pé na viga da janela aberta.

– Cuidado, você está de galocha – alertou Tristan, fazendo careta.

– Não faz essa cara. Ainda estou no primeiro carro – reclamou Kate.

– Desculpe.

Kate viu que o segundo carro era uma minivan, e o espaço entre a janela do passageiro dela e a janela da Rover abaixo era grande.

– Tristan, pode me dar um impulso?

– Claro, hum...

Tristan precisou colocar as duas mãos na bunda de Kate que, se erguendo com muita deselegância, conseguiu subir e ficar de pé na viga do segundo carro. Era uma queda e tanto dali até a lama e o metal retorcido lá embaixo, e ainda faltavam dois carros. Ainda bem que estava com a luva grossa de couro, porque o segundo carro tinha cacos de vidro na janela quebrada.

– Tudo bem aí? – perguntou ele, fazendo outra careta.

– Tudo, só estou recuperando o fôlego.

O terceiro veículo era um carro esportivo baixo com o capô obliterado pelo impacto. Ao fazer força para erguer-se, Kate evitou olhar o interior. O couro branco estava ensebado de terra, cocô de pássaro e tinha uma mancha de sangue no encosto de cabeça.

– Tudo certo? – gritou Tristan, agora de olhos fechados.

– Tudo! – mentiu para o companheiro, bem pequenino lá embaixo. A situação a fez lembrar-se de uma vez em que subiu num trampolim alto durante um feriado. Seu irmão, Steve, tinha pulado sem problema, mas Kate deu uma olhada na queda traiçoeira e no quadradinho de água azul lá embaixo, e desceu novamente pela escada. – Qual é, você consegue fazer isso – encorajou-se. Segurou na viga da porta do passageiro do quarto carro, um MINI que tinha sofrido impacto na traseira, deixando a lataria parecida com uma sanfona. Quando os pés deixaram o carro esportivo e ela fez força para erguer-se, a porta do MINI rangeu e abriu, Kate foi pega de surpresa e ficou dependurada nela com os pés repentinamente pendendo no ar.

– Que droga! – gritou ela. – Droga!

– Ai, meu Deus! – berrou Tristan, que correu até o carro de baixo, saltou nos pneus e começou a escalar. As luvas de Kate escorregaram um pouco nas mãos suadas e ela sentiu que perdia a aderência.

– Tristan, saia do caminho! Posso cair em você! – Não havia outro carro em cima do MINI para mantê-lo firme, então ele começou a tombar e as dobradiças da porta a empenar. Kate conseguiu enganchar os dois braços na janela e balançava as pernas para tentar atravessá-la. – Porcaria! – esganiçou, sentindo a baba no canto da boca e os braços começarem a tremer. Tudo tinha acontecido tão depressa e ali estava ela dependurada no ar, a uma altura de sete metros entre os pés e a lama densa. Depois de tudo pelo que passou em sua vida, morreria em um ferro-velho?

– Tem cobertor no seu carro? Para diminuir o impacto da queda? – dizia Tristan, com a voz trêmula, vasculhando o porta-malas do carro. Kate balançava as pernas, sentindo os músculos sem uso da barriga queimarem, e conseguiu prender o pé esquerdo na janela do MINI.

– Estou bem! – avisou ela. Tinha conseguido fazer força e entrar no carro. Ajeitou-se lá dentro às pressas até conseguir ficar sentada no banco do passageiro e olhar para fora. – Estou bem! – repetiu, sentindo os músculos relaxarem após recuperar o equilíbrio.

– Tem certeza? – perguntou, olhando para ela.

Kate respirou fundo mais algumas vezes e respondeu que sim com a cabeça, pensando no quanto estava fora de forma e em como seus braços magrelos tinham lutado para sustentar o peso extra do corpo. Respirou fundo pela última vez, ficou de pé no assoalho, botou a cabeça para fora do carro e foi arrastando os pés e se contorcendo de modo que ficasse com as costas para baixo. Isso significava que os calcanhares despontavam por cima da beirada do assoalho e mais lama despencava de suas botas. Por sorte, havia um bagageiro no teto do carro e ela o puxou com uma das mãos, enquanto se segurava com a outra. Ao perceber que era firme, o agarrou e conseguiu dar uma boa olhada no corvo.

Estava um pouco maltratado pelo tempo, com as penas encharcadas e franzidas pela chuva.

– Parece um corvo de verdade, mas preenchido com alguma coisa, algum tipo de enchimento. Acho que passou por um processo de taxidermia – gritou Kate. As garras estavam presas com o que pareciam abraçadeiras plásticas. Deu uma olhada dentro carro e viu os bancos dianteiros cobertos de cacos de vidro da janela da frente. Cuidadosamente, inclinou-se, pegou um e, então, começou a desgastar as abraçadeiras plásticas. Demorou vários minutos desgastando-as antes que rompessem. Eram duas em cada garra, prendendo-o no bagageiro. O ar estava frio e ela suava dentro do casaco e das luvas.

Por fim, conseguiu soltar o corvo. Kate enfiou a mão na sacola de compras e a usou para pegar o corvo. Inverteu a embalagem, de modo que o corvo ficasse do lado de dentro.

– Aqui, eu pego – disse Tristan, em pé embaixo dela. Kate mirou e soltou o pássaro. Ele o pegou. Então começou a lenta e desajeitada descida, que foi mais fácil do que a subida.

Quando desceu, foram para o carro e ficaram sentados alguns minutos, bebendo latas de Coca-Cola e comendo barras de chocolate que haviam comprado na parada da estrada. Kate tremia, mas não sabia dizer se era de medo, empolgação ou por ter usado músculos adormecidos havia anos.

– É um pássaro grande – comentou Tristan, espiando dentro da sacola. – O pai de um menino na minha escola mexia com taxidermia. Eram bem de vida. Esse negócio é caro pra caramba. Ele falou que uma vez o pai empalhou um dogue alemão para o dono quando o animal morreu. Custou oito mil libras. Fez olhos de vidro para ficar igual, fez até as bolas... O cachorro era macho.

– É, eu entendi – falou Kate.

– O enchimento é caro e tem que limpar, depois costurar tudo... – comentava Tristan virando o pássaro de cabeça para baixo, quando Kate viu algo.

– O que é isso? – perguntou ela, apontando para as costas do pássaro. – Você falou que costuram tudo.

Kate esfregou as mãos para limpá-las. Cuidadosamente, girou o corpo do pássaro na sacola até a cara ficar para baixo e as costas despontarem para fora.

– Tem uma coisa saindo da bunda dele. Parece um papel – falou Tristan. Uma costura com pontos frouxos foi feita apenas para segurar o papel no lugar e mantê-lo dentro. Kate puxou os pontos e conseguiu soltá-los. Retirou um pedaço comprido de papel enrolado e envolto em papel filme.

– Um bilhete? – perguntou Tristan, tentando não se empolgar demais. Kate pôs de lado a sacola de compras com o pássaro e desembrulhou o bilhete. Sabia que devia ligar para a polícia e entregá-lo para eles, mas a curiosidade foi mais forte.

O papel grosso estava bem enrolado. Era uma carta escrita à mão. O texto todo em letras maiúsculas e escrito com tinta preta.

NINE ELMS É ONDE COMEÇO. EMMA É A PRIMEIRA, MAS NÃO SERÁ A ÚLTIMA.

ATÉ A PRÓXIMA.

UM FÃ

– Jesus Cristo, ele nomeou a vítima – disse Tristan. – O bilhete ficou lá em cima, lá no alto do carro, nos últimos dois meses? Isso é, tipo, prova de verdade?

Kate fez que sim com a cabeça. Tinha recuperado aquela antiga sensação, a empolgação da caçada, de fazer uma descoberta importante em uma investigação, mas, é claro, a investigação não era dela.

– Vou segurá-los. Preciso que tire fotos do pássaro e do bilhete – disse ela.

Tristan pegou o telefone e tirou fotos do bilhete e do pássaro.

– Agora, temos que ligar para a polícia – afirmou Kate.

As mãos dela continuavam tremendo, mas agora de empolgação.

CAPÍTULO 15

– Mandaram policiais aqui da região – disse Kate quando viu a viatura descer sacolejando na estradinha barrenta na direção deles. Tristan e Kate estavam parados em um acostamento na estradinha, bem na frente dos portões do ferro-velho.

– Como sabe que são daqui? – perguntou Tristan.

– Sempre mandam guardas locais para conferir qualquer coisa. Ver se não é só um gato em árvore.

– Pássaro em cima de carro... Desculpe, não teve graça – disse ele, mas Kate riu. A viatura parou a alguns metros do carro e as luzes azuis e a sirene ressoaram uma vez. – A gente está encrencado?

– Não – respondeu Kate. – Ela encostou no botão sem querer. É perto do volante.

A motorista desligou a sirene, saiu lentamente e pôs o quepe na cabeça. Para Kate, a mulher parecia muito nova, com a pele sedosa e lisa e o cabelo ruivo comprido amarrado para trás. Um homem mais velho desceu pelo lado do passageiro e pôs o chapéu sobre o ralo cabelo grisalho cortado com máquina. Eles se aproximaram.

– Espera no carro – disse Kate, antes de descer segurando o pássaro na sacola.

– Bom dia. Fui eu que liguei para vocês – informou ela. A mulher olhava com suspeita para Kate e Tristan, que estava sentado no carro. Kate explicou rapidamente o que tinham encontrado, mostrando o pássaro e o bilhete, que agora estava em outra sacola de compras.

– Acredito que sejam vestígios do assassinato de uma mulher chamada Emma Newman. Vejam... o nome da vítima está no bilhete – finalizou Kate. Os dois policiais permaneceram em silêncio. Entreolharam-se.

– Então, você achou esse pássaro empalhado com um bilhete dentro? – questionou a mulher.

– Achei – confirmou, entregando os achados.

A mulher pegou o bilhete na sacola plástica e deu uma olhada. Sem emitir palavra, o passou para o colega. Ele o leu, deixando transparecer no rosto a ironia de quem achava graça daquilo tudo.

– Quem é essa tal de Emma? – perguntou ele, suspendendo o bilhete.

– Você pode colocar luva? São provas. Estão relacionadas ao corpo de Emma Newman que foi encontrado neste ferro-velho dois meses atrás – falou Kate.

– E quem é você? – perguntou ele.

– Sou Kate Marshall. Fui policial na Polícia Metropolitana de Londres.

– Esse aí é seu filho?

– Não. O nome dele é Tristan Harper. É meu assistente.

O homem bateu na janela do carro e sinalizou para que saísse. Tristan deu a volta no carro e se juntou a eles. Parecia nervoso.

– Assistente de quê? – perguntou a mulher.

– Leciono Criminologia na Universidade de Ashdean. Tristan é meu assistente de pesquisa – esclareceu Kate.

– O rapaz pode responder sozinho?

– Posso, sim – disse Tristan, raspando a garganta. Parecia nervoso.

– Sou a agente Sara Halpin. Este é o agente David Bristol – disse ela. Automaticamente, os dois mostraram os distintivos. – O que fez vocês virem procurar isso?

– Vocês conhecem o caso Peter Conway? – Os dois policiais não demonstraram expressão nenhuma no rosto. – O caso do Canibal de Nine Elms de 15 anos atrás?

– Lembro, isso não me é estranho – respondeu David. Sara suspendeu uma sobrancelha, indicando que Kate devia continuar.

– Sou a policial que solucionou o caso.

– Certo. E?

– E acredito que essa pessoa, o autor da carta, está copiando os assassinatos. O Peter Conway, os assassinatos do Canibal de Nine Elms... – O nervosismo de Tristan contaminava Kate e ela sabia que estava se expressando de maneira confusa. – Estou ciente, por intermédio de um patologista colega meu, que a polícia achou o corpo de Emma Newman aqui, dois meses atrás, e há alguns dias o corpo de uma jovem chamada

Kaisha Smith foi encontrado ao lado de um rio perto de Hunter's Tor. Passou no jornal.

– É, estamos cientes disso – falou Sara. – Mas o que o pássaro empalhado e o bilhete têm a ver com isso?

– Kate passou os quarenta minutos seguintes explicando os detalhes do caso e como chegaram a achar o pássaro. Tristan mostrou as fotos que tinha feito com o telefone. Sara colheu uma declaração, mas só porque Kate insistiu, e levaram muito tempo para escrevê-lo e deixá-lo pronto para Kate, então, assiná-lo.

A luz desvanecia quando os policiais finalmente foram embora, levando o relatório, o pássaro e o bilhete.

– O que acontece agora? – perguntou Tristan quando voltaram para o carro.

– Espero que levem a sério e que o pássaro e o bilhete não sejam enfiados em alguma sala de provas. Caso contrário, levará dias até chegarem ao departamento certo.

Saíram da estradinha enlameada, passaram por baixo da placa NINE ELMS e Kate virou para a esquerda. Estavam de volta à estrada principal na direção da rodovia. Ela conferiu a hora e viu que tinha acabado de passar das cinco horas da tarde.

– Que droga! – xingou Kate. – Combinei de falar com o meu filho por Skype às seis da tarde. – Pisou fundo e acelerou na direção da rodovia.

CAPÍTULO 16

Kate chegou em casa faltando um minuto para as seis da tarde. Entrou correndo, livrando-se do casaco, que virou um montinho na entrada, foi à cozinha e acendeu as luzes. Precisou procurar um pouco até achar o *laptop* sob uma pilha de documentos na bancada da cozinha e teve a impressão de que ele levou uma eternidade para ligar. Então, quando os ícones finalmente apareceram tela, abriu o Skype.

Como alcoólatra, Kate passou muitos anos sendo pouco confiável, perdendo reuniões e se atrasando para os compromissos. Por isso, estar três minutos atrasada para uma ligação regular por Skype com Jake a incomodava profundamente. Ficou aliviada por ele ainda não ter tentado ligar. Ajeitou o cabelo, puxou uma cadeira e clicou em "Ligar".

Jake apareceu numa caixinha na tela. Estava à mesa da cozinha e, atrás dele, dava para Kate ver a mãe dela ao fogão, misturando algo em uma panela prateada grande. Estava com uma camisa do Manchester United e o cabelo escuro, desgrenhadamente *fashion*.

– Ei, mãe – sorriu ele.

– Oi, como é que está? – perguntou ela, maximizando a janela para que ele preenchesse a tela.

– Tudo bom – respondeu, vendo-se na câmera e ajeitando o cabelo.

– Boa tarde, Catherine – gritou Glenda sem se virar. Imaculada, como sempre, com um avental branco impecável por cima da calça e blusa claras.

– Oi, mãe – gritou Kate. – O que ela está fazendo?

Jake deu de ombros.

– Estou fazendo geleia de damasco – gorjeou Glenda. – Para um bolo.

Jake revirou os olhos. Inclinou-se para a frente e baixou a voz.

– Falei que ela pode *comprar* um bolo da Mr Kipling por, tipo, menos de duas libras, mas ela quer *desperdiçar* o tempo dela.

Kate tinha percebido nas últimas semanas que Jake não idolatrava mais Glenda como na época em que era pequeno.

– Tenho certeza de que um caseiro vai ser muito mais gostoso – argumentou Kate, sendo diplomática.

Jake fez uma careta e envesgou os olhos.

– Se o vento mudar, você vai ficar assim – disse Kate, e ele riu.

– O seu dia foi bom, mãe?

Kate achava que não podia nem devia falar de nada do que aconteceu naquele dia. Ainda estava tentando processar tudo aquilo. Estava emocionada de ver o filho, mesmo assim, sentia-se culpada por ter se lembrado, somente no último minuto, de que devia ligar para ele.

– Fiquei trabalhando. Fui nadar de manhã, como de costume... O mar estava muito agitado.

– Viu alguma água-viva esquisita?

– Desta vez, não.

– Se vir alguma água-viva esquisita na praia, me manda uma foto?

– É claro.

Jake olhou para baixo e puxou o *M* da camisa do Manchester United. Estava soltando do tecido.

– Legal. Já ouviu falar de *geocaching*?

– Não. O que é isso?

– É muito legal. As pessoas enterram coisas, tipo uma moeda ou um emblema, ou algum objeto, com um registro e um rastreador de GPS. Daí, você baixa um *app* no telefone, se cadastra e depois pode sair por aí procurando essas coisas e desenterrá-las. E você, tipo, posta o que achou no seu perfil *on-line*. Baixei o *app* no meu telefone e tem um monte de coisa espalhada perto de Ashdean e na costa. A gente pode sair pra fazer *geocaching* quando eu for aí nas férias?

– É claro! – Kate sentiu um aperto no coração ao perceber que Jake estava empolgado para ir ficar com ela em outubro.

– E é de graça, o que é legal demais.

– Como é que escreve? – perguntou Kate. Jake soletrou para a mãe, que tomou nota. – Já achou alguma coisa em Whitstable?

– Já, o meu amigo Mike tem a manha. A mãe dele gosta de sair para caminhar, diferente da vovó, que não sai de perto do asfalto porque tem medo de sujar os sapatinhos de barro.

Kate teve vontade de sorrir, mas manteve a neutralidade no rosto e mudou de assunto, perguntando o que ele andava fazendo.

– Vou à escola, ao futebol – deu de ombros e estufou as bochechas. – Coisas chatas. Só coisa chata... mais ainda porque tem *gente* que não me deixa entrar no Facebook.

Glenda estava escutando atrás, pois bateu uma colher e se virou para a câmera, apontando o dedo na direção de Jake.

– Já falei o que acho do Facebook e não gosto de você fazendo as coisas pelas minhas costas!

– Calma aí, Glenda... só estou conversando com a mamãe.

– E não começa com isso, sou a sua avó, não seus amigos do *skate park*.

Jake revirou os olhos.

– Não tenho nenhum amigo com nome de *Glenda*, principalmente porque a galera ia botar pra escanteio qualquer um com esse nome no *skate park*.

Dava para Kate ver a mãe enrubescer, parecia prestes a explodir.

– Jake, não fala assim com a sua vó – repreendeu Kate. – E não revira os olhos para mim.

– Vou fazer 15 anos no ano que vem e ela está arruinando a minha vida. Todo mundo tem Facebook, todos os meus amigos! Um cara um ano na minha frente conseguiu um emprego num festival por um *post* no Facebook, então você pode estar estragando a minha futura carreira! – gritou ele, antes de levantar e sair nervoso. Elas aguardaram um momento e Kate ouviu uma porta bater.

– Futura carreira – repetiu Kate. – Isso é que é argumento.

Glenda puxou a cadeira e sentou à mesa.

– Ele está virando um adolescente contestador.

– Quando começou a te chamar de Glenda?

– Semana passada, quando a gente discordou sobre o horário de ele voltar para casa. *Calma aí, Glenda* é a nova frase preferida dele.

– Ele chama o papai de Michael?

– Não, seu pai continua sendo o vovô. Sou sempre a malvada.

– Cadê o papai?

– Está jogando sinuca com Clive Beresford. Mandou falar que te ama.

– Clive Beresford mandou falar que me ama? – disse Kate, incapaz de resistir à provocação.

– Catherine, não começa.

– A gente não devia ficar contente pelo Jake estar se transformando em um adolescente genioso normal?

– É fácil para você falar isso.

Kate suspendeu as sobrancelhas, mas deixou pra lá.

– Mãe, a gente devia deixar o Jake ter Facebook.

– Mas...

– Me escuta. Se a gente não deixar, ele pode acabar fazendo um perfil anônimo e não ficaremos nem sabendo. Avisa que ele pode ter, mas que saberemos a senha. E a gente também vai ser amiga dele.

– Também vou ter que ter Facebook? – questionou Glenda.

– Vai. E eu também. Assim vamos monitorar as coisas e também vamos poder arrancar o Jake de lá se virmos algo de que não gostamos.

Glenda pensou naquilo.

– Mas e se "você sabe quem" ou a mãe dessa pessoa entrar em contato com o Jake?

– Peter e Enid estão banidos de toda e qualquer comunicação com ele, mãe, inclusive por rede social e *e-mail*.

– E se ele descobrir alguma coisa?

– Não podemos impedi-lo de acessar a internet pelo resto da vida – argumentou Kate. Glenda tirou os óculos e esfregou os olhos. – Isso me deixa com muito medo, mãe.

– Olha a língua, Catherine...

– Temos que ser inteligentes. Banir as coisas nunca funciona. Temos que colocar em prática as nossas técnicas de vigilância. Monitoramos Jake pela internet.

Glenda sorriu e comentou.

– Provavelmente, você é melhor nisso do que eu.

– Não sei, não. Você arrombou a tranca do meu diário quando eu tinha 12 anos. Não que eu estivesse escrevendo alguma safadeza.

Glenda meneou a cabeça, reconhecendo a derrota.

– Está bem... mas preciso do seu total apoio nisso. Não vou ser a vilã que depois tira o garoto do Facebook.

– Se quisermos que ele saia, sou eu quem vai falar – combinou Kate.

– Vai ter que esperar até amanhã. Preciso fazer essa droga desse bolo para uma ação de caridade do Women's Institute e não tenho ideia de como fazer um perfil no Facebook.

– Você vai ter que acompanhar quando ele criar o perfil. Posso pedir ao meu assistente para conferir a conta do Jake quando estiver pronta, e vou criar um perfil para mim amanhã – disse Kate.

– Quer contar para ele? – perguntou Glenda. – Posso ir lá no quarto chamá-lo.

– Não, você conta. Seja a boazinha.

– Obrigada... Ai, mas que inferno, minha geleia! – Assustou-se e levantou num pulo. – Tchau, querida.

– Falo com você amanhã e dê um beijo no Jake por mim – disse Kate, antes de finalizar a chamada pelo Skype.

Falar com Jake sempre a deixava animada, mas sentiu um vazio horrível quando finalizou a ligação e ficou repentinamente sozinha. No silêncio, ouvia o vento lamuriando ao redor da casa. Voltou ao carro lá fora, pegou a caixa de documentos com todas as informações sobre Caitlyn, a levou para dentro, fez um sanduíche e encheu um copo de chá gelado.

Tinha sido muito abrupta com Tristan quando o deixou em casa, então deu uma ligada para ele depois de comer.

– Está podendo falar? – perguntou ela.

– Estou preparando um banho de banheira – respondeu. – Espera aí. – Ela escutou o rangido de torneiras sendo fechadas e barulho de água.

– Não vou demorar. Só queria agradecer por você ter me ajudado hoje. Não esperava que as coisas sofressem uma reviravolta tão bizarra.

– Eu sei. O que vai acontecer agora? Parece que o pássaro ligou a morte de Emma Newman no ferro-velho à de Kaisha Smith.

Kate pensou naquilo e não estava empolgada como Tristan. Não queria fazer parte de outro caso tão estreitamente ligado a Peter Conway.

– Agora é com a polícia e eles têm o meu endereço se quiserem falar com a gente... – Era frustrante para Kate encontrar-se no outro lado do trabalho policial e ficar no escuro. Estava curiosa e horrorizada, mas tinha que se concentrar no que podia fazer, ou seja, descobrir o que havia acontecido com Caitlyn.

– A gente não está encrencado, está? – perguntou Tristan.

– Com quem?

– Com a polícia.

– Por que a gente estaria encrencado? Não invadimos o lugar. Admito que foi um pouco esquisito explicar o que fizemos, mas fui eu que escalei os carros... Não foi meu momento mais elegante. E a gente tinha justificativas para fazer aquilo. E as provas foram entregues imediatamente.

– Acha que vão pedir para a gente ir à delegacia depor?

– Não. A gente já fez uma declaração. Eles podem pedir mais detalhes, mas fariam isso pelo telefone ou em uma visita informal. Se algum dia pegarem quem fez aquilo, podem chamar a gente para o julgamento... – a voz de Kate falhou. Não tinha pensado tanto naquilo. Mudou de assunto. – Você trabalha amanhã de manhã? Tenho duas aulas à tarde.

– Trabalho, sim. Quero agilizar as coisas sobre o caso de Caitlyn Murray – respondeu Tristan. Ainda parecia um pouco nervoso, mas Kate não o pressionou mais. Quando saíram do encontro com Malcolm e Sheila, quiseram discutir um pagamento com Kate, mas ela e Tristan decidiram que fariam aquilo de graça e perguntaram se podiam usar o caso no futuro, no curso de Criminologia, em alguns módulos sobre casos arquivados. Sentiram que não podiam tirar um centavo de um casal aflito e que era possível usar o horário de trabalho para pesquisar, assim como faziam quando estavam preparando materiais de outros casos arquivados para as aulas. Era forçar um pouco a barra justificar o uso dos recursos da universidade para aquele fim, mas Kate concluiu que, no final, aquilo ajudaria todas as partes envolvidas.

Finalizou a ligação com Tristan. Continuava muito agitada, então, abriu a caixa dos pais de Caitlyn e começou a analisar tudo ali dentro.

CAPÍTULO 17

O dia no Hospital Psiquiátrico Great Barwell começava cedo, quando a campainha do café da manhã soava às 6h30 e o horário escalado para Peter Conway tomar banho e se barbear era às 7h10.

O pequeno banheiro no final da ala dele sempre o fazia lembrar-se das pensões em que ficava com Enid na infância: divisórias de madeira desgastadas, correntes de ar, pingos de água em antigas pias e privadas de porcelana, lâmpadas expostas, o cheiro pegajoso de comida cozida.

Pelado diante do espelho sarapintado, raspando a espuma do rosto com um aparelho de barbear vagabundo, olhou para o corpo com atenção pela primeira vez em meses. Em seus dias de glória, tinha ombros largos, braços compridos, cintura fina e pernas musculosas. Estava gordo. A protuberante barriga branca e peluda pendia sobre os emaranhados pelos pubianos. Seus braços estavam esqueléticos, bolas de gordura pendiam sob os sovacos e as pernas magrelas pareciam dois cigarros despontando dentro do maço, como Enid gostava de falar. O pênis flácido. Adormecido. E, como o restante do corpo, entorpecido pelo coquetel de medicamentos que tomava para conter os ânimos.

Malhou durante alguns anos, porém, desde o incidente da mordida no nariz, tinha perdido o privilégio de usar a academia. Deixavam-no ir ao pátio externo de exercícios duas vezes por dia, mas não passava de um lugarzinho ao ar livre esquecido por Deus.

– Como estão as coisas aí? – perguntou Winston, enfiando a cabeça pela porta para dar uma olhada pela grade. Uma grade com uma pequena abertura quadrada na altura da cintura tinha sido instalada no banheiro para que Peter pudesse ser vigiado o tempo inteiro, mas Winston sempre lhe dava privacidade, algo pelo qual ele era agradecido.

– Estou fazendo o melhor que posso com uma porcaria de barbeador – respondeu Peter. Raspou o restante de espuma do queixo. Enxaguou a lâmina na pia. Quando girou a torneira, Winston apareceu novamente e Peter entregou o barbeador com o cabo virado para o assistente.

– Obrigado, Peter.

Winston tinha um poderoso corpo musculoso e, pela primeira vez, Peter comparou-se com ele e viu como podia ser facilmente dominado pelo assistente, mesmo que não estivesse com o Mace, o cassetete ou o Taser.

Enquanto Peter vestia a roupa, ousou pensar, *sonhar* em ir embora, e se perguntou como exatamente fugiria ou se isso era possível. Ele talvez precisasse correr ou trepar em algum lugar, e que tragédia seria se o corpo frouxo e fraco desistisse dele e, por isso, seu plano fracassasse. Sentia-se frustrado por não ter recebido mais notícias da mãe. Ela não tinha atendido o telefone na noite anterior, o que não era comum. Relembrou o último encontro dos dois. Tinha dito algo que a deixou chateada? Livrou-se dessa ideia. A prisão dá toneladas de tempo às pessoas para que fiquem obcecadas pelo que acontece do lado de fora dos portões. A paranoia as invade lenta e facilmente. Daria qualquer coisa para ter uma conta de *e-mail*. A alegria da comunicação instantânea com o mundo. Tinha escutado muitas vezes os jornais noticiarem a garota morta, Kaisha, mas as informações eram de uma escassez frustrante. Devia ter mais coisa na internet, muito mais.

Ele pôs o capuz anticuspe deslizando-o sobre a cabeça e fechou as fivelas, depois voltou para a portinhola na grade. Winston estendeu os braços pela abertura e algemou as mãos dele. Peter passou a *nécessaire* pela grade e, só depois de Winston revistá-la e ficar satisfeito, abriu a grade. Saíram do banheiro e ficaram um breve momento na copa em frente, enquanto um assistente passava levando outro interno ao banheiro.

Prosseguiram pelo corredor, onde uma fileira de janelas dava vista para o pátio de exercício. Um magricela pálido, alto e desajeitado, com cabelo castanho ralo, caminhava para cima e para baixo, agitado e esmurrando o peito. Peter não sabia o nome verdadeiro dele – todo mundo o chamava de Bluey. Era esquizofrênico e tinha tendência à paranoia.

– Não vou entrar. Não vou! – berrava ele, andando pelo pátio minúsculo. A camisa estava rasgada.

Fizeram uma curva, entraram no corredor de Peter e viram um grupo de oito assistentes aguardando na porta que levava ao pátio: seis homens e duas mulheres, todos fortes.

– Você tem que entrar. Já passaram os quinze minutos – afirmava um deles falando pela portinhola.

– *Vai se danar!* – esganiçou Bluey, com a voz rasgada. – *Não! Não! Não!* – continuou ele, andando em círculo, batendo no peito e gritando. O quarto de Peter ficava depois da porta, na outra ponta do corredor. O rádio de Winston bipou. Ele suspendeu a mão na frente de Peter.

– Pode esperar com o Peter aí, Win? – perguntou uma voz cortada no rádio.

Winston o tirou do cinto.

– É claro. Peter, por favor, fica parado aí um minuto.

Peter concordou com a cabeça, observando Bluey andar em círculos sem parar, dando tapas na cabeça e puxando o cabelo.

Tentou lembrar-se de quando tinha aquela energia, aquela fúria, e procurou no fundo do peito, mas era como se fosse recheado de algodão. Não havia nada. O minúsculo pátio de exercício era cercado por muros de três metros, arame farpado e tinha rede no alto. Havia um pombo morto com as patas e asas presas na rede. Apesar do frio, algumas moscas aglomeravam-se acima dos olhos dele.

– Há quanto tempo aquele pombo está lá? – perguntou Peter.

– Dois dias, eles têm que tirá-lo de lá hoje ou começa a virar um perigo para a saúde – disse Winston, olhando entre Peter e os outros assistentes e mantendo os olhos em todos. Bluey estava gritando e vomitou. Disparou a correr na direção da porta e bateu a cabeça no vidro reforçado.

Os assistentes se organizaram, do lado de fora da porta, em duas fileiras de três mais um em cada ponta. A porta abriu e Bluey disparou para cima deles. Movimentaram-se com destreza, o pegaram e o derrubaram de costas. Três assistentes o agarraram de cada lado, segurando as pernas, os braços e o torso. Um pegou a cabeça e a manteve imóvel; o outro prendeu os pés. Levaram-no embora aos berros.

Eles carregariam Bluey até o quarto, o deitariam na cama e todos os oito permaneceriam em cima dele, segurando-o. Uma enfermeira aplicaria um sedativo e, então, um por um, sairiam, em uma formação tranquila e fluida. A pessoa segurando a cabeça seria a última a sair correndo e fechariam a porta com força. Tinha acontecido com Peter em várias ocasiões, antes de conseguirem acertar a medicação. Ele admirou a briga de Bluey, mesmo depois de todos aqueles anos. Quando o corredor foi liberado, o rádio apitou e voltaram a se movimentar.

– Com que frequência você se exercita? – perguntou Peter.

– Duas, três vezes por semana – respondeu Winston.

– Com pesos?

– Não, resistência, só uso o corpo.

– Você acha que pode me ajudar, me passar uns exercícios?

Chegaram à porta da cela de Peter.

– Os pacientes não têm permissão para fazer exercício na cela.

– Fui banido da academia. Aquele pátio de exercício é um risco para a saúde com o pombo morto e o vômito do Bluey. Só umas dicas de exercícios... – Peter olhou para Winston. Ele tinha olhos castanhos enormes. Olhos de alma antiga.

– Posso imprimir umas coisas, mas tem que ficar na surdina, Peter. Não fui eu que arrumei nada para você.

– É claro. Obrigado.

A enfermeira apareceu com a medicação de Peter em um carrinho coberto com fileiras de copinhos plásticos. Com canetinha preta, estavam escritos nomes em todos eles.

– Com está hoje? – disse ela, como se estivessem passeando no shopping e tivessem acabado de se trombar. Era uma mulher de aparência desafortunada, o verdadeiro cão chupando manga: gorda, nariz torto, queixo pequeno, míope e de olhos esbugalhados que ficavam ainda maiores com os enormes óculos. Peter se perguntou por que era tão agradável se distribuía comprimidos para gente doida o dia inteiro. – Vejamos... Peter... Peter, aqui está – disse ela, procurando o copo. Ele os jogou na boca inclinando a cabeça para trás e pegou o copinho de água.

Winston abriu a porta do quarto e começaram o ritual de desalgemar e desafivelar o capuz.

– Abra bem para mim – pediu a enfermeira. Ele mostrou o interior da boca. – Está ótimo. Tenha um ótimo dia! E você também, Winston!

Saiu empurrando o carrinho com rodas barulhentas.

Depois, Peter ficou sozinho.

Cuspiu os comprimidos na palma da mão, os jogou na privada no canto do cômodo e deu descarga.

Queria que Winston lhe desse os exercícios, mas não ficaria esperando. Jogou-se no chão e começou a fazer flexões, o corpo reclamou, mas ele continuou, determinado a entrar em forma.

CAPÍTULO 18

Kate acordou às sete e meia em um lindo dia ensolarado. O mar estava quieto e claro, mas o fundo de areia tinha sido revirado pela tempestade, deixando a visibilidade ruim quando mergulhou na água. Também havia uma abundância de algas marinhas que precisou atravessar nadando com dificuldade. Quando saiu da água, vestiu um roupão que havia deixado na areia e deu uma caminhada pela praia, onde uma comprida fileira de detritos estendia-se próxima da água.

Estava determinada a encontrar algo que pudesse fotografar e mandar para Jake. Passou pela fileira de casas no alto do penhasco, pelo pequeno parque de *trailers* e parou nas piscinas de pedra expostas pela maré baixa. A pedra vulcânica preta era como lâmina de barbear e, em alguns lugares, uma manta encharcada de algas de um verde vívido prendia-se à rocha. Ficou entusiasmada ao achar um peixe inchado esquisito, com barbatanas finas e pontudas, encalhado ao lado de uma piscina de pedra funda, a água cintilava ao sol; mais embaixo, nas profundezas, uma enguia nadava em círculos preguiçosos. O peixe inchado era do tamanho de um prato e tinha olhos enormes e expressivos. Tirou uma foto com o telefone e a enviou com uma mensagem de texto para Jake.

Ele respondeu imediatamente.

SINISTRO! SINTO FALTA DA PRAIA DAÍ. A VOVÓ TE FALOU? POSSO ENTRAR NO FACEBOOK!!!

Kate respondeu avisando que ele deveria passar a senha para elas, mas Jake não respondeu.

Quando Kate chegou ao trabalho uma hora depois, ainda não tinha recebido uma resposta.

Ela guardou o telefone e fez uma anotação mental para acompanhar isso mais tarde com a mãe.

Tristan chegou dez minutos depois e, empolgado, entregou-lhe um perfil impresso do LinkedIn.

– Quem é Vicky O'Grady? – perguntou ela. Havia uma foto.

– Eu não tinha uma caixa de documentos em casa – disse ele. – Mas me lembro de Malcolm e Sheila falarem que, em 1990, Caitlyn trabalhou em uma locadora de vídeo em Altrincham chamada Hollywood Nights. Tentei a sorte dando uma olhada no LinkedIn para ver se alguém trabalhava lá e apareceu essa Vicky O'Grady.

– Tem algum contato?

– Mandei uma mensagem ontem à noite e ela respondeu na hora. É maquiadora no estúdio da BBC em Bristol. Fui franco, falei que estamos trabalhando no desaparecimento de Caitlyn e perguntei se se lembrava dela.

Tristan entregou-lhe outra folha com a impressão das mensagens. Tinha seis páginas.

Kate passou os olhos nelas.

– Caramba, vocês conversaram muito. E ela falou que eram muito amigas? Malcolm e Sheila não a mencionaram.

Kate aproximou-se da caixa de documentos, pegou a foto de Caitlyn, virou-a e ficou observando:

– Ok. Esta é Vicky O'Grady.

Tristan se aproximou e viu na foto uma jovem presunçosa de cabelo comprido escuro e maçãs do rosto salientes. Olhava para a câmera com uma expressão confiante.

– Ela mora em Bristol. Falou que pode se encontrar com a gente hoje de tarde ou de noite.

– Hoje de tarde não dá – descartou Kate.

– E de noite?

– Ela tem mais alguma coisa para te contar? A gente pode ir lá de carro, mas um telefonema nos pouparia tempo, seria o suficiente.

– Vicky tem fotos de quando ela e Caitlyn viajaram em um fim de semana para acampar e outras do clube de jovens. E também falou que Caitlyn estava andando com uns camaradas meio sujeira... palavras dela, não minhas. Ela procurou a polícia na época.

– E o que a polícia falou?

– Colheram o depoimento, mas não deu em nada. Nunca mais a procuraram.

– E se a gente fizer isso amanhã? Sábado é mais fácil. Tenho compromisso hoje à noite.

– É claro.

– Também precisamos marcar uma conversa por Skype com Megan Hibbert, a amiga de Melbourne. Seria bom fazermos isso antes de encontramos Vicky, para sabermos se a conhecia. Talvez dê para ela falar com a gente às nove e meia da noite de hoje, no nosso horário – sugeriu Kate.

– Mas você não falou que estava ocupada hoje à noite?

Kate tinha reunião no AA às seis horas da tarde, mas acabava às sete horas da noite.

– Já vou estar livre nesse horário – disse ela sem dar detalhes. Sabia que não escaparia de contar a ele. Era surpreendente a frequência com que o assunto álcool surgia, principalmente no mundo acadêmico. Havia infindáveis festas com bebida e jantares formais com discursos e brindes. Tinha perdido a conta das vezes em que precisou pedir para trocarem sua bebida por suco de laranja.

– Beleza, vou tentar agendar a ligação para hoje de noite – disse Tristan.

– Podemos trabalhar com esta foto de Caitlyn e descobrir quem são todas as colegas e a professora pelo LinkedIn e Facebook.

– Mas você não me disse que não estava no Facebook?

– Vou entrar – disse Kate. Explicou rapidamente a questão com Jake e o Facebook.

– Eu tinha 16 anos quando entrei no Facebook – comentou Tristan.

– Cruz credo, agora me senti velha!

Sentaram-se às suas mesas e ligaram os computadores. Kate criou um perfil no Facebook e escutou um silvo do computador de Tristan logo depois que enviou uma solicitação de amizade.

– Que maneiro, sou o seu primeiro amigo – comentou ele. – *Esta* é a foto do seu perfil? – gargalhou. Era a foto do peixe morto que tinha tirado de manhã.

– Essa aí sou eu, bem cedo de manhã, sem maquiagem – comentou secamente.

– Tenho certeza de que você é linda quando acorda... quer dizer, você não usa maquiagem mesmo, usa? E você é muito bonita... – A voz desvaneceu e o rosto enrubesceu. – Desculpe, não foi bem o que eu quis dizer.

Com um gesto de mão, disse para ele não se preocupar.

– Vou entender como um elogio! Tenho idade para ser sua mãe.

Viu que Tristan tinha cem amigos no Facebook. Digitou "Jake Marshall" no campo de pesquisa e apareceu uma lista de perfis. O terceiro era de Jake.

O macaquinho não perdeu tempo, pensou ela. Jake tinha usado uma foto dele com Milo, o labrador, tirada no jardim. E viu que ele já tinha 24 amigos. O perfil estava repleto de mensagens dos colegas de classe lhe dando boas-vindas. Enviou uma solicitação de amizade e voltou a pensar em encontrar as colegas de classe de Caitlyn.

Trabalharam algumas horas e conseguiram encontrar dez amigos de escola de Caitlyn. Kate também achou a professora, que estava morando em Southampton.

– Que tal uma pausa pro café? – perguntou ela. – Sabe-se lá quanto tempo vai demorar para as pessoas responderem.

Desceram à Starbucks, Tristan escolheu os assentos confortáveis à janela e Kate fez o pedido. Quando chegou com os cafés, ele estava ao telefone.

– Isso está no *site* da BBC News – informou ele. Kate pegou o telefone e assistiu ao vídeo curto.

Era um depoimento dos pais de Kaisha Smith, gravado no portão da casa deles. Tammy e Wayne estavam pálidos, magros e parecia que não dormiam há dias. Vestiam preto e uma garotinha, com um casaco rosa sujo de pele falsificada, encontrava-se ao lado de Tammy. Junto a eles, um policial lia um apelo por testemunhas e havia um número de telefone e um *site*. Piscavam aos *flashes* das câmeras. Kate percebeu que Wayne e Tammy eram pobres e o pai de Kaisha, Wayne, limpou uma lágrima do olho enquanto o policial lia a declaração. Kate viu que tinha "AMOR" e "ÓDIO" tatuado nos dedos e se perguntou como os jornais abordariam o caso. A classe trabalhadora era geralmente representada como composta por heróis trágicos, mas, se a história esfriasse, a imprensa atacava a jugular deles. A foto escolar de Kaisha apareceu novamente: o rosto esperançoso e sorridente, vestindo o uniforme escolar irreconhecível no cadáver hediondo. Quando a declaração terminou, Kate devolveu o telefone e tomou uma golada de café.

– Não tem nada nos jornais sobre o que descobrimos no ferro-velho nem sobre a moça – comentou Tristan, deslizando o dedo pelo telefone.

– A polícia vai querer reter essa informação. Eu faria isso se estivesse trabalhando no caso.

Terminaram o café e voltaram para a sala, na esperança de terem algumas respostas os aguardando. Quando passaram pela porta, havia um homem e uma mulher na sala. O homem mexia na caixa que continha as fotos de Caitlyn e a mulher, sentada à mesa de Kate, olhava o computador.

– Com licença, quem diabos são vocês? – perguntou Kate.

CAPÍTULO 19

– Sou a inspetora-chefe Varia Campbell – respondeu a mulher –, e este é o meu colega, detetive inspetor John Mercy.

Os dois levantaram e mostraram as identidades.

– Vocês têm mandado para revistar a nossa documentação particular? – indagou Kate.

– Não. Mas precisamos de um? – questionou Varia. Ela inclinou a cabeça e recuou os ombros, como se intimasse Kate para uma briga. Aparentava ter por volta dos 35 anos e usava um terno azul. Sua pele cor de *cappuccino* era muito lisa. O inspetor John Mercy era um ruivo alto, parrudo e de tez rosada. Os ombros largos e o corpo musculoso forçavam o confinamento no elegante terno preto.

– Precisam, sim. Largue isso – ordenou Kate a John, que segurava uma foto. Guardou-a e fechou a caixa.

– Sua visita ao pátio do Ferro-Velho Nine Elms ontem. Preciso de esclarecimentos sobre como você trombou com o pássaro empalhado e achou o bilhete dentro dele – disse Varia. – Podemos sentar?

Kate apontou para o sofá em frente à estante de livros e ambos sentaram. Kate e Tristan sentaram-se às suas mesas.

– Bom senso – disse Kate. – A cena do crime no Ferro-Velho Nine Elms ontem era similar à cena do crime no pátio do Ferro-Velho da Nine Elms Lane em Londres. Estou me referindo ao caso do Canibal de Nine Elms... que eu solucionei.

– Você também estava envolvida em um relacionamento com Peter Conway e vocês têm um filho juntos – afirmou Varia. – Ainda tem contato com ele?

Kate cruzou os braços sobre o peito. A tal de Varia não estava de brincadeira.

– Não.

– Ele te escreve? – perguntou ela.

– Você deve estar ciente de que pode conferir a comunicação de Peter Conway. Teria visto que, desde a prisão e o encarceramento, nunca o visitei nem escrevi para ele, e nunca nos falamos pelo telefone. Ele me escreveu uma vez.

– E o seu filho? – perguntou John.

– Ele tem 14 anos e nenhum contato com Peter Conway. – A ida dos policiais à sala dela a colocou na defensiva, mas Kate costumava usar as mesmas técnicas quando era oficial. – Havia um bilhete na cena do segundo crime, onde o corpo de Kaisha Smith foi encontrado à margem do rio perto de Hunter's Tor?

Varia cruzou os braços e fez um biquinho.

– Pode parar de fazer essa cara – disparou Kate. – Alan Hexham me chamou para dar uma segunda opinião sobre a autópsia da Kaisha Smith. O assassinato dela e o de Emma Newman têm as mesmas características dos cometidos por Peter Conway... – Kate viu uma centelha nos olhos dela e John olhou para a colega. – Ah! Tinha um bilhete, não tinha?

Varia olhou para John e levantou tirando um caderno do bolso de trás. Pegou uma folha xerocada e a pôs na mesa de Kate.

– Há um quadro de avisos a uns 20 metros do lugar à margem do rio em que o corpo de Kaisha Smith foi encontrado. Deixaram este bilhete lá. Só o descobriram ontem.

PARA A "FORÇA" POLICIAL

ESTOU QUILÔMETROS À FRENTE DE VOCÊS, SEUS PALHAÇOS. KAISHA ERA UMA JOVEM ESPIRITUOSA. QUANTAS MORTES MAIS OCORRERÃO ATÉ VOCÊS ME NOTAREM? O QUADRO DE AVISOS ME PARECE, DE CERTO MODO, ADEQUADO.

UM FÃ

– Ele está chateado por ninguém notar o trabalho dele – comentou Kate. – Já matou duas e ainda não há nada nos jornais. Os imitadores anseiam por atenção. Como no primeiro bilhete, assinou "Um Fã", o que diz mais a respeito dele do que o sujeito imagina. Está emaranhado no culto à celebridade envolvendo Peter Conway e o caso Nine Elms.

– Oficialmente, ainda devem se referir ao caso original como Operação Cicuta – disse Varia. Kate revirou os olhos... nossa, aquela mulher era pedante. – Neste estágio, a teoria sobre um assassino imitador precisa ser provada – acrescentou, pegando o bilhete e encaixando-o de volta no caderno.

– Do que mais você precisa? De outro corpo? E tenho certeza de que haverá. Peter Conway matou quatro mulheres antes de eu pegá-lo. Bom, quatro mulheres é o que sabemos. Você precisa concentrar sua investigação na procura desse assassino imitador... Esse tipo não é tão inteligente quanto os assassinos que imitam. Quer a notoriedade e a fama envolvida na repetição do horror. Uma das coisas que o tornará um sucesso é ele ficar conhecido e chegar às manchetes, e você pode usar isso para pegá-lo.

– Ei! – exclamou Varia, suspendendo a mão. Parecia estar muito nervosa. – Não preciso que fale como devo fazer o meu trabalho.

– Você entrou na minha sala e começou a revirar meus documentos pessoais sem mandado...

– Você deixou a porta aberta – disse John.

– Eu me lembro de casos de arrombamento em que o suspeito falou exatamente a mesma coisa – retrucou Kate, encarando-o com a cara fechada.

– Você tem alguma outra informação para compartilhar? – perguntou ele.

– Não. Ligamos para a polícia assim que achamos o pássaro e o bilhete.

– Por que estavam na área? É meio fora de mão para vocês dois.

Kate resumiu a ida deles a Chew Magna e as informações no *e-mail* do pai de Caitlyn.

– Malcolm Murray já tinha pedido à Polícia da Grande Manchester para reabrir o caso, mas recusaram por falta de provas – finalizou ela. Houve um momento de silêncio, depois Varia olhou para Tristan.

– E você a acompanhou nessa *excursão* na condição de assistente acadêmico? – questionou ela.

– Sim – respondeu Tristan, com a voz falhando um pouco devido ao nervosismo.

– Você mora com a sua irmã. Ela trabalha no Barclays Bank?

– Sim.

– Que relevância isso tem? – questionou Kate.

– Ele te contou que tem antecedentes criminais?

Não tinha contado, mas Kate não queria dar àqueles policiais agressivos e grossos essa satisfação. Não disse nada e olhou para Tristan.

– Tinha 15 anos e fiquei bêbado com uns amigos. Bom, eles não eram amigos – disse Tristan, corando. – Quebrei a janela de um carro estacionado em frente à praia.

– Você arrombou um carro – corrigiu Varia. – É o que diz o boletim de ocorrência.

– Não, eu quebrei a janela.

– E uma das outras pessoas de sua gangue roubou o rádio.

– Eu não era de gangue nenhuma. Ele fugiu correndo quando a polícia chegou. Fiquei lá para dançar conforme a música – disse Tristan, recuperando a compostura. – E não fui acusado, só recebi uma advertência. Não preciso reportar advertência.

– Sua chefe sabe? – perguntou John com um sorriso sórdido.

Kate levantou.

– Espere aí, você não pode vir aqui e intimidar um integrante da minha equipe valioso e confiável – esbravejou ela. – Compartilhamos todas as informações que temos. Em vez de ficarem xeretando sem mandado, por que não saem daqui e vão fazer um trabalho policial de verdade?

Varia olhou-a com frieza e encarou-a, furiosa.

– Compartilhem conosco qualquer outra informação que tiverem imediatamente e não digam nada à imprensa, mesmo que os procurem, o que farão se ligarem publicamente isso a Peter Conway...

– Nenhum de nós tem interesse em falar com a imprensa – afirmou Kate.

Varia e John voltaram a atenção para Tristan.

– Não. Não vou falar com ninguém – falou ele.

– Tudo certo, então, isso basta por enquanto – disse Varia. Saíram da sala e John bateu a porta com força.

– Que droga – reclamou Tristan, colocando a cabeça nas mãos. – Desculpe, Kate. Desculpe mesmo. Tinha 15 anos. Eu era um idiota de um...

– Não precisa se desculpar. Já fiz muita coisa idiota bêbada... Escuta. Mais cedo, falei que precisava fazer uma coisa antes da nossa ligação por Skype. Vou a uma reunião do AA. Fui alcoólatra durante, bom, anos demais. É por isso que o Jake mora com os meus pais... Você acha que tem problema com bebida?

Tristan ficou surpreso:

– Não.

– Então, não precisamos falar mais nada a respeito disso. Eles querem intimidar você... não deixe isso acontecer.

– Obrigado – disse Tristan, aceitando a sugestão com um gesto de cabeça. – E obrigado por me contar e por ficar de boa. Acha que eles vão voltar?

– Não sei. Estão atordoados, dá para ver. Ela está sofrendo muita pressão para pegá-lo, é óbvio, mas, quando chegar à imprensa, vai ser um estardalhaço e a polícia nunca sai bem na foto nessas horas.

Kate pegou uma folha e começou a escrever.

– O que está fazendo – perguntou Tristan.

– Anotando o que estava na segunda carta, antes que eu esqueça.

CAPÍTULO 20

Tristan foi para a casa de Kate depois da reunião do AA. Ela fez chá, os dois acomodaram-se à bancada na cozinha e chamaram Megan Hibbert em Melbourne por Skype. Ela atendeu imediatamente. Tinha um sorriso largo, olhos verdes, cabelo louro acinzentado e estava bronzeada. Encontrava-se na sala de casa em frente a janelões com vista para uma piscina e um jardim grande.

– Oi, Kate e Tristan, né? – O sotaque era uma mistura de australiano e britânico.

– Obrigada por falar com a gente tão cedo, no horário de Melbourne – disse Kate, que contou a ela rapidamente o que tinha acontecido no encontro com Malcolm e Sheila.

– Tenho muita pena deles! Malcolm parecia uma sombra do homem que tinha sido quando trombei com ele no cemitério... Fiquei de coração partido quando me falou que queria ter um túmulo para Caitlyn. Imagina chegar a um ponto da vida em que a pessoa fala isso da própria filha... – Sua ensolarada disposição escureceu; ela pegou um lenço e enxugou os olhos. – Que chance vocês acham que eles têm de encontrar o corpo dela?

Kate ficou um momento em silêncio e Tristan olhou para ela.

– Sempre acho que casos arquivados têm mais chance com investigação particular – explicou Kate. – A polícia geralmente não tem tempo e a polícia do Reino Unido não destina muitos fundos à investigação de casos arquivados a não ser que apareçam mais provas.

– Eles não acham que minha conversa com Malcolm é o suficiente para abrirem o caso?

– Não.

– Só fiquei sabendo de Caitlyn alguns meses depois do que aconteceu. Fomos embora do Reino Unido no final de agosto de 1990.

Minha família toda emigrou: eu, minha mãe, meu pai e meu irmão pequeno, que tinha 5 anos. Não tínhamos nenhum outro parente e as cartas de amigos e vizinhos demoravam a chegar. Moramos em um albergue da juventude durante três meses. Enfim, foi por isso que não tive notícia de Caitlyn.

– Você era a melhor amiga de Caitlyn? – perguntou Kate.

– Não. Wendy Sampson que era.

– Você e Caitlyn eram próximas das meninas da sua classe?

– Éramos as três únicas bolsistas da escola. Eu, Caitlyn e Wendy. O restante das meninas era mais endinheirado... nem todas eram más, mas tinha um monte de escrotas arrogantes, se me perdoa o palavrão. Os pais de Caitlyn e de Wendy eram mais aceitáveis do que os meus. Malcolm trabalhava na prefeitura e Sheila era do lar, ou dona de casa, como dizem aí na Inglaterra. Meu pai trabalhava de pedreiro, éramos classe operária no Reino Unido. Eu era a mais baixa das baixas. Ficávamos juntas.

– Vocês sofriam *bullying*? – perguntou Tristan.

– Não. Eu era alta e parruda, Caitlyn tinha raciocínio rápido e Wendy era uma esportista forte... esses fatos sempre acabam desencorajando quem gosta de fazer *bullying*. Mas aquela escola era de meninas. Quando tinha *bullying*, a maior parte era psicológico – respondeu Megan.

– Então, até onde você sabe, Caitlyn não era muito amiga de nenhuma outra garota? – perguntou Kate.

– Não, a gente não era convidada para tomar chá na casa de nenhuma das outras meninas.

– Ela deve ter ficado muito chateada quando você foi embora, não? – questionou Tristan.

Megan refletiu um pouco.

– Foi esquisito. Éramos todas bem amigas, mas o ano letivo tinha acabado, eu ia embora no final de agosto e, à medida que o mês passava, eu a via menos. Ela passava mais tempo com Wendy. E eu entendia isso.

– Em que sentido?

– Bom, a gente parou de combinar de sair. E, para ser sincera, eu estava meio ausente. Minha mãe vivia nos levando a Londres, pois íamos à embaixada australiana conseguir os vistos e fazer a papelada tramitar.

– Wendy não te contou de Caitlyn? – perguntou Kate.

– Contou, mas só recebi a carta alguns meses depois. Foi horrível, mas vocês têm que lembrar que não existia internet na época. E o caso não virou manchete na Austrália... por que viraria? – Megan começou a lacrimejar e pegou um lenço. – Desculpe.

– Você se lembra de uma menina chamada Vicky O'Grady da sua sala?

– Lembro.

– Vocês eram amigas?

– Não, eu a odiava. Ela era bem babaca e vivia matando aula. Uma vez a pegaram bebendo na hora do intervalo – respondeu Megan.

– Então nenhuma de vocês era amiga dela?

– Não.

Kate baixou os olhos para as anotações que tinham feito.

– Mas Caitlyn não trabalhava em uma locadora de vídeo com Vicky? – insistiu ela.

– Trabalhava. O pai da Vicky tinha uma franquia, eu acho, de locadoras, e a Caitlyn trabalhava lá nos sábados. Era para Vicky trabalhar, mas ela ficava o tempo todo dando ordens a Caitlyn e flertando com os clientes.

– A gente vai se encontrar com a Vicky amanhã – informou Kate.

– Sério? O que ela está fazendo?

– É maquiadora na BBC, em Bristol.

– Está certo, bom para ela. O que ela tem a dizer sobre isso?

– A gente não sabe. Mas Vicky falou que ela e Caitlyn eram muito amigas.

Megan ficou surpresa.

– Sério?

– Ao que parece... – disse Kate.

– Não entendo, mas já passou muita água debaixo dessa ponte. Foi há muito tempo. Boa sorte para ela.

Houve um silêncio e pela primeira vez Megan ficou sem graça.

– Certo, vamos passar para a noite em que você viu Caitlyn na frente do clube de jovens do Carter. Você lembra quando foi? – perguntou Kate.

– Lembro. Foi bem no início de agosto. Eu me lembro do dia porque minha mãe estava pirando por causa dos vistos não terem chegado e a gente só tinha quatro semanas. Estava muito quente e o clube de jovens não passava de um salão antigo. Sr. Carter, o zelador, não pôde abrir as janelas, porque tinha perdido a vareta que as abria. Passava um riacho nos fundos e a maioria do pessoal ficou lá fora se refrescando. Caitlyn e eu estávamos jogando pingue-pongue, ela saiu para ir ao banheiro, mas não voltou. Eu a achei lá na frente, do lado de fora, em pé ao lado do carro de um cara mais velho, um policial. Tinha me contado que o conheceu na locadora de vídeo. O cara foi alugar um filme, os dois ficaram de papo e ele foi lá mostrar o carro para ela. Era um carro novinho.

– Que tipo de carro? – perguntou Kate.

– Uma Rover azul.

– Você o viu?

– Vi, mas o cara ficou dentro do carro, estava escuro, e ele parou debaixo da luz do poste. Tinha cabelo preto penteado para trás, traços fortes, um sorriso grande e dentes muito brancos, porque me lembro dele colocando a cabeça para fora da janela e sorrindo quando a beijou.

– E o que aconteceu?

– Caitlyn entrou no carro, me deu tchau e eles foram embora.

– Isso era fora do comum para Caitlyn?

– Era. Mas tinha 16 anos e todas nós estávamos começando a sair com os caras. Tanto eu quanto Wendy fizemos esse esquema de sair com caras mais velhos. O carro era um lugar para dar uns amassos com eles... e não havia nada na imprensa sobre algum maluco solto por aí matando meninas. A gente achou que Caitlyn tinha dado muita sorte, e ela foi para a escola no dia seguinte, sem problema.

Tristan pegou uma folha impressa no caderno e a entregou para Kate. Era a foto na identidade de Peter Conway na polícia. Kate a suspendeu diante da tela.

– Posso mandar por *e-mail* para você também, mas acha que pode ter sido este o cara? Esta foto foi tirada em 1993.

Megan inclinou a cabeça e observou com atenção.

– Já vi essa foto e pode ter sido ele, mas foi há muito tempo... O rosto estava na sombra.

CAPÍTULO 21

Enid Conway morava em uma pequena casa no final de uma fileira de residências geminadas, em uma rua dilapidada de East London. Era um lugar perigoso, com canteiros imundos cheios de lixo, carros e geladeiras velhas, fezes de cachorro e cacos de vidro.

Peter tinha crescido nesse lugar e ele comprou a casa para a mãe quando voltou de Manchester para trabalhar em Londres em 1991.

Em 2000, Enid escreveu um livro revelador chamado *Nenhum Filho Meu*. Tinha recebido um adiantamento considerável e um *ghostwriter* foi enviado à casa dela para entrevistá-la. Uma das perguntas que fez foi se ela mudaria de casa, agora que tinha condições de bancar algo melhor.

– Eu não duraria cinco minutos em um bairro de classe média – respondeu ela. – As pessoas me respeitam nesta rua. A gente vê todo tipo de coisa, dia e noite, mas é só não se meter nas coisas dos outros e nunca falar com a polícia.

Ela pensou nessa conversa quando abriu a porta para o "Fã ruivo", como ela o chamava. Não sabia o nome dele.

– Alguém te viu?

– Ninguém importante – disse ele.

Enid não tinha medo de ninguém, mas ele a deixava inquieta. Aparentava beirar os 30 anos, era um homem alto, grande e musculoso. O cabelo vermelho cortado com máquina possuía centímetros de comprimento e seu semblante era estranho. Era como se tivesse sido gerado em uma mistura de líquido amniótico e bicarbonato de sódio. A pele era lisa, mas o rosto, estufado e grande demais; os lábios eram borrachentos e carnudos, os olhos, empapuçados, e o nariz tinha uma aparência bulbosa. Contudo, não era feio e vestia-se bem: sapato de couro, camisa, calça *jeans* e jaqueta bem cortadas, em tons neutros. Além disso, estava sempre exalando um cheiro de quem acabou de tomar banho.

Foram à cozinha, que era moderna e tinha vidro, aço e utensílios caros.

– As fotos estão ali – disse ela apontando para um envelope na bancada. – Quer chá?

– Não.

Ele não tirou o casaco nem se sentou. Enid acendeu um cigarro e ficou observando-o pegar quatro fotos para passaporte no envelope. Duas eram dela, as tinha tirado mais cedo em uma estação de trem. As outras duas eram de Peter.

– Está de brincadeira? – disse ele, suspendendo-as.

– São as mais recentes que tenho. Foram tiradas algumas semanas antes de ele ser preso. As pessoas envelhecem, né?

Para ela, a aparência de Peter não havia mudado tanto, mas agora ele tinha cabelo grisalho comprido e o rosto mais enrugado.

– Depois de seis ou oito anos, os passaportes expiram. Isto. Não. Serve – disse ele, atirando as fotos na bancada.

– Ele é prisioneiro. Não tem máquina pra tirar foto de passaporte na porcaria do refeitório!

O sujeito virou-se para Enid, se aproximou e meteu o dedo na cara dela.

– Não fale comigo desse jeito, está me ouvindo?

Enid fechou os olhos e os reabriu, meneando a cabeça.

– O que eu faço?

Ele foi à geladeira, a abriu e pegou uma caixa de leite. Desenroscou a tampa e deu um gole comprido. O leite mesclou-se aos molhados lábios borrachentos e uma gota ou outra escapuliram pelos cantos da boca. Deu a última golada e guardou a caixa de volta. Em seguida, foi ao rolo de papel-toalha, destacou um quadrado e o dobrou caprichosamente antes de limpar a boca. Deu um comprido e sonoro arroto.

– Que tipo de telefone você tem? – perguntou ele. Enid foi à bolsa Chanel, que estava na ponta da bancada. O fedor gasoso do suco gástrico dele a fez sentir-se nauseada. Pegou o telefone, um Nokia, e o suspendeu. Ele meneou a cabeça.

– Isso não vale nada. Você precisa do iPhone novo. Ele tem câmera de cinco megapixels.

– O que isso significa? – questionou ela.

– Significa que ele vai tirar uma foto de alta qualidade. Eles vão deixar você tirar uma foto do Peter na próxima vez que visitá-lo?

– Vão. Tirei uma com o meu celular no ano passado. Eles me fizeram mostrar a foto...

– Ótimo. Faço o *download* dela na próxima vez que a gente se encontrar – disse ele. Enfiou a mão no bolso e pegou dois envelopes pardos, um grosso e um fino. Colocou as fotos para passaporte dela no fino e pôs o grosso na bancada. – Onde é o banheiro?

Ele não tinha perguntado isso em nenhuma das outras visitas.

– Primeira porta no alto da escada.

Quando ele estava no segundo andar, Enid pegou o envelope fino e o abriu. Viu a foto do passaporte dela e uma do dele. Ouviu com atenção por um momento e escutou o assoalho ranger no banheiro lá em cima. Ligou o telefone, ficou impaciente aguardando-o carregar, então fotografou a foto dele. A qualidade não era ótima, mas precisava de alguma garantia. De uma vantagem caso as coisas dessem errado. Na foto para passaporte, ele olhava bem para a frente. Olhos gelados. Os lábios grandes molhados e reluzentes.

Enid ouviu o som da descarga e o ranger do assoalho lá em cima. Guardou a foto. Escutou o rangido dele saindo do banheiro, pisando no patamar, mas não desceu. Seguiu na direção do antigo quarto de Peter. Ela saiu apressada da cozinha e subiu a escada.

– O que está fazendo? – perguntou Enid.

Ele estava deitado na cama de solteiro de Peter, com o cobertor de lã listrado de azul e verde, no escuro. Enid acendeu a pequena lâmpada de teto. Havia um pôster do David Bowie fazendo pose como Ziggy Stardust na parede e uma pequena prateleira com troféus esportivos acima da cama. Em uma mesa, Peter e Enid faziam pose em uma foto na cerimônia de formatura da Hendon Police College. Ele de uniforme, Enid de vestido azul e chapéu combinando. Ao lado, fotos da época em Manchester compunham uma colagem: ele na primeira viatura, um Fiat Panda. Outra com Enid na grama em frente ao apartamento que tinha alugado em Manchester. E três com amigos da época.

– Este quarto era do Peter? – perguntou, suspendendo os olhos na direção dela do lugar em que estava deitado.

– Era.

– Era aqui que ele dormia?

– Era.

– Por que as janelas têm grade? Você tinha problemas de disciplina quando ele era mais novo?

– Não. É para impedir que gente entre.

– Para muita gente, isto é um santuário – afirmou ele, antes de se sentar. – Vem aqui. – Estendeu a mão.

– Por quê? – indagou incisiva.

– Por que você não faz a vontade do homem que está pagando pela liberdade do seu filho?

Nos anos de vacas magras do passado, homens lhe pagavam por sexo. Batiam na porta tarde da noite, de todos os formatos e tamanhos. Aproximou-se e pegou a mão dele. Algo naquele sujeito a repugnava. Ele enterrou o rosto na barriga dela. Inalava. Esfregava-se. Passava a mão na virilha. Acariciava.

– Você o fez. Ele cresceu aqui dentro – disse, com a voz falhando. Enid tentou não recuar. Ele continuava a acariciar e esfregar. Não era sexual. Estava idolatrando-a.

– Verdade. Ele é minha carne. Sou a... – disse Enid. Ele finalmente a soltou, deixando uma baba parecida com um rastro de lesma na frente do suéter. Manteve contato visual, então levantou abruptamente e saiu do quarto. Enid foi ao andar de baixo logo em seguida. O Fã estava olhando para a foto de passaporte que ela havia deixado na bancada.

– Precisei conferir a minha. Achei que tivesse assinado atrás – justificou apressada. – Força do hábito. Se vou ter uma identidade nova, minha foto não pode ter Enid Conway assinado atrás.

Ele aceitou com um gesto de cabeça e colocou-a de volta no envelope. Enfiou-o no bolso e tocou com os dedos o envelope grosso.

– Instruções para você. E outra carta minha para Peter.

Tirou um rolo de notas do bolso e o colocou ao lado do envelope.

– Você bebe? – perguntou ela.

– Bebo.

Enid pegou dois copos de uísque no armário e serviu dois dedos de Chivas em cada. Empurrou um copo pela bancada, pegou um maço de cigarro e ofereceu um a ele, que negou com a cabeça. Deu um tapinha no maço para tirar um para ela e o acendeu.

– O que você ganha com isso? Tirar o Peter de lá?

– Adoro o caos – respondeu com um sorrisão, deu um golinho, o uísque brilhou nos lábios grandes.

– Isso não é resposta – reclamou, inclinando a cabeça para trás e soltando a fumaça. Ele observou a fumaça flutuar até se espalhar no teto amarelo. – Tenho uma vida decente aqui. Não quero muita coisa além do Peter. Se for embora, não posso voltar. Agora, me diga: o que você ganha com isso?

– Estou subvertendo as expectativas do meu pai – sorriu ele.

– E quem é o seu pai?

Ele agitou o dedo indicador para ela.

– Não, não, não. Aí eu entregaria o jogo... – enfiou a mão no bolso, pegou um papel e o entregou a ela.

Enid desdobrou-o e viu que era a impressão do perfil de Facebook de um jovem de cabelo escuro.

– Quem é este?

– Não está vendo o nome? Jake Marshall. É o seu neto.

– É um rapaz bonito, parece com o pai. Mas não tem serventia para mim agora – disse ela, estendendo o braço para devolver o papel.

– Não vai ficar com saudade dele? Quando a gente for embora?

– Não dá para ter saudade do que a gente não conhece. – Olhou novamente para a foto, inclinando a cabeça. Enxergava Peter ali, nos traços dele.

– Peter viu isso?

– Não. Não quero que veja. Não tem a menor chance de achá-lo sozinho. Não tem acesso à internet.

Ele virou o uísque e levantou.

– Leia o que está no envelope. Volto na semana que vem.

– Não quero isso – disse ela, devolvendo a impressão. Enid ficou perambulando pela casa depois que ele foi embora. Tinha nascido prisioneira de sua classe e de suas circunstâncias. Havia pegado as cartas que lhe foram dadas quando nasceu e feito o melhor que pôde. Lutar. Sempre teve que lutar por tudo na vida.

Agora existia a possibilidade de ir embora e começar como uma pessoa nova em outro país. Queria que fossem apenas ela e Peter. O mundo era melhor quando estavam apenas os dois. Não queria saber do rapaz. Não tinha dúvida de que ele havia sido criado pensando que Peter era um monstro, mas provavelmente disseram-lhe coisa pior sobre Enid. O rapaz podia envenená-la. Enid nunca sentia medo, mas ele a dominou nesse momento. Era uma emoção sórdida.

Voltou à cozinha e serviu outro uísque.

CAPÍTULO 22

Kate não dormiu muito naquela noite, após a ligação de Megan. Não parava de pensar no policial que tinha pegado Caitlyn em frente ao clube de jovens, com o rosto banhado pela sombra do carro. Teria sido Peter?

Kate pensou nas duas noites que havia passado com Peter em 1995. Na primeira, quando foram para o apartamento dela, depois da noite no *pub*, ela o tinha achado tão magnético e *sexy* que não conseguiu resistir. Tentava, havia anos, se separar do que sentiu naquela noite. O corpo firme e musculoso, o cheiro intenso do cabelo e da pele. A força ao suspendê-la, colocá-la na cama e despi-la. Tinha sido apaixonado, carinhoso e, embora sua pele formigasse por ter chegado a esse nível de intimidade com alguém que fez coisas tão doentes e vis, aquelas memórias estavam ali. Não tinha como mudar nada. Isso também a fazia se sentir mais próxima de Caitlyn. Ela ficou fascinada pela fachada de Peter? Desejou-o quando entrou no carro e ele acelerou? Para onde foram e o que fizeram?

Kate nunca se viu como vítima, mas, assim como Caitlyn, tinha sido enganada pela máscara de normalidade dele.

A foto que tinha mostrado para Megan estava largada lá embaixo na bancada. Estava dentro do caderno, mas, deitada na cama, a mente de Kate continuava a pregar peças. Imaginou o caderno largado no escuro levantando-se vagarosamente, as páginas passando e parando na foto de Peter. As pálpebras se abriram e ele começou a observar, os olhos movendo-se de dentro da imagem imóvel do rosto. Então, a boca começou a esticar, os lábios retrocederam e revelaram os dentes, muito alinhados e brancos, e ele gritou "*Kate!*".

Ela acordou suando, com o coração esmurrando o peito. O quarto estava escuro e eram 2h11 da madrugada no relógio que ficava na mesinha de cabeceira.

Arremessou as cobertas de lado e foi ao andar de baixo, acendendo todas as luzes e fazendo muito barulho. A sala estava sossegada e vazia. O *laptop* estava fechado na bancada – é claro –, mesmo assim, pegou a foto de Peter, enfiou-a no picotador e apreciou o zumbido da máquina trabalhando. Só então subiu e pegou no sono.

***

Na manhã seguinte, Kate e Tristan foram a Bristol de carro, onde se encontrariam com Vicky O'Grady e almoçariam no shopping. Chegaram meia hora adiantados e acharam o restaurante italiano chique que Vicky havia sugerido.

– Ela escolheu um lugar caro – comentou Tristan quando já estavam sentados no elegante restaurante ao lado de uma enorme janela de vidro com vista para a movimentada praça de alimentação. – Seria muito mais barato lá embaixo.

– Não conseguiríamos ter uma conversa decente na praça de alimentação – argumentou Kate. – Aqui está bom. Sossegado.

– Nossa. Quatorze pratas por uma taça de vinho tinto! – assobiou Tristan. – Quer que eu esconda a carta de vinhos?

– Não. O objetivo deste encontro é conseguir informação – disse Kate.

– Quer que ela encha a cara para, quem sabe, falar mais?

Tristan era, na maior parte do tempo, um rapaz maduro, mas ocasionalmente o sujeito de 21 anos dava as caras.

– Precisamos deixá-la relaxada e ver o que acontece – orientou Kate.

Neste momento, um garçom chegou à mesa com uma senhora grande de vestido floral claro. Tinha um imaculado cabelo castanho pouco acima dos ombros, olhos com uma sombra escura dramática e óculos escuros de grife na cabeça.

– Oi? Kate e Tristan? – perguntou ela. – Sou a Victoria. – Falava muito bem e com confiança. Levantaram e apertaram a mão dela.

– É Vicky ou Victoria? – perguntou Kate quando já estavam sentados.

– Não sou *Vicky* desde o colégio – disse ela, servindo azeite de oliva no prato, acrescentando um pingo de vinagre balsâmico e esfregando tudo com um pãozinho que o garçom havia trazido em uma cesta. Falaram amenidades e fizeram o pedido. Kate percebeu que Tristan sentiu-se aliviado por Victoria não pedir champanhe... ficou na água tônica. Tristan e Kate beberam o mesmo.

– Então, o mistério de Caitlyn Murray? – disse ela depois que o garçom trouxe as bebidas.

– Você disse nas mensagens que trocou com Tristan que esperava receber uma ligação sobre ela de um detetive particular? – perguntou Kate.

– Bom, talvez eu estivesse sendo dramática demais... Só porque a polícia na época fez pouquíssima coisa. Parece que não falaram com ninguém. Apareceram alguns dias depois do desaparecimento e falaram que um policial ficaria na escola o dia inteiro caso alguém tivesse algo para contar... Não sei quantas das garotas foram falar com ele.

– Você falou com ele?

– Falei, contei o pouco que sabia, mas nunca mais me procuraram – disse ela, pegando outro pãozinho e rasgando-o em dois. Havia algo esquisito na maneira como respondia. "Era culpa?", pensou Kate.

– Você trabalhou com a Caitlyn na locadora de vídeo do seu pai? – perguntou Tristan.

– Em uma das *seis* locadoras de vídeo. O papai era o maior franqueado do norte da Inglaterra.

– Caitlyn tinha namorado?

– Ninguém especial. Tinha uns pretendentes na parada. Como qualquer garota de 16 anos, ela *bem* que gostava de uma trepadinha.

Kate e Tristan trocaram um olhar.

– Ela teve muitos namorados? – perguntou Kate.

– Ninguém sério. Tinha um cara que entregava refrigerante na banca de revista vizinha... um louro delicioso com barriga tanquinho, total Abercrombie & Fitch. Nós duas dormimos com ele... Era um pouquinho parecido com você... – comentou Victoria, cravando os olhos semicerrados em Tristan, que se remexeu sem graça na cadeira e serviu mais tônica. Ela tinha a confiança descontraída de alguém da classe alta.

– Posso perguntar onde Caitlyn conheceu esse rapaz das entregas? – indagou Kate.

– Entregava bebidas e pipoca na locadora de vídeo. Um dia, na hora do almoço, quando Caitlyn foi comer alguma coisa, ele ficou cheio de flerte para cima de mim. Eu era magra na época, com peitos duros que nem pedra, e fazia as coisas rapidinho. Em dez minutos tinha acabado tudo, mas foi bem divertido... Algumas semanas depois, voltei cedo do almoço e peguei a Caitlyn mandando ver com ele no mesmo lugar...

Até então, eu achava que ela era meio pudica e frígida, mas a gente se aproximou por causa do rapaz *sexy* das entregas.

– Tem certeza de que está confortável falando disso? – perguntou Kate, surpresa pela conversa ter adquirido um tom tão confessional antes mesmo da chegada do primeiro prato.

Victoria respondeu que tudo bem, balançando seu terceiro pãozinho no ar.

– É claro. Apesar de eu estar deixando o jovem Tristan constrangido.

– Não, tudo bem – retrucou ele, tentando esconder o mal-estar. Ficou feliz quando a comida chegou. Kate e Victoria tinham pedido espaguete à carbonara e, Tristan, macarrão com queijo e crosta de farinha de rosca.

– Isso está divino – disse Victoria quando atacaram a comida. Kate estava achando difícil decifrá-la. Ela demonstrava tanta descontração e confiança, parecia tão cheia de si.

– Uma coisa no desaparecimento de Caitlyn que está intrigando muito a gente – prosseguiu Kate e contou que Megan Hibbert tinha visto um homem pegar Caitlyn no clube de jovens em uma Rover novinha.

– Bom, nunca fui a esse clube de jovens do Carter – falou com a boca lotada de espaguete. – Eu me lembro das três bolsistas falarem dele... Wendy, Megan e Caitlyn. O clube de jovens me parece medonho, mas provavelmente foi Paul que a pegou.

Kate sentiu o joelho de Tristan pressionar o dela por baixo da mesa.

– Espera aí. Paul? Que Paul? – questionou Kate.

– Paul Adler. Foi policial durante alguns anos, e policial dos bons, mas o agrediram durante uma ronda de noite... dois pilantras com uma faca pularam em cima dele e Paul perdeu um olho... Mandou fazer olho de vidro, um muito bom. Era quase idêntico ao de verdade.

Kate e Tristan tinham esperança de que ela descrevesse Peter Conway, mas as coisas tomaram um rumo diferente.

– Conhece esse Paul Adler? – perguntou Kate, incapaz de esconder sua descrença.

– Conheço, quer dizer, conhecia. Era dono da Adler's, a drogaria duas lojas depois da Hollywood Nights onde Caitlyn e eu trabalhávamos. Usou a indenização que recebeu pelo acidente e abriu a drogaria ou, devo dizer, farmácia. Comprou o imóvel, construiu o estabelecimento dele e todos os outros comércios pagam aluguel a ele. Ficou muito bem de vida. Costumava passar na locadora para alugar vídeos – informou Victoria.

– Você ainda se encontra com ele?

– Pelo amor de Deus, não, ele é coisa do passado!

– Você teve um relacionamento com ele?

– Não!

Kate considerou pressioná-la mais a esse respeito – a reação havia sido tão imediata e veemente –, mas queria se concentrar em Paul Adler e Caitlyn.

– Quanto tempo Paul e Caitlyn foram um casal? – perguntou ela.

– Não acho que foram um casal. Ele era casado, ainda é, mas costumavam sair para "passear de carro" – comentou, fazendo aspas com os dedos. – Ele era bem aceitável. Sempre comprava carros novos logo no lançamento. Foi o primeiro a ter aquelas Rovers zeradas do ano de 1990.

– Uma amiga de Caitlyn disse tê-la visto conversar com um camarada em uma Rover zerada nessa época – comentou Tristan. Pegou o celular e achou a foto de Peter Conway. – Você já viu Caitlyn com este homem? – perguntou suspendendo a foto.

Victoria deu um golinho de água tônica, engasgou e começou a tossir. Levou um momento para se recompor.

– Desculpe – disse ela, limpando o queixo com guardanapo. – Você me surpreendeu. Esse é o Conway. Como é mesmo? O assassino canibal... Por que diabos você tem essa foto? – questionou, fazendo uma careta conspirativa para Kate. – Foto de quem mais ele tem no telefone? Jack, o Estripador? Menino safado!

– Mostrei porque achamos que Peter Conway pode estar envolvido no desaparecimento de Caitlyn – justificou Tristan.

– Era policial na Grande Manchester em 1990 – acrescentou Kate.

Victoria recostou-se na cadeira.

– Sei de tudo isso. Leio jornais... E eu não era babá da Caitlyn. Creio que dei a ela confiança para paquerar homens. Só isso. Ela fez o resto.

– Peter Conway nunca foi à locadora de vídeo? – perguntou Kate.

– Não dá para me lembrar de todo mundo que ia lá, e eu só trabalhava meio período!

– Você acha que Paul Adler conhecia Peter Conway? – perguntou Tristan.

– De jeito nenhum! Não, não, não – respondeu Victoria. Viu o copo vazio, chamou o garçom e pediu outra tônica.

– Você contou que não vê Paul Adler há anos. Como pode ter tanta certeza? – questionou Kate.

– Bom, a gente se falou ao longo dos anos e isso surgiu em alguma conversa. Peter Conway trabalhava na área e houve vários boatos sobre vítimas anteriores... Não podem se esquecer de que a força policial de Manchester é grande, e Paul me falou que nunca entrou em contato com Conway.

O garçom trouxe a bebida dela. Victoria, agora aturdida, começou a remexer na bolsa, pegou um frasco de comprimidos e teve dificuldade com a tampa. Tristan o pegou, tirou a tampa, torcendo-a, e devolveu o frasco a ela.

– Obrigada. Remédio para pressão, esqueci de tomar... – comentou ela, jogando um comprimido na boca e engolindo-o com uma golada de tônica. – Gostaria de poder me encontrar comigo mesma aos 16 anos, quando era jovem e esbelta, para dar uma *sacudida nela* por achar que era gorda.

– Ok, então você acha que foi Paul Adler que pegou Caitlyn naquela noite no clube de jovens? – prosseguiu Kate. – Isso deve ter sido no início de agosto de 1990. E com certeza foi uma Rover zerada.

Victoria revirou os olhos.

– Acho que a gente está andando em círculos. Com certeza, parece que foi o Paul Adler. Ele tem Facebook e acho que postou uma foto mais novo. – Victoria pegou um pó compacto na bolsa e retocou o batom. Parecia que já estava cheia daquilo e queria ir embora.

– Tem mais informações sobre Paul Adler? – perguntou Kate. – Gostaria de entrar em contato com ele.

– É... não me sinto à vontade em dar o telefone de outras pessoas sem o consentimento delas – disse Victoria, apertando de volta a tampa do batom.

"Mas achou tranquilo taxar Caitlyn, que está desaparecida e provavelmente morta, de alguém que 'gostava bem de uma trepadinha'", pensou Kate.

– Vamos investigá-lo de qualquer maneira, só quero fazer umas perguntas a ele. Pode saber de algo útil. – Kate sorriu e não desviou o olhar.

Victoria virou-se, despendurou a bolsa do encosto da cadeira e pegou uma pequena agenda prateada. Folheou as páginas e mais páginas até encontrar um endereço.

– Aqui. Paul Adler – passou as informações para Kate. – Você sabe que a polícia conversou com ele sobre o sumiço de Caitlyn e que ele tinha um álibi incontestável. Estava na França com a esposa no dia em que Caitlyn desapareceu. Eles têm uma casa lá, *Le Touquet*. É um homem legal, de família.

Kate sentiu um aperto no coração.

– Por que não falou isso antes? – perguntou ela.

– Não achei que Paul Adler seria suspeito.

– Pode nos dar a lista dos homens com quem Caitlyn estava envolvida?

– Sei de quatro. O rapaz das bebidas. Outro rapaz que entregava os vídeos toda semana, os lançamentos. Ele mal devia ter 18 anos, também era louro... Não sei o nome nem o endereço deles. Eram garotos divertidos, bobos. – Hesitou um momento. – E, é... ela dormiu com o meu pai... Foi por isso que Caitlyn e eu acabamos brigando. Sair transando por aí é gostoso e tudo bem, mas não se caga onde se come. E Caitlyn foi idiota o suficiente para achar que eu ia fazer vista grossa.

– Onde o seu pai estava no dia em que Caitlyn desapareceu? – perguntou Tristan. Victoria virou para ele, esquecendo-se de sua fingida alegria.

– Em um casamento – respondeu, com um sorriso nada sincero. – Minha família inteira estava no casamento, caso queira saber onde eu também estava. Minha prima Harriet Farrington casou em Surrey. Leatherhead Church... – Ela viu Tristan e Kate trocarem um olhar. – Tenho fotos, caso precisem que eu prove.

– Se puder enviá-las, agradecemos – respondeu Kate, com um sorriso igualmente fingido.

***

No carro, voltando para casa, Kate e Tristan ficaram calados até chegarem aos arredores de Ashdean. Estava nublado e tinha começado a chover.

– Não achei a energia da Victoria muito positiva, não – comentou Kate. – Estava bem nervosa.

– O comprimido que ela tomou não era para pressão alta. Era Xanax. Vi o frasco – revelou Tristan.

– Pode sofrer de ansiedade, só isso.

– Parecia completamente diferente nas mensagens – disse Tristan. – Não gostei dela pessoalmente. Tinha alguma coisa meio esquisita.

– Bom, ser um pouco esquisita não prova nada. Se a pessoa vista em frente ao clube de jovens com a Caitlyn foi o Paul Adler – disse Kate –, e ele tem álibi, e o pai da Victoria tem álibi, então, quem mais temos?

– Os caras que entregavam as coisas na locadora de vídeo. A gente pode localizá-los – afirmou Tristan. – E precisamos mostrar a foto do Paul Adler para a Megan.

– Por que Malcolm e Sheila não sabiam dos namorados, dos homens? – perguntou Kate melancolicamente, fazendo uma curva para a esquerda e entrando na estrada costeira.

– Que pais sabem tudo sobre as filhas e os filhos adolescentes? – disse Tristan.

– Meu Deus, tenho tudo isso pela frente com Jake.

– A polícia não teria contado de Caitlyn para Malcolm e Sheila, se soubesse?

– A polícia provavelmente não contou a eles. É possível que não tenham designado um oficial de ligação com a família, que seria o responsável por passar essa informação ao casal.

– O que fazemos agora?

– Temos que fazer nossas averiguações e acompanhar tudo o que investigamos. A professora, as outras meninas da escola. E quero falar com o tal do Paul Adler, ao menos para confirmar o que a Victoria disse.

***

Nos quatro dias seguintes, Kate e Tristan conseguiram localizar a professora de Caitlyn e as outras garotas da sala dela. Nenhuma delas acrescentou nada de novo à investigação. Kate também cobrou um favor de Alan Hexham, que puxou a ficha de Paul Adler. A versão dos acontecimentos de Victoria era verdadeira. Ele tinha sido policial e se aposentou com louvor em 1988, após a agressão em que perdeu um olho. Na época do desaparecimento de Caitlyn, foi interrogado pela polícia, porque a garota tinha passado na Drogaria Adler no caminho para o cinema, mas ele estava fora do país nesse dia.

Kate deu uma olhada no Facebook de Paul Adler, achou uma foto antiga dele e a enviou para Megan Hibbert, que morava na Austrália. Ela respondeu confirmando que era o homem na Rover que tinha visto pegar Caitlyn em frente ao clube de jovens do Carter.

Na quinta-feira de manhã, Kate sabia que todas as suas pistas não tinham dado em nada e Malcolm lhe enviou um *e-mail* perguntando como as coisas estavam caminhando.

Parecia que Caitlyn tinha desintegrado no ar.

CAPÍTULO 23

O campo poliesportivo da Carmichael Grammar School ficava atrás do colégio, junto à fronteira de Dartmoor. A tarde de quinta estava fria e, por volta das cinco horas, a luz tinha baixado o suficiente para o treinador do time de hóquei acender os holofotes pela primeira vez desde a primavera.

Layla Gerrard era de longe a melhor jogadora de hóquei e a garota mais popular do time. Pequena mas atlética e forte. Tinha uma explosão de sardas espalhadas pelo nariz e pelas bochechas e usava uma trança volumosa no cabelo ruivo alourado. Depois do treino, as garotas voltaram para os vestiários quentes, vestiram suéteres, calças de moletom e guardaram as bolsas esportivas e os tacos de hóquei. A maioria do time voltava para o prédio da escola, porém Layla e Ginny Robinson, que pegavam o ônibus para casa, saíram do campo por um portãozinho atrás dos vestiários.

Layla geralmente estava acompanhada de Ginny em parte do caminho de volta. Ginny era bem esnobe. Layla, contudo, gostava dela; era uma boa jogadora e o amor mútuo pelo hóquei superava suas diferenças. Depois que saíram do campo iluminado pelos holofotes, foram engolidas pela escuridão e seguiram caminhando juntas por uma trilha estreita, fronteiriça aos trilhos de trem, que dava acesso a uma rua principal. Há semanas, a noite vinha estendendo-se cada vez mais, porém era a primeira vez que caminhavam por ali depois de o sol se pôr. Sentiam-se seguras andando em dupla e ambas tinham um taco de hóquei. Avançavam mastigando barrinhas de proteína ruidosamente e conversando sobre a partida do sábado seguinte.

Ao chegarem à rua principal, a sineta tocou e as barreiras da ferrovia desceram. Um trem saiu estrondoso das árvores e avançou sobre o cruzamento. Elas aproveitaram o sinal vermelho e atravessaram a rua. No outro lado, separaram-se. Ginny seguiu pela rua principal, no sentido de seu ponto de ônibus, e Layla entrou em uma rua residencial. Curvou-se dentro do casaco, sentindo o ar frio ferroar-lhe as pernas nuas.

A rua era agradável, uma das áreas mais abastadas da cidade, e luzes brilhavam nas janelas atrás das cortinas. Layla conferiu o relógio e apertou o passo, vendo que o ônibus passaria em menos de cinco minutos.

O meio-fio estava ladeado de carros, era onde os residentes estacionavam, e dois veículos entravam em vagas enquanto ela passava. Um homem de terno, segurando um buquê de rosas, saiu, subiu apressado uma escada até uma porta com grandes pilares brancos, e uma mulher com um menino e uma menina desceram do outro carro, as crianças chorando porque a mulher não as deixara comer peixe com batata frita no chá.

– Podem comer isso amanhã. Agora, calem a boca! – ralhou, seguindo atrás de Layla com as crianças chorando e arrastando os pés.

– Não quero comer legumes no vapor – dizia a garotinha.

Layla sorriu, lembrando-se da prolongada tortura de ser obrigada a comer as verduras quando era criança. Olhou para trás quando o garotinho deixou a bolsa *satchel* que carregava cair.

– Cata isso! O chão está molhado! – a mãe gritou. Layla pensou no quanto queria que a sexta-feira chegasse, quando o pai sempre comprava peixe com batata frita no caminho de volta do trabalho.

***

Havia uma ponte ferroviária com uma passarela subterrânea que atravessava até outra rua residencial próxima ao ponto de ônibus dela. Estava escuro e a passarela adiante era mal iluminada, mas, com a família seguindo-a logo atrás, Layla sentiu-se mais segura ao pegar o atalho.

No entanto, assim que Layla entrou na passarela, a mãe e as crianças viraram à direita, entraram pelo portão de uma casa e suas vozes esmoreceram. O barulho da rua ao redor estava abafado e os pés de Layla ecoavam no espaço fechado. Estava úmido, fedia a urina, e ela se apressou na direção da saída. Despontou na extremidade de uma rua residencial e, ao lado dos arcos da passarela, situavam-se um parquinho com o mato muito alto e uma casa grande cujas janelas estavam na escuridão. Não havia postes e, a princípio, ela não enxergou a *van* preta estacionada ao meio-fio nas sombras. Assim que emparelhou com o veículo, a porta lateral abriu e um homem alto, vestido de preto da cabeça aos pés, estendeu o braço e apertou um quadrado de algodão no nariz e na boca dela. O outro braço envolveu os ombros da garota, apertou com força, a suspendeu do chão com um puxão e a colocou amontoada dentro da *van*. Isso aconteceu facilmente, quase como se ele a tivesse pegado no colo e colocado na *van*. Durante um breve momento, o taco de hóquei ficou preso na beirada da porta, mas ele virou-a com muita destreza.

A *van* estava vazia, continha apenas um colchãozinho. Juntos, os dois caíram silenciosamente nele. O homem usou a força de seu corpo largo para manter Layla imóvel durante os 15 segundos que a droga no algodão sobre o nariz da garota levava para fazer efeito e, nesse breve momento, ela lutou, contorcendo-se, até a droga lhe atingir o organismo e ela amolecer.

A rua estava silenciosa e, nas poças escuras das sombras diante do beco, ninguém viu a mão enluvada largar o telefone celular de Layla no bueiro ao lado da *van*.

A porta de correr fechou emitindo um clique suave. Pouco depois, o motor foi ligado e o veículo movimentou-se pela sossegada rua residencial antes de juntar-se ao trânsito na rua principal e seguir na direção de Exeter.

CAPÍTULO 24

Na sexta-feira, Kate acordou quando ainda estava escuro e, descartando a costumeira natação matinal, saiu de casa bem cedo para ir de carro a Altrincham, nos arredores de Manchester. Durante uma hora, o sol custou a erguer-se e, quando a alvorada finalmente emergiu, apenas uma sinistra luz cinzenta atravessava o filtro das nuvens. Com a luz veio a chuva, que martelava o teto do carro à medida que atravessava as colinas e charnecas. Chegou logo antes da hora do almoço. Dirigia faminta pelas ruas de Altrincham.

Tinha ligado para Paul Adler no dia anterior. Ele foi muito prestativo e cordial ao telefone, respondendo a todas as perguntas. Até se ofereceu para encontrá-la pessoalmente na farmácia, da qual ainda era proprietário, para lhe passar algumas fotos que tinha de Caitlyn. Kate estava apavorada por ter que se encontrar novamente com Malcolm e Sheila para entregar as fotos, mas achou que valia a pena jogar os dados mais uma vez e ir lá dar uma olhada no lugar em que Caitlyn morou e, depois, pegar as fotos com Paul. Era alguma coisa. No caminho de volta, ligaria para Malcolm e marcaria de encontrá-los em Chew Magna.

Tristan tinha uma "reunião de avaliação de desempenho" no Departamento Pessoal da Universidade de Ashdean. Estava trabalhando como assistente de Kate havia três meses e, sob sua recomendação, seria integrante permanente da equipe. Era uma reunião a que ele não podia faltar. Kate tinha prometido que ligaria caso tivesse qualquer novidade.

Kate comprou um sanduíche em um posto de gasolina e o devorou como uma loba no carro. Depois, seguiu para a primeira parada, a casa em que Malcolm e Sheila moravam quando Caitlyn desapareceu. Altrincham era um bairro residencial bem elegante e abastado da Grande Manchester. A antiga residência deles, uma pequena e moderna casa geminada, transformou-se no escritório de uma empresa de advocacia chamada B. D. e Filhos Ltda. Havia sido reformada recentemente, tinha janelas guilhotinas resplandecentes com o nome da empresa escrito em estêncil no vidro. A fuligem preta tinha sido removida dos tijolos com jato de areia, revelando a original cor de biscoito. O jardim era agora um pequeno estacionamento. Kate desceu do carro e ficou vários minutos parada na calçada, observando a casa e ansiando por algum tipo de sensação ou *insight*. Tentou imaginar Caitlyn saindo de casa e voltando depois da escola, mas não lhe veio nada, então voltou para o carro e foi embora.

A parada seguinte era no salão paroquial onde havia funcionado o clube de jovens. Tinha sido demolido em 2001 e agora fazia parte de um amplo centro de distribuição que se estendia por metade da rua. De pé do lado de fora, observando caminhões enormes irem e virem, perguntou-se o que aconteceu com o rio que corria atrás do clube de jovens. Parecia que o depósito ocupava hectares.

Faltava pouco para as duas horas da tarde quando estacionou na farmácia de Paul Adler, a poucos quilômetros da antiga casa de Caitlyn. Ficava no final de um centro comercial, com uma fileira de lojas, que também abrigava um Costa Coffee e duas imobiliárias. Uma grande e florescente placa vermelha acima da porta informava: **DROGARIA ADLER'S**. Uma fileira de frascos farmacêuticos de várias cores ocupava a vitrine de um lado e estavam cobertos de poeira.

Um sino na porta badalou quando ela entrou, havia um agradável cheiro de antisséptico e uma quietude de biblioteca que as drogarias antigas pareciam ter. O chão de madeira encerada sustentava bancadas. Duas senhoras ao balcão falavam em voz baixa com uma garota muito jovem atrás da caixa registradora e o tilintar de uma receita sendo providenciada escapulia de uma portinhola nos fundos.

A farmácia também vendia cosméticos e Kate passou os olhos pelas maquiagens, enquanto aguardava a porta tilintar e as senhoras irem embora. Foi à caixa registradora e informou à garota de jaleco branco que tinha hora marcada com Paul Adler.

– Vou ver se ele está disponível – respondeu a garota, que, magra, loura e com olhos grandes, parecia uma boneca. Falou com uma voz fina quase estridente. Saiu pelos fundos e retornou, um tempo depois, com um homem alto, grande e grisalho. Tinha ganhado peso e ficado um pouco corcunda, mas Kate reconheceu o Paul Adler da foto.

– Olá, prazer em conhecer você – cumprimentou ele, aproximando-se para dar um aperto de mão.

– Obrigada por me receber – disse Kate. Com as duas mãos, ele permaneceu segurando a de Kate. Paul a fitava de cima para baixo com os olhos de um azul extraordinariamente claro. Kate só percebeu o olho falso quando ele mirou a garota atrás do balcão. – Tina. A gente já volta. Por favor, não nos incomode.

– É claro, sr. Adler – disse ela, obedientemente.

– Venha por aqui – convidou Peter, soltando a mão de Kate. Guiou-a por uma porta nos fundos da farmácia e, através de um corredor de paredes com painéis de madeira parcamente iluminado, passaram por uma porta fechada à esquerda e por outra aberta, a farmácia propriamente dita, onde a medicação ficava armazenada em uma parede cheia de fileiras de gavetas.

Duas mulheres jovens lá dentro tinham aparência similar à de Tina: pequenas, bonitas e cabelo louro comprido. Estavam preparando receitas médicas, trabalhando em completo silêncio, e desviaram o olhar quando Kate apareceu. No final do corredor, havia uma pequena e elegante cozinha para os funcionários, com mesa e cadeiras de madeira. Uma porta trancada dava vista para um pequeno cais de carga.

– Por favor, sente-se – disse ele, antes de fechar a porta. Kate puxou uma cadeira ao lado da porta de vidro e sentou. – Quer um café?

– Obrigada. Puro, sem açúcar – aceitou Kate. Com a porta fechada, o cômodo parecia ainda menor.

– Você manteve todas as características originais da loja lá na frente. Fez eu me lembrar das drogarias que frequentava na infância – comentou Kate.

– Vão arrancar tudo no mês que vem. Vou reformar a loja, refazer a instalação elétrica, colocar um sistema de segurança digital. As câmeras no caixa e no dispensatório ainda são com VHS – disse ele. – Aqui, as fotos – acrescentou, pegando um pacote que estava ao lado de uma máquina de café em cápsula. Largou-as na mesa e, cheio de pompa, começou a mexer na cafeteira. Kate abriu o pacote e pegou seis fotos, todas de Caitlyn em um claro e ensolarado dia de verão. Tinha posado em um campo de ranúnculos. Estava com um vestido comprido branco e uma coroa de margaridas na cabeça.

– Ela era bonita – avaliou Kate vendo as imagens. Paul não respondeu. A cafeteira zumbiu quando terminou, ele levou os cafés, puxou um cadeira e sentou-se no lado oposto.

– Guardou as fotos? Ela era especial para você? – perguntou Kate.

– Escute, fico satisfeito em responder a qualquer pergunta, mas agradeço se não me considerar suspeito – disse ele, com a voz suave e uma pitada de ameaça.

– Você não está sob suspeita. Falei que fui contratada pelos pais de Caitlyn para esclarecer algumas questões... isso foi mais uma observação sobre o porquê de você ter guardado as fotos.

– Eu costumava revelar fotos aqui, antigamente, antes de tudo virar digital. Alguns dos meus clientes eram atores e agências de modelo. Eles me pagavam uma taxa para manter os negativos no arquivo para reimpressões. Guardei os negativos da Caitlyn para ter uma recordação. Coisa de velhote sentimental – comentou ele.

Kate achou que a maneira com que se inclinava sobre ela com aquele imóvel olho cego não invocava a imagem de "velhote sentimental".

A porta abriu de repente e Tina entrou com uma sacola de lixo.

– Oh, desculpe, sr. Adler.

– Vai lá – disse ele.

A cadeira de Paul estava afastada da mesa e ele não se mexeu, o que a forçou a passar no espaço apertado atrás dele. Tina abriu a porta de vidro e foi ao cais de carga. A porta fechou depois que saiu. Kate a observou atravessar até uma enorme lata de lixo cheia de sacos. Arremessou a sacola na pilha e voltou.

– É uma fonte de renda de que sinto muita falta, revelação de fotos – comentou Paul, voltando a atenção novamente para as imagens de Caitlyn. Tina chegou à porta, parou diante de um tecladinho e revelou com os lábios quatro números enquanto os digitava: *um, três, quatro, seis.* A porta abriu fazendo um barulhinho.

Paul inclinou a cabeça para observar uma foto de Caitlyn apoiada em uma árvore, sorrindo para a câmera com as costas arqueadas.

Tina passou no espaço apertado atrás de Paul, que esperou até ela estar fora do cômodo e, então, movimentou a cadeira de modo que ficasse sentado com as costas na porta que levava à farmácia.

– Tinha acabado de me casar quando tive o caso com a Caitlyn... Ela era gostosa, por assim dizer... – Paul deu um sorriso, que, por não chegar ao olho direito, era ainda mais desconcertante.

– Onde tirou essas fotos da Caitlyn? – perguntou Kate.

– Perto de Salford. Dá para fazer uma boa caminhada lá e nadar no lago. A gente costumava nadar nu. – Ergueu uma sobrancelha sugestivamente. Kate sentiu alarmes ressoarem. Estava presa naquele cômodo, no final do corredor, com a porta fechada e Paul sentado logo em frente.

– Quando foi isso? – perguntou, forçando-se a ficar calma.

Ele estufou as bochechas.

– Junho de 1990. O lugar já era. Urbanizaram tudo por lá.

– E a locadora de vídeo em que você conheceu Caitlyn?

– Era bem na outra ponta desse corredor de imóveis, onde é o Tesco... – Bebeu o café numa golada.

– Não viu alguma coisa ou alguém rondando a Caitlyn que fosse estranha ou esquisita?

– Quando?

– Nas vezes em que se encontraram?

Negou com a cabeça.

– Nunca perdi o meu instinto policial. Você ainda deve ter também, não?

Kate fez que sim. Ele a encarou novamente.

– Tem certeza de que posso levar essas fotos? Os pais de Caitlyn vão querer saber de onde são.

– Talvez deva deixar de fora a parte sobre o nosso *affair*... – sorriu, meneando a cabeça. – É melhor deixar isso no passado, meu casamento é bom.

– É claro. Você não aparece nas fotos. Ainda bem que o encontramos através da Victoria. Eliminamos uma linha de investigação.

Kate só queria sair da salinha minúscula. Sentia o cheiro do suor dele, mas sabia que a próxima pergunta era a mais importante.

– Você chegou a conhecer Peter Conway? Ele era policial na Grande Manchester na mesma época em que Caitlyn desapareceu.

– Não. Nunca me encontrei com ele. Nossas épocas não coincidiram. Homem terrível. Fez coisas terríveis – afirmou, meneando a cabeça.

– Algum colega seu o conheceu?

Ele estufou as bochechas e inclinou a cabeça para trás.

– Só ouvi as pessoas falarem dele depois que o pegou e, como você, sempre acharam que ele era um ótimo policial. Enganou todos vocês, pelo visto. – Paul a olhou por um momento, com um sorriso zombeteiro repuxando os lábios. – Quer mais café? Apesar de não ter nem encostado nesse aí.

– Não, obrigada – recusou, levantando-se. – Melhor eu ir.

Ficou surpreso com a partida dela. Kate deu a volta na mesinha. Houve um longo silêncio quando ela achou que Paul não se afastaria, então ele deu um impulso, levantou da cadeira e, para alívio de Kate, abriu a porta.

Quando caminhavam pelo corredor de volta à loja, Kate viu que a porta em frente à farmácia estava aberta. Era um depósito com vários arquivos, uma reveladora de fotos e uma pilha de cartazes promocionais de cosméticos. Em uma placa estava escrito **REVELAÇÃO EM UMA HORA**, com o texto disposto dentro de um cronômetro.

– Obrigada – disse Kate quando chegaram à loja lá na frente. Paul estendeu a mão e ela a apertou.

– Qualquer outra coisa, não hesite em me ligar – ofereceu ele, segurando a mão de Kate durante um tempo ligeiramente longo demais.

Estava chovendo quando chegou à calçada e, ao olhar para trás, viu Paul à vitrine, ao lado de um *display* giratório de óculos de grau, observando-a. Despediu-se com um movimento de cabeça e saiu apressada. Abalada, mas sem entender muito o porquê. O olho de vidro é que tinha lhe dado os arrepios? Ou ele gostava de dominar mulheres? As três jovens que trabalhavam na farmácia pareciam tão subservientes e reservadas. Mas ele estava fora de suspeita. Tinha um álibi.

Kate deixou Altrincham logo antes das três horas da tarde e estava escuro quando chegou a Chew Magna; a sensação inquietante não a abandonou durante todo o percurso. Quase todos os lugares do passado de Caitlyn tinham desaparecido, com exceção da farmácia sinistra, que parecia presa no tempo.

Ao chegar à ponta da estradinha de terra que levava ao chalé de Malcolm e Sheila, luzes azuis intermitentes refletiam das casas ao redor. Uma sirene ressoou e uma ambulância saiu em disparada da estradinha de terra e virou à esquerda em alta velocidade, riscando o ar em um estrondo de sirenes.

– Que droga – xingou Kate. Virou na estradinha e, ao chegar ao final, viu uma senhora idosa de cabelo branco saindo do chalé de Malcolm e Sheila. Kate abaixou o vidro e ela se aproximou.

– Vim ver o Malcolm e a Sheila. Eles estão bem?

– É a Sheila. Ela piorou e está em coma – revelou a mulher.

– Sou Kate Marshall...

– Ah, sim! Você é a detetive particular que contrataram para investigar o desaparecimento da Caitlyn? Tem alguma notícia? – perguntou, com o rosto enrugado ganhando um brilho repentino. Kate ainda não se sentia à vontade sendo chamada de detetive particular, principalmente com a investigação não levando a nada.

– Eu ia entregá-las – respondeu Kate, suspendendo a pasta que ela e Tristan tinham reunido. – Infelizmente, estamos em um beco sem saída.

A mulher meneou a cabeça com tristeza.

– Sou Harriet Dent, vizinha e amiga. Quer que eu entregue a pasta ao Malcolm?

Ela não transpareceu vontade de fazer aquilo e Kate imaginou que não ia querer ser a mensageira de más notícias.

– Não. Obrigada. Eu mesma entrego depois. Posso te dar o meu telefone? Queria ter notícias da Sheila quando ela melhorar – disse Kate. Rabiscou o número em um papel e Harriet o pegou.

– A coisa não anda boa para a Sheila. Está esperando um doador há três anos. Todos nós fizemos exames para saber se éramos compatíveis. – Meneou a cabeça e suspendeu o papel. Ligo para você quando tiver notícias.

Kate ficou observando a senhora idosa voltar até a casa, escolhendo um caminho pela estrada lamacenta, depois arrancou para encarar a longa viagem de volta.

CAPÍTULO 25

Layla Gerrard sentia uma dor pulsante pelo corpo todo, como uma ressaca misturada com desidratação. Estava no breu e tinha olhado com tanta atenção para a escuridão que sentia que os olhos sairiam da cabeça.

Havia acordado várias vezes no escuro e tentava encaixar todas as peças. Era forte e sempre achou que se garantiria em uma briga, mas aconteceu tão depressa. O homem – tinha cheiro de homem – estava de preto. Ela viu de relance uma balaclava de lã – olhos cintilantes e a boca, com molhados lábios vermelhos, inteiramente exposta –, mas tinha sido tão rápido.

Lembrava-se de estar na rua com as crianças atrás dela, de passar pelo beco achando que a seguiriam. O beco sempre lhe dava arrepios, mas, nos últimos meses, estava iluminado quando voltava para casa.

Não sabia quanto tempo havia se passado. Estava só de roupa íntima. Com as mãos e os pés bem amarrados, sentia um chão frio e úmido de concreto nas costas. Algum trapo ou pedaço de pano emaranhado e preso com fita lhe preenchia a boca. Tinha lutado contra o medo do retorno do homem quase tanto contra o medo de sufocar com o emaranhado de trapos. A droga que ele usou para apagá-la a deixou nauseada.

O pânico ia e voltava, e toda vez ameaçava consumi-la. O sangue pulsava dolorosamente em um caroço na lateral da cabeça, ameaçando estourar. O sujeito tinha batido nela? Ou havia trombado em algo quando foi arrastada para dentro da *van*?

Um estrondo distante ecoou pelo local, dando-lhe a primeira indicação de que o lugar em que estava era grande e tinha o pé-direito alto. Três vezes tinha acordado e escutado o baixo e distante *click-clack* de um trem nos trilhos.

Escutou o barulho de algo rolando, como uma grande porta de correr sendo puxada, e um estrondo. Sem aviso, luzes se acenderam no alto. Suas pupilas se contraíram e ela fechou os olhos, estremecendo. Passos aproximavam-se dela, sentiu uma lufada gelada de ar.

– Abra os olhos – disse uma voz masculina. Era bem pronunciada e tinha um tom autoritário. Não soava nervoso. – Abra os olhos, por favor.

Sentiu um chute nas costelas, a dor a fez concentrar-se e conseguiu abrir os olhos. Estava caída no meio de um depósito grande, com fileiras de lâmpadas fluorescentes próximas a um teto de metal arredondado. O chão era de concreto e as paredes de tijolos vermelhos, limpas. Ao longo de uma das paredes dos fundos, estendia-se uma fileira com seis *vans* pretas, todas ostentando o nome **CM LOGÍSTICA**. Era diferente da masmorra úmida que tinha imaginado em suas longas horas de escuridão.

Havia um homem de pé ao lado dela, alto e grande, em um elegante terno azul. Tinha cabelo vermelho curto e Layla contraiu o corpo ao ver os largos lábios molhados e os traços quase borrachentos. A mão direita vestia uma luva preta de couro. A esquerda estava atrás das costas.

O sujeito aproximou-se e parou ao lado dela. Vapor saía de sua boca e nariz. Agachou-se e tirou a mão esquerda enluvada de trás das costas. Segurava uma comprida faca afiada. Layla retraia-se e gemia enquanto ele aproximava-se e agarrava-lhe as pernas. Ela envergou o corpo, arranhando as partes de trás das pernas e dos punhos no chão, tentando afastar-se.

O homem inclinou a cabeça e olhou para o rosto dela. Em seguida, soltou suas pernas abruptamente e saiu, adentrando as sombras. Retornou carregando pela alça plástica um fardo com seis garrafas de água. Usando a faca, rasgou o plástico, soltou uma garrafa e jogou o resto do outro lado do depósito. Levou a garrafa até ela. Layla afastava-se e já estava aproximando-se da parede dos fundos.

– Fique quieta – disse ele, pondo a mão na barriga da garota. Colocou a garrafa ao lado da cabeça dela. – Se gritar, corto sua garganta. – Arrancou a fita e puxou os trapos da boca, mantendo a faca apontada para o rosto de Layla, que engolia e respirava ofegante. – Estou falando sério. Se gritar, rasgo você toda – ameaçou com a voz calma, quase igual à de um apresentador de telejornal. Layla concordou com a cabeça, os olhos arregalados. Ele pegou a garrafa e a abriu. Segurando o queixo da garota com a faca na mão, inclinou a garrafa na boca dela. – Beba.

Layla não tirava os olhos do sujeito e engolia a água que ele entornava, tossindo e cuspindo quando caía nos lábios e no nariz. Não tinha se dado conta do quanto estava com sede e bebeu a metade.

O homem pôs a garrafa no chão, ainda segurando a faca sobre a cabeça dela. A água deu-lhe esperança. Ele queria que ficasse viva. Sorriu para Layla. Um sorriso largo e cordial, mas os olhos eram malévolos. Dentes branquíssimos. Como um sorriso de Hollywood. Pôs o pé na lateral do corpo e virou-a. Layla bateu dolorosamente de frente no concreto gelado, soltando um gemido.

– Desculpe – disse, odiando-se pela subserviência, mas sabia que era inútil brigar com ele.

– Se você gritar – alertou em voz baixa.

– Não vou gritar... prometo – começou a falar, mas o sujeito forçou o trapo para dentro da boca dela novamente. Sua mente estava acelerada. Que lugar era aquele? Parecia ser de uma empresa de entregas. As *vans* estacionadas significavam que motoristas poderiam estar chegando. Talvez um a escutasse e a salvasse.

Por um momento, não soube o que o homem estava fazendo quando se inclinou sobre o corpo dela. Então, sentiu a respiração na parte posterior da coxa esquerda, os borrachentos lábios molhados ao lado de sua carne, e os dentes afundando na pele. A dor foi terrível quando ele mordeu. Grunhia e contorcia a cabeça para a esquerda e para a direita, como um cachorro com um pedaço de carne. Mordeu com mais força. A dor quase a fez apagar quando ele forçou a cabeça bruscamente para trás, arrancando um naco de carne. Cuspiu-o ao lado dela, que sentia o calor do próprio sangue escorrendo pela coxa. Layla berrava, se contorcia, mas ele a segurava no chão e moveu boca e os dentes na direção da lombar da garota.

Ele sabe que ninguém vai aparecer. Sabe que me tem toda para ele, pensou, desesperada. E a dor foi tamanha que sentiu tudo escurecer e desmaiou.

CAPÍTULO 26

Tristan foi ao casamento de um amigo no fim de semana e Kate passou o sábado e a metade do domingo colocando o trabalho da universidade em dia, que estava atrasado por causa das investigações nas semanas anteriores. Foi difícil focar novamente no trabalho cotidiano. Não tinha recurso nenhum e havia chegado a um beco sem saída com Caitlyn. Sabia que, provavelmente, tinha piorado as coisas para Malcolm e Sheila. Não devia ter concordado em ajudá-los e aumentado as esperanças dos dois. Não teve notícia de Malcolm no fim de semana, o que a fez pensar no pior.

A tarde de domingo foi alegrada por café e uma caminhada com Myra na praia, seguidos de uma conversa por Skype com Jake. Kate só viu Tristan na manhã de segunda-feira, quando pegaram um café e ela o atualizou sobre tudo que tinha acontecido em Altrincham.

– E o Paul Adler insiste que não conhece o Peter Conway? – perguntou Tristan.

– Já pedi ao Alan Hexham para puxar as fichas da Caitlyn e do Paul. Ele está falando a verdade. Saiu da força antes do Peter Conway entrar, o que, é claro, não significa que não se conheciam – disse Kate. Tristan fez uma careta.

– O quê?

Ele mordeu o lábio.

– Você alguma vez considerou a possibilidade de visitar Peter Conway?

– Não. E ele teria que me enviar uma solicitação de visita. Isso não vai acontecer.

– Ele já te mandou alguma?

– Nunca. Tristan, sou o motivo pelo qual está preso.

Tristan confirmou com um gesto de cabeça.

– Foi você que pegou o cara!

Kate sorriu, seu telefone tocou.

– É o Alan. Vou matar esse cara se ele cancelar a palestra da quinta-feira... – Atendeu e ficou escutando. Olhou o relógio. – Ok. Chegamos aí o mais rápido possível.

– O quê? – perguntou Tristan quando ela desligou.

– Acharam outro corpo, em Higher Tor, perto de Belstone. Uma mulher jovem, desovada nua com mordidas e um saco na cabeça.

***

Quando Kate e Tristan chegaram à fronteira de Dartmoor, quarenta minutos depois, já estava anoitecendo. Percorreram o vilarejo de Belstone, depois chegaram à charneca e a via transformou-se em uma estradinha de cascalho ladeada por muros de pedra. A vasta charneca era sinistra no crepúsculo. Seguiram por dois ou três quilômetros, então a colina rochosa de Higher Tor tornou-se visível contra o céu que escurecia. À base dela, agrupavam-se carros de polícia e uma *van*.

Havia uma brecha em um muro de pedra, Kate a atravessou e estacionou o carro em um terreno acidentado ao lado. Uma viatura encontrava-se estacionada na charneca pouco atrás do portão. Kate desligou o carro e eles desceram.

O policial na viatura estava comendo a segunda metade de um pastel da Cornualha. Levantou o rosto quando se aproximaram e abaixou a janela.

– Boa noite – disse Kate. – O patologista forense, Alan Hexham, solicitou a nossa presença. – Torceu para que Alan estivesse responsável pela cena do crime e ainda não tivesse passado o controle para a polícia.

O guarda engoliu e, relutante, largou o pastel, limpando a boca.

– Vou precisar das identidades – solicitou. Vasculharam os bolsos em busca das carteiras de motorista e as entregaram pela janela. O policial as pegou e fechou a janela.

– Tem certeza de que o Alan pediu para eu vir também? – perguntou Tristan quando o policial olhou as carteiras e murmurou algo no rádio.

– Tenho.

Depois de um chiado, a janela da viatura abriu.

– Não consigo contato com ele. Tem identidade policial, algum de vocês? Só estou tentando entender por que estão aqui.

– Não somos da polícia – revelou Kate.

Ele olhou para o carro respingado de lama parado no portão e fechou a cara.

– Não são da imprensa? Por que posso enquadrá-los por desperdiçarem o tempo da polícia.

– Somos detetives particulares – disse ela. Era esquisito falar aquilo em voz alta. Era professora universitária, uma acadêmica. Havia uma diferença entre aconselhar a polícia e tornar-se uma autêntica detetive particular, mas este último cargo a tornava independente. Gostaria de ter um cartão. – Sou ex-detetive, trabalhei no caso do Canibal de Nine Elms. O dr. Hexham pediu a mim e a meu assistente para comparecer à cena do crime porque temos compartilhado informações sobre os assassinatos de Emma Newman e Kaisha Smith. O dr. Hexham acredita que este assassinato tenha ligação.

O policial olhou para as carteiras de motorista deles novamente. Um ruído estático explodiu e Kate ouviu a voz de Alan pelo rádio.

– Aqui é o dr. Hexham. Solicitei a presença da Kate Marshall e do assistente dela. Por favor, deixe-os passar.

– Podem ir, então – autorizou o policial, devolvendo o rádio ao lugar e pegando a outra metade do pastel da Cornualha. – Vão precisar se registrar para entrar na cena do crime.

Kate e Tristan seguiram em direção dos carros da polícia.

Ao redor deles, a charneca estendia-se com arbustos banhados por luz fraca e compridas sombras.

– Você acha que vai estar com cheiro ruim, o corpo? – perguntou Tristan, olhando para o contorno escuro do outeiro adiante. Kate olhou para ele.

– Não sei. Nunca viu um cadáver?

Respondeu que não com a cabeça.

– Quer ficar no carro?

– Não. Não, vou ficar bem – respondeu.

Não soou tão certo disso. Havia um cordão de isolamento em frente aos carros da polícia. Um guarda e uma mulher da equipe de Investigação de Cena de Crime os receberam, fizeram o registro e autorizaram a entrada deles.

– Preciso que vistam os macacões – informou ela, entregando um a cada.

Tristan engoliu em seco. Kate pôs a mão no ombro dele.

– Não vou julgar você se quiser voltar.

– Não. Não. Eu vou. Resposta definitiva.

Encheu-se de coragem e puseram os macacões. Depois de se aprontarem, a perita os levou ao outeiro. Quando se aproximaram, as rochas erguiam-se diante deles e, para Kate, remetiam a uma pilha de pedras feita por um gigante. À direita do outeiro, a perícia tinha erguido um pequeno gazebo quadrado por cima de um círculo de pedras.

Alan estava reunido com um grupo de policiais de macacão. Varia Campbell já estava presente no local com sua equipe. Virou-se quando Kate e Tristan chegaram, e fechou a cara. Kate viu John Mercy com os outros.

– Boa noite. Obrigada por nos deixar participar, dr. Hexham – falou Kate.

– Acabei de começar – disse Alan, bem mais alto que os outros em seu macacão branco. Kate e Tristan se aproximaram e viram uma depressão no círculo de pedras. O corpo nu de uma jovem encontrava-se deitado de lado. Estava imunda e respingada de sangue. Três peritos trabalhavam ao redor dela: dois colhendo amostras do solo e um terceiro orientando o fotógrafo criminal.

– Jesus – disse Tristan. Pôs a mão na boca e sua ânsia de vômito foi escandalosa.

– Ele é do tipo que vomita? – perguntou Alan, virando a cabeça de supetão por causa do barulho. – Vamos ter problema de contaminação se vomitar perto da cena do crime.

– Estou bem, senhor – disse Tristan, engolindo em seco. Agarrou o braço de Kate.

– Talvez um saco para enjoo seja uma boa ideia – sugeriu Kate, colocando a mão nas costas dele.

Um dos peritos entregou um saco de papel a Tristan. Kate viu alguns policiais homens dando risadinhas sarcásticas e sentiu que protegia Tristan. Alan prosseguiu:

– Certo, para atualizar a ex-detetive da polícia Marshall, que acabou de chegar com o assistente dela, acredito que, embora ainda não seja uma posição definitiva, a causa da morte foi asfixia. Temos um saco plástico na cabeça e o rosto e o pescoço estão cobertos de manchas avermelhadas. Atenção ao *tipo* de saco plástico e ao nó no fio ou corda.

Um saco com cordão amarrado com nó punho de macaco. Ela foi colocada nessa posição: deitada sobre o lado esquerdo do corpo, com o braço direito esticado e a cabeça deitada no antebraço.

O fotógrafo criminal entremeou a frase tirando uma foto. O *flash* iluminou o corpo no círculo de pedras e a lateral do enorme outeiro.

– Podem virá-la, por favor – pediu Alan. Os peritos que o estavam auxiliando viraram cuidadosamente o corpo, deixando-o com o rosto para baixo apoiado no saco de PVC preto que o aguardava. Mais um *flash* iluminou o local.

– E esta é a última peça do quebra-cabeças. Vejam uma, duas, três, quatro, cinco, *seis* mordidas nas costas: duas na lateral esquerda da espinha, duas na direita e duas na coxa direita. Uma das mordidas é muito funda... – Aproximou-se do corpo. – O horário da morte é mais recente do que o das outras vítimas. Consigo informar a hora exata do óbito quando fizer a autópsia, mas este parece recente o suficiente para eu ter sorte de tirar impressões dentárias no laboratório.

Kate olhou para Tristan, que estava com as mãos na boca de novo. Ele meneou a cabeça e foi embora, descendo o morro. O fotógrafo fez outras fotos. Alan se agachou ao lado dos pés da menina.

– A questão é *como* ela veio parar aqui em cima. Nada aqui mostra que foi arrastada descalça para cá, nada nos calcanhares nem nos dedos, nenhuma fibra de mato nem de planta. Qualquer outra informação aparecerá na autópsia – finalizou.

Os peritos voltaram a trabalhar, ensacaram o corpo e transferiram-no do poço rochoso para a *van*. Varia aproximou-se de Alan com uma prancheta e uma caneta.

– Obrigada por nos deixar participar – disse Kate a Alan.

– Esta é a terceira. Espero que as pessoas comecem a levar isso a sério – respondeu ele.

– Levo a cena de todo crime a sério – disse Varia, entregando a prancheta e a caneta. – E agora, dr. Hexham, se puder finalizar e passar a cena deste crime para mim. – Alan pegou a prancheta e começou a conferir a documentação. – Quando isso acabar, gostaria que você fosse embora, por favor – acrescentou, direcionando-se à Kate.

– Quem achou o corpo? – perguntou Kate.

– Duas pessoas fazendo caminhada – disse Alan, tirando os olhos da documentação.

– Estamos no Higher Tor? Um dos outeiros de *letterboxing*,[1] eu acho – comentou Kate.

– *Letterboxing*? – indagou Varia.

– Isso. Já ouviu falar?

– Posso tentar adivinhar.

– Nunca ouviu falar disso e Dartmoor está na sua jurisdição?

– Fui alocada aqui há um mês – defendeu-se. – Dr. Hexham, se estiver tudo certo com a documentação, por favor, assine e passe a cena para mim.

– Se ele tiver deixado outro bilhete, eu daria uma conferida na caixa do correio para ver se está lá – comentou Kate.

– Não tem caixa de correio – disse Varia, apontando para o terreno.

– São geralmente montadas na rocha do outeiro – disse Alan, ainda lendo os documentos. Kate viu que ele estava enrolando deliberadamente. Varia não podia se livrar dela enquanto Alan não assinasse.

Varia começou a dar a volta no outeiro e Kate a seguiu. Passaram pelo corpo, agora no saco preto e sendo colocado na maca. Varia pegou uma lanterna e iluminou a rocha lisa na base do outeiro.

– Está ali, a portinha de metal afundada na pedra – falou Kate. A policial pôs luva de látex, Kate pegou a lanterna e apontou para a caixa enquanto Varia soltava o trinco e a abria.

– Tem um cartão-postal – informou, pegando-o. Na frente tinha a foto de um *pub* famoso em Bodmin Moor, o Jamaica Inn. Uma construção grande acomodada em meio à charneca e mostrava um *close-up* da placa do pub: um pirata moreno com um papagaio amarelo e azul no ombro.

Algo sobre o Jamaica Inn acendeu uma luz na cabeça de Kate, mas estava mesmo era ansiosa para ver o que estava escrito. Ficou satisfeita por Varia não ser mesquinha o suficiente e enxotá-la dali enquanto lia a mensagem.

ENTÃO O TERCEIRO CORPO APARECEU E, FINALMENTE,
VOCÊS PALHAÇOS ESTÃO COMEÇANDO A ENTENDER.

---

[1] Passatempo popular na região em que se passa a história. Caixas de correio – chamadas de *letterbox*, daí o nome – contendo pistas sobre o paradeiro de um tesouro são instaladas em uma área rural remota. (N.T.)

VI O JORNAL. QUE EMPOLGANTE TER UMA MULHER NO COMANDO DO CASO. PALCO PRONTO. TODOS OS ATORES REUNINDO-SE.

JÁ ESTOU DE OLHO NA QUARTA.

UM FÃ

– Parece a mesma caligrafia dos outros bilhetes – comentou Kate.

– Procure impressões digitais nisso e providencie análises de DNA – ordenou Varia, colocando o cartão-postal em um envelope de provas plástico e entregando-o a John, que tinha se juntado a elas.

– Se nós tínhamos alguma dúvida de que ele é um imitador, isso confirma – opinou Kate.

– Não existe "nós" – ralhou Varia. O rádio apitou no bolso dela e ela o pegou. – Prossiga.

– O corpo está em trânsito. Podemos mandar especialistas aí ao raiar do sol amanhã para fazerem um pente-fino no local – disse a voz pelo rádio.

– Entendido – falou Varia. Deram a volta no outeiro. Um policial entregou à Varia a documentação de Alan Hexham.

– Os documentos estão assinados, o que significa que você vai embora – disse Varia. Kate viu que ela estava tentando ficar calma.

– Você tem o meu número, caso precise de alguma coisa – ofereceu Kate, mas Varia a ignorou e saiu em direção à sua equipe. Kate desceu de volta para o cordão de isolamento e entregou o macacão.

Encontrou Tristan perto do carro, ele estava tremendo. Kate ligou o veículo e pôs o aquecedor no máximo. O frio e a umidade pareciam ter entranhado nos ossos. Pegaram o caminho que levava à estrada e alcançaram a *van* do patologista forense, que se movimentava lentamente no terreno acidentado. As luzes de freio acenderam quando ela parou repentinamente, fazendo Kate meter o pé no freio. O carro derrapou um pouco e parou a centímetros da traseira da *van*.

– Caceta, essa foi por pouco – disse ela, engatando a ré e se afastando.

– Bater na traseira da *van* do patologista com um corpo dentro não teria sido uma boa – comentou Tristan. A porta do passageiro da *van* abriu e Alan Hexham desceu apressado. Acenou e deu a volta até a janela de Kate. Ela a abriu.

– Escute, Kate, um dos meus colegas ouviu pelo rádio que você teve acesso à cena do crime como detetive particular?

– Desculpe. Eu só estava com a minha carteira de motorista. A gente não sabia o que dizer.

– Não gosto muito dessa história de detetive particular *per se*. Muitos deles são uns cheiradores de calcinhas que ficam metendo o nariz em assuntos matrimoniais...

– Alan, não sou esse tipo de...

– É claro que não. O que estou querendo dizer é que você é a candidata perfeita a detetive particular... Só acho que devia mandar imprimir uns cartões. Sei que não passam de um pedaço de papel, mas ajudam demais a legitimar você. E, se eu puder ajudá-la de alguma maneira, dentro das fronteiras da ética profissional, é claro que pode contar comigo.

– Obrigada – disse Kate, surpresa.

– O que você acha dessa detetive Campbell?

– Sei lá. Ela não conhece a área, mas é esperta... vai aprender – opinou Kate, sem querer de maneira nenhuma falar mal da comandante do caso.

– Vamos torcer para que ela aprenda rápido – disse Alan. – E qual é mesmo o nome do seu assistente?

– Tristan – respondeu ele, inclinando-se sobre Kate e estendendo a mão para Alan.

– Prazer – cumprimentou Alan, apertando a mão de Tristan. – E parabéns. Você não vomitou!

– Obrigado.

Alan saiu apressado, despedindo-se com um aceno rápido e voltou para a *van*. Kate esperou até que se afastassem um pouco. Estava com a cabeça a mil, não apenas por ter acabado de ver o cadáver da pobre garota e o último bilhete, mas por Alan tê-la abordado para dar conselho... aquilo foi uma revelação. Havia muitos anos, ela era motivo de piadas, pintada como policial corrupta, mentalmente enferma e péssima mãe. Mesmo como professora universitária, sabia que seu passado nos tabloides tinha sido levado em consideração na contratação, serviu para atrair os alunos que pagam mensalidade. Existia alguma chance de ela ser bem-sucedida como detetive particular?

CAPÍTULO 27

— Está se sentindo melhor? – perguntou Kate quando pararam no apartamento de Tristan, que ficava bem de frente para o mar em Ashdean. Ele manteve a janela aberta durante a viagem e colocou a cabeça do lado de fora várias vezes para respirar ar puro.

– Estou. Vou ficar bem – respondeu. Acendeu a luz acima do espelho. Seu rosto estava cinza. – Estou me sentindo um idiota.

– No meu primeiro dia como policial, atendi a um chamado em que uma senhora idosa tinha levado uma pancada no rosto com um taco de beisebol. Tinha muito sangue e eu vomitei até as tripas – contou Kate.

– Sério?

– Foi em Catford, South London, perto do mercado. Todos os comerciantes ficaram rindo e zombando de mim, então não se martirize pela sua reação ao ver um cadáver mutilado.

Ele levou a mão à boca novamente.

– Sei que vou ver o cadáver quando fechar os olhos hoje à noite.

– Eu também – disse Kate. – Beba alguma coisa forte, e estou dando esse conselho como membra do AA.

Ele sorriu.

– Obrigado.

– Quer tomar café amanhã cedo? A gente pode se encontrar antes da aula das dez da manhã e discutir tudo.

Tristan levantou o polegar e abriu um sorriso.

– Não fala de comida. Tenho que ir – disse ele, abrindo a porta, saindo depressa e disparando escada acima para o apartamento no segundo andar. Kate ficou observando até ele entrar e desejou que não decorasse o tapete do corredor.

***

Quando chegou em casa, se serviu de um chá gelado grande e foi para a sala. Sentou no banco do piano e tentou descobrir como se sentia. Teve que segurar as emoções ao longo dos anos. Estava horrorizada com a existência de outra jovem morta, mas sentia aquela centelha no peito, uma ânsia por investigar o caso e resolver o mistério.

Ficou dando pancadinhas nos dentes com o copo. Havia algo mais naquele cartão-postal que tinham encontrado em Higher Tor.

– Jamaica Inn... Onde já ouvi isso? – disse em voz alta. Virou o chá gelado, desejando quase subconscientemente que fosse Jack Daniel's com gelo, mas a ideia foi fugaz, periférica, e se foi. Pôs o copo no piano e dirigiu-se à estante de livros, passou pelas fileiras de romances, de livros policiais e de artigos acadêmicos. Enfiado no final de uma prateleira, havia um livro de capa dura com o título *Nenhum Filho Meu*, de Enid Conway.

Pegou-o. A capa era composta por uma foto dividida. Na direita, mostrava Enid Conway com 16 anos com o bebê Peter no colo. A falta de nitidez da foto carregava certa nostalgia e os olhos arregalados de Peter bebê encaravam a câmera, enquanto Enid, com a cabeça baixa, olhava-o com veneração. Era uma jovem de cara fechada, com uma cabeleira escura e comprida. Usava um vestido longo esvoaçante e atrás dela uma placa informava onde estava: **LAR DE MÃES SOLTEIRAS AULDEARN**. Através de uma janela, via-se borrada a imagem de uma freira, de hábito, observando-os.

A outra metade da capa era a foto do registro policial de Peter Conway, tirada no dia em que testemunhou na audiência preliminar. Nessa foto, as mãos estavam algemadas e ele dava um sorriso malicioso para a câmera. Havia loucura em seus olhos. "Uma loucura sedutora", um jornalista de tabloide escreveu na época. Ainda tinha pontos acima da sobrancelha esquerda – mesmo naquele estado semiconsciente no apartamento de Kate em Deptford, tinha resistido violentamente à prisão.

Kate abriu o livro e começou a folheá-lo. Primeiro viu a assinatura e a graciosa dedicatória de Enid.

Apodreça no Inferno, sua vadia. Enid Conway.

Kate se lembra de mostrar o livro à Myra certa noite, quando ela se tornou sua madrinha.

– Olhe pelo lado bom. A minha sogra nunca comprou um livro para mim! – Myra era espirituosa. Aquilo tinha ajudado Kate a rir da terrível situação.

Foi para a página do índice remissivo e leu até achar "Jamaica Inn", que estava na página 118. Com o coração disparado, folheou até achar o parágrafo.

"Passamos tantas férias felizes em Dartmoor. Não há nada melhor que a terra livre de Deus e Peter – que era uma criança adoentada na fase de crescimento, sempre sofrendo com tosses e resfriados – adorava ficar ao ar livre. O vigário local, padre Paul Johnson, tinha contato com várias pensões de propriedade da associação cristã e, nas férias, podíamos ficar nelas, geralmente de graça. O Brewers Inn era a nossa primeira parada nas férias. Um pub *pequeno e aconchegante no meio do nada, com vista para Higher Tor..."*

Kate quase deixou o livro cair de tão chocada ao ver o outeiro ser mencionado. Continuou lendo.

"No nosso primeiro dia, armados com um piquenique, subimos Higher Tor porque Peter gostava de letterboxing. *Vários locais em Dartmoor tinham caixas de correio, em que se podia colocar cartões-postais para a próxima pessoa abri-la e achá-lo. Quando chegamos ao alto do outeiro, foi um pouco frustrante, porque, ao abrirmos a caixa, não havia nada. Peter tinha comprado um cartão-postal de um dos* pubs *a que fomos, o Jamaica Inn, e o deixou ali, endereçado a mim com um bilhete lindo. Não é que cinco semanas depois do nosso retorno para casa das férias o cartão-postal apareceu lá com o carimbo do correio de Sydney, Austrália! Uma mulher, que tinha um abrigo canino, estava de férias no Reino Unido, o levou até o país dela e o postou..."*

Kate foi à página do índice de fotos no final do livro, tudo impresso em papel couchê. Na terceira página, achou duas imagens, frente e verso, do Jamaica Inn, e a mensagem garranchada de Peter no verso.

Querida mamãe,

Estas férias em Devon estão ótimas e não quero que acabem. Amo você mais do que tudo no mundo.

Peter

Kate foi à cozinha, encheu o copo de chá gelado e procurou no índice os outros locais em que as vítimas tinham sido desovadas: o pátio do Ferro-Velho Nine Elms e Hunter's Tor, à beira do rio.

***

Na manhã seguinte, Kate estava nadando de volta para a costa quando viu Tristan descendo as dunas.

– Bom dia! – gritou ele, segurando um grande saco de papel branco. – Trouxe o café da manhã.

Quando saiu da água, Tristan olhou para o lado e entregou o roupão, largado na areia com a toalha, à Kate.

– Está com fome? – perguntou depois que ela se vestiu.

– Faminta – respondeu, amarrando o roupão e secando o cabelo molhado com a toalha. Subiram as dunas, entraram na casa e ela ligou a chaleira. Tristan tinha levado dois pães enormes com ovo frito e bacon. Não esperaram o chá e começaram a devorá-los.

– Meu Deus, que gostoso – elogiou Kate de boca cheia. O pão era macio e tinha manteiga derretida, gema de ovo macia, não muito líquida, e bacon crocante. – Onde você comprou?

– Numa parada de caminhoneiro perto da rua comercial lá na cidade.

Devoraram a comida e, então, Kate serviu o chá.

– Obrigada. Acertou na mosca – agradeceu, colocando canecas robustas e fumegantes na frente deles. – Está se sentindo melhor hoje? – Ele fez que sim, sem graça, e deu um gole no chá. – Ótimo, dê uma olhada nisso.

Kate arrastou o livro *Nenhum Filho Meu* pela bancada. Ele observou a capa e o abriu.

– Nossa. Essa deve ser a dedicatória mais sacana que já li.

– O bilhete escrito no cartão-postal do Jamaica Inn ontem à noite me deu uma luz. Enid e Peter viajaram de férias para Devon quando ele era pequeno no verão de 1965. E, no livro, ela lista os lugares a que foram. Marquei as páginas com *post-its*.

Tristan abriu na primeira página marcada. Kate prosseguiu.

– Saíram de Londres em um Ford Anglia muito velho e a correia da ventoinha arrebentou em um dia de muito calor. Ficaram parados no meio do nada e acabaram achando o Ferro-Velho Nine Elms por acaso. Enid passou a lábia no homem que trabalhava lá na época. O sujeito deu a eles a correia usada de um dos carros velhos e os ajudou a seguir em frente... – Kate inclinou-se e virou as páginas. – Depois foram fazer um piquenique em Hunter's Tor. Sentaram-se à margem do rio, comeram sanduíches de patê de carne enlatado. Olha. – Apontou para a imagem de Peter jovem sobre uma toalha para piquenique ao lado do rio que cintilava ao sol. Virou mais páginas e mostrou outra foto. – E aqui o Peter está em Higher Tor, colocando o cartão-postal na caixa de correio.

– Jesus! Quantos outros lugares ela menciona?

– Cotehele House, que é um lugar bem esnobe do National Trust. Enid entrou e foi à sala de chá comprar uma bebida para Peter, mas os ignoraram. As pessoas se recusaram a servi-los. Visitaram *kistvaens*, que são tumbas medievais, e Castle Drogo, que tem terrenos enormes e é perto da fronteira com Dartmoor. Passaram a noite em uma pousada numa fazenda em Launceston. Isso foi um dia antes de voltarem para casa. Enid escutou a esposa do fazendeiro chamar os dois de "lixo", por isso roubou uma galinha. Descreve como a esconderam no porta-malas do carro minutos antes de irem embora.

– Se o assassino está trabalhando seguindo esse livro, não é um imitador de verdade – argumentou Tristan. – Está mais para uma homenagem ou um *reboot* dos crimes de Peter Conway... O que você vai fazer com essa informação?

– Mandei um *e-mail* para a Varia Campbell e compartilhei isso tudo com ela. Ela retornou na hora.

– Que horas eram?

– Quatro da manhã. Falou que é uma teoria interessante, mas não tem mão de obra para distribuir policiais em todos esses locais. Estão espalhados em quase 1.300 metros quadrados no interior do país, por isso entendo o que ela está falando sobre mão de obra.

Tristan bebeu o resto do chá.

– Mas isso é loucura! Você deu a ela a motivação do assassino! Uma planta de onde ele pode atacar em seguida.

– E ela vai trabalhar nisso, tenho certeza, mas quem sabe o que mais a polícia está fazendo? – disse Kate.

– E o Malcolm e a Sheila Murray? – perguntou Tristan.

– Deixei outra mensagem com a vizinha, mas ninguém retornou. Escute, o que você achou do que o Alan falou ontem à noite sobre fazermos isso direto, como detetives particulares?

– Acho empolgante! Ler as coisas dos casos arquivados para preparar as suas aulas tem sido tão interessante. Isso é um passo além, mas seria algo que faríamos por fora, né? – perguntou Tristan.

Kate respondeu que sim com a cabeça. Viu que estava preocupado com dinheiro e se lembrou dele contando que tinha ficado desempregado muito tempo antes de conseguir o emprego na universidade. Apesar da investigação do desaparecimento de Caitlyn ser estimulante, não os deixaria ricos.

– A semana de recesso antes das provas está chegando e a gente podia usar parte desse tempo. Mas pode haver momentos em que teremos que trabalhar fora de hora. E quero oficializar aqui que vou pagar por cada minuto que você trabalhar além do seu serviço de assistente na universidade – disse ela.

– Ok – concordou Tristan, que estendeu o braço, e eles deram um aperto de mão. De repente, Kate sentiu-se intimidada novamente. Ao oficializar as coisas, aquilo se tornou mais que um *hobby* interessante ou uma atividade secundária.

– A gente já está investigando o que aconteceu com Caitlyn – disse ela. – Em determinado momento, pensei que Malcolm e Sheila estivessem se agarrando a qualquer coisa e que Peter Conway fosse o assassino dela. Sei que nos deparamos com um muro, mas ainda tem uma coisa me incomodando. Paul Adler e Victoria O'Grady.

– Também tive a impressão de que o tom das mensagens que trocamos era um, mas, quando a conhecemos, tudo mudou. Acha que Victoria falou com ele? Sei que não temos prova disso.

– Achei a mesma coisa – Kate pegou o livro novamente. – Essa pessoa, quem quer que seja, está se aprofundando no passado de Peter Conway em busca de inspiração. Estamos nos aprofundando também para tentar descobrir o que aconteceu com Caitlyn. Acho que algo está ligado e que se começarmos a investigar as três últimas vítimas do imitador, podemos conseguir respostas sobre Caitlyn e achar quem está fazendo tudo isso.

Kate refletiu um momento. Após falar tudo aquilo em voz alta, já não estava mais tão confiante. Balançou a cabeça para livrar-se do pensamento.

– Quero investigar essas três vítimas: Emma Newman, Kaisha Smith e quem quer que seja a última vítima. Não temos acesso aos arquivos da polícia, mas podemos conversar com as pessoas. Temos a internet. Temos acesso aos microfilmes na universidade. Temos Alan Hexham.

– Você também tem uma aula em vinte minutos – alertou Tristan, ao perceber as horas.

– Porcaria! Melhor eu me preparar. Conversamos mais tarde.

CAPÍTULO 28

Após a aula, Kate e Tristan voltaram ao escritório armados de café. Kate tinha conseguido achar uma matéria sobre a descoberta do corpo de Emma mais no início do verão. Era de um jornal local, o *Okehampton Times*.

EX-RESIDENTE DO ORFANATO MUNRO-DYE ENCONTRADA MORTA

Emma Newman (17), que morava no Orfanato Munro-Dye perto de Okehampton desde os 6 anos, foi encontrada morta no Ferro-Velho Nine Elms próximo à fronteira de Dartmoor. Acredita-se que tenha desaparecido duas semanas antes da descoberta do corpo por um funcionário do ferro-velho. Amigos estavam preocupados com Emma nos meses que antecederam o desaparecimento. Ela tinha sido presa por posse de drogas e tentativa de prostituição. Janice Reed, diretora do orfanato, descreveu Emma como "uma criança radiante" durante o período em que ficou lá, mas recentemente tinham perdido contato. A polícia está tratando a morte como suspeita, porém até agora não existem suspeitos.

– Quer ver o que descobre sobre a Emma no Facebook? – disse Kate. – Vou localizar o jornalista que escreveu essa matéria e ligar para Janice Reed, que administrava o orfanato.

Pouco antes do almoço, eles se reuniram para compartilhar o que tinham. Kate havia passado algumas horas no telefone e feito muitas anotações.

– Vamos lá. Emma foi morar no Orfanato Munro-Dye quando tinha 6 anos – começou Kate. – A mãe era solteira, viciada em drogas e morreu no parto. Não tinha mais nenhuma família. Falei com Janice Reed. Ela foi prestativa. Emma era uma jovem feliz, que gostava de praticar esportes e, quando foi embora do orfanato, aos 16 anos, parecia ter um futuro promissor. Havia tirado notas boas nas provas. Tinha amigas. Acharam um apartamento pequeno para ela em Okehampton, conseguiu auxílio do governo e um trabalho de meio período. Estava planejando fazer as provas para entrar na faculdade.

– Ela saiu do orfanato aos 16? – perguntou Tristan.

– Com essa idade, foi legalmente classificada como adulta.

– Caramba. Não me imagino tendo que viver por conta própria aos 16.

Kate pensou em Jake. Em menos de dois anos, também teria 16.

– Ela contou que Emma começou a se preparar para as provas de acesso ao ensino superior em uma escola local, só que largou em julho passado, depois do primeiro ano. Mas as coisas tinham começado a desmoronar já em fevereiro, quando foi enquadrada pela polícia por tentativa de prostituição. Janice falou que ela só foi identificada duas semanas depois que encontraram o corpo, por meio da arcada dentária. Ninguém tinha prestado queixa do desaparecimento. Janice disse que viu Emma pela última vez no final de julho. Estava mal e muito deprimida depois que o namorado, Keir, foi passar seis semanas nos Estados Unidos. Keir tinha parado de responder às mensagens dela. Essa foi a última vez que Janice viu Emma. Tentou ligar duas semanas antes de encontrarem o corpo e deixou uma mensagem, mas não teve resposta. Janice organizou o funeral de Emma, que foi pago pelo orfanato, com fundos da caridade.

– Acho que consigo preencher umas lacunas – disse Tristan, virando a tela do computador para ambos a verem. – Achei o perfil dela no Facebook. É totalmente aberto. Não tem nenhum controle de privacidade ativado.

Clicou para voltar ao início do álbum de fotos de Emma.

– Ela entrou no Facebook por volta de 2007. Não postava muito: fotos com o gato, aqui ela com amigas do orfanato, uma foto com o Papai Noel, outra em uma corrida.

Kate o observava clicar nas fotos e via Emma crescer e metamorfosear-se em uma jovem mulher.

– Quem é esse? – perguntou Kate quando chegaram a uma foto de Emma em um festival de música com um homem alto mais velho. Na foto, pareciam bêbados e Emma estava pendurada nele. O sujeito parecia ter 20 e tantos ou 30 e poucos anos, e era ruivo. Tinha traços fortes e lábios muito vermelhos e salientes. Não era feio, mas nas fotos em que aparecia de barba feita, o rosto tinha uma aparência estranha, quase como se fosse uma máscara plástica.

– Essa foi tirada na praia em junho. Ele foi marcado na foto e o nome é Keir Castle.

– O namorado, Keir – afirmou Kate. Ele apareceu de repente nas fotos do início de maio e, a partir de então, em mais uma porção de fotos tiradas em parques, na praia, no apartamento de Emma e em noitadas em *pubs*.

– O perfil de Keir no Facebook é fechado. Mas dá um pouquinho de informação. Estudou em escola particular. Fez Cambridge e atualmente a profissão cadastrada aqui é "promotor musical".

– Mas isso é vago demais, não é?

– É, sim. Ele pode estar agenciando bandas ou distribuindo CDs na rua – concordou Tristan.

– Outros amigos que chamam a atenção?

– Não. Ela só começou a postar com frequência no Facebook quando passou a ficar com esse cara – respondeu, clicando em mais fotos. Kate inclinou-se para a frente. À medida que as semanas passavam, Emma perdia peso nas fotos, se vestia de maneira mais provocativa e o brilho desapareceu de seus olhos. Tinha mais fotos de festas e, em uma delas, Emma e Keir estavam com as pupilas dilatadas.

– Estavam usando drogas, você não acha? – perguntou Kate.

– Parece que sim.

– Está disposto a ser amigo dele no Facebook? – disse Kate.

– Por quê? Ele tem álibi, estava nos EUA quando Emma desapareceu.

– Sim, mas era íntimo dela. Pode ter informação.

– Tá certo.

– Você curte bandas?

– Algumas.

– Que tal fingir que é de uma banda?

Tristan negou com a cabeça.

– Ele ia conferir. E se eu disser que sou agente de bandas?

– E se você trabalhar para uma das grandes cervejarias? – sugeriu Kate. – Pode ser o cara que arruma *shows* para as bandas nos *pubs* administrados pelas cervejarias.

– Boa ideia. Bandas novas sempre fazem *shows* em lugares menores no início da carreira.

Kate sorriu e concluiu.

– Excelente.

Tristan escreveu uma pequena mensagem e enviou a solicitação. E desceram para pegar café.

– Bingo – disse Tristan quando voltaram. – Ele aceitou.

– Jesus. As pessoas entendem o que o Facebook realmente é?

– Fico imaginando qual teria sido a minha taxa de condenações se eu tivesse perfis de Facebook para xeretar – comentou Kate.

Começaram a vasculhar o perfil de Keir. Vários *posts* no Facebook informavam que era promotor e jornalista musical. Tinha *links* para três *blogs* abandonados e quem os fez não se esforçou nem um pouco na criação do visual das páginas. Os dois primeiros tinham artigos curtos sobre *shows* e o terceiro havia sido criado para lançar uma campanha de *crowdfunding* do GoFundMe para Keir se tornar um técnico em Reiki. A meta era arrecadar 3.500 libras para o curso, mas ele a abandonou depois de arrecadar 54.

– Do jeito que configurou o perfil, dá para ver os amigos dele – falou Tristan.

– Deve ser de família rica: chama Keir, escola particular, Cambridge, a vida profissional parece vaga, só que mesmo assim em todas as fotos ele está bem-vestido – refletiu Kate.

– Ele é sinistro. Essa cara carnuda, os olhos empapuçados. Tem uma aparência esquisita.

– Isso não caracteriza um *serial killer*. Lembre-se, Ted Bundy era bonito. Peter Conway...

– É, mas os olhos dele são tão frios, mesmo nas fotos em que se faz de sorridente – comentou Tristan.

Keir tinha postado poucas fotos com Emma, que desapareceu dos *feeds* algumas semanas antes da morte dela, quando ele foi para os Estados Unidos. Kate virou o computador e o pesquisou no Google.

– A-há! – exclamou ela, rolando a página dos resultados. – Ele tem antecedentes criminais. Artigo do jornal local de 2009. Keir Castle acusado de ameaçar a namorada com uma faca. A namorada não era a Emma. Não informam o nome dela. Teve que pagar uma multa e pegou cem horas de serviço comunitário.

– Entendo que ele deveria ter cumprido pena por isso – disse Tristan, lendo na tela dela. – Deve ter tido condição de pagar um bom advogado.

– Mais alguma informação sobre a família? – perguntou Kate. Retornaram à tela de Tristan.

– Keir estudou na King's School, em Oxfordshire, um colégio particular. Parece que não chegou a se formar em Cambridge. Tem duas irmãs, Mariette Fenchurch e Poppy Anstruther. Meio esnobe. Ao que parece, os perfis das irmãs estão configurados com a máxima segurança, mas todos estudaram na mesma escola – disse Tristan.

Kate recostou-se na cadeira, entregue a reflexões.

– Era bem íntimo da Emma – disse Tristan.

– E se ele viaja muito pela região, pode ter tido contato com as outras garotas – acrescentou Kate. – Que tal marcarmos um encontro com ele?

– Onde?

– Por aqui. E se mandar uma mensagem para ele falando que está procurando bandas para os *pubs* de South East que gerencia, no seu serviço de contratante de bandas, ou coisa assim? O encontro seria em público, é claro. Você fala de trabalho, depois faz o cara se abrir. Principalmente se ele achar que vai conseguir alguma coisa com você. A gente pode descobrir nomes de outras pessoas que andavam com a Emma.

– Ok – concordou Tristan. – Vou mandar uma mensagem e dar um jeito de fazer o cara falar.

Kate levantou e pegou a bolsa e o casaco nas costas da cadeira.

– Acabei de ter uma ideia sobre uma coisa. Volto em uma hora e trago o almoço.

CAPÍTULO 29

– Você tem certeza disso? Eles não vão falar com a gente – disse Tristan. Estavam indo de carro para Crediton, uma cidadezinha a 25 quilômetros de Exeter. Kate queria conversar com os pais de Kaisha Smith, a garota encontrada à margem do rio em Hunter's Tor.

– Isso deve ajudar – argumentou Kate, entregando-lhe um envelope. Tristan o pegou e tirou dele dois pequenos maços de cartões de visita, ambos presos com um elástico. – Um com o seu nome e outro com o meu. Fui ao departamento de cópias e mandei imprimir. Vinte de cada.

– Gostei do meu nome todo chique escrito em alto-relevo prateado – comentou Tristan, virando o cartão. Kate achou que ele pudesse desaprovar ser "Detetive Particular Assistente" e ela "Detetive Particular", mas ficou aliviada ao perceber que estava tudo bem.

– Para mim, a melhor coisa é sermos honestos. Falamos que estamos investigando o desaparecimento de outra jovem, e estamos mesmo, e achamos que pode existir alguma relação entre as duas ocorrências – disse Kate.

A casa de Tammy e Wayne Smith ficava na ponta superior de uma fileira de casas geminadas que serpenteava pela lateral de uma colina íngreme. Kate só conseguiu uma vaga na ponta inferior.

Chegaram à porta um pouco sem fôlego, depois da subida íngreme, e Kate quis um momento para se recompor, mas a porta foi aberta e uma mulher magra com olheiras escuras saiu carregando um saco de lixo preto.

– Sim? – perguntou. – Se são testemunhas de Jeová, podem vazar daqui. Não tô a fim. A última edição de A *Sentinela* que deixaram na minha caixa de correio virou forro da caixa de cocô do meu gato. – Passou pelos dois e caminhou até a lixeira preta próxima ao portão.

Kate explicou quem eram e ambos mostraram os cartões.

A mulher os olhou de cima a baixo, notando a calça *jeans*, o suéter casual e o casaco longo de Kate, e também a jaqueta vermelha e azul desbotada, a calça *jeans* e o tênis verde de Tristan.

– Vocês não são da imprensa?

– Não – respondeu Kate.

– Entrem – falou Tammy.

O interior da casa tinha mobília barata, embora fosse aconchegante. A tumultuada sala era ocupada por um sofá de assentos afundados, poltronas e uma televisão de tela plana enorme, que transmitia um programa de culinária com um *chef* de óculos fatiando uma paleta de cordeiro com muito entusiasmo.

Um homem que Kate reconheceu como o Wayne dos noticiários estava sentado em uma poltrona usando um roupão sebento e assistindo à TV com indiferença. Tammy explicou quem eram e ele os espiou com olhos turvos. Kate viu imediatamente que estava bêbado.

– Esta é a Ruby, a outra... a nossa filha – apresentou Tammy. Uma menina magra de aparência triste, que devia ter uns 7 ou 8 anos, sentada ao lado da televisão penteando a crina de um Meu Pequeno Pônei rosa. Tristan e Kate disseram oi e sentaram no sofá. Tammy ficou na outra poltrona que estava livre.

Kate percebeu que Wayne e Tammy fumavam muito. Ambos acenderam cigarros e um cinzeiro transbordava na mesinha de centro. Kate não conseguiu evitar julgá-los quando soltaram fumaça na presença de Ruby, que foi sentar ao lado da poltrona de Tammy. Era uma menininha doce de rosto pálido e cabelo louro claro na altura dos ombros, partido para a esquerda acima da orelha. Mesmo usando um moletom rosa desbotado, seu cabelo dava-lhe uma seriedade além da idade.

– O que querem saber? – perguntou Tammy.

– Quando souberam que a Kaisha estava desaparecida? – perguntou Kate.

– Wayne e eu trabalhamos em um depósito de produtos de jardinagem – começou Tammy. – Nós dois estávamos trabalhando no dia que a Kaisha sumiu. Ela tinha que pegar a Ruby na escola – informou antes de dar um trago no cigarro. O rosto estava totalmente pálido e ela tinha olheiras enormes. Wayne, igualmente pálido, com a boca de um buldogue, confirmou com um amargo gesto de cabeça, fitando a lareira a gás no canto da sala.

– A Kaisha era feliz na escola? – perguntou Kate. O uso do tempo passado deve ter sido um choque para Tammy e Wayne. Os dois pareciam ter levado um soco.

– Era, sim – disse Wayne. Ele esfregou o rosto com a barba por fazer. Usava vários anéis dourados e Kate viu AMOR tatuado nos dedos de uma mão e ÓDIO, nos da outra. – Ela estuda... Ela estudava na Hartford School e estava se preparando para fazer as provas para entrar na faculdade. Queria cursar Matemática e Ciências. Não sabemos de onde foi que ela tirou a inteligência... – falou com a voz embolada, que desvaneceu e, transparecendo desespero no rosto, olhou para Tristan.

– Desapareceu voltando da escola para casa?

– Isso. Ela tinha que pegar a Ruby quase todo dia – disse Tammy. – O trajeto para o colégio e para casa, a Kaisha faz de ônibus, e a escola infantil da Ruby é aqui na rua.

– Qual é a distância a pé da escola até o ponto de ônibus?

– Ela sai do campo da escola e pega o ônibus 64, que chega no início da rua lá embaixo.

– Ela faz esportes nas terças e quintas – informou Ruby, falando pela primeira vez.

Kate sorriu para ela.

– Quais esportes?

Ruby aconchegou-se em Tammy, que passou a ponta acesa do cigarro para a outra mão, a suspendeu e a colocou no braço do sofá.

– Hóquei. Era muito boa. Estava no time sub-18.

– Eu não gostava que ela jogasse – disse Wayne, fazendo careta e olhando para os pés. – Não é coisa de mulher. Sei que não devia falar isso, mas que se dane, tem uns caras que ficam indo lá ver as meninas treinarem. Eu via eles tudo enfileirado na cerca olhando – falou com a voz aumentando uma oitava de emoção.

– A escola é particular? – perguntou Tristan.

– É. Ela tinha bolsa. Caso não estejam entendendo – falou Wayne, encarando-o com raiva.

– A Kaisha comentou sobre algum amigo novo? Um namorado da escola? Ou alguém mais velho? – perguntou Kate.

– Não tinha garoto nenhum. Eu costumava querer que tivesse – falou Wayne. Tammy disparou um olhar na direção dele.

– Oh, a Kaisha tinha namorada?

– Não tinha, não, droga – respondeu Wayne. Kate viu que ele estava ficando mais alerta e nervoso.

– Vocês dois estavam no turno da noite no dia em que a Kaisha desapareceu?

– Você acha que fiz aquilo com a minha própria filha?

– Wayne, ela tem que fazer essas perguntas – disse Tammy, que viu o quanto ele estava ficando agitado. Virou-se para Kate e Tristan. – Nós dois estávamos trabalhando no turno da noite, das seis horas da noite às seis horas da manhã. Mas a gente precisa sair de casa às quatro horas da tarde para pegar o ônibus e fazer duas baldeações.

– A que horas voltaram na sexta de manhã?

– Logo depois das oito horas – respondeu Tammy.

– Calma aí, calma aí – disse Wayne, dando um impulso e sentando-se na beirada da poltrona.

– Quem são esses dois desgraçados? São da polícia?

– São detetives particulares, Wayne, já falei! – berrou Tammy.

– O que fez quando a Kaisha não foi buscar você? – perguntou Kate à Ruby, percebendo que o tempo podia estar acabando.

– Fiquei esperando a Kaisha, depois liguei para o celular dela, depois liguei para a mamãe. Fui para a casa da srta. Todd, nossa vizinha.

– Fiquei furiosa com a Kaisha, e com razão – sobressaltou-se Tammy. – Achava que ela tinha ido para algum lugar... Xinguei ela todinha pro Wayne... – abanou a cabeça e, então, desabou. Ruby estendeu o braço para acariciá-la, mas ela lhe deu um safanão, deixando o cigarro cair no carpete sujo. Ruby obedientemente o pegou e o apagou.

– Posso perguntar se já viram este homem? – indagou Kate e suspendeu a foto do Facebook de Keir Castle. Tammy e Wayne a observaram. Tammy transpareceu esperança por um segundo, mas negou com a cabeça. Wayne agarrou a foto e a pôs perto do rosto.

– Este é um dos filhos da mãe que ficam rodeando a quadra de hóquei? – perguntou ele.

– Só precisamos saber se você o reconhece. Veja que ele tem uma aparência bem peculiar, com o cabelo ruivo e os traços bem fortes e evidentes... E você, Ruby? – perguntou Kate.

A garota negou com a cabeça.

– Este é um dos pais, né? Um daqueles desgraçados arrogantes...

– Wayne! – gritou Tammy.

– Vai se danar você também! Conhece ele? – disse Wayne, suspendendo a foto. – Você não olhou direito. Olha pra ele! – gritou, enfiando a foto na cara dela, amassando o papel no queixo da esposa.

– Já olhei! – alegou ela, afastando a mão dele com um tapa. Wayne embolou a foto e a jogou na cara de Tammy, depois deu uma cambaleada e teve que se segurar na beirada da mesinha de centro.

Kate olhou para Tristan, que estava prestes a levantar e intervir. Meneando a cabeça, ela o orientou a desistir dessa ideia. Não existe como acalmar gente bêbada, ela sabia por experiência própria. As coisas podiam desandar depressa. Ficou aliviada quando as manchetes do jornal apareceram na TV e Wayne se distraiu. Viram a familiar imagem do local do crime ocorrido dias atrás. Tammy ameaçou pegar o controle remoto na mesa, mas Wayne foi mais rápido.

– Eu que mando no controle – disse ele, enfiando o dedo na cara dela. Deu uma cambaleada e aumentou o volume.

Era uma repetição da filmagem da cena do crime feita com *drone*. Em seguida, apareceu uma imagem de Kaisha com o equipamento de hóquei, sorrindo e posando com um troféu dourado.

– A polícia encontrou outro corpo e acredita que ele esteja ligado ao assassinato de Kaisha Smith – informou o apresentador. Depois da imagem da foto, mostraram a base do Higher Tor com policiais agachados em uma fila grande fazendo um pente-fino no local à luz do dia.

– A vítima acabou de ser identificada como Layla Gerrard, aluna da Carmichael Grammar School, desaparecida desde quinta-feira passada.

Mais imagens de *drone* mostraram o campo da escola e, ao lado dele, um caminho paralelo aos trilhos de trem.

Wayne sentou no chão e afundou o rosto nas coxas. Tristan se aproximou dele.

– Amigo, quer alguma coisa? – disse ele, ajudando Wayne a se levantar e voltar para a poltrona.

O homem se debulhou em lágrimas e começou a soluçar. Ruby saiu da sala e voltou um momento depois com um copo de água, que Wayne bebeu, e um pouco de baba escorreu por seu queixo.

Kate percebeu que Tammy estava vasculhando um armário debaixo da TV.

– Onde conseguiram aquela foto da Kaisha com equipamento de hóquei? Não dei para ninguém. Aquela policial que pegou? – disse Tammy.

– Estava no Facebook? – perguntou Kate. – Podem ter pegado de lá.

Tammy estava absorta no álbum de fotos, vendo retratos da época da gravidez, cheia de sorrisos esperançosos.

Aquilo cortou o coração de Kate.

– Vão embora, por favor, vão embora – falou Wayne, com as mãos no rosto. Ruby pegou a impressão embolada da foto de Keir Castle no chão.

– Eu faço os dois darem uma olhada nisso de novo quando estiverem mais calmos – disse ela. Kate agradeceu com a cabeça e saiu com Tristan e Ruby da sala.

– Você vai ficar bem? – perguntou Kate quando chegaram à porta na frente da casa. Ruby fez que sim.

– Tenho ido para a casa da srta. Todd de noite e dormido lá. Ela é legal. Era a responsável por atravessar as crianças na rua perto da minha escola. A mamãe e o papai nem percebem. Eles só bebem e brigam.

Kate pegou outro cartão.

– Se você tiver qualquer problema ou se ficar com medo, este é o meu número. Posso ajudá-la – disse, entregando-o à garotinha. Tristan também deu o cartão dele.

Ruby agradeceu com a cabeça.

Quando retornaram ao carro, Tristan e Kate ficaram sentados em silêncio um momento.

– Jesus, aquilo foi horrível – comentou Kate.

– É – concordou Tristan.

– Identificaram a terceira menina depressa. Vou ver se o Alan Hexham tem alguma informação para a gente sobre a autópsia – falou ela, procurando o telefone na bolsa. Tristan pegou o dele.

– Que droga! – xingou ele.

– O quê? – indagou Kate, tirando o dela das profundezas da bolsa.

– Keir Castle acabou de me bloquear no Facebook – informou ele, mostrando a tela. Estou sem acesso ao perfil dele de novo.

– Acha que ele suspeitou de alguma coisa? – perguntou Kate.

– O meu perfil não tem informação do trabalho... – Ele olhou para Kate. – As pessoas são esquisitas nas redes sociais.

– Mas por que ele bloquearia uma pessoa que podia ajudar a carreira dele? Você inseriu a foto no *site* da Universidade de Ashdean? – perguntou Kate.

– Ainda não.

Kate acessou seu telefone.

– Vou pegar a informação da autópsia e ver se o Alan pode mexer uns pauzinhos e investigar esse Keir Castle.

CAPÍTULO 30

Não souberam de mais nada naquela tarde e Kate voltou para casa à noite desassossegada. Entretanto, estava empolgada em falar com Jake pelo Skype, principalmente porque a ligação regular havia sido postergada um dia, passou para a quinta-feira, pois ele tinha treino de futebol.

Ele estava quicando a bola pela cozinha quando ligou e suspendeu o conteúdo da mochila que já estava arrumando para ir vê-la nas férias.

– Faltam menos de duas semanas! – exclamou, abrindo um sorrisão. – Convenci a vovó a comprar sapato aquático, por causa das pedras – levantou um par de calçados verde-claros.

– Eles são uma *teteia* – elogiou Kate.

– Não, são *maneiros*, mãe. Não fale *teteia*. Fica parecendo a vovó e ela é bem mais velha do que você.

– De que *ela* você está falando? – questionou Glenda, aparecendo na tela atrás dele com uma sacola de compras, que colocou na bancada. – Oi, Catherine.

– Oi, mãe. O que você vai aprontar aí? – perguntou Kate, sentindo uma pontada de inveja. Desejou estar lá para sentar à mesa e jantar com todos eles.

– *Salmon en croûte* – respondeu, suspendendo uma caixa. – O da Marks & Spencer é uma beleza...

– Isso é um jeito esnobe de falar torta de salmão – comentou Jake com Kate em voz baixa, fazendo-a sorrir.

– Vamos comer com aspargos e batatinhas – acrescentou Glenda.

– Aluga um macacão de mergulho para mim quando eu for? O mar vai estar gelado, não vai?

– Alugo, sim, posso pedir à Myra da loja de surfe. Mas eu nado todo dia sem macacão de mergulho.

– Isso é doideira – disse Jake, abanando da cabeça. – Sua doida!

Glenda terminou de desempacotar as compras, se virou, viu algo na mesa da cozinha e se aproximou.

– Jake, você comeu tudo isso? – perguntou ela, levantando um pacote de bala de garrafinha de refrigerante da Haribo. Ele negou com a cabeça. – Espero que não, rapazinho... Olhe, você está sacolejando a perna, Jake. Não posso lidar com seu comportamento hiperativo, não hoje à noite.

Jake pôs os dedos no canto da boca e revirou os olhos de modo que só a parte branca ficasse à mostra.

– Esta é a vovó antes de passar maquiagem – disse ele.

– Jake, para, isso não é legal – repreendeu Kate.

– Ele te contou do Facebook? – perguntou Glenda.

– Não. O quê? – questionou Kate. Jake cruzou os braços e fez cara de culpado.

– Ele me bloqueou.

– Ninguém tem a avó como amiga... e você *viu* a foto do perfil dela? Está de maiô! – gritou Jake.

Kate acessou o Facebook no *laptop* dela e o abriu por cima da página do Skype. Achou o perfil de Glenda. A mãe ainda tinha um corpo fabuloso e na foto do perfil posava em uma cadeira de praia com um maiô vermelho sangue. Estava sentada com o corpo ereto e as pernas magras bronzeadas brilhavam por causa do creme. Uma viseira vermelha combinando com a roupa encaixava-se em seu arrumadíssimo cabelo louro.

– Uma foto e tanto, mãe – elogiou Kate.

– Obrigada. Isso foi na casa de campo em Portugal, dois anos atrás. O Jake ainda é seu amigo no Facebook? – perguntou Glenda. Kate conferiu e surpreendeu-se ao ver que também tinha sido bloqueada. Só conseguia ver o nome e a foto dele.

– Não é, não. Jake! Falamos que você só podia entrar no Facebook se fôssemos suas amigas e tivéssemos a sua senha.

– Mãe, você sabe que eu te amo – disse com uma voz suplicante e boba. – Tenho que manter a minha reputação. Por favor, por favor, por favor, me desculpe. – Juntou as mãos e drapejou as pálpebras. Kate percebeu que ele tinha comido o pacote inteiro de balas.

– Você tem 14 anos, de que tipo de reputação você precisa?

– Uma maneira – respondeu ele, ainda sorrindo. – Não quer dizer que não ame você, só não em público.

Kate não conseguia ficar brava com ele, mas Jake precisava entender.

– Você precisa desbloquear nós duas agora e mandar a senha, senão vamos desativar o seu perfil – ameaçou Kate.

– Você não tem como fazer isso – retrucou ele.

– Eu era policial, ainda conheço gente de lá. Eles conseguem fechar perfis do Facebook e deletar tudo.

– Mas tem fotos e mensagens e toneladas de *likes*! – gritou ele.

– Desbloqueie nós duas agora e nada muda – argumentou Kate. Jake fez o que ela mandou e saiu bravo da cozinha. Ouviram os baques surdos dele subindo a escada, pisando duro, e, em seguida, chegou o som distante da porta batendo. Demonstrando cansaço, Glenda sentou, esfregou os olhos e disse:

– Obrigada, amor.

– Agora ele me odeia – falou Kate.

– Não odeia, não.

– É mais fácil para você, que pode subir a escada e conversar com ele.

Glenda sorriu para a filha.

– Eu sei, amor. Por que não tenta ligar para ele mais tarde?

Kate despediu-se com um gesto de cabeça. Glenda pôs os dedos nos lábios e os pressionou na câmera.

***

Foi a primeira ocasião em muito tempo que Jake ficou chateado com Kate. Ela tinha agido corretamente, é claro, mas aquilo não lhe saía da cabeça enquanto fritava alguns ovos. Quando os colocou em uma torrada quente com manteiga e foi para a sala, o sol estava afundando no mar.

O pôr do sol de verão sempre a enchia de positividade, mas o cair da noite fazia Kate sentir-se melancólica e sozinha. Olhou para a comida, mas não estava com fome. Voltou à cozinha e jogou a torrada fora. Levantou o rosto, olhou pela janela lateral e viu Myra a caminho da praia, encurvada, com o cabelo louro claro esvoaçando de lado, tentando acender um cigarro.

Kate pôs o prato na pia e saiu apressada pela porta de trás.

– Myra! Você tem um minuto? – gritou, descendo o barranco de areia atrás dela.

– Oi, sumida – cumprimentou ela. – Senti sua falta nas duas últimas reuniões do AA.

– Desculpe.

– Não peça desculpas a mim. É a sua sobriedade.

– As coisas estão uma loucura. Podemos conversar? Dá para você abrir a loja? Preciso de um macacão de mergulho para o Jake – falou Kate.

– Claro, vou buscar as chaves – disse Myra.

O interior da loja de surfe tinha cheiro de mofo e as compridas janelas com vista para o mar estavam cobertas com tábuas, agora que a temporada tinha acabado. Myra acendeu as luzes fluorescentes tubulares e elas piscaram antes de se estabilizarem e iluminarem o lugar. Na parte da frente, uma fila de prateleiras sustentava produtos enlatados e secos, fogareiros para acampamento, botijões de gás e algumas barracas pequenas.

Myra levou Kate à seção de surfe na parte de trás, onde havia *racks* com macacões de mergulho, pés de pato, *snorkels* e cartazes de papelão anunciando equipamento de surfe – homens bonitos e musculosos com gatas saradas de biquíni. O barulho do vento soava ao redor da loja.

– Qual é a altura do Jake? – perguntou Myra, mexendo em um *rack* de macacões de mergulho infantis com o cigarro aceso enfiado no canto da boca. – Era quase da altura do meu ombro na última vez que veio aqui na Páscoa.

Pegou um macacão de mergulho preto e azul pequeno com a logo da Rip Curl nas costas.

– Eu o vi no mês passado e ele estava batendo no meu ombro – falou Kate.

Myra o suspendeu para Kate.

– Ele engordou? Algumas crianças explodem quando chegam à puberdade. Quando fiz 14 anos, fiquei muito gorda e mandona – confessou Myra.

– Ele não é gordo.

– Tem outras cores, se quiser dar uma olhada – falou Myra. Acendeu outro cigarro na ponta do anterior, que apagou no chão de concreto ensebado. Kate deu uma olhada no *rack*.

– Esse aqui, ele adora verde – disse Kate, pegando um macacão que tinha uma estampa que parecia manchas de tinta verde.

– Quando ele vem?

– Nas férias, daqui a doze dias. Só quero mandar uma foto disso para ele.

– Leve, amor – disse Mayra, colocando o outro macacão de volta.

– Quanto?

– O que você acha? Nada.

– Obrigada.

– Kate – disse, pondo a mão no braço dela. – Não falte a outra reunião. Certo?

– É por causa de um caso em que estou trabalhando.

– Nada é tão importante quanto a sua sobriedade. Está vendo esse macacão de mergulho vazio? Vai continuar vazio se tiver uma recaída. Sua mãe não vai deixar o Jake chegar perto de você se começar a beber – falou Myra.

– Eu sei. Vai ser sempre difícil assim? A sobriedade?

Myra fez que sim com a cabeça.

– Tenho 23 anos de sobriedade a mais do que você. Ainda vou às reuniões e me encontro com minha madrinha. Mas estou viva.

CAPÍTULO 31

Kate enviou uma mensagem a Jake com uma foto do macacão de mergulho, mas já estava ficando tarde e ele não tinha respondido. Prestes a ir para a cama, recebeu a ligação de um número não identificado.

– Kate, olá. É a dra. Baxter, do Great Barwell.

– Eu estava indo para a cama – falou Kate.

Meredith Baxter era a psiquiatra de Peter Conway no Great Barwell. Um pouco "*new age*" demais para o gosto de Kate. Sempre se referia ao Peter como "paciente", não prisioneiro. Tinha ligado para Kate dois anos antes com a proposta de colocar Jake e ela em contato com Peter Conway, dizendo que seria bom para o processo de cura dele. Na última vez que se falaram, Kate tinha usado um monte de palavrões e a mandado para aquele lugar.

– Estarei em Londres amanhã. Gostaria de me encontrar com você – disse ela.

– Por quê? – perguntou Kate.

– É sobre o Peter e o Jake.

– Já te falei, ele não vai ter contato com o Jake...

– Não é sobre isso. Posso me encontrar com você na estação Paddington. Tem um trem expresso de Exeter para Londres.

– Eu sei que tem uma porcaria de trem.

– Por favor, Kate. É importante.

***

Kate estava de pé cedo na manhã seguinte. Levou meia hora para chegar à estação de trem Exeter Saint David's, bem na hora de pegar o trem expresso das sete horas para London Paddington. Conseguiu um assento com mesa e levou trabalho, mas não conseguia se concentrar.

Não parava de conferir o telefone para ver se Jake tinha respondido à mensagem, mas nada. Chegou à Paddington pouco antes das nove horas e encontrou Meredith esperando por ela em uma mesa na Starbucks da estação de trem.

Era uma mulher de rosto agradável, 40 e poucos anos e cabelo ruivo alourado comprido, preso em um rabo de cavalo. Levava uma bolsa de couro e estava de calça *jeans*, blusa de lã vermelha e jaqueta *jeans* curta. O crachá em volta do pescoço a identificava e informava que era médica.

– Tomei a liberdade de pedir um *cappuccino* para você – disse Meredith. – Por favor, sente-se. – Tinha uma voz suave e Kate se perguntou se era fingimento e se falava do mesmo jeito quando estava em casa, reclamando com o marido para lavar a louça. Metade dos lugares na Starbucks estavam vazios, mas havia uma fila enorme de gente esperando os pedidos para viagem. O barulho das máquinas de café e dos avisos da estação agradavam Kate.

– Você me deixou muito inquieta. Não dormi direito ontem à noite – disse Kate.

– Desculpe, mas queria muito falar cara a cara e imaginei que você não fosse querer ir ao hospital...

O telefone de Kate apitou e ela o pegou, mas viu que era uma mensagem de Tristan.

– Você precisa resolver isso aí?

– Não – respondeu Kate, guardando o telefone.

– As comunicações dos meus pacientes são privadas, mas algo endereçado a Peter Conway foi interceptado, porque viola a ordem que você solicitou, a que proíbe contato. – Meredith tirou uma carta da bolsa e a colocou sobre a mesa. Era um pequeno envelope pardo. O destinatário havia sido redigido à mão e, no canto superior direito, estava escrito de preto com uma caligrafia fina:

DE UM FÃ

Ver aquelas palavras fez o estômago de Kate se revirar.

– Você mandou procurarem impressões digitais nisso? – perguntou ela.

– Não, por que faríamos isso?

– O que tem dentro? – perguntou Kate. Abriu e pegou uma única folha. Era uma impressão do perfil de Jake no Facebook, com foto, e embaixo estava escrito com a mesma caligrafia:

Sou a única pessoa que quer que você veja o quanto ele está bem – fará 15 anos em breve! Quem sabe ele não puxa ao pai...

UM FÃ

– Sei que é terrível e desconcertante, mas lembre que qualquer pessoa pode imprimir e enviar isso. O perfil do Jake no Facebook é público. Não é ilegal mandá-lo para alguém – disse Meredith. Sua voz era de uma suavidade irritante.

O coração de Kate esmurrava as costelas e as mãos tremiam desde que viu a alcunha do remetente: "UM FÃ". Pensou em Jake e na página dele no Facebook, em como tinha bloqueado Glenda. Pegou o celular e ligou para a mãe, mas o telefone dela estava desligado e caiu direto na caixa postal.

– Mãe, me ligue quando ouvir isso. É urgente – disse. Estavam sentadas a uma mesa enorme diante de uma janela com vista para o saguão da estação. Do lado oposto, havia uma loja de bebidas luxuosa, com uma torre de garrafas de vodca Absolut na vitrine, e dois homens bonitos do lado de fora com bandejas cobertas de copinhos minúsculos distribuíam amostras de um líquido transparente.

– Kate? Kate? – chamou Meredith. Kate olhou de novo para ela. – Você está bem?

Se estou bem?, pensou Kate. *É formada em Psicologia e me pergunta se estou bem? Você não tem a menor compreensão do quanto estou com medo e furiosa!*

Kate pegou o telefone de novo e procurou até achar a foto que tinha tirado do bilhete no Ferro-Velho Nine Elms. Mostrou-a para Meredith e contou a história toda das garotas mortas e dos bilhetes deixados nos locais. Meredith recostou-se quando Kate terminou.

– Fale comigo, Kate. Você não devia reprimir o que sente.

Kate resistiu à vontade de pegar Meredith pela nunca e socar a cara dela na mesa.

– Esse é o primeiro bilhete enviado ao Peter assinado desse jeito, de um Fã? – perguntou, tentando manter a voz tranquila.

– Não. Ele recebe um montão de correspondência de muitos lugares e várias pessoas se declaram fãs.

– Estou falando desse jeito específico de assinar: "Um Fã".

– Não tenho permissão para discutir o conteúdo da correspondência privada dele...

– Jesus Cristo. Você me fez vir até aqui, me mostrou essa carta e agora fala que não pode discuti-la! – reclamou Kate, dando um murro na mesa.

– Kate. Preciso que você se acalme.

– Você é psicóloga. Pedir a alguém nervoso para se acalmar alguma vez funcionou?

– Kate, estou do seu lado. Sabe que toda a comunicação do Peter é monitorada. Tudo que chega, com exceção da comunicação confidencial da equipe jurídica, é conferido. Devia saber disso, já que é ex-policial.

– Detetive – corrigiu Kate. Fez silêncio e respirou fundo. – Por favor, veja a caligrafia nesse papel e nas cartas deixadas nos locais dos crimes. Parece a mesma.

Meredith as observou.

– Não sei. Parece, mas não sou grafologista. Eu, com certeza, vou compartilhar isso com a polícia. Você precisa entender que o Peter recebe uma quantidade grande de correspondências estranhas.

– A polícia entrou em contato pedindo para ver a correspondência dele? Só me responde se sim ou se não.

– Sim, mas eles nos fazem pedidos regularmente. Uma ou duas vezes ao ano, e não precisam informar o motivo por que querem vê-las.

– Então existe uma chance de essa pessoa estar se comunicando com o Peter?

– Não.

– Ele recebe muitas visitas?

– Kate...

– Pelo amor de Deus, Meredith! Meu filho está correndo muito perigo. Tenho uma determinação judicial que impede o Peter de se comunicar com ele. E tem alguém mandando essa porcaria aí! Você tem filho, não tem? Por que não pode demonstrar a mesma compaixão por mim que manifesta por seus pedófilos e assassinos?

– O Peter recebe pouquíssimos telefonemas. É tudo monitorado e gravado, e pouquíssimas pessoas o visitam. Ele se encontra com um padre, que conheceu por meio de cartas. Os dois se encontram uma vez a cada seis semanas, e há um vidro entre eles quando isso acontece. Se e quando o advogado dele o visita, é a mesma coisa, atrás do vidro.

– O Peter é violento?

– Kate, estou contando mais do que devo. Não posso falar do estado mental dele... A única pessoa que o encontra cara a cara é a Enid. Eles se veem duas vezes por semana. As visitas são muito bem monitoradas e os dois são revistados antes e depois.

– Eles conversaram sobre esses casos, os dos corpos das meninas encontrados recentemente?

– Não.

– Qual foi a última vez que ele se encontrou com o advogado? – perguntou Kate.

– Semana passada e a visita foi confidencial. Você sabe quem o representa? Terrence Lane, um respeitado advogado de direitos humanos. Ele não arriscaria sua carreira. E por quê? Peter tem bastante dinheiro guardado... Kate, isso é tudo confidencial.

– Olhe esse bilhete de novo. É como se estivesse dando continuidade a uma conversa. Ele não se apresenta... – Kate esfregou o rosto. – Tenho que ir... – Levantou-se abruptamente e tirou uma foto do bilhete com o telefone.

– Há mais alguma coisa que eu possa fazer? – ofereceu Meredith. – Vou mandar isso para a polícia.

– Pode revistar o Peter Conway de novo, revistar de verdade? Virar a cela dele do avesso? Revistar todo mundo que entrou em contato com ele? Inclusive os funcionários?

– Os meus pacientes têm direitos legais e... – começou Meredith, com uma suavidade quase agressiva.

– Só espero que você nunca se dê conta de que esteve o tempo todo do lado errado, compactuando com um psicopata de marca maior – falou Kate. – Se estivesse no meu lugar, veria de outra maneira a droga dos direitos humanos dele! – Kate pegou a sacola e saiu da Starbucks.

Apressou-se em direção do banheiro da estação mais próximo, que ficava no saguão. Estava vazio e ela se trancou em uma cabine. Deixou o choro vir e soltá-lo a fez sentir-se bem. Um momento depois, escutou o barulho do balde com rodinhas da pessoa da faxina e uma batida na porta.

– O que está fazendo aí? – perguntou uma voz ríspida.

– Nada. Vá embora! – disse Kate, recuperando o fôlego. Determinada a não deixar as emoções traírem sua voz.

Depois de um tempo em silêncio, Kate ouviu o barulho do balde afastando-se. Enxugou os olhos e pegou o telefone. Não tinha sinal. Respirou fundo algumas vezes, saiu do cubículo e voltou à estação. Tentou ligar para a mãe, para Jake, para o pai e até para o irmão, mas ninguém atendeu. Ligou para a escola de Jake, e uma secretária dedicada demais avisou que Jake estava ocupado na aula.

Kate se deu conta de que tinha ficado perambulando pelo saguão e estava perto da luxuosa loja de vinhos e destilados. As garrafas formavam pilhas altas nas vitrines, com uma iluminação suave e acolhedora, e os dois homens que ofereciam amostras na frente da loja eram altos, morenos e bonitos.

– Gostaria de experimentar Absolut Elyx? – um dos jovens perguntou, aproximando-se dela com a bandeja coberta de copinhos de plástico. O líquido transparente tremeluzia. Kate pegou um. – É destilada em tonel de cobre e muito suave – acrescentou com um sorriso. Ele era perfeito. Pele lisa e cabelo escuro volumoso. O copinho plástico gelou sua mão. A vodca estava resfriada e era uma quantidade tão pequena. Só um golinho. Um homem e uma mulher, ambos bem-vestidos, pegaram uma amostra cada e as viraram.

– Muito boa – elogiou o homem. A mulher concordou com a cabeça, colocaram os copinhos vazios de volta na bandeja e seguiram caminhando pela plataforma.

Kate afastou-se de todos eles, na direção de um lugar tranquilo da estação onde uma *van* estava estacionada ao lado de uma fila de pilares altos. Era uma *van* vermelho-escura do Royal Mail. O foco de Kate voltou-se para o copinho minúsculo, ainda frio na mão, e o cheiro, o fresco e acentuado cheiro de vodca suave.

Tudo pareceu ficar em câmera lenta quando virou para trás e viu os dois homens bonitos e jovens juntos com as bandejas carregadas. Podia pegar mais com muita facilidade.

Kate começou a levar o copo aos lábios e, durante o movimento, não viu o homem com uma caixa de embrulhos. Ele trombou no braço dela, o copinho voou, caiu no saguão, e a vodca fez uma pocinha minúscula no chão de cerâmica.

– Preste atenção! – reclamou, dando a volta por ela. Kate voltou a si. Afastou-se de costas do copinho caído de lado, a vodca espalhava-se pelo piso de cerâmica, e saiu apressada. Passou pela luxuosa loja de vinhos e destilados e chegou à plataforma. Um trem expresso saía em um minuto, o que ela enxergou como o destino. Correu pela plataforma e pulou dentro do vagão no momento em que as portas se fechavam.

CAPÍTULO 32

Kate acalmou-se um pouco no trem, voltando para casa. Encontrou um canto sossegado e conseguiu falar com Glenda, que se prontificou a entrar em contato com o agente que tinha sido designado a eles havia anos.

– Ele está seguro, Kate. Prometo. A escola é segura e eles sabem da história do Jake.

– Mãe, me mantenha informada e peça ao Jake para responder à minha mensagem, para me falar o que acha da foto do macacão de mergulho que mandei para ele.

– É claro. Você está bem, amor?

Kate olhou para a paisagem na janela. Não queria pensar que tinha chegado tão perto de beber.

– Estou bem – respondeu. Quando desligou, o telefone tocou novamente. Dessa vez era Tristan. Contou rapidamente a ele o que aconteceu, omitindo a parte sobre quase ter bebido.

– Vou chegar a tempo de dar minha aula das três da tarde – informou ela.

– Beleza. Escute. Acabei de ver na internet que às sete horas da noite de hoje vai acontecer uma vigília à luz de velas pela terceira vítima, Layla. Lá em Topsham, o vilarejo em que ela morava. É a uns 15 quilômetros de Ashdean. Pode ser um bom lugar para conversar com as pessoas, conseguir mais informações, principalmente em um vilarejo pequeno...

Kate pensou rápido: *Tenho a aula das três* à *quatro horas, a reunião do AA com a Mayra às cinco. Depois vou de carro a Topsham.*

– Está bem, vamos fazer isso – disse ela. Permanecer ocupada era bom, pensou. Mantinha a cabeça afastada de outras coisas.

***

Naquela tarde, Peter estava fazendo flexões na cela quando escutou um estrondo na porta e Winston abriu a portinhola.

– Peter, precisamos revistar o seu quarto – informou ele.

– Por quê?

– Rotina – respondeu Winston, observando-o com olhos impassíveis. Peter aproximou-se da portinhola, foi algemado, encapuzado e levado ao corredor. Winston ficou com ele enquanto Terrell colocava luvas de látex novas.

– Quer me falar alguma coisa antes de eu entrar? – perguntou ele.

– Não – respondeu Peter. Terrell entrou e fechou a porta.

Peter tentou permanecer calmo. Estava guardando as cartas de Enid e do "Fã" dentro de cápsulas no frasco grande de suplemento de vitamina C. Percebeu que, de relance, o papel branco no interior parecia uma cápsula cheia. Torceu para que não descobrissem que o botão do aquecedor estava solto. Seria uma pena perder aquele esconderijo.

– Você está bem, Peter? – perguntou Winston. – Está suando.

– Estava fazendo exercício – explicou ele. Satisfeito por poder dizer a verdade ao menos uma vez. Tinha percebido que as roupas não estavam mais tão apertadas.

O rádio de Winston apitou e alguém lhe pediu para ir à solitária dar apoio a um médico.

– Urgente. Tem um paciente preso no arame farpado novo... – Winston levou a mão ao botão do rádio e abaixou o volume.

– Arame farpado novo? – perguntou Peter. Alguém tentou fugir? Não escutei a sirene.

– O pátio da solitária agora tem arame farpado no alto dos muros – respondeu Winston.

– Como ele atravessou a rede? – perguntou Peter.

– Tiraram as redes – disse Winston. – Tinha muito pássaro ficando agarrado nela e morrendo. É muito caro tirá-los de lá... – Winston se conteve e parou de falar. Peter era um dos poucos pacientes lúcidos e Winston, um camarada legal. Peter notou que às vezes o assistente disparava a conversar como se ele fosse uma pessoa normal. A porta abriu e Terrell saiu do quarto de Peter.

– Tudo certo – disse ele. – Só precisamos revistar você, por favor, Peter.

Entraram na cela novamente, onde conduziram uma revista íntima e iluminaram com uma lanterna o interior de todos os lugares em que fosse possível esconder algo.

Peter escutou os dois irem revistar outras celas no corredor.

Não tem mais rede acima da solitária, pensou ele. *Isso muda tudo.*

Rasgou uma pequena tira de papel, sentou-se e começou a escrever outro bilhete a ser entregue na próxima visita de Enid.

***

Meredith estava aguardando Winston e Terrell à entrada da Ala G. O encontro com Kate a tinha atordoado e, no caminho da volta para o hospital, a preocupação de que Peter pudesse estar se comunicando com alguém aumentou.

– Todos os quartos estão liberados – disse Winston. – Achamos comida guardada, mas foi só isso. Não tem correspondência nenhuma. Nenhuma arma nem nada proibido.

Meredith agradeceu e começou a andar de um lado para o outro.

– E vocês têm cem por cento de certeza de que revistaram todos os pacientes que entraram em contato com o Peter? – indagou ela.

– O único contato que ele tem com outros pacientes é durante a terapia em grupo semanal com você – informou Winston. – E nós vigiamos tudo.

– E funcionários? – perguntou ela.

– A minha equipe anda na linha – afirmou Winston, com a cara fechada. – Somos revistados na entrada e na saída.

– Quero que revistem todas as áreas frequentadas pelos funcionários e quero conversar com todo mundo que trabalhou na Ala G nos últimos três meses. E quero que isso seja feito agora.

– Com certeza – respondeu Winston. – Mas quero deixar claro que tenho uma equipe leal, honesta e com pessoas de confiança. Temos que ser assim. Afirmo com toda certeza que ninguém está trabalhando para um prisioneiro, nem entregando, nem levando mensagens.

Meredith observava Winston. Ele estava apostando alto ao dizer aquilo.

– Entendi. Por favor... quero que a revista seja feita agora. Feche todas as áreas. Ninguém sai enquanto não finalizarmos.

CAPÍTULO 33

Kate e Tristan chegaram a Topsham às seis e meia da tarde e estacionaram em uma rua residencial nos arredores do vilarejo. Ambos tinham uma pequena lamparina, algumas velas e fósforos, guardaram tudo na mochila de Tristan e partiram em direção da rua principal do vilarejo. Kate tirou da cabeça os acontecimentos da manhã. Foi à reunião do AA sozinha e sentou no fundo. Escutou parcialmente o que era dito, porque sua cabeça estava no caso. Sabia que devia falar com Myra, mas não queria perder a oportunidade de participar da vigília e coletar informações novas.

Ao se aproximarem da rua principal, juntaram-se a grupos de pessoas e as *vans* dos jornais locais da BBC e da ITV estavam estacionadas na praça do mercado. Havia uma energia no ar, mas Kate não conseguia identificar o que era. Parecia que as pessoas que geralmente não têm voz repentinamente passassem a tê-la. Topsham era uma área abastada e o vilarejo era cheio de lojas tradicionais que desfrutavam do ressurgimento desse tipo de comércio: uma loja de queijos, um açougue e uma padaria ao lado dos convencionais bancos de ruas comerciais e de um correio. A rua estava com o trânsito fechado e havia presença policial: uma pequena *van* e seis policiais movimentando-se por ali.

Kate e Tristan estavam contentes por estarem com seus gorros e luvas de lã, porque o ar frio gelava cada vez mais à medida que o azul do céu transformava-se em negro e as luzes dos postes acendiam.

A vigília estava marcada para começar no início da rua do comércio e percorreria todo o caminho até a igreja.

– Era para todas essas lojas fecharem às cinco e meia ou seis horas da tarde – comentou Tristan quando passaram pelo açougue e pela padaria.

– Vão ficar abertas por causa da aglomeração de pessoas – disse Kate. – Imagino que nenhum amigo nem familiar vai ficar por aqui depois, isso se vierem. – Agora que estavam ali, achou improvável que tivessem a oportunidade de falar com alguém e, se tivessem, não seria conveniente começar a atormentar as pessoas sobre seus álibis.

No início da rua do comércio, um homem e uma mulher estavam sendo entrevistados pela equipe de um jornal local, que competia por espaço no centro da multidão que se reunia. Ambos bem-vestidos, tinham expressões assombradas e tristes e estavam acompanhados por duas crianças, um menino e uma menina.

Os casacos de inverno de todos eles estavam abertos e vestiam camisetas com a mensagem VOCÊ VIU A LAYLA? LIGUE PARA 084 5951 237, acima de uma foto de Layla sorrindo para a câmera.

– Queremos prestar homenagem à nossa filha e manter a investigação ativa – comentou o pai de Layla. Era bonito e estava no controle de suas emoções. – Apelamos a todos que tenham informação para ligar neste número, que é da polícia.

Agarrada a ele, a mãe não conseguia falar. O irmão e a irmã de Layla estavam igualmente mudos e pareciam ainda em choque. Kate sentiu um cutucão nas costelas e Tristan deu uma inclinada na cabeça. Mais no alto da rua, a inspetora-chefe Varia Campbell e o detetive-inspetor John Mercy estavam na lateral da rua com três guardas uniformizados. Destacavam-se porque não tinham velas acesas e observavam atentamente as pessoas.

– Vamos ficar fora do caminho deles – disse Kate indo para trás de um homem alto com a esposa. Tristan puxou o gorro de lã e o posicionou sobre as sobrancelhas. Os grupos de pessoas estavam começando a se reunir atrás dos pais, do irmão, da irmã e de alguns outros amigos e familiares de Layla vestidos com a camisa da garota e de braços dados, formando uma fila.

Kate colocou as mãos curvadas ao redor da lamparina de Tristan, enquanto o rapaz acendia uma vela; depois ele a ajudou a acender a dela. A procissão começou a mover-se lentamente pela subida. Tinha aumentado, havia centenas de pessoas, todas quietas e bem agasalhadas por causa do frio. Quando passaram por Varia, ela notou Kate e ficou um pouco surpresa, mas voltou sua atenção para um dos guardas, que se inclinou na direção dela para falar algo.

Foi necessário meia hora para lentamente caminharem de volta até o vilarejo. As ruas estavam fechadas, todos em silêncio. As velas eram inegavelmente lindas. Centenas de luzes douradas.

Quando chegaram à igreja, o vigário encontrou-se com a multidão nos portões e conduziu todos à oração, falando pelo megafone.

Então uma garota da classe de Layla cantou "Amazing Grace", sem acompanhamento. Foi um momento assombroso. Kate observava a multidão. Todos estavam melancólicos, homens e mulheres de várias idades, além de um grupo de crianças usando a camiseta com a mensagem da família de Layla.

***

O homem ruivo, o "maior fã" de Peter Conway, participou da vigília andando bem perto da família de Layla trajada com as camisetas. Sentiu-se inebriado em meio às pessoas de luto na praça do mercado e ficou tão, mas tão perto da família que quase sentia o cheiro de suas lágrimas. O clima frio tinha lhe dado confiança para participar. Todos vestiam casacos grossos, gorros e cachecóis sobre a boca. Era fácil misturar-se.

Viu policiais examinando a multidão atentamente. A vigilância deles tinha um ar de teatralidade. Na verdade, não acreditavam que o assassino apareceria. E não tinham nenhuma pista a seguir. Ele havia sido muito cuidadoso. Tinha usado *vans* diferentes com placas falsas para sequestrar as meninas. Evitado câmeras de segurança. Ninguém o tinha visto – bom, ninguém que importasse. Se possuíssem algum tipo de retrato falado, o teriam liberado para o público.

Ou seja, à luz de tudo isso, por que a polícia estava ali? Estavam com esperança de identificar o assassino porque ele tinha cara de "vilão"?

Passou bem em frente à inspetora-chefe Campbell e aos outros policiais, cujos olhos o avistaram, passaram por ele e continuaram *procurando e procurando.*

E então se juntou às pessoas que oravam em frente à igreja, mantendo a cabeça baixa enquanto as câmeras dos jornais filmavam todo mundo. Ficou impressionado com a quantidade de pessoas que rezava com afinco do lado de fora, mas depois ignorou o convite do vigário para comparecer à cerimônia religiosa da noite e voltou para a rua comercial, onde lojas e *pubs* permaneciam abertos.

Talvez só valesse a pena rezar se as pessoas as vissem na TV.

Muitos tinham ido ao *pub*, inclusive os pais de Layla.

Tinha ficado na fila para comprar hambúrguer em uma das *vans* que vendia comida e deu uma mordidona quando viu Kate Marshall com um homem alto e jovem. Estava de gorro, mas a reconheceu imediatamente e engoliu um bocado do hambúrguer, um pouco deslumbrado. Ela fazia parte da história do Canibal de Nine Elms. E estava ali se misturando com o público.

Deu a volta e se aproximou. Era mais velha do que as fotos que tinha visto na internet e um pouco baixinha naquele casaco de inverno vermelho, mas ele ainda a achava atraente. Era *comestível.* Mordeu o hambúrguer e tentou imaginar como seria morder a carne macia da parte de trás das coxas dela.

Não, podia invocar isso. A carne nojenta do hambúrguer tinha secado na boca... O jovem que a acompanhava parecia próximo a ela. Não aparentavam ser um casal. Mas Kate podia ser uma vadia suja. Talvez brincassem de encenar papéis. O sujeito iria para casa com ela chupar aqueles peitinhos de gostosinha de meia-idade?

Kate levantou o rosto, ainda conversando com o garoto, e deu a impressão de fitá-lo, mas não o enxergou. Olhou através dele, como se fosse parte do ruído branco da multidão.

Enfiou o resto do hambúrguer na boca, fingindo que estava gostando, e embrenhou-se na multidão.

CAPÍTULO 34

O frio estava congelante quando Tristan e Kate chegaram ao carro. Os vários veículos estacionados ali tinham ido embora e o deles era o único que havia sobrado debaixo de uma fileira de árvores que tampava as luzes do poste, deixando-o nas sombras.

Kate viu o bilhete preso debaixo do limpador de para-brisa direito, um quadrado de papel creme. Por um momento, achou que pudesse ter sido colocado ali por alguém de uma das casas da rua, então viu seu nome escrito com tinta preta. A caligrafia era parecida com a do bilhete que Meredith havia lhe mostrado. Com a mão trêmula, Kate puxou o papel de baixo do limpador e o desdobrou.

KATE, VOCÊ ESTAVA MUITO COMESTÍVEL HOJE DE CASACO VERMELHO.

VOCÊ ESTAVA TÃO PERTO.

UM FÃ

Kate levantou a cabeça depressa e olhou para a rua, mas estava vazia, com exceção de um homem e uma mulher caminhando com uma menininha e de uma mulher mais velha esforçando-se para carregar duas sacolas cheias de compras. Sentiu-se exposta, como se estivesse sendo observada.

Tristan deu a volta, pegou a carta da mão trêmula de Kate e a leu. Ela agarrou a lateral do carro, sentindo-se tonta, e o colega abriu a porta no lado do motorista.

– Sente um segundo – disse ele. Kate sentiu todo o sangue escoar da cabeça. Carros passavam em velocidade pela rua e os faróis os ofuscavam. Tristan olhou para os dois lados da rua.

"Ele está chegando mais perto, escreveu bilhetes sobre o Jake e agora está escrevendo para mim", pensou Kate. Não temia pela própria segurança – tinha medo, sim, do poder daquele indivíduo de abalar o mundo dela. O mundo seguro e são que tinha tentado criar tão cuidadosamente no período posterior ao primeiro caso. Pela primeira vez, desejou não ter respondido ao *e-mail* do pai de Caitlyn. Devia tê-lo passado para a polícia. Ele tinha aberto uma porta pela qual Kate, de forma estúpida, entrou aos tropeços.

Levantou a cabeça, viu que Tristan tinha sinalizado para um carro preto, e Varia Campbell vinha na direção deles com John Mercy. Tristan entregou o bilhete para Varia. Ela o leu com uma expressão preocupada e o passou a John, que instintivamente começou a olhar para os dois lados da rua. Carros passavam livremente por ali e Tristan e os policiais estavam todos reunidos no acostamento gramado, ao redor de Kate, que estava sentada no carro.

– A que horas chegaram aqui? – perguntou Varia, precisando levantar a voz por causa do trânsito.

– Cinco minutos atrás – respondeu Kate.

– Não. A que horas chegaram para a vigília?

– Estacionamos aqui antes das seis e meia – respondeu Tristan. Kate viu que John segurava o bilhete, agora em um envelope plástico de provas.

– Viram algum suspeito ou alguém agindo de maneira suspeita perto de vocês? – perguntou John.

– Não – disse Tristan. – Caminhamos na vigília, estava lotada. As pessoas estavam em silêncio e só caminhando com velas.

– Quem deixou o bilhete fez isso nas últimas três horas – comentou Varia, olhando para os dois lados da rua enquanto mais carros passavam ruidosamente. Pegou o rádio. – Aqui é a inspetora-chefe Campbell. Ainda estou na vigília em Topsham. Providenciem todas as filmagens de câmeras de segurança da Pulham Road e de todo o vilarejo até a igreja entre as quatro horas da tarde e agora.

Varia foi até a porta do motorista e se agachou ao lado de Kate. Estendeu os dois braços e segurou uma de suas mãos trêmulas.

– Você está bem? Parece que está entrando em choque.

Nos magros dedos das mãos quentes, Varia usava anéis de prata bonitos. As mãos de Kate estavam geladas e ela tremia.

– Ele sabe quem eu sou. A roupa que estou usando. Falou do meu filho – disse Kate. – Mandou uma foto do meu filho para Peter Conway... Você precisa comparar a caligrafia da carta que ele mandou para o Peter com a das outras cartas encontradas nas cenas dos crimes. Parecem similares, mas você tem que conferir.

Uma motocicleta passou acelerando alto, o barulho do motor os atravessou, mascarando a conversa.

– Aqui não é um bom lugar para conversarmos. Podemos levá-la para a delegacia de Exeter? Fica a pouco mais de seis quilômetros daqui – falou Varia. Kate aceitou com um aceno de cabeça. – Quer que a gente chame um médico? – acrescentou, com a testa enrugada de preocupação. Ainda estava segurando a mão gelada de Kate e a esfregava entre as suas. Era um lado bem mais terno de Varia do que aquele que Kate havia visto.

– Ela podia tomar um *brandy*. Sempre funciona quando alguém está em choque – sugeriu John a Tristan. Kate concordou com ele. Seria a desculpa perfeita para beber. Beber até cair no delicioso esquecimento.

– Não! Nada de álcool. Vamos providenciar um chá bem forte e quente para ela – disse Tristan.

***

Dirigiram em comboio até a delegacia de Exeter e foram levados a uma sala, onde Varia e John prepararam canecas de chá para todos. Kate e Tristan sentaram no grande sofá de assentos afundados, Kate deu uma longa golada no chá e ficou satisfeita por ele ter sido adoçado. Respirou fundo e começou a pensar com clareza.

– Quem encostou na carta? – perguntou Varia.

– Eu a tirei do limpador de para-brisa – disse Kate.

– Eu dei uma olhada. Ela o passou para mim – falou Tristan.

– Precisamos das impressões digitais de vocês dois, para eliminá-las quando examinarmos o bilhete – explicou Varia.

– As minhas impressões digitais estão no sistema por causa da época em que trabalhei na corporação – disse Kate.

– Já tiraram as minhas impressões digitais – disse Tristan.

– Quando você vandalizou o carro? – questionou John.

Varia se virou para John.

– Tenho certeza de que as nossas visitas gostariam de uns biscoitos. Tem um pacote na cozinha dos funcionários – disse ela. John fez cara feia e saiu da sala.

Kate explicou que tinha se encontrado com a dra. Meredith Baxter, do Great Barwell, e ela havia lhe mostrado o bilhete endereçado a Peter, com a foto de Jake, que o hospital havia interceptado.

– Vou conferir para ver se essa informação já foi compartilhada com a gente – falou Varia.

– Acho que a pessoa que assina "Um Fã" está se comunicando com o Peter Conway – opinou Kate.

– Mas você falou que a carta foi interceptada. Peter Conway não a recebeu.

O telefone de Kate tocou no bolso. Pegou-o, temendo ser a mãe contando que algo ruim havia acontecido com Jake.

– Oh! É a Meredith Baxter – disse Kate. Atendeu e ficou escutando um momento. – Meredith, estou aqui com a inspetora-chefe Varia Campbell. Isso, a oficial responsável pelo caso. – Estendeu a mão com o telefone para Varia. – Quer falar com você.

– O que ela falou? – perguntou Tristan, enquanto Varia afastava-se com o telefone.

– Disse que revistaram a ala toda no Great Barwell. Todas as celas, inclusive a do Peter, e todos os funcionários. Não tem nada. Nenhuma carta escondida.

– Isso é bom – disse Tristan.

– Não gosto disso... Tem alguma coisa acontecendo. Meu instinto está me dizendo isso.

Varia desligou o telefone e o devolveu para Kate.

– Foi útil falar com ela. A dra. Baxter vai enviar a carta e qualquer outra coisa que interceptar. Se algo acontecer, você será a primeira a saber.

– Tomara que consiga DNA na carta que ele deixou no meu carro – disse Kate.

– Não seria uma prova conclusiva de que é dele – argumentou Varia.

– Deve ser dele. Vocês não liberaram nenhuma informação sobre as cartas para a imprensa, liberaram? – perguntou Tristan.

– Não liberamos, não. Mas muita gente assina carta com "um Fã" – argumentou Varia.

– Tenha dó, é mais do que uma coincidência – falou Kate.

Varia levantou, o que significava que a reunião tinha acabado.

– Kate, vou mandar uma viatura ficar na frente da sua casa nos próximos dias e vamos analisar todas as imagens de câmera de segurança que conseguirmos de Topsham. Ainda que seja um vilarejo pequeno.

– Eles já mandaram um policial e uma viatura para a casa da minha mãe, em Whitstable, onde o meu filho mora – disse Kate.

– Vou acompanhar isso pessoalmente, é claro.

***

Quando Kate e Tristan saíram da delegacia e foram para o estacionamento, uma repórter do jornal da TV local e uma equipe de filmagem os aguardavam. Correram na direção dos dois, com uma luz forte brilhando, e os seguiram até o carro.

– Recebemos a informação de que o suspeito pelo assassinato deixou um bilhete no seu carro – disse a repórter, uma mulher de cabelo preto muito curto. Enfiou o microfone debaixo do nariz de Kate, que se abaixou, deu a volta e chegou ao carro, enquanto Tristan empurrava um homem segurando o microfone *boom* e bloqueava o lado do passageiro. – Pode confirmar o que estava escrito no bilhete e se isso tem relação com o caso do Canibal de Nine Elms que você solucionou em 1995?

Kate apertou o botão para destrancar o carro e tentou abrir a porta, mas a repórter pôs a mão nela.

– Você visita o Peter Conway? Você tem um filho com ele. O Jake o visita também?

Achou que foi um golpe baixo a repórter chamar Jake pelo nome.

– Por que você não vai se danar? – xingou Kate, abrindo a porta com um puxão, batendo-a na repórter, que perdeu o equilíbrio e caiu. – Tristan, entre.

Quando entraram, Kate travou as portas e ligou o carro. Algumas pessoas estavam ajudando a repórter a se levantar quando Kate buzinou e acelerou na direção da equipe, que foi forçada a se separar. Quando Kate e Tristan saíram do estacionamento, viram uma *van* que tinha escrito na lateral: **BBC – NOTÍCIAS LOCAIS**.

– Como ficaram sabendo do bilhete? – perguntou Tristan.

– Toda delegacia tem alguém que vaza informação – disse Kate. Estava mais preocupada com a jornalista ter chamado Jake pelo nome.

– Aquilo não vai sair nada bem se tiverem filmado – comentou Tristan. Mas era só o jornal local.

– Não interessa. Eles todos compartilham as filmagens – falou Kate. – Agora eu os convidei de volta à minha vida e eles têm o que queriam. A maluca da Kate Marshall. Que droga...

Deu um murro no volante. Sentia-se paranoica e com medo. Tinha o controle de sua vida e, ao longo dos últimos anos, havia encontrado a normalidade de novo, mas estavam tirando isso dela.

CAPÍTULO 35

O dia seguinte era sábado. Kate acordou às sete, depois de poucas horas erráticas de sono, e vestiu o maiô.

Não tinha nadado nas manhãs dos dias anteriores. Ventava na praia, as ondas estavam enormes e ela teve que se esforçar para atravessá-las enquanto quebravam. A temperatura da água tinha despencado, fazendo a cicatriz na barriga ferroar. Seguiu nadando, perdendo-se no estrondo das ondas e no grasnar das gaivotas. Depois de alguns minutos, parou e ficou boiando de costas. A água espumava e borbulhava, e os ritmos calmos da água em movimento a tranquilizavam.

Tinha falado com Glenda uma vez mais à noite e, relutante, contou do bilhete. A mãe ficou preocupada e já estava em dúvida sobre Jake ir passar as férias com ela. Pensar na próxima visita de Jake sempre mantinha Kate motivada, era algo positivo em que se concentrar, e a ideia de que não o veria até o Natal a magoava. Kate continuou flutuando de costas por mais um momento, depois respirou fundo e mergulhou.

Fiapos de algas boiavam como laços na água, ondulando preguiçosamente com o movimento do mar. Mergulhou mais fundo, sentindo a pressão nos ouvidos e os óculos comprimirem o rosto. A forma como a luz acertava a água dava ao leito marinho uma tonalidade verde crepuscular. Kate batia as pernas com força e, com os pulmões explodindo, afundava cada vez mais. As correntes na água agora estavam imóveis. A areia, intocada. Expirou e sentiu o corpo descer na água.

À medida que afundava, a pressão no rosto aumentava. Os dedos do pé atingiram o fundo do mar com um baque suave. Estava frio e sentiu uma corrente de água mover-se ao redor do corpo. Levantou o rosto e enxergou os laços de algas ondeando e dançando lá em cima. Os pulmões começavam a doer e estrelas moviam-se em sua vista. Começou a sentir a cabeça atordoar e pensou em quanto tempo havia passado desde a última vez em que tinha ficado bêbada. Quem dera conseguisse "beber com responsabilidade" – o que quer que isso significasse. Kate desejou poder desfrutar do atordoamento flutuante que um copo de uísque costumava lhe dar. A primeira bebida depois de um dia longo era sempre a melhor, a que a fazia sentir os problemas diminuírem. Ansiava por essa sensação.

Algum dia, ela teria uma recaída e tomaria uma bebida. Tinha chegado tão perto no dia anterior na estação de trem, um acidente a impediu.

As coisas estavam começando a espiralar descontroladas. Havia um carro de polícia estacionado em frente à casa dela, uma ameaça maligna a ela e Jake que os manteria afastados até... até quando? E se aquele homem continuasse a agir ou, pior, simplesmente desaparecesse?

Uma corrente gelada passou por ela, movimentando a areia sob seus pés e se separando na pele e na cicatriz da barriga. As estrelas já preenchiam quase inteiramente a visão e não havia piscada que as eliminasse. A pulsação no pescoço e nos braços acelerou, batendo contra a pele.

E o Jake? Pense nele. A sua mãe não viverá para sempre. Haverá um momento no futuro em que você será tudo que ele tem e, aos olhos da lei, será adulto em menos de dois anos. Vai simplesmente desistir? Não seja tão fraca, droga! Vale a pena lutar pela vida!

Um solavanco de sanidade a despertou. Com os pés estendidos na areia, deu impulso para cima, bateu forte as pernas e começou a subir do fundo arenoso até onde a água morna se movimentava e revirava, atravessou os laços de algas ondulantes e irrompeu na superfície respirando fundo. A vida a inundou novamente, com o estrondo das ondas e do vento, e uma onda lhe deu um tapa ardido na lateral da cabeça.

Respirou fundo várias vezes, flexionando os dedos dormentes dos pés e das mãos. Sentiu a correnteza levá-la de volta para a praia.

Nunca desista. Nunca. Vale a pena lutar pela vida. Nunca mais beba.

Bateu as pernas com a maré às costas e nadou na direção da praia.

Após um demorado banho quente, tomou café da manhã e foi de carro com Myra para a reunião de sábado do AA, na casa paroquial da igreja em Ashdean. Sentou-se com Myra e ouviu as pessoas conversarem. Myra levantou primeiro para falar e contou que tinha 29 anos de sobriedade, mas todo dia ainda era uma luta. Terminou dizendo:

– Minha recuperação tem que vir em primeiro lugar, para que tudo que amo não fique por último.

Na vez de Kate compartilhar, não escondeu nada e contou à sala como tinha quase bebido e como ansiava por uma bebida que anestesiasse tudo. Conhecia alguns dos rostos que a observavam, outros eram novos, e fortalecia-se com o fato de que todos queriam a mesma coisa. Sobriedade.

Quando as duas chegaram à casa de Kate, viram a viatura e o policial levantou a mão para cumprimentá-las.

– Anima tomar um chazinho? – convidou Myra.

– Obrigada, mas tenho que trabalhar.

– Concentre-se no hoje – aconselhou Myra. – Você sabe como funciona, um dia de cada vez. Só precisa se concentrar em não beber hoje. O amanhã está muito longe.

– Você só fala coisa boa.

– Achei que você ia dizer que só falo besteira! – disse Myra com uma risada.

– É, isso também – sorriu Kate. Inclinou-se e deu um abraço em Myra.

– Não desanime. Se aquele policial tivesse visto algum esquisitão no mato, não teria dado tchauzinho para a gente.

– Eles não têm como manter um guarda aqui 24 horas durante muito tempo – disse Kate.

– Vou fazer uma xícara de chá para ele e dar um pedaço de bolo, para manter o nível de energia alto.

Quando Kate entrou em casa, seu telefone tocou. Quase não atendeu, porque não reconheceu o número, mas ficou satisfeita por ter aceitado a ligação. Era Malcolm Murray.

– Olá, querida, desculpe por não ter entrado em contato – disse ele.

– Como a Sheila está? – perguntou Kate. Contou que tinha chegado à casa deles bem na hora em que a ambulância saiu.

– Então, foi um horror. Ficou na corda bamba um tempão, mas depois aconteceu um verdadeiro milagre. Apareceu um doador e ela recebeu um rim novo. Vai levar um tempo para se recuperar, mas está livre da terrível diálise.

– Que notícia maravilhosa! – disse Kate, sentiu que alguma coisa estava dando certo, e então se lembrou do que ia contar a eles quando foi a Chew Magna.

– Sinto muito, Malcolm, mas chegamos a um beco sem saída. – Kate explicou tudo o que havia acontecido e que o homem era Paul

Adler, um sujeito com um álibi. Kate não revelou as ressalvas que tinha em relação a ele, achou melhor entregar os fatos a Malcolm. Ele ficou um período longo em silêncio na outra ponta da ligação.

– Bem, muito obrigado, minha querida... Nós dois agradecemos por tudo que tentou fazer. Achei que eu fosse perder as duas, Caitlyn e Sheila... Talvez o destino da Caitlyn fosse ficar na nossa vida um breve período apenas. As estrelas mais brilhantes queimam mais depressa.

Kate sentiu uma tristeza profunda por Malcolm e Sheila e desejou poder fazer mais. Ouviu-se prometendo que continuaria investigando.

Desligou o telefone odiando ter prometido tanto.

CAPÍTULO 36

Na segunda-feira, Kate e Tristan estavam no escritório trabalhando nos *slides* e nas anotações para a aula da tarde quando alguém bateu na porta. Laurence Barnes, o reitor da universidade, entrou. Beirava os 50 anos e seu cabelo estava ficando grisalho. Tinha substituído o professor Coombe-Davies, que havia morrido no ano anterior, mas não compartilhava da mesma afeição por parte dos funcionários. Era mesquinho, gerava discórdia e gostava de administrar pelo medo.

– Kate, preciso falar com você – disse ele, dando uma bofetada na mesa com uma edição do *News of the World*.

– Vou lá embaixo montar o projetor – informou Tristan, preparando-se para sair.

– Não, você fica. Envolve os dois – ralhou ele, apontando para que Tristan sentasse. – Viram isso?

Ele abriu em uma matéria sensacionalista de página dupla sobre Kate e o envolvimento dela no caso do imitador do Canibal de Nine Elms.

– Leio o *Observer* nos fins de semana – respondeu ela com frieza.

– Você assistiu ao jornal?

O confronto com Janelle Morrison, a repórter da BBC local, tinha virado notícia no fim de semana e jornalistas fizeram a ligação entre o Canibal de Nine Elms e os últimos assassinatos cometidos de forma semelhante.

– Assisti.

– Quer saber, isso não repercute bem para a universidade... – enfiou a mão no bolso e tirou uma fotocópia do cartão de detetive particular de Kate. Colocou-o na frente dela. – E nem isso. Você está tocando um negócio aqui da sua sala. Tanto o número do telefone quanto o *e-mail* são os seus contatos na universidade.

– Onde você conseguiu o cartão? – perguntou Kate.

– A inspetora-chefe Varia Campbell, quando a mandaram à minha sala por engano. Ela falou que está preocupada com sua intromissão na investigação da polícia.

Varia tê-la entregado ao chefe foi um soco no estômago.

– Não parecia preocupada na semana passada quando conversamos – disse Tristan. – Nós passamos informações sobre o caso para ela.

– Nós?

– Ahn, nós... – enrolou-se Tristan, olhando para Kate.

– Tristan é meu assistente no trabalho e ele tem me auxiliado pessoalmente em uma função não remunerada – explicou Kate, tentando lembrar os termos do contrato de trabalho de Tristan, na esperança de que não estivesse puxando o tapete dele.

– Infelizmente, terei que dar uma advertência formal a você. E, Tristan, o seu período probatório será restituído e estendido por mais três meses.

Tristan abriu a boca para reclamar. Estava arrasado.

– Tristan, você nos dá licença um momento? – Kate o encarou de cara fechada e ele hesitou, mas saiu da sala. Kate sorriu para Laurence, foi ao arquivo e pegou um papel. – Você leu o relatório de matrículas do ano acadêmico de 2011-2012 do Serviço de Admissão em Universidades e Faculdades? – perguntou ela.

– É claro. O que isso...

– Então verá que o meu curso de Criminologia e Psicologia tem 500 candidatos para 80 vagas. Também se dará conta de que, depois que essas 80 vagas forem preenchidas, em agosto, a um grande percentual desses alunos rejeitados serão oferecidos cursos em Perícia Forense e Psicologia, dos quais também sou professora. São muitas bundas em carteiras graças a mim. Agora, dependendo de quem vencer a próxima eleição, e a coisa não está muito boa para o Partido Trabalhista, as mensalidades podem aumentar e as vagas na universidade se tornam uma questão de mercado comprador – elaborou Kate.

– Você está ameaçando pedir demissão? – perguntou Laurence.

– Não, mas estou falando para você, Laurence, largar do meu pé e deixar a minha equipe em paz. Faço um bom trabalho e o Tristan também. Quase todos os meus colegas têm um segundo emprego e projetos de pesquisa.

– Escute aqui, Kate...

– Não. *Você* é que vai *me* escutar. Eu odiaria ter que fazer uma queixa oficial sobre você estar me *assediando*. Tenho certeza de que os jornais adorariam outra história suculenta. Neste momento, a imprensa está bem interessada em mim.

Laurence ficou pálido.

– Poxa, Kate, não há motivo para ficar assim. Só vim aqui para termos uma conversa amigável, extraoficial.

– Não existe essa história de extraoficial – discordou Kate. – Oh, e o período probatório do Tristan termina hoje. Se você pedir ao RH para mandar um *e-mail* a ele dando a boa notícia até o final do dia, vai ser ótimo.

Laurence jogou o jornal na cesta de lixo, foi à porta, segurou a maçaneta e empurrou. Ela não saiu do lugar e, ainda mais irritado, empurrou com mais força.

– Abre para dentro – informou Kate. Laurence estava com o rosto vermelho, deu um puxão na porta, a abriu e bateu com força depois de sair.

Kate esperava não ter passado dos limites, mas, se os últimos anos a tinham ensinado algo, era que as pessoas têm que se defender. Preferia muito mais ser admirada do que amada.

Depois de bater na porta, Tristan entrou. Suspendia o telefone.

– Kate, está todo mundo dando a notícia – falou ele. – Acabaram de prender um homem suspeito de ter ligação com os três assassinatos do imitador. A polícia o levou para a cadeia.

Aproximou-se da mesa de Kate e mostrou-lhe a filmagem de um homem com um casaco na cabeça, algemado, sendo levado pela escada da delegacia de Exeter. Estava cercado pela imprensa e por cidadãos que o xingavam.

– Quando postaram isso na BBC News? – perguntou Kate, frustrada pelo rosto dele estar coberto.

– Há uma hora. Se formos ao café lá embaixo, talvez deem mais notícias no jornal. São cinco para o meio-dia – disse Tristan.

Kate agarrou sua bolsa e saíram apressados da sala.

CAPÍTULO 37

A 305 quilômetros de Ashdean, o *pub* Bishops Arms dava vista para Chiltern Hills. Era uma construção antiga com telhado de sapê, interior totalmente reformado, onde agora funcionava um *gastropub* com estrelas Michelin. Ficava em uma das regiões mais abastadas do interior inglês, e o Bishops Arms era *o* lugar a ser visitado.

Nesse horário de almoço de segunda-feira, o estacionamento em frente estava cheio e uma fileira de helicópteros tinha pousado no gramado atrás do estabelecimento, ao lado do heliponto estilizado.

O Fã ruivo de Peter Conway deu um gole na cerveja e uma olhada geral no bar movimentado.

"Idiotas", pensou ele. Os homens, jovens e confiantes, gritavam grosserias uns com os outros, já bêbados e com o rosto corado. As mulheres, bem-vestidas, estavam amontoadas em grupos, comportando-se melhor e observando tudo com atenção.

Frequentava o Bishops Arms há vários anos, primeiro com os pais, até eles se aposentarem e mudarem para a Espanha, e agora com o irmão.

O irmão era caprichoso e aprazível, tinha tentado carreira na indústria da música durante anos, mas sempre perdia o rumo por causa das drogas e das festas.

Pensou em Emma Newman e lhe veio à cabeça uma recordação dela pelada deitada de barriga para baixo, com as mãos amarradas nas costas, os pés presos a elas, e uma fita adesiva na boca. Sua pele era macia e cremosa ao toque, mas o gosto tinha sido estragado pelas drogas que vazavam nos poros.

A televisão pendurada na parede capturou sua atenção, e ele assistia fascinado ao jornal. Um homem tinha sido preso por três assassinatos. Os três assassinatos *dele*. Entrou em pânico. O homem não foi identificado. Levaram-no à delegacia com o rosto coberto.

E se esse idiota for acusado e levar o crédito antes do trabalho estar pronto – antes da grande revelação?

Olhou a mulher que tinha levado como sua acompanhante para o almoço: India Dalton. Era bem bonita. Tinham sido apresentados, via *e-mail*, pela irmã dele. O pai de India tinha uma agência de viagens luxuosa e era um pouco *nouveau riche* demais para os frequentadores dali, mas a beleza dela mais do que compensava.

India estava conversando animada com Fizzy Martlesham, mulher de aparência severa, com o cabelo penteado para trás, deixando exposta a testa grande. A família Martlesham possuía uma grande quantidade de terras por Oxfordshire e era uma das grandes produtoras dos morangos consumidos em Wimbledon.

Olhou novamente para a tela, virou o resto da cerveja, pegou o casaco e foi até elas.

– Sinto muitíssimo por interromper as moças – disse sorrindo e pegando India pelo braço. – Mas surgiu algo urgente. Terá que nos dar licença.

– E o almoço? – questionou India. – Quero *tanto* experimentar o *sorbet* de cúrcuma e framboesa.

– Outra hora. Deixo você no heliponto e a gente remarca.

– Que pena que você tenha que ir embora voando, literalmente – disse Fizzy, inclinando-se para se despedir com um beijo no rosto.

– Por favor, peça desculpas ao meu irmão, parece que ele desapareceu.

– Peço, sim. É claro. Eu o vi indo ao banheiro um tempo atrás. Oh, e a India quer fazer uma *selfie* em frente ao seu helicóptero para postar na rede social – comentou Fizzy com uma alegria maldosa.

Saíram do *pub* e atravessaram a grama molhada até o heliponto.

– Posso tirar uma foto antes de a gente decolar? – perguntou India que, de sandália, escolhia cuidadosamente o caminho. Estava com o casaco de couro dele nos ombros magros.

– Não – respondeu, abrindo a porta de um helicóptero azul-petróleo. A bolha de vidro do *cockpit* cintilava ao sol. India fez beicinho, petulante, e mesmo assim tirou o telefone da bolsa.

Ele se inclinou na direção dela e pôs a mão sobre o telefone.

– Eu disse não. Nada de foto...

– Oh, qual é, você tem essa *máquina magnífica*. Ela está pedindo para ser fotografada – argumentou sorrindo e movendo a mão para tirar a foto. Ele agarrou o pulso da garota e o torceu. India soltou um gritinho e largou o telefone.

– Falei para não tirar foto, inferno. Quando falo que não, é sério!

Abaixou-se e pegou o telefone, depois abriu a porta para India que, com lágrimas nos olhos, embarcou. Ele bateu a porta com força.

Nos fundos do *pub*, ele viu Fizzy fumando. Ela suspendeu o cigarro, sorrindo. O Fã deu tchau e falou sem emitir som: *Vadia enxerida.*

Entrou no *cockpit*, pôs o fone e pediu autorização para decolar. As hélices levaram um minuto para começar a girar e, barulhentas, decolaram. A grama abaixo deles ficou achatada e se afastaram. India se recusou a pôr o fone, então não podiam se falar por causa do barulho do motor.

A viagem de volta até o heliponto de Oxfordshire, onde haviam se encontrado, durava apenas dez minutos. Ele deixou o motor ligado quando pousaram, virou-se para a garota com um sorriso, acenou e falou:

– Tchau, India.

A moça gesticulou para informar que não conseguia escutar, mas ele continuou sorrindo e dando tchau, enquanto ela pulava para fora e era recebida por um dos funcionários do heliponto. Observou-os afastarem-se com os cabelos amassados pelo vento das hélices ruidosas.

Uma imagem de India nua e implorando veio-lhe à cabeça. Aquele cabelo perfeito grudado no rosto com suor e lágrimas.

Decolou novamente e subiu cortando o céu no sentido oeste.

Preocupava-o a polícia ter feito uma prisão. Estavam com o homem errado. *Ele* era o homem que queriam e se revelaria.

Em breve, mas não nesse momento.

CAPÍTULO 38

Quando Kate chegou em casa, a viatura tinha desaparecido dali e Glenda ligou para dizer que o carro da polícia que vigiava Jake também tinha ido embora.

Tentou ligar para Varia e perguntar o que estava acontecendo, mas lhe pediram para aguardar, que retornariam. Kate não queria esperar, então foi de carro a Exeter, entrou na delegacia e pediu para vê-la. Aguardou uma hora e finalmente Varia apareceu.

– O que está acontecendo? – questionou Kate. – Prendeu uma pessoa e tirou a vigilância policial de mim e do meu filho. Você o pegou?

– Vamos à minha sala – disse Varia. Kate a seguiu por um corredor, passou por salas com funcionários de apoio. Telefones tocavam, policiais andavam e conversavam. Era estranho estar de volta a uma delegacia grande; estranho, mas ao mesmo tempo se sentia em casa.

– Quer um chá? – ofereceu Varia, levando-a a uma sala pequena com vista para o estacionamento.

– Não, obrigada – disse Kate, sentando-se, enquanto Varia fechava a porta.

– Ok. Prendemos um professor da escola de Layla Gerrard. O DNA dele é compatível com o de uma violação de domicílio em 1993, em Manchester. Na época, colheram sangue no local de entrada. Ele quebrou uma janela e se cortou. Depois espancou um casal idoso e fugiu com os objetos de valores deles.

– Ele é suspeito?

– Não. Ele tem álibi. Estava na França quando Layla desapareceu. Tenho registros no passaporte e imagens de câmeras de segurança. Não era para a prisão dele ir a público. Tenho que agradecer às câmeras dos jornais por isso.

– Vai soltá-lo? – perguntou Kate.

– Vamos acusá-lo pela violação de domicílio, pelo roubo e pela agressão de 1993. Não vai ser solto, mas ainda tenho que encarar a ira da imprensa. Tenho vinte policiais designados para esse caso e todos estão trabalhando mais do que você pode imaginar, sem tempo nem para a família – disse ela.

– Não estou questionando isso. Você está investigando todas as escolas em que as meninas estudaram? Esse foi o caminho de entrada do Peter Conway.

– Estou. Investigamos as três escolas em que as meninas estudavam. Professores, funcionários de apoio, zeladores, trabalhadores esporádicos. Fizemos exame de DNA de quase todos os professores e funcionários de apoio do sexo masculino que tiveram contato com as meninas ou que tinham alguma relação com elas. Por isso a prisão. Também fizemos exames de DNA dos homens nas famílias e, no caso da primeira vítima, Emma Newman, investigamos o orfanato em que ela morou, e todo mundo que trabalha lá foi inspecionado.

– E nada?

– Os exames de DNA nos deram a prisão de hoje e descobrimos outra coisa na escola de Layla, um problema com o zelador. Está envolvido numa agressão sexual ocorrida em 1991. Uma menina que voltava da escola para casa. Ele a pegou e a estuprou. Nós o interrogamos. A esposa dele é o álibi, mas o sujeito agora tem movimentos limitados, está registrado como parcialmente cego e não pode dirigir. Com a logística envolvida na forma como essas meninas foram capturadas e sequestradas, ele teria que ter usado ônibus. Será acusado pelo crime do passado, mas não existe a menor chance de ele ter matado essas três jovens.

– Conseguiu alguma coisa nos vídeos das câmeras de segurança da vigília à luz de velas?

– Kate, era uma multidão de pessoas vagando pelo vilarejo. O lugar em que o seu carro estava estacionado não tem cobertura das câmeras de segurança nem o primeiro quilômetro e meio da rota da vigília; na outra direção, só existem campos e árvores.

– E satélites, Google Earth?

Varia suspendeu uma sobrancelha.

– Trabalho na polícia de Devon e Cornwell, não no MI5. Se isso fosse uma questão de segurança nacional, eu talvez pudesse solicitar imagens do banco de dados do Google Earth, mas por causa de um bilhete deixado no para-brisa de um carro por um possível suspeito, sem chance, né? Além do mais, já pensei nisso e acessei o Google Earth para confirmar a localização...

Ela digitou no computador, clicou com o *mouse* algumas vezes e virou a tela para Kate.

– Veja que a rua em que você estacionou é coberta por um túnel de árvores. Por isso, mesmo sem as folhas, teríamos dificuldade em conseguir uma imagem nítida. As filmagens que temos da vigília são difíceis de enxergar. Por causa da visibilidade limitada devido ao escuro e às centenas de velas, a imagem fica horrível. E quase todo mundo estava de gorro de lã e com a cabeça abaixada em sinal de respeito. As poucas câmeras das quais temos imagens são muito altas e filmam de cima para baixo, por isso não dá para ver os rostos.

– Está certo.

– Também estou em contato com a dra. Baxter. Ela está me mandando toda a correspondência que chega ao Great Barwell para Peter Conway: cartas de cidadãos, transcrições de conversas telefônicas com a mãe... – Ela esfregou o rosto. – Estou tentando ao máximo me manter positiva, mas não existe testemunha de nenhum dos sequestros. É como se, depois que ele as pegasse, as garotas desmanchassem no ar. Fiz todos os policiais e funcionários de apoio do sexo masculino daqui se submeterem a exame de DNA. Não foi uma decisão que gostei de ter tomado.

– Sei o quanto isso deve ter sido terrível – disse Kate.

– Então, você vir à minha delegacia e falar que estou fazendo corpo mole...

– Não está, não – concluiu Kate.

– A análise da caligrafia mostra que todos os bilhetes foram escritos pela mesma pessoa: os três deixados na cena do crime, a foto do Jake enviada ao Peter Conway e o bilhete deixado no seu carro. Eu já ia ligar e informá-la que continuaremos com a presença policial para você e para o Jake, o que será reconsiderado periodicamente dependendo do andamento do caso.

– E a autobiografia da Enid?

– Já falei que não tenho recursos para policiar pontos turísticos em Devon e na Cornualha. Pedi aos policiais para ficarem atentos durante as rondas e sinalizei as áreas. Agora, tenho sido franca com você. Quero que você compartilhe toda a informação comigo, se e quando descobrir alguma coisa.

– Sim – concordou Kate.

– Agora, se me dá licença, tenho que capturar um assassino.

CAPÍTULO 39

O Fã ruivo sentou-se na escuridão da sacada de seu apartamento em Londres. O ar estava fresco e o céu, limpo. Conseguia ver além do Regent's Park até onde a cidade cintilava e reluzia contra o céu escuro. Com as luzes todas apagadas, encontrava-se envolvido pelas sombras.

Sua família possuía uma vasta riqueza, o pai era um importante advogado aposentado e a mãe casou-se já rica, herdeira de uma grande firma europeia de transporte. Graças aos pais, tinha acesso a veículos e depósitos. Também possuía um apartamento no centro de Londres e uma casa no interior.

Adorava Londres. A cidade era uma mistura de culturas. Barulhenta e vibrante, as pessoas não o observavam com atenção, eram muito ocupadas e ficavam absortas com as próprias vidas, com seus problemas. O lugar perfeito para se esconder e fazer planos.

O apartamento ficava no último andar de um prédio de pilares grandiosos. O edifício era propriedade da família, os três irmãos tinham sido "presenteados" com um apartamento cada no aniversário de 21 anos. As duas irmãs eram casadas e tinham a própria vida, ambas moravam em Nova York e abriram mão dos apartamentos. O irmão, em um ataque de independência, pegou um empréstimo, deu o apartamento de garantia e, incapaz de pagar as prestações, o perdeu para o banco.

Já era tarde e os aviões tinham parado de voar. Apenas os sons de uma distante sirene da polícia e de uma lânguida música clássica chegavam ali. Um sossego. Sentiria falta disso.

Voltou para dentro e foi ao escritório, uma sala com paredes revestidas de madeira e pesada mobília de couro, mas os painéis de madeira estavam tampados, pois todo centímetro de parede encontrava-se coberto por recortes de jornais, fotos e papéis impressos.

Ficou andando pelo cômodo um momento, algo de que nunca se cansava. Todo e qualquer artigo já escrito sobre o Canibal de Nine Elms estava colado nas paredes, desde as primeiras manchetes sobre os cadáveres das garotas até as matérias sobre a caçada ao Canibal de Nine Elms e os textos sobre Peter Conway, o grande policial desmascarado como assassino e sua bela companheira, Kate Marshall.

Estendeu a mão e tocou nas fotos de Peter, Kate e das garotas mortas – as quatro vítimas de Peter Conway – e depois nas imagens do apartamento de Kate, quando ela quase se tornou a quinta vítima. Conhecia o caso desde garoto e tinha visto tudo na imprensa. Durante anos, aquilo foi um assunto recorrente nas conversas da família.

A mãe, o pai e os irmãos combinavam a respeito de uma coisa: a crença de que Peter Conway era um assassino mau que merecia ficar preso. Mas sempre se achou diferente – tinha desejos violentos, pensamentos sombrios e nunca imaginou que pudesse ter uma vida normal. Durante muitos anos, simpatizou secretamente com Conway, sentia possuir afinidade com ele. Foi apenas na idade adulta que, quando os pais se aposentaram na Espanha e os irmãos dispersaram-se aos quatro ventos, conseguiu pensar por si mesmo. Sua obsessão começou a desenvolver-se. Tornou-se um verdadeiro Fã.

Foi à mesa e pegou uma edição do *News of the World*. Cortou o último artigo, uma matéria sobre os assassinatos dele, o imitador. A foto que usaram o empolgou. Eram três imagens circulares ligadas por setas: no alto, Peter Conway; ao lado, Kate Marshall; o terceiro círculo estava vazio e possuía uma enorme interrogação. Nele estava escrito: QUEM É O ASSASSINO IMITADOR?

– Eu, eu, eu, eu! – cantarolou, enquanto recortava cuidadosamente a matéria e colocava cola atrás. Depois, aproximou-se do painel de madeira, pressionou o recorte nele e começou a alisar o espaço, para que fosse colado como papel de parede.

Deu um passo atrás e admirou sua obra. A sala era uma agressão aos sentidos. Imagens, artigos, fotos de morte cobriam todas as paredes. Imaginou o momento em que a polícia arrombaria a porta do apartamento e o invadiria. Acharia aquela sala, aquele santuário, o fotografaria, e as fotos seriam publicadas nos jornais impressos e *on-line* – e, um dia, muito em breve, alguém escreveria um livro sobre ele também.

Um barulho suave no computador avisou que um *e-mail* havia chegado. Aproximou-se dele e movimentou o *mouse* para acessá-lo. A mensagem era de um vendedor do eBay. O lance que tinha feito para comprar uma colcha *vintage* foi o vencedor. Abriu um sorriso largo. Imprimiu a imagem da colcha e a levou ao artigo colado na parede, no qual havia imagens do interior do apartamento de Kate Marshall em Deptford. Segurou-a ao lado da foto da colcha dela, tirada no quarto após Peter Conway agredi-la.

– Isso mesmo – comemorou, comparando as duas. – São iguaizinhas.

CAPÍTULO 40

A 15 quilômetros, Enid Conway sentou à mesa da cozinha, preparando-se para levar a Peter as últimas mensagens do Fã. Fazia muita bagunça abrir os caramelos para raspar o miolo macio. A roupa ficava coberta de manchas e a mesa da cozinha, lambuzada de montículos de caramelo e chocolate. Utilizava um bisturi cirúrgico, que fazia o corte mais perfeito e regular, e usava luvas de látex. Não dava para segurar o caramelo por muito tempo – derretia depressa na mão –, por isso trabalhava com o doce congelado. Também tinha desligado o aquecedor e as janelas da cozinha estavam todas abertas. O frio circulava e com ele um cheiro de comida para viagem e fumaça de cano de descarga.

A noite era sempre barulhenta, algo com que ela já havia se acostumado após tantos anos, mas agora aquilo a estava irritando. Dois garotos ficavam subindo e descendo a rua em uma moto ruidosa, e o zumbido agudo do motor a atingia em cheio.

Pegou outro caramelo e removeu a embalagem cuidadosamente. As mãos suavam sob as luvas e tinha dificuldade em manter o caramelo imóvel enquanto pressionava com cautela a ponta do bisturi cirúrgico para cortá-lo. Precisava fatiá-lo em duas metades perfeitas para que, quando as reunisse novamente, as emendas não aparecessem.

Alguém gritou no vizinho, ela deu um pulo, o caramelo que segurava escorregou e a ponta da lâmina penetrou na base de seu polegar. A suada luva de látex não demorou a ficar cheia de sangue e ela foi depressa à pia.

– Que droga! – gritou ela, tirando a luva e colocando o polegar sob a água fria. Sentia uma dor infernal. Olhou para o ferimento, espremendo-o. Era fundo. – Mas que porcaria!

Ela manteve o dedo debaixo da água alguns minutos até o sangramento parar. Em seguida, pegou o *kit* de primeiros-socorros, passou creme antisséptico e tampou com gaze e fita-crepe. Quando as mãos estavam secas, pegou uma garrafa de uísque Teacher's no armário, serviu um copo e o virou com alguns analgésicos.

Avaliou a bagunça na mesa da cozinha: os montículos derretidos de caramelo, as luvas emboladas e o selador térmico na beirada. O uísque a aqueceu por dentro e ela foi ver os dois passaportes na bancada ao lado do micro-ondas. Enid procurou manchas de sangue no curativo do polegar e, ao ver que estava limpo, abriu os passaportes.

O primeiro continha a foto dela, mas o nome era June Munro. June tinha a mesma idade, mas a data de nascimento diferente.

Estava chocada com a qualidade da falsificação, o papel tinha a textura certa e a última página de plástico grosso possuía os dados biométricos. O passaporte expiraria em nove anos. Havia alguns carimbos para dar autenticidade a ele: uma viagem de duas semanas à Croácia no ano anterior, outra à Islândia e outra aos EUA. Também havia um visto americano B-1/B-2. Pegou o segundo. Tinha os mesmos carimbos da Croácia e dos Estados Unidos. A foto de Peter que ela tinha feito na sala de visitantes no Great Barwell era boa. O nome dele no passaporte era Walter King. Enid achava esquisito, mas ele parecia quase distinto com o cabelo branco. A data de nascimento o deixava um ano mais jovem.

Dentro do micro-ondas, havia um pacote com euros de dez centímetros de espessura: 450 notas de €500, totalizando €225 mil. Também tinha outro pacote de notas menores, totalizando €7.050, além de um maço de notas de £20, totalizando £5.000.

Ver tudo aquilo a fazia tremer de empolgação e medo. Tinha levado três das notas de €500 ao banco, escolhidas aleatoriamente na pilha. Foi arriscado, mas precisava ter certeza. Trocou por libras sem problema. Eram verdadeiras. Os passaportes pareciam autênticos. Ele tinha dito que custaram 15 mil pratas cada e eram de uma fonte muito confiável. Nada daquilo tinha sido de graça. Na entrega, ela teve que penhorar a casa, avaliada em pouco menos de 240 mil libras. Valia mais, principalmente pelo elemento sinistro: tinha sido a casa da infância de um *serial killer.*

Enid se serviu de outra dose de uísque. Ficava nervosa com todo aquele dinheiro em casa. Visitaria Peter no dia seguinte e precisava guardar aquilo em algum lugar seguro.

Tudo isso vai valer a pena, disse a si mesma. Sabia que cruzariam o Canal de barco e entrariam sorrateiramente em um porto espanhol sem serem notados. Os passaportes eram do Espaço Schengen e davam acesso à Europa inteira. De acordo com a informação que as autoridades tinham, June Munro e Walter King estavam na Espanha. Após a fuga de Peter, todo porto, estação de trem e aeroporto entraria em alerta máximo; porém, assim que chegassem à Espanha, conseguiriam passar despercebidos durante meses, até anos, e movimentariam-se pela Europa sem terem que passar por conferências aprofundadas de passaporte.

Estava preocupada com o dinheiro. Teria que abrir mão de todas as contas em banco e da pensão, mas podiam comprar um imóvel pequeno e economizar. Além disso, formas de ganhar dinheiro era o que não faltava.

Há muitos anos, almejava abraçar o filho, conversar com ele sem parar por horas, como no passado.

Não queria pensar em mais nada, naquilo que Peter precisaria fazer para assegurar a liberdade deles. Como sempre, apagou isso da mente.

Enid virou o resto do uísque e pegou outro pacote de caramelos de chocolate no congelador. Dessa vez, sua mão estava firme. O caramelo cedeu e o doce virou duas metades iguais. Raspou o chocolate com a ponta do bisturi e dentro colocou a cápsula de vitamina grande cujo conteúdo tinha retirado e substituído por um bilhete dela detalhando os últimos desdobramentos. Reuniu as duas metades usando o calor dos dedos para moldá-las e deixá-las com o formato anterior. Preparou o segundo caramelo com a mensagem do Fã dentro, reembalou os doces e os pôs de volta em uma sacola aberta.

Sentiu-se aliviada ao selar a embalagem com o selador térmico e colocou a sacola de caramelos no congelador, onde passaria a noite.

Estavam tão, tão perto. Seria a última vez que contrabandeava bilhetes para dentro e para fora do Great Barwell. Também seria sua última visita.

Serviu outro uísque e, mesmo não sendo uma mulher religiosa, rezou para que tudo desse certo.

CAPÍTULO 41

Tristan estava comemorando a confirmação de sua contratação como integrante em tempo integral do quadro de funcionários da universidade e foi à casa de Kate jantar. Ela não era uma boa cozinheira, então pediu *pizza*. Passaram a noite discutindo o caso, que agora a imprensa inteira comentava.

– Acho que devíamos acompanhar algumas coisas – disse Kate, servindo a cada um deles a segunda xícara de café para acompanhar uma segunda fatia de *cheesecake* de framboesa que Tristan tinha levado. – Tudo se resume ao livro da Enid.

Havia um exemplar na bancada e Tristan o pegou.

– Como você vai conseguir descobrir o local em que ele vai desovar o próximo corpo? A Enid e o Peter foram a tantos lugares nessas férias – disse ele, folheando o índice.

– Pense grande – disse Kate. – Sabemos que ele vai agir de novo.

– E se ele for atropelado por um ônibus? Devem existir *serial killers* por aí que de repente encontram a morte e é por isso que a matança para – disse Tristan.

– Talvez por isso nunca tenham pegado Jack, o Estripador, porque ele atravessou a rua um dia e foi atropelado por uma carroça.

Os dois gargalharam.

– A gente não devia estar rindo – disse Tristan, cortando outro naco de *cheesecake* e colocando-o no prato. Ofereceu-o à Kate.

– Não. Tão grande assim, não. Já comi um pedaço gigantesco... Às vezes, a gente tem que rir, senão fica louco.

– Por falar nisso, como é que você está com a polícia aí fora?

– É um alívio, mas fico me lembrando de quando eu fazia esse tipo de vigilância e tomava conta de casas. Quanto mais o tempo passa sem nada acontecer, mais complacente a gente fica. E a Myra vive levando canecas de chá e bolo para eles.

– A gente devia dar um pouco desse *cheesecake* a ele. É enorme.

– Leva para casa.

– Minha irmã não gosta de coisa doce... Você não teria gostado se alguém lhe desse coisas gostosas para comer quando fazia vigilância?

– Tem razão. De qualquer maneira, sei que a Varia vai mandá-los fazer outra coisa assim que a ameaça abrandar – argumentou Kate. Foi à janela de trás na cozinha e olhou para fora. O carro da polícia estava estacionado lá na frente e uma policial de rosto entediado bebia chá e coçava o queixo. Perguntou-se se Glenda levava chá para os policiais que vigiavam Jake e o quanto ela devia estar assustada com tudo que vinha acontecendo. Jake chegaria para passar as férias com ela em pouco mais de uma semana.

– Ela não escreveu outro livro? – perguntou Tristan, pegando o *Nenhum Filho Meu* novamente e olhando a contracapa. De repente, Kate se deu conta de algo muito óbvio e não acreditava que aquilo lhe tivesse passado despercebido.

– Como pude ser tão idiota? – falou Kate, aproximando-se. – A Enid não escreveu esse livro. Ela tinha um *ghostwriter*, que a entrevistou e transformou as palavras dela em prosa. Quer dizer, digo prosa no mais vago dos sentidos... – Ela tomou o livro de Tristan e procurou no interior, lembrando-se de que, na época em que foi publicado, tinha visto o nome do *ghostwriter*. – Aqui, Gary Dolman. Ele foi o *ghostwriter*. Lembro que sei lá quando ele me mandou uma mensagem pedindo para eu contribuir com as entrevistas que estava fazendo para o livro. A gente devia falar com ele. Pode ter ouvido coisas que não foram publicadas, coisas que a Enid falou...

– Ele pode ter informações sobre o período que Peter Conway passou em Manchester. Isso pode levar a alguma coisa sobre o desaparecimento da Caitlyn Murray – comentou Tristan.

– Talvez, mas estou interessada na sequência dos acontecimentos nessas férias dos dois. Foram quatro vítimas no caso original, o imitador matou três. A gente também deveria perguntar: o que acontece depois da quarta?

– Como assim? – indagou Tristan.

– Peter Conway parou porque eu o peguei. Esse cara está imitando o Peter. E é possível pressupor que ele queria ser pego, pois é por isso que existem os imitadores. Ele vai assassinar quatro pessoas e parar?

– Continuar seguindo a vida e arriscar ser atropelado por um ônibus antes que alguém o pegue – disse Tristan.

Kate sentou-se.

– Isso é deprimente. Precisamos investigar tudo de novo. Todas as pessoas envolvidas. Tem que haver uma ligação. Como esse cara está achando as meninas? Por que escolheu imitar todos os assassinatos nessa área e não em Londres como o Peter?

– Câmeras de segurança públicas? Em 1995, ainda havia muitos lugares sem câmeras de segurança. Provavelmente, ele podia se movimentar com muito mais facilidade. Nunca fui a Londres, mas soube que tem câmeras de segurança públicas pra todo lado e tem um sistema de câmeras que se estende pela área do pedágio urbano da cidade...

Kate confirmou com um gesto de cabeça e falou:

– Tem razão. Todo carro que entra em Londres ou sai de lá é fotografado e a placa fica registrada. Em comparação, Devon e a Cornualha ainda são muito rústicas, e é mais fácil passar despercebido na charneca e nas cidades da região. Eu te contei que a Varia não conseguiu nenhuma filmagem daquela noite em Topsham?

– Não acha esquisito ele estar atacando na parte do país para onde você se mudou? – questionou Tristan. – Chegou a pensar nisso?

– Cheguei, sim, e isso me deixou aterrorizada.

Ambos ficaram quietos um momento.

– Posso entrar em contato com o *ghostwriter* – disse Tristan. – Se ele estiver disposto a falar, você vai querer fazer isso por telefone ou cara a cara?

– Gostaria de me encontrar com ele cara a cara – respondeu Kate, deu um golinho no café e olhou para fora, pela janela. As palavras de Tristan a atravessaram novamente.

Não acha esquisito ele estar atacando na parte do país para onde você se mudou?

CAPÍTULO 42

Peter andava pelo quarto, impaciente. Estava desesperado para pegar o próximo bilhete com a mãe. Quando ouviu baterem na porta, correu para a portinhola.

– Bom dia, Peter, estou aqui para levar você para a visita da sua mãe – disse Winston. Falava a mesma coisa toda vez com certa monotonia na voz. – Vou passar o capuz, se puder colocá-lo na cabeça, afivelar, ficar de costas para a portinhola...

– Sim, já fizemos isso um milhão de vezes. Só agiliza isso – disse Peter.

Winston enfiou o capuz anticuspe pela portinhola, Peter o pegou e pôs na cabeça. Sentiu a rede fria na pele, o cheiro de seu suor e o fedor ácido da saliva seca. Quando as tiras estavam presas, ficou de costas para a portinhola, atravessou as mãos e Winston o algemou.

O rádio de Winston apitou, era alguém liberando a abertura da porta de Peter e a ida dele para o elevador.

***

Enid aguardava Peter na sala de reuniões habitual, com as paredes verdes e a mobília parafusada no chão. Tamborilava os dedos na mesa com a sacola de doces aos pés. Conferiu o relógio. Peter estava dois minutos atrasado. Remexeu-se no assento, inquieta. As coisas na Great Barwell aconteciam com uma precisão quase militar, minuto a minuto. Onde ele estava? Olhou para as câmeras de segurança nos quatro cantos da sala.

"Qual é o seu jogo?", pensou ela. "Estão desconfiados de nós?"

Enid recostou-se e cruzou os braços, fingindo estar relaxada. Mas, por dentro, seu estômago se revirava.

***

A sala de vigilância no Hospital Great Barwell era equivalente a qualquer sala de centro de controle de câmeras públicas das estações do metrô de Londres. A parede dos fundos era coberta por uma tela gigante, onde a imagem de cada câmera, um total de 167, aparecia no formato de um tabuleiro de damas; todos os corredores, portas e salas de terapia e interrogatórios eram monitorados, além dos pátios de exercícios, do centro de visitantes e de todas as entradas e saídas importantes. Havia sempre seis policiais de serviço, cada um deles trabalhava em frente a uma tela menor e era responsável por um setor diferente do hospital.

Eles podiam se comunicar com qualquer integrante da equipe de funcionários via rádio e, do centro de monitoramento de câmeras, conseguiam abrir e fechar remotamente qualquer porta no momento em que houvesse algum tipo de problema.

Ken Werner era o gerente responsável nesse dia. Sentou à mesa mais perto da porta. Era um veterano do hospital e fazia parte da equipe de funcionários desde os primórdios, quando não havia sistema de segurança com câmeras e as pessoas tinham que ficar de olhos bem abertos. Surpreendeu-se quando o interfone à porta de entrada tocou. Alterou para a câmera externa e viu a dra. Meredith Baxter olhar para cima e acenar.

– Bom dia, doutora – disse ele abrindo a porta, que soltou um zumbido.

– Olá, Ken. Você tem um minuto? – perguntou, aproximando-se da mesa dele. Estava sempre cheirosa e vestida com delicadeza, em tons pastel, e blusa de lã. O cabelo também era perfumado. Toda vez que a via, pensava no quanto o Great Barwell tinha mudado desde a época em que começou a trabalhar ali como assistente. Nesse período, o local era um manicômio brutal onde todos os funcionários usavam roupas brancas engomadas. Chamavam os pacientes de prisioneiros e podiam meter um belo chute neles caso saíssem da linha, o que Ken achava, em segredo, que quase sempre funcionava melhor do que horas de terapias caras.

– O que posso fazer por você? – perguntou ele.

Meredith abriu um sorriso profissional para Ken.

– Pode acessar a filmagem da sala dos visitantes um na Ala G? Na tela grande se possível, por favor?

– Só se for agora... – Cutucou o teclado e uma imagem de Enid aguardando Peter apareceu na tela enorme.

– Obrigada – disse ela. Aproximou-se da tela e olhou para a imagem um momento, inclinando a cabeça. Na filmagem, Enid cruzou as pernas e se remexeu na cadeira olhando o relógio.

Ken abaixou a cabeça e observou a fileira de imagens diante dele. Viu dois pacientes a caminho da seção de terapia em grupo. Outro saindo do banheiro no corredor acompanhado de um assistente.

Peter Conway estava sendo levado para o elevador no final do corredor por Winston.

Meredith virou-se e disse:

– Pode atrasar a entrada do Peter no elevador, por favor, Ken?

O tom da doutora informou-lhe que aquilo não era uma pergunta.

***

Quando Peter chegou ao elevador com Winston, o assistente apertou o botão e as portas se abriram soltando um sibilo. Estava vazio.

– Pode segurar um pouco aí, por favor, Winston? – disse uma voz rachada no rádio. Winston deu um passo atrás e tirou o rádio do cinto.

– Ok. Fico aguardando – respondeu. O elevador sibilou e as portas fecharam. – Pediram para ficarmos parados aqui um...

– Eu sei. Escutei. Estou bem do seu lado – ralhou Peter. O elevador sibilou novamente e as portas reabriram, deixando à mostra o interior vazio. Um momento se passou e, com outro sibilo, fecharam. Peter olhou para cima e viu que o elevador permanecia no andar dele. Viu Winston conferir o relógio. Eram 11h04. Pegou o rádio novamente.

– Aguardando liberação. Estou levando Peter Conway para a visita marcada para as onze horas...

– Se puder aguardar aí, Winston, obrigado – disse uma voz.

– *Vou providenciar uma revista íntima* – ele ouviu ao fundo. Era uma voz de mulher e Peter reconheceu-a como a da dra. Baxter.

Peter sentiu suor formar-se sob o capuz. Por que a demora? Só atrasavam quando havia algum incidente e cada tipo de incidente tinha um código numérico diferente. Briga era código 101; 102 era tentativa de suicídio; 381 se um funcionário fosse agredido. Ele só escutou 904, para motim, uma vez, alguns anos atrás. Pediram a Winston para esperar, mas não informaram nenhum código numérico. *Estava acontecendo alguma coisa.*

***

Lá na sala de controle, alguém mais tocou o interfone. Ken viu que era o dr. Rajdai, assistente da dra. Baxter no departamento de psicologia.

– Por favor, libere a entrada dele – disse Meredith, mantendo os olhos na tela grande. Rajdai entrou e foi direto juntar-se a ela.

– Como estamos? – perguntou, olhando para a tela.

– Enid Conway, ela passou pelos procedimentos de segurança, foi inteiramente revistada no portão principal. Todos os pertences e doces que trouxe passaram pelo raio X. Estão selados – disse Meredith. Olhou para Rajdai, que disse:

– Estou aqui para assinar a autorização com você, mas ela pode reclamar.

Meredith acenou com a cabeça e pegou o rádio.

– Aqui é a dra. Baxter. Por favor, tirem Enid Conway da sala de interrogatório um e providenciem uma revista íntima completa.

– Entendido – respondeu uma voz na outra ponta. Ken ficou observando Enid ser tirada da sala de interrogatório por duas assistentes. Ele meneou a cabeça. A dra. Baxter se achava moderna e empática, mas era tão brutal quanto os médicos da velha guarda.

***

Mantiveram Peter no corredor por mais dez minutos, que mais lhe pareceram horas. Não houve explicação nenhuma. Por fim, deram autorização a Winston para prosseguir, e Peter foi levado à sala de interrogatório um.

Quando viu a mãe, os olhos estavam vermelhos de choro, o que o chocou e aterrorizou. Raramente, se é que algum dia isso aconteceu, a via chorar. Aguardou Winston e Terrell saírem e deu um abraço nela.

– Esses filhos da mãe. Eles me revistaram toda, com luvas de látex, e foram brutos e tudo mais... Disseram que se eu não me submetesse a isso, não poderia ver você. – Tirou um lenço todo embolado da manga e enxugou os olhos.

Peter levantou o rosto e encarou as câmeras de segurança com ferocidade nos olhos.

"Aquela vadia da dra. Baxter", pensou ele. "Sua hora vai chegar."

– Vem cá, mãe. – Ela levantou, os dois se abraçaram, e Peter a segurou junto ao corpo, enterrando o rosto na cabeça dela e cheirando-lhe o cabelo. Ela pressionou o rosto no peito do filho.

– Você perdeu peso – comentou, dando tapinhas no peitoral dele com uma mão de unhas vermelhas.

– Perdi mesmo, estou entrando em forma para, bom, para o futuro – disse ele. Enid afastou-se e deu-lhe uma olhada geral. – E eu estava virando um leitão. – Ela sorriu e soltou uma risada. – Aí, essa é a minha menina. Você fica anos mais jovem quando sorri.

O assistente do lado de fora inclinou-se para a frente, bateu no vidro e gesticulou para que se separassem.

***

Lá na sala de controle, Meredith estava com Rajdai. Observava o abraço deles na tela.

– Jesus, é uma encenação particular de Édipo Rei – comentou Ken por trás dela. – Na minha opinião, não são drogas que ele quer escorregar para dentro dela...

Alguns outros assistentes que acompanhavam os monitores deram risada. Meredith virou-se e o encarou de modo impetuoso.

– A não ser que tenha uma opinião clínica, o que eu duvido, não faça comentários – repreendeu ela. Virou-se para o dr. Rajdai, que estava sentado diante da tela com ela. – Quero que providencie outra revista íntima de todas as cavidades quando Enid Conway estiver a caminho do portão. Caso ela se recuse, diga que retiraremos todos os direitos a visita. E quero que revistem o Peter também.

***

Quando a visita terminou, Enid ficou abraçada a Peter um longo tempo. Passou as mãos pelas costas do filho e apertou-lhe as nádegas, sentindo o corpo mais sarado dele. Sentiu-o endurecer ao abraçá-la com mais força.

– Não falta muito agora, mãe – sussurrou no ouvido de Enid.

– Eu te amo – respondeu ela. Bateram na janela e o assistente sinalizou que estava na hora de ela ir embora. De forma relutante, apartou-se, desfazendo o abraço. – Não se esqueça de levar os seus doces – disse ela, colocando a sacola na mesa.

– Obrigado, mãe. Na próxima vez que eu falar com você, será por telefone.

Ela concordou com um aceno de cabeça.

Quase livre, pensou ela. *Se eles soubessem dos doces, teriam tomado de mim.*

Pararam Enid nos *scanners* corporais quando ela estava indo embora e levaram-na a uma sala ao lado para uma nova revista íntima.

Posteriormente, quando estava vestida, a grande policial que a havia revistado a levou na direção da saída.

Continuava aflita. *O que estava acontecendo com Peter? Neste exato momento, tinham encontrado o bilhete dela e o bilhete do Fã?* O dele continha os detalhes finais do plano.

– Pode entrar na fila. Vou deixar você aqui – disse a mulher, apontando para a fila de pessoas aguardando perto das máquinas de raio X.

– Depois de tudo isso, você ainda precisa que eu passe por lá? – questionou Enid.

– Sim, por favor, senhora – disse a mulher.

– Você me chama de senhora depois de iluminar minha bunda com uma lanterna? Vai se danar – xingou ela.

– Preciso que modere a sua linguagem.

– E por que você não senta nisto e roda? – falou Enid, mostrando o dedo do meio.

A mulher a encarou de cara fechada e saiu caminhando. Por causa da fila de funcionários e visitantes aguardando, demorou a chegar a vez de Enid passar pelas máquinas de raio X. O jovem de cabelo ralo e cabeça de formato esquisito a inspecionou.

– O seu aparelho de audição... ele está na outra orelha – comentou ele.

– O quê?

O rapaz deu um tapinha no lado direito da cabeça.

– Não estava no outro ouvido na sua última visita?

– Você deve estar enganado – comentou ela, antes de tirar o casaco e o telefone da bandeja e sair apressada. Estava sem fôlego, tamanho o medo e a exaltação. Queria muito que Peter tivesse sido capaz de pegar o bilhete sem que os guardas flagrassem.

***

Peter sabia que algo estava acontecendo quando viu quatro assistentes aguardando-o à porta da cela. Sentia a sacola plástica de doces escorregadia nas mãos suadas.

– Precisamos fazer uma revista íntima, por favor, Peter – informou Terrell. – Quer contar alguma coisa antes de fazermos isso?

Peter respondeu que não com a cabeça.

Um dos assistentes estendeu a mão e Peter entregou-lhe a sacola plástica. A revista íntima levou vinte minutos e foi conduzida por quatro policiais, mas o tempo todo a sacola plástica de doces ficou largada na cama e eles foram embora sem encostar nela de novo.

Peter esperou vinte minutos até o corredor do lado de fora esvaziar e só então abriu a sacola e achou os dois bilhetes escritos para ele.

Seu coração começou a dar solavancos, desta vez por empolgação. Era hora de colocar sua parte do plano em ação.

CAPÍTULO 43

A *van* com a logo da Southwestern Electrical Company estava estacionada ao meio-fio. Era uma rua sossegada, ocupada em um lado por uma fileira de casas geminadas dilapidadas, três delas com portas e janelas tampadas com tábuas, e no outro havia um terreno cercado cheio de mato com um prédio baixo de tijolos sem janela onde funcionava uma subestação elétrica.

A lâmpada de um poste acendia e apagava no crepúsculo. O Fã sentado observava a rua vazia através de uma pequena janela espelhada na parte de trás da *van*.

Os preparativos tinham sido meticulosos e seu método de rastrear as vítimas foi adquirido com o Canibal de Nine Elms em pessoa. Encontrar uma garota que tenha rotina. É a rotina que a leva a você. Clubes esportivos frequentados por mulheres jovens depois da escola eram um terreno fértil. Obviamente, várias delas tinham pais amorosos que as buscavam, mas ele tinha sido bem-sucedido ao concentrar-se nas meninas mais pobres, nas bolsistas. Os pais geralmente trabalhavam e elas tinham que pegar o ônibus para casa.

Essa era a quarta vítima e, ainda que amasse tudo aquilo – a observação, o sequestro e o assassinato –, estava ansioso para pegar essa e acabar logo com ela. Precisava eliminá-la para passar à etapa mais empolgante de seu plano.

Pegou a *van* emprestada na empresa da família – a Southwestern Electrical era uma das muitas companhias que alugavam as *vans* da CM Logistics. Ele a havia equipado com tudo de que precisaria: um saco com cordão, um cassetete, fita adesiva, um *kit* médico novo com seringas e gaze, uma balaclava preta e luvas de couro. Também tinha outra muda de roupas – o uniforme de entregador da Southwestern

Electrical. A placa era falsa e estava registrada como uma *van* roubada. Ele não a tinha roubado, mas todas as placas que usou haviam sido vendidas no mercado clandestino. Se a *van* fosse capturada e identificada pelas câmeras de segurança públicas, nenhuma informação levaria a ele.

As últimas peças do *kit* que tinha colocado na *van* eram duas ampolas de vidro de isoflurano. Era um produto geralmente usado para sedar animais e as drogas entregues a veterinários não eram monitoradas com tanto rigor quanto as enviadas ao Serviço Nacional de Saúde e às clínicas particulares.

Identificou movimento do lado de fora e viu que um homem idoso entrou na rua caminhando com o cachorro.

– Que porcaria – sussurrou ele. O sujeito viu a *van* e parou ao lado da subestação. O Fã havia arrombado o portão e o deixado aberto para dar a impressão de que estava fazendo manutenção no local. O idoso olhou lá dentro, depois para a *van*. O cachorro começou a sair farejando e ele o mandou sentar. Em seguida, caminhou na direção da *van* e espiou pela janela da frente.

– Anda, sai fora daqui, desgraçado – rosnou o Fã. Esticou o pescoço para ver a outra ponta da rua. Se ela estivesse se aproximando agora, teria que cancelar a ação. Seriam semanas de trabalho arruinadas e jogadas no ralo.

O idoso passou mais um tempo ali olhando a *van* e o portão aberto. O cachorro voltou ao portão e entrou para farejar uns matinhos antes de erguer a perna e urinar. Finalmente, o homem assoviou e saiu caminhando pela rua com o cachorro trotando atrás. O Fã o observava pelo vidro fumê. Parecia senil e não estava de óculos. Com sorte, isso seria o suficiente para ele não se lembrar de muitos detalhes.

Cinco minutos depois, seu coração deu um pulo quando a garota entrou no seu campo de visão, caminhando pela calçada do outro lado. O nome dela era Abigail Clark, a garota *perfeita*. Alta e atlética o suficiente para ser um desafio. Adorava garotas que lutavam um pouco pela vida, deixava tudo muito mais vibrante quando conseguia derrotá-las. Abigail tinha o cabelo comprido e amarrado para trás, estava de boné. Nas semanas anteriores, tinha ficado observando-a caminhar para casa à luz do dia, com o cabelo brilhando ao sol e o rosto corado devido ao treinamento.

Caminhava na direção da *van* com a cabeça baixa, absorta no telefone. Não o escutou destrancar a porta de correr e, quando ela emparelhou com o veículo, o Fã abriu a porta com um movimento fluído e estendeu a mão para agarrá-la.

CAPÍTULO 44

Abigail não notou a *van* até as mãos emergirem para agarrá-la. O homem estava de roupa preta e com uma balaclava preta.

Ela berrou e lutou muito ao ser puxada para dentro da *van*. Foi arremessada de frente em um colchão no banco de trás.

Logo antes de cair, levou a mão ao frasco que estava no bolso da frente do moletom. Abigail se debatia e lutava, sentindo-o em suas costas e, quando a virou, ela mirou nos olhos da balaclava e borrifou o *spray*. Não era um *spray* Mace nem de pimenta, mas a alternativa legalmente liberada que a mãe tinha comprado para ela, um gel vermelho-claro que cegava o agressor temporariamente – e deixava a pele vermelha durante dias.

Ele gritou e pôs as mãos no rosto, começou a esfregar a gosma vermelha e tirou a balaclava. Seu cabelo era quase tão vermelho quanto o gel. Abigail rastejou, chutou e lutou para conseguir ficar em pé, depois partiu na direção da porta de correr, que ainda estava aberta. O Fã conseguiu agarrar o taco de hóquei enfiado na mochila da garota, mas ele se soltou quando ela caiu da *van* e bateu dolorosamente na calçada.

Levantou, mas ele estava bem atrás dela, cuspindo vermelho e vomitando, parecia um animal selvagem. Abigail cometeu o erro fatal de correr para dentro do portão aberto da subestação elétrica. Se tivesse corrido para a direita ou para a esquerda, teria chegado depressa às ruas mais movimentadas e, quem sabe, conseguido fugir.

Deu a volta correndo no pequeno prédio de tijolos e viu uma portinha nos fundos. Tentou abri-la, mas estava trancada.

Ele apareceu no canto do prédio e a alcançou. Abigail sentiu o taco de hóquei nos tornozelos quando levou uma rasteira e desabou na grama.

O Fã berrou algo ininteligível e bateu com força na nunca dela. Estrelas e dor explodiram em sua vista. Abigail sentiu o boné ser arrancado e foi arrastada pelo caminho de concreto atrás do pequeno prédio de tijolos. Era um lugar imundo, cheio de cacos de garrafas de vinho, e ela gritava quando talhavam a pele de suas pernas nuas.

Tudo aconteceu muito depressa, ela virou-se e tentou levantar. O rosto, os dentes e os brancos dos olhos dele estavam lambuzados com o gel vermelho que também espumava com baba nos lábios borrachentos.

Suspendeu o taco de hóquei e, antes que ela pudesse levantar os braços, deu-lhe uma pancada no pescoço, destruindo a traqueia. Abigail engasgava e se debatia, mas ele começou a espancá-la com o taco de hóquei. Uma vez atrás da outra. A cada golpe, seu corpo amolecia mais e, perdendo a consciência, escutou o barulho dos ossos se quebrando.

***

Mais tarde naquela noite, uma *van* que realmente pertencia à Southwestern Electrical Company estacionou em frente à subestação. A rua estava deserta e não era o lugar em que o engenheiro queria estar depois que escureceu. Um idoso havia ligado para a sede e perguntado quando o trabalho acabaria na subestação e se a casa dele ficaria sem energia.

Passaram a mensagem para a frente e o retorno foi de que não havia visita de engenheiro agendada para a subestação. Invasão era algo a ser levado a sério.

Ele estacionou, pegou a lanterna e o *kit* de ferramentas e foi ao portão. Estava fechado, mas viu o cadeado quebrado. Teve uma sensação esquisita ao abri-lo e entrar. Apontando a lanterna para a grama irregular, deu a volta até os fundos da subestação. Achou que a garota deitada no lugar estivesse de calça vermelha até perceber que era sangue emplastado nas pernas nuas. O cabelo louro era um emaranhado vermelho e o rosto, uma polpa esmagada. Sangue coagulado tinha escorrido e formado um círculo no concreto ao redor do corpo. Um taco de hóquei quebrado e ensanguentado estava caído na grama.

As moscas costumavam ficar sobrevoando o calor da subestação e ele viu que já estavam se juntando sobre o rosto da menina. Foi então que largou a sacola de ferramentas e só conseguiu chegar ao portão antes de vomitar.

CAPÍTULO 45

Kate parou no posto de gasolina indo para casa depois do trabalho. Tinha enchido o tanque e estava analisando a limitada seção de comida congelada quando viu o jornal da noite na TV acima do caixa.

Varia Campbell estava fazendo uma coletiva de imprensa em frente à delegacia de polícia Exeter e, ao lado dela, encontrava-se o detetive-inspetor Mercy, que parecia exausto e sério.

– Você pode aumentar o som, por favor? – ela pediu ao homem de aparência entediada sentado atrás da caixa registradora. Ele pegou o controle e tirou a TV do mudo.

– A jovem em questão foi identificada como Abigail Clarke. O corpo, muito espancado, foi encontrado atrás de uma subestação elétrica na Tranmere Street, nos arredores de Crediton – dizia Varia. Um homem foi ao caixa pagar a gasolina e Kate saiu do caminho, mantendo a atenção grudada na tela.

– Uma testemunha informou que viu uma *van* preta com vidros escuros em frente à subestação elétrica com a logo da Southwestern Electrical. Contudo, a Southwestern não tem conhecimento de um chamado aberto para a estação nem de que alguém estivesse trabalhando lá. Fazemos um apelo para que qualquer pessoa que tenha visto essa *van* na área entre cinco e seis horas da tarde de ontem entre em contato com a polícia. Acreditamos que essa morte está ligada aos sequestros e assassinatos de Emma Newman, Kaisha Smith e Layla Gerrard. – Fotos das três jovens mulheres apareceram na tela, depois surgiu a imagem de uma garota de cabelo louro. – Acreditamos que o indivíduo planejava sequestrar Abigail no caminho entre a escola e a casa dela, porém, em vez de sequestrá-la, a assassinou no local.

O jornal cortou para o estúdio e o apresentador reiterou o apelo por testemunhas.

– A polícia está tentando falar com testemunhas que viram a *van* capturada pelas câmeras de segurança a 180 metros da cena do crime.

A imagem embaçada de uma *van* preta da Southwestern Electrical surgiu na tela e, em seguida, o jornal mostrou um mapa do campo onde Abigail tinha treinado naquela tarde e do ponto de ônibus para o qual acreditavam que ela estava indo.

Kate pagou a gasolina e, na volta para o carro, seu telefone tocou. Era Tristan.

– Você viu o jornal? – perguntou ela.

– Vi. Eles devem estar muito desesperados para soltarem tanta informação assim para o público.

– Estarei em casa daqui a cinco minutos. Vá para lá e conversaremos sobre isso.

***

Tristan chegou à casa de Kate na hora em que ela estava colocando a lasanha congelada no forno.

– Você sempre come comida pronta? – perguntou ele.

– Como. Não tenho esposa para cozinhar para mim – disse ela, marcando o tempo. – E você?

– Se tenho esposa? Não. Mas gosto de cozinhar quando tenho tempo.

– Dá para nós dois, caso esteja com fome – falou ela. Tristan sentou à bancada na cozinha e os dois começaram a conversar sobre o que sabiam do caso até então.

– É um progresso enorme – comentou Tristan. – A polícia tem uma testemunha que viu o veículo e é óbvio que ele foi surpreendido no local.

– Também tem o ponto exato em que ele queria sequestrá-la – completou Kate. Aproximou-se da bancada e pegou o computador. – Informam a localização: Tranmere Road, Crediton...

– Tranmere Street – corrigiu Tristan.

– É uma rua perto de Crediton...

– Crediton é meio barra-pesada. O que ela estava fazendo andando sozinha lá?

Kate abriu o Google Maps e digitou o endereço. Apareceu um mapa e ela o ampliou.

– Esse é o campo que mencionaram no jornal – disse Kate, apontando para o mapa –, e esse é o ponto onde ela devia pegar o ônibus. – Passou o dedo no mapa e achou a Tranmere Street.

– Caramba! Ela chegou tão perto de pegar o ônibus – disse Tristan. – Olhe para a escala. Foi encontrada a cem metros dele – Kate fechou o mapa. Tristan prosseguiu. – Não sabemos onde Emma Newman desapareceu porque ela era a única que não tinha uma rotina fixa. Todas as outras estavam voltando para casa de algum lugar...

– Tenho a localização de onde Kaisha Smith desapareceu – falou Kate, indo à bolsa e pegando seu caderno. Ela pegava o ônibus 64 no ponto mais perto do centro de treinamento da escola.

– Só precisamos descobrir onde a Layla Gerrard pegava o ônibus – disse Tristan.

– Posso telefonar para Alan Hexham e ver se ele consegue isso no relatório da polícia. Vamos investigar as rotas percorridas pelas outras vítimas e começar a pensar como um *serial killer*. Onde seria o melhor lugar para ficar à espreita e sequestrar alguém?

Passaram as horas seguintes trabalhando minuciosamente nas rotas no Google Maps, comparando os lugares em que as vítimas moravam com as rotas dos ônibus que pegavam e, em todos os casos, acharam um atalho.

– Quero ir dar uma olhada em todos esses lugares – afirmou Kate. – Nos atalhos que as garotas pegavam ou podiam ter pegado. Alguém na área deve ter visto alguma coisa ou alguém sem ter se dado conta da importância.

CAPÍTULO 46

Levaram uma hora para chegar ao local onde acreditavam que Kaisha Smith, a segunda vítima, tinha sido sequestrada. Quando revistaram a rota, encontraram um ponto em que duas ruas residenciais, a Halstead Road e a Marsham Street, se conectavam por um beco.

A Halstead Road era relativamente movimentada, mas o lugar a que o beco levava na Marsham Street era o final de uma sossegada rua sem saída, envolta por arbustos. Apenas uma casa tinha vista para ela e, por acaso, estava vazia e à venda.

– Seria o lugar perfeito – comentou Tristan. – Ele pode ter estacionado a *van* e ficado esperando à espreita por ela aqui.

Kate viu uma mulher saindo de um carro na casa diagonalmente em frente. Ela abriu o porta-malas e pegou uma caixinha de produtos para limpeza.

– Parece faxineira – falou Kate, aproveitando o momento. – Vamos ver se ela fala com a gente.

Tristan a seguiu e alcançaram a mulher quando ela estava prestes a atravessar o portão de uma casa branca grande. Kate apresentou-se e entregou um cartão de visitas.

– Estamos procurando informações sobre uma garota que desapareceu. Achamos que ela passava por esta rua. – A mulher ficou olhando para os dois desconfiada, tentando entender a relação entre Kate e Tristan. Ela era muito pálida, tinha cabelo curto tingido de preto e seus olhos imensos estavam adornados com um denso rímel preto. – Não somos da polícia – acrescentou Kate. – Somos detetives particulares e precisamos de ajuda.

A mulher deu uma amaciada ao ouvir isso.

– Limpo seis casas nesta rua. Fico muito tempo aqui.

– Você faz faxina na quinta-feira? Foi nesse dia que ela desapareceu – falou Kate. Tristan pegou uma foto de Kaisha Smith, que tinham imprimido, e mostrou a ela.

A mulher deu uma resmungada e falou:

– Vi o caso dela nos jornais! Acham que foi sequestrada aqui?

– É uma teoria em que estamos trabalhando – disse Kate.

– Vi o jornal ontem à noite. Um cara numa *van* preta... bom, acho que era um cara... matou aquela menina – comentou ela, meneando a cabeça.

– Você lembra se estava trabalhando... – Kate pegou o telefone e acessou o calendário – ...na sexta, dia 17 de setembro? Foi nesse dia que a Kaisha sumiu.

A mulher pensou um momento.

– Quando foi o feriado nacional em agosto? – perguntou ela.

– Foi 30 de agosto – respondeu Tristan.

– Sim, eu estava trabalhando. Foi na semana antes de eu viajar.

– Você trabalha até tarde? – perguntou Kate.

– Quatro, cinco horas – respondeu ela.

– Você se lembra de uma *van* estacionada aqui na rotatória no final da tarde desse dia? – Tristan pegou o celular. – Pode ter sido uma *van* parecida com essa da Southwestern Electrical Company.

A mulher olhou para a foto na tela.

– Não que eu lembre. A casa lá está à venda há alguns meses. A idosa dona dela morreu lá dentro e só a acharam umas duas semanas depois... Por falar nisso... tinha uma dessas *vans* de empresa de segurança ali nessa época. Eu me lembro de perceber, porque era uma *van* blindada, dessas que recolhem dinheiro para bancos, sabe?

– Lembra a data? – perguntou Kate.

A mulher mastigou a memória, quase literalmente, movimentando a boca, ponderando.

– Não dá para ter certeza. Foi mais ou menos nessa época. Os dias todos tendem a virar um borrão depois de um tempo.

– Lembra se a *van* tinha o nome da empresa?

– Não era Securicor, porque aquelas *vans* sempre me fazem rir quando dão ré e aquela voz esnobe de mulher pede para a gente sair do caminho... ONV ou OMG... Alguma coisa assim. Estava escrito com letras douradas... Começava com O.

– *OMG* é geralmente abreviação de *Oh My God* – comentou Tristan.

A mulher o olhou com a cara fechada, como se ele estivesse questionando a inteligência dela, e prosseguiu.

– Tinha vidros escuros e eu me lembro de ter pensado: o que isso está fazendo aqui? Não acontece nada ali, a casa está vazia há tanto tempo. A não ser quando o pessoal que recolhe o lixo vai lá dar a volta com o caminhão.

– Viu alguém lá dentro? Alguém saiu dela? – perguntou Kate.

– Não.

– A polícia falou com você?

Nesse momento, a mulher semicerrou os olhos.

– Polícia? Não. Não falo com a polícia a não ser que eu tenha que falar. Eles devem ter conversado com o pessoal que mora aqui, mas não sei. Muitos deles trabalham em Bristol ou até em Londres, já que Exeter é tão perto. Agora, se me dão licença, tenho que ir.

Depois que ela partiu, Kate e Tristan caminharam de novo pelo beco. Era uma passagenzinha suja, fedorenta, cheia de lixo e vidro quebrado.

– Não tem muito cocô de cachorro – comentou Tristan. – Então não é caminho de passeadores de cães.

– Parece o tipo de rua por onde as pessoas não caminham muito – concordou Kate. – O que você acha da *van* que ela viu?

– Ela foi muito vaga. Não se lembrou da data exata nem do que estava escrito na lateral do carro.

– Mas seria estranho uma dessas *vans* de segurança parar aqui. Estamos muito longe de qualquer banco.

Chegaram ao local em que tinham estacionado o carro.

– Vamos para onde, agora? – perguntou Tristan.

– Butterworth Avenue – respondeu Kate. – Onde achamos que Layla Gerrard foi sequestrada.

CAPÍTULO 47

O Fã acordou na escuridão, o olho esquerdo latejava de dor. Tateou ao lado da cama e abriu as cortinas. Estava em sua casa de campo, distante de tudo, perto de North Wessex Downs. A luz inundou o quarto pela janela e ele se encolheu ao ver clarão repentino. Levantou, foi ao banheiro e encarou seu reflexo no espelho.

A pele do rosto e das mãos tinha manchas vermelho-escuras. A cor era mais pronunciada ao redor do olho esquerdo, que também estava roxo e inchado no local em que a vadia o havia chutado. O gel tinha penetrado na balaclava e coberto o rosto e a lateral do pescoço.

Gostava quando uma garota brigava, mas não esperava que ela chegasse tão perto de derrotá-lo. Não sabia quanto tempo havia passado quando se viu de pé diante do corpo sem vida, com o sangue lustroso espalhando-se pelo concreto.

Percebeu que tinha escurecido e a rua estava muito sossegada, apenas a lâmpada de um poste tremeluzia. Retornou à *van*, se trancou lá dentro e começou a tentar se limpar, mas o corante vermelho estava por toda parte. Viu o boné dela caído na parte de trás da *van*. Era azul-escuro com o símbolo da Nike vermelho na frente. Puxou a aba bem para baixo e desejou que fosse o suficiente para cobrir o rosto cheio de corante vermelho.

Aquilo destruiu os planos dele para a quarta vítima.

Tinha tomado vários banhos na banheira e no chuveiro, esfregado a pele, mas o corante continuava grudado, como uma mancha de vinho do porto. Fez uma pequena pesquisa e a cor desapareceria em alguns dias, o que o colocava fora de ação em um período crucial do planejamento.

Percorreu um caminho tortuoso no retorno do centro de distribuição na *van* da Southwestern Electrical, trocou as placas assim que chegou, mas precisava limpar as manchas vermelhas e não podia deixar mais ninguém fazer isso. A polícia ficaria sabendo do corante vermelho. Esse detalhe ainda não tinha sido mencionado nos jornais, porém aquele homem idoso era uma preocupação. Ele tinha visto a *van*.

O plano era desovar o corpo de Abigail na terça-feira seguinte, com um bilhete, mas agora não teria como fazer isso, aquele não era mais o crime perfeito que havia planejado tão cuidadosamente.

Se aquele velho falasse com a polícia e descobrissem que o Fã estava usando a *van*, quanto tempo demorariam para rastrear as evidências e chegar até ele? As placas falsas só lhe garantiriam algum tempo.

Tirou a cueca e entrou no chuveiro. A mancha vermelha do gel tinha escorrido do pescoço e se espalhado pelo peito. Pegou o galão de produto de limpeza industrial e jogou um pouco do pó de cheiro azedo na palma da mão. Misturou-o com um pouco de água e começou a esfregar a mancha no peito, na lateral do pescoço e no rosto. Queimava e espetava. Deixou a água o mais quente que suportava e ficou feliz ao vê-la escorrer rosa.

O cheiro de química, de piscina com cloro e detergente, pinicava o nariz e o deixava alerta. Aquilo era um contratempo, mas nem tudo estava perdido. Sorrindo, esfregava os dentes, que também tinham manchas rosa. O produto de limpeza industrial dava ânsia de vômito, mas ele continuava esfregando.

Quando a mancha começou a desbotar, sentiu-se novamente no comando. Para seu plano funcionar, ele tinha que controlar suas emoções.

CAPÍTULO 48

Kate e Tristan levaram quarenta e cinco minutos de carro para chegar ao outro local. Era uma avenida frondosa de casas elegantes, que se transformava em uma rua sem pavimentação com uma ponte ferroviária arqueada e uma passarela subterrânea. Em um lado da ponte, havia um terreno que um dia foi um parquinho, mas agora estava coberto pela vegetação; no outro lado, um muro alto de tijolos ligava-se à ponte.

Kate e Tristan caminharam pela passarela subterrânea, que era comprida, escura, suja e fedia a urina. Dava acesso a uma rua movimentada cheia de lojas.

– Você faria esse caminho? – perguntou Tristan. – Mesmo que ele fosse um atalho?

– Não se eu topasse com ele do nada, mas essa área parece bem abastada. As casas são elegantes. Não sei. É um atalho que encurtaria muito o caminho até o ponto de ônibus – disse Kate. Voltaram pela passarela subterrânea e, ao saírem do outro lado, um trem passou no alto estremecendo o concreto com seu barulho.

– Este seria um lugar sossegado para esperar – concluiu Tristan quando chegaram ao parquinho tomado pelo matagal. A última casa na rua, logo antes do asfalto terminar, era uma grandiosa e decadente construção antiga. Kate imaginou que, no passado, o casarão devia ter sido a única casa na área, rodeada por campos.

Caminharam um pouco pela rua para observar melhor a casa. Hera crescia nas paredes e ao redor das grandes janelas abauladas na fachada. Havia uma luz acesa na sala da frente, que era muito aconchegante. Um idoso com óculos de armação grossa, sentado em uma poltrona de encosto alto, lia um jornal. Uma escada levava a uma porta adornada com pilares e aldraba de cobre. Kate aproximou-se mais da casa e viu algo preso debaixo do beiral. O homem notou os dois ali, deixou o jornal de lado e tirou os óculos.

– Olhe. Ali em cima, debaixo do beiral no telhado, tem uma camerazinha de segurança – disse Kate apontando. – Só dá para vê-la quando se chega bem perto.

O homem estava à janela e gesticulou para que fossem embora.

– Ele não está com uma cara boa – comentou Tristan.

– Vamos ver se fala com a gente – disse Kate. Acenou para o senhor, os dois subiram a escada até a porta e tocaram a campainha. Ela ressoou lá dentro. Ninguém atendeu.

– E se ele for um fantasma? – falou Tristan com um sorriso. Kate tocou a campainha novamente. Um momento depois, a porta foi aberta. O velhote ficou ali segurando um andador. A perna direita estava engessada.

– Você é cega, mulher? Não viu que estou com a perna machucada? – falou com raiva na voz. Sentiram cheiro de bolo e chá quando um ar quente flutuou na gelada manhã de outono. O senhor desviou os olhos de Kate, olhou para Tristan e sorriu.

– O que posso fazer por você, meu jovem?

Kate cutucou as costelas de Tristan, que deu um passo à frente e entregou os cartões.

– Oi. Somos detetives particulares. Sou Tristan Harper e esta é Kate Marshall.

– Sou Frederick Walters.

– Olá, sr. Walters. Estamos investigando o sequestro de uma garota e acreditamos que ela pode ter sido raptada na rua em frente à sua casa.

– Ai, meu Deus! Quando?

– Algumas semanas atrás – Tristan prosseguiu e explicou como foi o sequestro e o assassinato de Layla Gerrard.

– Que horror! – expressou ele, apertando o peito com uma das mãos. – Você é muito jovem para ser detetive particular. Quantos anos tem?

– 21, senhor – respondeu Tristan.

– Você não acha que fui eu que a raptei, né? – disse ele. – Passei umas semanas no hospital e acabei de voltar para casa.

– Sinto muito por isso. Chamamos o senhor porque vimos que tem uma câmera de segurança no alto da sua casa apontada para a rua – disse Kate. – A polícia entrou em contato? Para o caso de a câmera ter capturado alguma coisa do sequestro?

– Ninguém entrou em contato, não... – Ele deu uma espiada nas duas pontas da rua, depois olhou para Tristan. Sorriu. – Gostaria de tomar um chá?

– Sim, obrigado – disse Tristan.

– Que gentileza – acrescentou Kate. Frederick deu a impressão de ter direcionado o convite a Tristan apenas.

– Entrem – disse o senhor, ficando de lado para dar acesso a eles à casa. – Quem sabe você não me dá uma mãozinha com o chá? – falou Frederick a Tristan.

– É claro.

– Karen, fique à vontade na sala – acrescentou direcionando-se à Kate.

– É Kate – corrigiu ela, mas Frederick tinha levado Tristan pelo corredor de entrada. Kate foi para a sala. O lugar lembrava-lhe uma casa dos anos 1930, com mobília pesada e um bar no canto com um sifão. Havia um gramofone sobre um armarinho baixo com uma corneta em estilo antigo, as janelas da frente tinham adornos em chumbo e vitrais nas laterais. A luz lançava cores suaves na beirada de um sofá com estampa de vieiras que combinava com as poltronas. Olhou atrás de uma televisão de tela plana empoleirada em um aparador e viu um *modem* de internet piscando.

Alguns minutos depois, Tristan retornou com Frederick, que lhe perguntava das tatuagens.

– Só tem essas nos antebraços?

– Tenho uma águia de asas abertas nas costas e nos ombros – respondeu Tristan, colocando a bandeja na mesinha diante do sofá.

– Meu Deus, posso ver?

Kate deu uma encarada em Tristan, mas ele atendeu ao pedido de Frederick e suspendeu a camisa, primeiro deixando à mostra a barriga tanquinho e o peitoral musculoso. Virou-se para mostrar as asas atravessadas nas costas e nos ombros. Kate achava que seria meio brega, mas, quando a viu, notou que era um trabalho lindo.

– Ui, ui... acho que vou ter que dar uma deitada depois que você for embora – brincou Frederick. Tristan abaixou a camisa e sentou-se ao lado de Kate, que ficou satisfeita por Tristan entrar no jogo, mas achou que não devia ter levantado a roupa.

– Gostaria que eu servisse o chá? – ofereceu Kate.

– Sim, faça as honras – aceitou ele. Kate serviu o chá e aguardou Frederick sentar na poltrona em frente; então, entregou-lhe a xícara.

– Quando a câmera de segurança foi colocada na sua casa? – perguntou ela.

– Há quatro meses, foi colocada por causa da seguradora – disse Frederick, recostando-se na poltrona. Ele soprou o chá e deu um golinho.

– Você se importaria de nos deixar dar uma olhada na filmagem do dia em que a garota desapareceu? – pediu Tristan.

– Que garota?

Kate explicou brevemente de novo.

– Não sei como funciona. A minha sobrinha que instalou, ela que vem conferir.

– Onde você deixa o sistema? – perguntou Tristan.

– A cisterna?

– Não. O sistema de computador para as câmeras de segurança. Fica em alguma caixa?

– Oh, sim. Está no armário debaixo da escada. Fique à vontade para dar uma olhada. Não tenho a menor ideia de como funciona.

Kate e Tristan foram ao corredor de entrada. Tiveram que tirar uma mesinha e um abajur da frente da porta do armário e, no interior, em meio à poeira, botas e sapatos velhos, acharam uma pequena caixa com várias luzinhas de LED verdes piscando e cintilando.

– Parece que ele grava as imagens da câmera em um disco rígido – comentou Tristan. – O sistema de segurança é vinculado a um aplicativo, possível de acessar remotamente.

Ele pegou um papel em cima da caixa e o mostrou à Kate. A folha tinha as informações de acesso e a senha. Tristan pegou o telefone, tirou uma foto do papel e o guardou novamente.

Voltaram à sala, terminaram o chá e Tristan perguntou se podiam dar uma olhada nas filmagens. Frederick não entendia como aquilo funcionava, mas autorizou Tristan a assistir.

– Estou torcendo para que achem a pessoa que sequestrou essa jovem – comentou Frederick, acompanhando-os à porta. Aparentava tristeza pela partida de seus visitantes imprevistos.

– Obrigado, o que o senhor nos deu pode ajudar muito no caso – falou Tristan.

Voltaram ao carro e Tristan baixou o aplicativo da câmera de segurança no telefone usando o pacote de dados.

– Estou me sentindo mal. Ele não sabe que tirei foto da senha – comentou Tristan.

– Vamos assistir à filmagem de uma data só e isso pode ajudar a achar o assassino da Layla – falou Kate. – E você mostrou seu abdome para ele... Tenho certeza de que é uma imagem com a qual ele vai se deliciar mentalmente por muito tempo.

Tristan riu. Partiram de volta para Ashdean, ele acessou o aplicativo e começou a rolar a tela com os vídeos.

– Achei a filmagem do dia em que a Layla Gerrard foi raptada. Os arquivos de vídeo estão organizados por hora. Vou baixar o arquivo das três horas da tarde às nove horas da noite.

Quando o *download* do vídeo terminou, clicou nele e começou a vê-lo em velocidade alta. Dirigindo, Kate dava umas olhadas. A câmera fixa mostrava a imagem do mesmo lugar, a parte da rua com o parque tomado pelo matagal e a beirada da passarela subterrânea. Tristan pausou quando um passeador de cães passou e depois um carteiro de bicicleta. Quando a luz começou a baixar, uma *van* preta apareceu, atravessou lentamente a imagem na direção da passarela e saiu do enquadramento.

– Que droga – disse Tristan, reduzindo a velocidade do vídeo e voltando-o um pouco. Deu *play* novamente e pausou quando a *van* apareceu. Na lateral, estava escrito **OMV Segurança**. Era uma *van* preta com janelas escuras. Kate teve aquela sensação, um formigamento na barriga, que se encontrava adormecida havia muito tempo. Era a emoção de fazer uma descoberta.

– A que horas foi isso? – perguntou Kate, tentando enxergar o minúsculo marcador de tempo no canto e manter os olhos na estrada. Mal conseguia conter seu entusiasmo.

– Está marcando 17h25 quando a *van* aparece... – Tristan passou o vídeo para a frente. – A pessoa deve ter ficado esperando fora da imagem quase uma hora. A rua não tem saída e acaba na passarela. Ela vira a *van* e passa pela câmera de novo, na direção oposta, às 18h23.

Pôs o vídeo novamente e o pausou quando ficaram visíveis as letras OMV no outro lado da *van*.

– Deve ter ficado esperando perto da passarela, agarrado a Layla e a puxado para dentro quando foi embora – falou Kate. Tristan não demorou a pesquisar a empresa no Google.

– A OMV abastece caixa automático com dinheiro.

– A gente precisa compartilhar isso com a Varia – disse Kate. A consciência de que a única coisa que podiam fazer era passar a informação para a frente abafou um pouco seu entusiasmo. Tristan fez um *print* da tela nos dois momentos do vídeo em que a *van* aparecia e os anexou a um *e-mail*.

Assim que Tristan mandou o *e-mail*, Kate recebeu uma ligação. Era de Gary Dolman, o *ghostwriter* que tinha trabalhado no *Nenhum Filho Meu*.

– Ele mora em Brighton – informou Kate quando desligou o telefone. – Disse que a gente pode se encontrar amanhã na casa dele. Falou que pode responder a qualquer pergunta que tivermos e conversar sobre a escrita do livro da Enid.

– Vai ser uma boa, é algo em que nos concentrar enquanto esperamos resposta sobre o esse vídeo de segurança. Parece que as coisas estão andando – disse Tristan.

Kate concordou com a cabeça e deu uma batidinha nos dentes com o telefone, nervosa diante da iminência de conhecê-lo.

– O quê? Você não quer ir? – acrescentou ele.

– Quero, sim – respondeu Kate. – Ele queria conversar comigo na época em que estava escrevendo o livro. Sempre neguei e as coisas ficaram feias... Acho que mandei o cara para o inferno. Eu estava bebendo na época.

– Qual foi o tom dele no telefone?

– Bom. Normal.

– Ele era jornalista de tabloide, já deve até ter esquecido quantas pessoas o mandaram para o inferno – opinou Tristan.

Kate riu, mas, como membro do AA, sabia que tinha de pedir desculpas a Gary e reparar o erro.

CAPÍTULO 49

Gary Dolman morava à beira-mar em Brighton, em uma pequena casa geminada de esquina. Quando abriu a porta, era todo sorriso dando boas-vindas a Kate e Tristan. Tinha 50 e poucos anos e *piercings* no nariz e na sobrancelha. A parte superior do cabelo branco era coberta de rosa. Levou-os a um escritório abarrotado de prateleiras de livros e uma grande janela com vista para o mar.

– Não acredito que depois de tantos anos finalmente estou conhecendo você – disse ele, gesticulando para que se sentassem no grande sofá.

– Obrigada – falou Kate. – Devo uma desculpa a você pela última vez em que conversamos, quando você me pediu para fazer parte do livro. Fui muito grosseira.

Ele deu um tapinha no ar e disse:

– Tudo bem. Sei o quanto a imprensa ficou no seu pé. Se serve de consolo, não fiquei satisfeito com o livro que foi publicado – disse ele.

– Por quê?

– Antes de começarmos, querem um chá ou café? – ofereceu ele. Ambos escolheram chá e Gary saiu do escritório.

Kate deu uma olhada no lugar. Havia várias primeiras páginas do *Sun* e do *News of the World*. Duas manchetes sobre um ator muito conhecido flagrado cheirando cocaína e uma supermodelo vista usando drogas com um vocalista de banda de *rock*. A manchete do terceiro era "Nenhum Filho Meu". Sob a frase, encontrava-se o então famoso rosto de Enid Conway saindo da Suprema Corte em Londres, após Peter ter sido condenado à prisão perpétua. Vestia um elegante conjuntinho azul-marinho de *blazer* e saia, seu cabelo preto curto estava armado com perfeição, mas o rosto tinha listras borradas de rímel e lágrimas, e ela pressionava um lencinho quadrado na boca. O *News of the World* tinha sido o único jornal a usar a foto de Enid em vez da de Peter para anunciar o veredito de culpado e, por essa razão, tinha sido muito mais poderoso. Kate aproximou-se das páginas.

– Não sabia que ele tinha escrito essa manchete – comentou ela, lendo as letras miúdas. – Por que será que desistiu? É óbvio que era bom no trabalho dele. – Ela escutou a forma como a última sentença saiu de sua boca, com uma ponta de amargura na voz.

– Sejamos cuidadosos. Uma vez jornalista, sempre jornalista – alertou Tristan.

– Boa observação – disse Kate. Olhou pela janela e viu o mar e os restos mortais retorcidos e podres do píer que parecia pousado nas águas calmas como uma aranha deformada. Sentia um misto de emoções em relação a Gary Dolman. Tinha se desculpado e cumprido o seu dever como bom membro do Alcoólicos Anônimos, mas pensou na época da prisão de Peter e do julgamento. No quanto ele tinha pegado no pé dela em busca de comentários, citações e de uma matéria. Tinha aceitado as desculpas de Kate, mas ele não lhe devia uma também?

Um momento depois, Gary voltou ao escritório, sorrindo, com uma bandeja de chá e biscoitos.

– Certo – disse ele, sentando na cadeira à mesa. – Mandem bala.

Kate desenvolveu mais o que tinham conversado pelo telefone e explicou a teoria deles de que um imitador estava usando o *Nenhum Filho Meu* como inspiração para decidir onde desovar os corpos.

– A polícia entrou em contato com você? – terminou Kate.

– Não. Ainda, não – respondeu e afundou outro biscoito no chá.

– Imagino que vão ligar – disse Kate. – Eu os notifiquei da minha suspeita e de como as cenas dos crimes se conectam com o livro da Enid, ou com o seu livro, devo dizer.

– Se você solucionar o caso, é possível que façam uma tiragem nova do *Nenhum Filho Meu* – disse ele com um grande sorriso.

– Garotas adolescentes estão sendo assassinadas – afirmou Kate com frieza.

Ele levantou as mãos.

– Desculpe. Só estou sendo realista. Nada vende mais livro do que morte... Assisti aos jornais, urgh, coisa horrível. – Meneou a cabeça e estremeceu, transformando seu horror em um estardalhaço.

– O que fez você ser *ghostwriter* e não escritor de verdade? – perguntou Tristan. Kate olhou para Tristan. Ela sentia a mesma hostilidade por Gary, mas demonstrar isso podia fazê-lo se fechar.

– Eu estava de saco cheio da ralação que é trabalhar em jornal – explicou ele. – Recebi a oferta depois da reportagem que fiz do caso Nine Elms, que foi manchete de sucesso. Eles me pagaram cem mil. Liquidei o financiamento da minha casa. Acho que isso faz de mim um escritor de verdade.

– Enid chegou a falar "nenhum filho meu" durante o julgamento, quando estava falando do Peter? – acrescentou Tristan.

– Não... Você já a escutou dizer isso, Kate?

– Não fiquei presente no julgamento todo. Só prestei testemunho – respondeu Kate. Pensou em seus quatro dias no banco das testemunhas, quando foi destroçada e humilhada pela equipe de defesa de Peter Conway.

– É claro, e você teve o filho dele na época em que o julgamento começou. Certo?

– Certo.

Houve um silêncio constrangedor e Kate o encarou de cara fechada.

– Mas você usou aspas na manchete – comentou Tristan.

Gary deu de ombros.

– Isso é jornalismo. Ele reflete o clima do público, o bom jornalismo de tabloide é isso aí.

"É, e jornalistas como você ferram todo mundo que entrar no caminho de vocês", pensou Kate. Com um esforço enorme, afastou os sentimentos.

– Então, como a ideia do livro surgiu? – questionou Kate, guiando a conversa de volta para a linha do interrogatório.

– Pude conhecer Enid Conway um pouco durante o julgamento – disse Gary. – Ela me filava um cigarrinho de vez em quando, nos intervalos do lado de fora do tribunal. Falava uma coisinha aqui outra ali, nada muito revelador, mas o suficiente para a gente se aproximar. Eu a ouvi perguntar a outro jornalista quanto ele achava que a história dela devia valer e foi então que eu soube que poderia haver um grande mercado para aquela história. Levei a proposta para um editor algumas semanas antes do veredito de culpado, e fizeram o contrato para o livro pouco depois.

– Quantas vezes se encontrou com a Enid para escrever o livro?

Gary recostou-se e apoiou a xícara de chá vazia na perna.

– Seis ou sete.

– Onde se encontravam?

– Aqui. Geralmente o *ghostwriter* vai até o autor, mas Enid queria visitar Brighton e ficar no Grand Hotel. O editor a hospedou lá por uma semana. Quis ficar no mesmo quarto em que a Margaret Thatcher estava quando bombardearam o hotel! Mas ele estava reservado, então, deram a ela a suíte do lado. A gente se encontrou lá algumas vezes e aqui na minha casa... Foi um trampo interessante.

– Em que sentido? – perguntou Tristan.

Gary revirou os olhos.

– Ela é mãe de um *serial killer* famoso e, à medida que nossas conversas prosseguiam, parecia que o livro que estava surgindo era outro – respondeu ele. – O editor tinha imaginado o livro a partir da minha manchete, "nenhum filho meu", e ficou acordado que seria uma espécie de obra de redenção. Enid renunciaria ao filho. Mas, à medida que nossas conversas se desdobraram, tive a impressão de que Enid tinha um amor poderoso por ele e que estava em negação.

– Ela não acreditava que o Peter tinha matado aquelas garotas? – perguntou Kate.

– Ah, não, Enid sabia que Peter tinha feito aquilo. Acreditava que ele não conseguia se conter. Contou que foi estuprada por um homem mau, o pai do Peter era mau. E isso deu a ele um lado sombrio contra o qual sempre lutava. Enid falou que o lado bom ganhava muito do mau. Não era culpa dele ter matado aquelas meninas. Foram os genes dele que o fizeram fazer aquilo.

Kate fechou os olhos e ficou nauseada com o que pensou. Na maior parte do tempo, conseguia separar a ideia de que Jake era filho de Peter e, mesmo ciente de que as palavras de Enid vinham do lugar da negação, elas a fizeram sentir-se profundamente perturbada com o futuro de Jake. Deixou a xícara cair e ela espatifou no chão.

– Oh, desculpe – falou ela com a voz fraca, levantou e começou a catar os cacos.

– Não se preocupe – disse Gary, que levantou, foi até Kate e pôs a mão no ombro dela. – Você está bem?

– Ela está bem. Pode nos dar um minuto? – pediu Tristan, disparando-lhe um olhar.

– É claro. Vou lá pegar um pano – disse ele antes de sair do escritório.

– Está bem para continuar? – perguntou Tristan, vendo as lágrimas nos olhos de Kate. Ele a fez sentar e começou a recolher os cacos da xícara quebrada.

– Não sei – respondeu, enxugando o rosto com as costas da mão. – Sempre tento olhar para isso de maneira objetiva, mas... – Começou a chorar. – Peter é o pai do Jake, e essa babaquice toda é parte do meu filho. Fico com tanto medo quando penso nisso. Jake é só um menino que quer uma vida normal, mas será que ele vai conseguir ter isso?

Tristan empilhou os cacos da xícara quebrada e os pôs na mesa de Gary. Depois, pegou a mão de Kate.

– Fiz uma pesquisa na internet sobre *serial killers*, especificamente. Sabe quantos deles têm filhos que acabaram sendo normais? Charles Manson, ao que parece, tem um filho que leva uma vida muito sossegada com a namorada e o filho. A filha do Happy Face Killer é hoje uma palestrante motivacional que ajuda os filhos de assassinos em série... Não duvido que Enid Conway tenha despejado um monte de lorota que ela achava que ia vender livros.

– Ninguém sabe como o filho vai ser, sabe? – disse Kate.

– Exatamente – concordou Tristan. – Quando a polícia me pegou quebrando a janela daquele carro, a minha mãe endoidou, achou que eu estivesse destinado a uma vida de crimes, e olhe para mim agora. Trabalho na Universidade de Ashdean e nem é limpando os banheiros. Estou trabalhando com você e isso é algo do que me orgulhar.

Kate olhou dentro dos gentis olhos castanhos de Tristan e sentiu-se muito satisfeita por ter dado a ele a oportunidade na entrevista de emprego. Estava rapidamente se tornando um segundo filho para ela.

– Obrigada – falou, sorrindo e apertando a mão dele. Gary voltou com um pano. Parou à porta.

– Desculpe se te deixei chateada – disse ele.

– Não, não. Fui eu que fiz a pergunta – disse Kate, enxugando o rosto e se recompondo. Gary pegou uma caixa de lenços, Kate tirou um e assoou o nariz. Ele limpou a bagunça e sentou-se novamente.

– Quer continuar? – perguntou Tristan à Kate.

– Quero, essa questão envolve muitas outras pessoas além de mim. – Limpou o nariz, levantou o rosto e olhou para Gary.

– Você sabia que o Peter contou à maioria dos colegas dele na polícia que a mãe era doente mental e vivia internada em um hospital?

– Eu soube disso. Enid falou que eram mentiras...

– Peter contou isso para mim e para outros colegas nossos em três ocasiões.

– Enid nunca mencionou isso. Tinha um amor feroz pelo Peter e acho que ia além do amor de mãe – comentou Gary. – Falou de se vestir para ele durante o julgamento. Para manter o filho animado. Você deve se lembrar de algumas das coisas que ela usou no tribunal: saias curtas e meia-calça com cinta-liga. Ela ficava sentada lá, mostrando um pouco da perna ao Peter. Um pedacinho de renda... Lembro que fazíamos piada disso na sala da imprensa.

Kate ficou nauseada, mas estava determinada a continuar.

– Ela contou do relacionamento com o Peter quando ele estava crescendo? – perguntou ela.

– Ela contou das férias dos dois em Devon, mas achei aquilo bem normal, com exceção do arranca-rabo com a esposa do fazendeiro, quando Enid roubou a galinha. Ela falou muito dos dois anos que o Peter passou morando e trabalhando em Manchester como policial, quando Enid voltou para Londres. Disse que sentia uma saudade louca dele. Na época, ela estava trabalhando numa agência de apostas em Whitechapel e folgava um fim de semana sim, o outro não. Eles alternavam as visitas. Um fim de semana em que ela foi para Manchester, ficaram bebendo em um *pub*, depois foram para o apartamento do Peter, que mostrou a ela uma câmera nova que tinha comprado e começou a tirar fotos. Contou que as coisas ficaram meio despropositadas e começou a posar para ele, só para darem umas risadas, mas aí Peter pediu para ela mudar de figurino e continuou tirando fotos enquanto a mãe trocava de roupa e, com isso, ele acabou fazendo fotos dela nua.

– Caramba, da própria mãe? – falou Tristan.

Gary fez que sim com a cabeça e continuou.

– A Enid contou que estavam fazendo aquilo por diversão, depois o Peter ficou pelado para ser fotografado, e aí ela falou: "Uma coisa leva à outra...". Foram as palavras que ela usou, mas voltou atrás bem depressa e falou que eu não podia colocar aquilo no livro.

– Ela contou isso a você em uma entrevista para o livro? – perguntou Kate.

– Contou. Foi depois de ter tomado umas no *lounge* do Grand.

– Por que não colocou isso no livro? – questionou Tristan.

– Enid tinha a palavra final e, quando contei à responsável pelo livro, ela ficou enojada e falou que a editora não queria esse tipo de especulação sobre o relacionamento entre Enid e Peter. Não era esse tipo de livro. – Kate e Tristan recostaram-se um momento para assimilar aquilo. Kate não estava chocada, apenas horrorizada de ficar sabendo daquilo.

– Você tem algum outro material que possa compartilhar, outras fotos da Enid que não entraram no livro? – perguntou ela.

– Sim. Tenho um monte, do Peter bebê, dos anos em que ele estava na força policial de Manchester.

– A gente pode dar uma olhada?

– É claro. Deixe-me ver – disse Gary, levantando-se e vasculhando as prateleiras abarrotadas de livros. Achou uma caixa de sapato e a pegou. Destampou-a e pôs na mesinha de centro. – Fiz cópia de todas as fotos.

Kate começou a examinar as fotos antigas das férias, os retratos de Peter bebê.

– Aposto que ela não te deu nenhuma das fotos sacanas, para comprovar que o que disse sequer era verdade – disse Tristan, pegando uma foto desfocada de Enid, aos 16 anos, com Peter bebê no colo em frente ao lar de mães solteiras.

– Não. Ela contou uma história estranha sobre isso – respondeu Gary. – O Peter tinha um amigo em Manchester, em Altrincham, acho que foi o que a Enid disse, perto de onde morava. Ele tinha uma drogaria, mas o cara era desses que revelavam umas fotos sacanas, na surdina, por um precinho.

Kate e Tristan ficaram paralisados e trocaram um olhar.

– Ela contou o nome desse amigo? – perguntou Kate.

– Não, mas parece que era ex-policial. Foi assim que o Peter conheceu o cara.

– Caramba – disse Kate. É o Paul Adler, o cara que tem a drogaria em Altrincham.

CAPÍTULO 50

Depois da última visita de Enid, Peter colocou a parte seguinte do plano em ação. Os assistentes e médicos que trabalhavam no hospital eram espertos, observadores e aplicavam as regras com rigor. Objetos pontiagudos eram proibidos e qualquer coisa que pudesse ser moldada ou transformada em arma era banida ou monitorada com rigidez: escovas de dente, pentes e lâminas de barbear eram entregues para uso apenas no banheiro e depois recolhidas e descartadas. Entregavam os talheres, todos de plástico, aos pacientes para fazerem as refeições, depois os recolhiam e conferiam na devolução dos pratos. Se alguma coisa desaparecesse, revistavam o paciente e o quarto dele até acharem o objeto. Qualquer comida e petisco embrulhados em papel-alumínio também era banido, e até pasta de dente, depois que um paciente afiou um tubo de Colgate e cortou um dos assistentes.

Com o passar dos anos e meses de encarceramento, Peter conseguiu alguns benefícios aqui e ali por períodos de bom comportamento: livros (em brochura e sem grampos) e um rádio (guardado em um plástico grosso moldado e conferido regularmente). No ano anterior, sua coleção de livros havia ficado tão grande que ele tinha feito uma solicitação para colocar uma estante no quarto. Depois de muito trâmite de documentos, concordaram em permitir que ele tivesse uma pequena estante de livros paga com o dinheiro da conta dele na prisão. Devia ser um modelo que precisasse apenas de cola e ele não poderia montá-la. Quando a embalagem com as peças chegou, fizeram uma solicitação para que um dos funcionários da manutenção a montasse. Foi mais ou menos nessa época que o Great Barwell terceirizou o serviço de manutenção.

Na manhã em que a estante estava sendo montada, tiraram Peter da cela para dar acesso ao operário da manutenção. Ele nunca se encontrou com a pessoa que a montou e, quando retornou, encontrou a estante de livros lhe aguardando. Tinha mais ou menos a altura da cintura e coube ao lado da pia. O assistente a conferiu e revistou o quarto novamente para certificar-se de que nenhuma ferramenta tivesse sido deixada na cela. Então, trancaram Peter para o período da noite.

Quando Peter tentou colocar a estante ao lado da cama, viu que o operário a prendera na parede com um fino suporte de metal.

Peter colocou os livros na prateleira e usou a parte de cima para estocar mais livros e documentos. O suporte passou completamente despercebido, mesmo nas últimas quatro ou cinco revistas que fizeram na cela.

Peter voltou a fumar. Fósforo era mais barato do que isqueiro, então comprou cigarro e uma caixa de fósforos na loja do hospital. Quando foi fumar, deram-lhe alguns palitos. Usou dois, enfiou dois atrás da orelha e conseguiu levá-los para o quarto sem que alguém percebesse.

Toda manhã distribuíam escovas de dentes com o café da manhã. Eram usadas quando os pacientes iam tomar banho e os assistentes as recolhiam assim que terminavam. Três dias antes, quando lhe entregaram a escova de dentes pela portinhola com o café da manhã, ele a tirou do celofane e esvaziou a parte de cima da estante de livros. Abriu a janela e acendeu o fósforo no parapeito. Segurou a ponta da escova de dentes na chama alguns segundos. Apagou o fósforo e o jogou pela janela. Aproximou-se do suporte da estante e pressionou o plástico derretido da ponta da escova de dentes na cabeça do parafuso que o fixava na parede. Ficou segurando-a ali por alguns minutos e, quando puxou, o plástico havia endurecido. Agora tinha uma chave de fenda improvisada.

Manteve a janela aberta para livrar-se do cheiro de plástico queimado, desparafusou depressa o suporte de metal atrás da estante e o escondeu dentro do encaixe do botão do aquecedor. Acendeu o segundo fósforo, segurou a chama na ponta da escova de dentes e então eliminou a marca do parafuso no parapeito da janela.

Então, deu prosseguimento à manhã: tomou banho, fez a barba e escovou os dentes. Winston recolheu a escova de dentes quando Peter terminou e a jogou no lixo reciclável. Ao longo dos três dias e das três noites seguintes, Peter limou a ponta do suporte nas barras do lado de fora da janela até transformá-la em uma lâmina afiada.

***

Na tarde de domingo, Peter tinha terapia em grupo regular com Meredith Baxter. A sessão acontecia em uma salinha ao lado do escritório dela. O grupo de Peter era composto pelos cinco detentos condenados à prisão perpétua do corredor dele: Peter; Ned, o pedófilo cego que entregava a correspondência; Henry, um obeso mórbido assassino de crianças; um incendiário chamado Derek convertido em um zumbi babão pelos medicamentos; e Martin, um esquizofrênico.

Martin era visto como o mais perigoso dos pacientes e, apesar do tamanho – pequenino e pesava apenas 45 quilos –, tinha uma força impressionante. Certa vez, Peter testemunhou uma de suas crises perto do banheiro: Martin enganchou os dedos na cintura da calça *jeans* e a arrancou do corpo, rasgando-a com um único movimento. Peter tentou fazer aquilo na cela quando estava usando uma calça Levi's velha e simplesmente não conseguiu.

Chegaram à sala logo depois das onze horas da manhã e foram revistados por três assistentes, que também conferiram as roupas dos prisioneiros. O suporte estava enfiado atrás da orelha esquerda de Peter, debaixo do capuz anticuspe, mantido no lugar pelas hastes dos óculos, que tinham o mesmo formato. Sentia o frio e o gume dele na pele.

Winston o revistou pela terceira vez naquela manhã e retirou o capuz anticuspe. Deu uma conferida rápida no cabelo de Peter, ignorando os óculos, depois disse para ele sentar-se no semicírculo ao redor de Meredith.

Nesse dia, ela estava de calça *jeans* desbotada e uma blusa de lã rosa. Ser mulher e ter pendurado no pescoço o cordão do crachá eram as únicas coisas que a distinguiam deles. Os assistentes já tinham alertado Meredith sobre o uso do crachá nas sessões, devido ao risco de estrangulamento, porém ela gostava de pensar que eram todos semelhantes e amigos e ignorou o alerta.

Em algumas ocasiões, Peter tinha escutado Winston e Terrell conversando sobre as sessões em grupo de Meredith e no quanto ficavam cautelosos em relação ao que podia acontecer. Era a única ocasião em que pacientes da categoria de risco mais alta ficavam todos juntos em um local e tinham permissão para interagir sem restrições. Os assistentes sempre levavam Mace, Taser e cassetete, e ficavam hiperalertas durante a sessão. Isso não importava para Peter, sabia que seria capturado e punido pelo que estava prestes a fazer. Queria que o punissem, só precisava de alguns segundos para agir.

A sala era pequena e apertada, e os três assistentes ficavam tão próximos que Peter não tinha certeza se conseguiria fazer aquilo. Apressou-se para ser o primeiro a compartilhar, falou que se preocupava demais com a mãe envelhecendo sozinha no mundo. Meredith sorriu, o rosto iluminado ganhou rugas ao redor da boca e uma covinha apareceu na bochecha.

– Sim, Peter. Todos nos preocupamos com nossos entes queridos. É uma emoção muito humana de se sentir – disse ela. – Temos sorte de viver em um país que tem políticas sociais e que cuida dos idosos. Quer que eu solicite um cartão telefônico extra para você entrar em contato com a Segurança Social e averiguar as opções para sua mãe?

– Quero. Obrigado – aceitou com entusiasmo. Ela sorriu para Peter. Um sorriso de satisfação que lhe deu um vestígio de queixo duplo.

Meredith passou para Ned, que estava sentado ao lado de Peter. Ele se disse preocupado com a rodinha do carrinho de correspondência, que estava bamba e quase soltando. Falava com um *staccato* agitado.

– E se o carrinho virar de perna pro ar e a correspondência que arrumei ficar espalhada pra todo lado? Eu arrumo tudo direitinho para, quando andar pelos corredores, estar com a correspondência de todo mundo no jeito. Se quebrar, não vou poder entregar a correspondência!

Peter olhou para Henry, que mastigava a manga do pulôver, tentando tirar algum sabor dela. Sua vasta bunda escorria pelas beiradas da cadeira. Derek dormia babando e Martin, agitado, sacudia a perna para cima e para baixo.

Peter tentava definir o momento exato para agir, quando uma agitação repentina ressoou no corredor do lado de fora. Um dos carrinhos de comida fez a curva no corredor e colidiu com a porta, rachando o pequeno vidro de segurança e esvaziando uma travessa de ensopado, que ficou escorrendo pela janela. O ocorrido foi acompanhado pelo grito de um paciente no corredor. Winston e Terrell levantaram num pulo e foram à porta verificar se estava tudo bem.

Nesse momento de distração, Peter pegou o afiado suporte de parede debaixo da haste dos óculos e o segurou entre o polegar e o indicador da mão direita.

Levantou e aproximou-se calmamente de Meredith. Ela levantou o rosto para olhá-lo, com curiosidade, e mal teve a chance de dizer o nome de Peter antes de ele agarrá-la pela nunca e talhar-lhe o pescoço duas vezes com o suporte amolado, da esquerda para a direita, em uma sucessão rápida. Acertou em cheio e a veia jugular rompeu, banhando de vermelho Peter e os pacientes aos berros.

Meredith arregalou olhos e boca, cravou as mãos nele enquanto gorgolejava, esperneava, se debatia, e um agonizado barulho molhado preencheu o ar enquanto o sangue escorria do corte na garganta, empapando as roupas da psicóloga. Estremeceu e caiu da cadeira para o lado vagarosamente. Peter ignorou os berros e subiu nela, pressionando o joelho na barriga. Assim que mordeu a bochecha esquerda, mirando na covinha, sentiu a fisgada de dor do Taser que Terrell disparou. O choque elétrico o fez travar os dentes e, quando o tiraram de cima dela, Peter tinha um naco com a covinha da bochecha macia de Meredith na boca.

CAPÍTULO 51

Kate e Tristan tinham parado em uma cafeteria mais adiante, à beira-mar, para conversar sobre a revelação de que Peter Conway conhecia Paul Adler.

– Achei que você tivesse dito que Paul Adler tinha álibi para a noite em que Caitlyn desapareceu – disse Tristan.

– Tem mesmo, mas disse que não sabia nada sobre Peter Conway e negou que tivesse amizade com ele... só que os dois têm uma ligação direta, de acordo com o que a Enid contou – argumentou Kate.

– O que quer fazer? Levar isso para Varia Campbell?

– Não. Esse caso não é da Varia. O caso da Caitlyn Murray foi arquivado pela polícia. Acham que não têm pistas suficientes para dar prosseguimento à investigação. Quero ter mais provas antes de falar qualquer coisa para eles. Eu te contei da minha ida à farmácia do Paul Adler. Havia alguma coisa sinistra no harém de jovens submissas que trabalhavam lá. E ele guardou aquelas fotos da Caitlyn. Não estavam em um álbum, continuavam no envelope da revelação, que continha um número e uma data... Ele contou que costumava fazer revelações na drogaria. Também falou que guardava os negativos para agências de modelo e empresas, e vi o depósito quando estive lá. São prateleiras e mais prateleiras de pastas...

– Quer confrontá-lo de novo? – perguntou Tristan.

Kate olhou o relógio. Eram quase duas e meia da tarde. Pensou na ida dela à drogaria de Paul Adler em Altrincham. Quando estava sentada na salinha dos funcionários perto do cais de carga. Quando Tina saiu para jogar um saco de lixo fora e a porta fechou, digitou a senha mexendo os lábios: *um, três, quatro, seis.*

– Quer? – insistiu ele.

– Tenho uma ideia ousada – disse Kate, falando mais baixo.

– O quê?

– Ousada e arriscada também, mas faremos isso pelo bem maior – justificou Kate, inclinando-se para a frente e contando-lhe da sala dos funcionários e da senha da porta. – Se sairmos daqui a pouco, conseguimos chegar a Altrincham em umas cinco horas.

– Invadir? Você pirou? – disse entredentes, olhando os fregueses ao redor salpicados em outras mesas bebendo café.

– Tristan, esse é o tipo de coisa que eu costumava fazer quando era policial, mas naquela época tinha distintivo e podia conseguir mandado de busca. Olha, se a gente for à polícia, alguém pode dar o toque no Paul e, se ele tiver fotos escondidas lá, vai se livrar delas.

– Que tipo de fotos você acha que ele tem lá? – perguntou Tristan. – Não são fotos de garotas sendo assassinadas, né?

Kate negou com a cabeça e explicou.

– Não. Se o Paul Adler era o cara a quem ir para revelar fotos pornográficas, então ele pode ter acabado conhecendo o Peter Conway... bom achamos que ele o conhece, porque a Enid contou ao Gary que revelaram as fotos picantes deles lá. E se Conway tirou fotos das outras garotas e usou o Adler para revelá-las? Também pode ter mais fotos da Caitlyn. Paul disse que costumava ir com Caitlyn a um lugar para caminhar e nadar em um lago. Pode ter tirado fotos dela em outros lugares a que foram, de pessoas. Isso pode nos levar a descobrir algo sobre o desaparecimento da Caitlyn. Paul estava preocupado o suficiente a ponto de mentir para mim sobre não conhecer Peter Conway.

– É uma farmácia. Não vai ter alarme? As pessoas arrombam farmácias para roubar drogas – disse Tristan.

– Ele disse que só tem câmeras no dispensatório e no caixa. O depósito era no final do corredor, longe de onde ficam as drogas.

– Continua sendo invasão de estabelecimento – insistiu Tristan.

– Podemos encontrar provas importantes sobre o desaparecimento da Caitlyn. Isso pode levar a provas para o caso do assassino imitador. Se vamos levar a sério esse negócio de detetive particular, temos que assumir riscos. Eu não faria isso se não tivesse visto a senha e não achasse que temos uma chance – argumentou Kate.

– Kate, assisto a filmes policiais – disse ele. – Se a gente... – Tristan parou de falar, deixou um casal idoso passar com seus cafés e aguardou que se afastassem até o ponto em que não podiam mais escutá-lo. – Se roubarmos fotos que depois precisarão ser usadas como prova, elas não servirão para o julgamento, certo?

– Não servem como prova se a polícia invadir sem mandado, sim. Mas e se acharmos fotos de pessoas e lugares que reconhecemos? Pode ser um possível local em que o corpo da Caitlyn foi desovado... Tristan, a Sheila e o Malcolm nos pediram para encontrá-la e dissemos que tentaríamos. Imagine que entrar em um lugar, por uma porta destrancada, seja o caminho para chegar ao corpo? Podem dar um enterro apropriado a ela.

Tristan refletiu um momento e esfregou o rosto, olhando para o mar pela janela.

– Ok. Vamos fazer isso.

CAPÍTULO 52

Peter recuperou a consciência alguns minutos depois de ser atingido pelo Taser, algemado e deitado de barriga para baixo no canto da salinha de terapia. Winston estava sentado nas costas dele e, bem pesado, pressionava-o no chão. Segurava a cabeça de Peter com uma das mãos e pedia apoio pelo rádio com a outra.

Peter girou o pedaço de carne na boca, o chupou e engoliu. Ficou agradecido pela cabeça não estar virada para a parede, pois assim podia ver o caos ao redor. As paredes brancas cobertas por um admirável esguicho de sangue, assim como os pacientes. Ned, Derek e Martin, cada um deles era controlado por um assistente. Martin se debatia e se contorcia. Derek era um zumbi babão, então não oferecia resistência, e Ned era muito frágil e pequeno para reagir, mas, revirando os olhos opacos nas órbitas, gritava:

– Me conta o que está acontecendo! Estou sentindo gosto de sangue! É sangue de quem?

O obeso Henry tinha caído da cadeira e dois assistentes, em vão, tentavam levantá-lo, mas escorregavam na densa poça de sangue que se espalhava a partir do corpo de Meredith.

Os assistentes, em vão, tentavam reanimá-la, mas Peter viu que já estava morta.

– A arma? Cadê ela? – gritou Winston.

– Está no chão ao lado da cadeira, malditos idiotas! – gritou Martin ainda lutando para se soltar do assistente. O encurvado pedaço de metal estava caído no sangue que coagulava.

– Preciso de apoio urgente na sala de reunião seis da Ala G. É um código 381, repito, código 381 – disse Winston pelo rádio. Peter viu que ninguém tinha mãos livres para pegar a arma.

Um momento depois, oito assistentes chegaram à já lotada sala, com uma pessoa carregando uma caixa médica para prestar os primeiros socorros. Derek, Ned e Martin foram retirados do local, seguidos por Henry, que havia sido suspenso por três assistentes e colocado na cadeira de rodas. Os pneus deixavam rastros de sangue no chão de ladrilho branco, enquanto o empurravam porta afora.

Peter estava rodeado por quatro assistentes, com Winston ainda em suas costas, e sentiu a picada da seringa quando lhe deram um sedativo.

No momento em que voltou a si, sentiu o vento gelado no rosto. Estava do lado de fora do hospital, sobre uma maca, sendo retirado do prédio principal do Great Barwell. Passou pela cerca alta com arame farpado no alto e chegou ao bloco para confinamento em solitária. Não conseguia mexer o corpo. Estava de camisa de força, capuz anticuspe e com as pernas atadas à maca. Inclinou a cabeça para cima e para trás e viu que Winston o empurrava, com o rosto inexpressivo e petrificado.

À medida que o caminho curvava ao redor do prédio principal, viu um helicóptero, uma ambulância aérea vermelha. Dois paramédicos colocavam uma maca vazia na parte de trás. Depois deram a volta, abriram a porta e, ao subirem, o motor começou a rugir.

"Meredith Baxter não precisava de hospital", pensou Peter. Iria direto para o necrotério, a uma velocidade mais lenta.

O bloco para confinamento em solitária era separado do restante do hospital, ficava nos fundos, junto ao muro que delimitava o perímetro. Tiveram que aguardar à entrada principal, que era fortemente aparelhada, até ouvirem as portas serem destrancadas e os deixarem entrar. Peter escutou o rugido do helicóptero decolando e o viu circular no céu.

Winston entrou com ele na solitária e seu rosto continuou passivo quando o chefe dos assistentes, um careca grande com uma irritação forte no rosto e nos braços, registrou a chegada de Peter. Levaram-no para um quartinho, onde o soltaram da maca antes de saírem para que ele tirasse a roupa. Foi submetido a uma revista completa, feita pelo carrancudo assistente careca. Depois lhe deram um sabonete e ele tomou banho.

Peter ficou muito tempo debaixo da água, que primeiro escorreu vermelha, depois rosa e então transparente. Ensaboou o corpo e sentiu todas as terminações nervosas tilintarem.

Sua última visita ao bloco de confinamento em solitária tinha sido um ano antes, depois da briga com Larry, quando comeu a ponta do nariz do sujeito.

Peter sabia que seria mantido na solitária sem acesso a telefone e suas visitas seriam canceladas. Alguém do Great Barwell ligaria para Enid e contaria o que aconteceu. Informariam a ela todos os recursos legais e que Peter ficaria confinado na solitária 24 horas por dia, com duas idas de quinze minutos ao pátio de exercício. Por lei, diriam a ela os horários em que ocorreriam esses dois períodos de quinze minutos de exercícios.

Depois do banho, deram-lhe um macacão azul e colocaram-no em uma cela desprovida de tudo, exceto de um banquinho e de uma privada de aço inoxidável. Uma bandeja de comida foi entregue pela portinhola pouco depois. Uma gelatinosa mistura cinza em um prato de plástico, e ele comeu tudo. Precisava manter altas a energia e a força. Depois de levarem o prato embora, abriram a portinhola.

– Pátio de exercício – informou Winston, antes de jogar um capuz anticuspe de rede pela portinhola e fechá-la novamente. Peter o colocou e prendeu as fivelas atrás. A portinhola foi reaberta.

– Fique em pé à porta com os braços nas costas. Não se vire. – Peter detectou raiva na voz de Winston, que estava desapontado com ele. Levantou-se, ficou pacientemente à portinhola e suas mãos foram algemadas com força. – Afaste-se.

Ele obedeceu. A portinhola fechou e a porta abriu. Winston estava acompanhado de um jovem assistente louro.

Tiraram Peter da cela, o levaram por um corredor sem janela e passaram diante de outras portas. O bloco continha seis celas arranjadas em hexágono. Um corredor dava a volta nelas e, no centro do hexágono, ficava o pátio de exercício. A porta de acesso a ele tinha uma janelinha com vidro de segurança, espesso e turvo. Peter viu que estava escuro lá fora.

– Que horas são? – perguntou ele. Houve silêncio. – Pode, por favor, me falar as horas?

– São nove horas da noite. Fique de lado – ordenou Winston. O assistente louro começou a trabalhar com um molho de chaves, tinham que destrancar três fechaduras para que a porta abrisse. – Você tem quinze minutos.

Peter passou pela porta aberta e sentiu o ar fresco. O pátio de exercício era muito apertado e pequeno, não passava de concreto com um ralo minúsculo no centro. Os muros tinham quatro metros e meio de altura, acrescidos de três metros de cerca com arame farpado. Um pequeno hexágono do céu brilhava alaranjado. Como Winston lhe havia dito, a tela tinha sido removida.

Peter inclinou a cabeça para trás e olhou para o céu, respirando o ar gelado. Por baixo da máscara, ele sorria. Nove da noite e nove da manhã. A esta hora, a mãe já devia saber do assassinato da dra. Baxter, da transferência para a solitária, dos horários em que o levavam ao pátio de exercício.

Ela agora passaria a informação ao maior Fã de Peter.

CAPÍTULO 53

Na escuridão das sete horas da noite, Kate e Tristan chegaram de carro ao centro de Altrincham. Todas as lojas estavam fechadas, mas os *pubs* e clubes seguiam abertos, jorrando cores brilhantes nas calçadas cheias de adolescentes a caminho da noitada.

– Não tem nenhum *pub* perto da drogaria? – perguntou Tristan quando pararam no semáforo. Uma enxurrada de rapazes de camisas e calças elegantes e mulheres jovens com modelitos reveladores atravessou a rua. Uma despedida de solteira com vinte jovens passou trotando, todas de tiara de plástico e camisa rosa iguais. Uma das garotas deu uma espiada em Tristan no banco do passageiro e aproximou-se do carro cambaleando. Do nada, levantou a camisa e pressionou os seios nus no vidro.

Tristan paralisou por um momento e seu queixo caiu. Kate ficou abismada e um pouco invejosa ao ver o quanto os seios da mulher eram firmes.

– Pelo amor de Deus, não fica só olhando – reclamou ela, inclinando-se por cima de Tristan e dando um tapa no vidro. A garota se afastou para trás aos tropeços. O semáforo ficou verde, mas a despedida de solteira congregava-se ao redor do carro. Estavam todas completamente bêbadas e, atiçadas pela primeira garota, levantaram a camisa e mostraram tudo a Tristan. Kate ficou surpresa ao ver que pouquíssimas usavam sutiã. Buzinou. Ouviram um baque quando uma garota de cabelo escuro e rímel borrado subiu no capô e pressionou o rosto no para-brisa.

– Oi, sexy – disse ela para Tristan. – Essa aí é a sua mãe?

– Isso é ridículo – ralhou Kate.

Tecnicamente, podia ser mãe de Tristan, mas o escárnio na voz da jovem a inflamou. Kate ligou o limpador de para-brisa e jogou água, molhando a menina. Ela deu um berro estridente quando o esguicho a acertou e pulou do capô, xingando. Kate buzinou de novo e lentamente avançou sobre a despedida de solteira, que se separou e começou a caçoar e escorraçar.

– Você está bem? – perguntou Kate.

– Beleza – disse Tristan com o rosto vermelho.

– A gente precisa se concentrar.

Seguiram na direção da Drogaria Adler. A quantidade de pessoas diminuiu quando deixaram os *pubs* para trás e as ruas escuras ficaram desertas. Um silêncio se apoderou do carro.

– Ainda dá tempo de desistir – disse Kate, também sentindo que estavam fazendo uma loucura.

– Não. Se existe uma chance de acharmos alguma coisa que leve até Caitlyn, a gente tem que aproveitar. – Kate viu que ele esfregava com nervosismo as mãos suadas nas pernas.

Alguns minutos depois, chegaram ao corredor de lojas onde ficava a Drogaria Adler. As duas imobiliárias estavam com as luzes das vitrines acesas, anunciando propriedades, mas as vitrines do Costa Coffee e da Drogaria Adler encontravam-se apagadas.

Kate deu a volta no quarteirão duas vezes até acharem a entrada para a rua estreita que se prolongava atrás do corredor de lojas e levava ao cais de carga nos fundos do imóvel. Então, retornou e estacionou a duas ruas de lá, em frente a uma fileira de casas, no breu.

Kate desligou o carro e apagou o farol. Ficaram sentados um momento no escuro escutando o motor estalar.

A última vez que trabalhou em uma investigação foi na noite que Peter Conway a deixou em casa depois de irem à cena do crime em Crystal Palace. Parecia que aquilo tinha acontecido há uma eternidade. Lembrou-se do pressentimento quando achou as chaves e o frasco que pertenciam a Peter e do quanto ficou com medo de agir. Tinha uma sensação similar a respeito de Paul Adler.

Tristan estava vasculhando a mochila. Pegou equipamento de corrida, dois bonés velhos e entregou um a ela.

– Deve ser o destino. Tinha isso na minha mochila – comentou ele. Colocaram-nos e Kate deu uma conferida no seu reflexo no espelho. O boné, com a calça *jeans* e a jaqueta de couro deu-lhe uma aparência meio idiota, mas a aba lançava uma sombra sobre seu rosto. – Enfie bem na cabeça e mantenha o rosto abaixado – orientou Tristan, ajeitando o boné dela e depois o dele.

– Ok. A qualquer sinal de problema, a gente foge correndo – falou Kate. Não foi um discurso motivacional muito bom, mas Tristan concordou com a cabeça. Saíram do carro e caminharam até a rua que dava na parte de trás do corredor de lojas. Estava escura e vazia. As paredes laterais de duas fileiras de casas geminadas encerravam o local. Não tinham janelas e eram bem altas, o que cortava a luz dos postes ao redor.

Chegaram ao portão que levava ao cais de carga da Drogaria Adler, estava destrancado, mas rangeu alto no silêncio quando Kate o abriu.

O cais de carga estava escuro e Tristan tropeçou em uma pilha de sacos plásticos de lixo.

– Inferno – xingou entredentes ao cair.

– Tudo bem com você? – perguntou Kate, estendendo o braço para ajudá-lo.

– Tudo bem – respondeu ele. Kate escutou o medo na voz do rapaz. Moveram-se lentamente até a porta os fundos.

– É aqui – falou Kate, tateando para encontrar o teclado eletrônico.

– E se tiver alarme? – indagou Tristan.

– Aí o negócio é se preparar para correr – respondeu Kate. Pegou o telefone e acendeu a lanterna. Pressionou o número no teclado, o que pareceu fazer um barulhão, em seguida ouviram um zumbido, um clique, e a porta abriu.

– Funcionou – disse Tristan, chocado.

– Vou apagar a luz – falou Kate. Foram mergulhados novamente na escuridão. Ela enfiou a cabeça no vão da porta. Não conseguia enxergar muita coisa, mas não havia nenhuma luzinha vermelha de alarme no teto. Sentiu cheiro de café velho, produto de limpeza e desinfetante de menta, então foi inundada pela memória da última vez em que esteve ali.

Entraram e Kate fechou a porta. Tristan trombou em uma cadeira e Kate quase soltou um grito.

– Desculpe – disse ele. Kate deu a volta na mesinha para chegar à outra porta. Girou a maçaneta e a porta abriu. Viram o comprido corredor, com duas portas fechadas, a porta do dispensatório à esquerda, a do depósito à direita e lá na frente a loja. As luzes fracas dos postes na rua penetravam o escuro. Esgueiravam-se pelo corredor com a sola do tênis de Tristan fazendo barulho no chão. Kate conferiu, não havia nenhuma câmera instalada no teto.

– Esta é a porta – sussurrou Kate quando chegaram ao depósito. Girou a maçaneta. Estava trancada. Usando a luz fraca da tela do celular, ela viu que havia um cadeado do lado de fora. – Que droga.

– O que a gente faz? Procura a chave? – sussurrou Tristan.

– Se ele colocou cadeado, não vai deixar a chave dando sopa por aqui.

Kate achou ridículo o uso do cadeado para trancar uma porta. Aquilo podia aparentar uma segurança maior, mas eram fáceis de abrir.

– Preciso de um grampo de cabelo – disse ela.

– Por que está pedindo para mim? Corto cabelo com máquina – disse ele, entrando em pânico. – Achei que a gente só passaria por portas destrancadas.

– Isso vai acontecer se a gente conseguir um grampo ou um clipe de papel – disse Kate. A drogaria vendia assessórios para cabelo, mas lá na frente havia câmeras de segurança. Ela pensou nas meninas que trabalhavam para Paul Adler. Todas tinham cabelo louro comprido. Sabia que aquilo estava ficando ridículo, mas não podia deixar a oportunidade passar sem conseguirem nada. Estavam dentro do estabelecimento e tão perto. – Procura na sala dos funcionários e no escritório – norteou Kate. Esgueiraram-se pelo lugar e acharam um banheirinho ao lado da cozinha. Dentro de um armarinho com espelho acima da pia, havia uma caixa de absorventes, uma escova cheia de cabelo louro e, debaixo dela, um elástico para cabelo com vários grampos ao redor.

– Excelente – comemorou Kate. Quando fechou o armário, viu o reflexo dos dois, os rostos na sombra da luz do telefone. Amedrontados. Voltaram à porta com o cadeado.

– Isso dá certo mesmo? – sussurrou Tristan, enquanto Kate se ajoelhava e desentortava um grampo.

– Dá. Quando eu era policial, ou mulher-policial, como nos chamavam na época, fiz treinamento com um chaveiro e arrombador, um ex-condenado. Usávamos um cadeado de plástico transparente nos treinamentos. Dava para ver como funciona por dentro. Há uma fileira de pinos dentro do cadeado que devem ficar todos alinhados. É isso que a chave faz quando a gente a enfia e gira, ela abre o mecanismo da fechadura...

Um barulho alto os fez dar um pulo, em seguida escutaram o ronco do motor de um carro.

– Que droga – disse Tristan.

– É só o estouro do escapamento de um carro – disse Kate, e sentiu o suor começar a escorrer pelas costas. – Toma, aponta a luz para o cadeado.

Tristan apontou a tela do celular para o cadeado. Kate pôs o primeiro grampo no cadeado e o empurrou até a parte inferior da fechadura; então, esticou outro grampo de cabelo e entortou levemente uma das pontas. Inseriu-o na fechadura acima do outro grampo e começou a forçar e sacudir para cima e para baixo.

– Queria poder ver os pinos levantando... – Continuou sacudindo e enfiou até o fundo. – Ok. É agora. – Girou os grampos e o cadeado abriu.

– Mandou bem! – elogiou Tristan, um pouco alto demais. – Desculpe.

Kate tirou o cadeado, o pôs no bolso e abriu a porta.

O interior do cômodo estava banhado pelas sombras. Fecharam a porta e acenderam a lanterna dos telefones. De um lado, o quarto estava cheio de lixo: cartazes velhos de protetor-solar e maquiagem, cadeiras empilhadas e, no canto, a velha máquina de revelação de fotos, coberta de tranqueiras. As paredes tinham prateleiras do chão ao teto, todas lotadas de caixas.

Na parede de trás, havia uma cortina de veludo ensebada e empoeirada.

– Caramba – disse Tristan. – Quanta coisa.

As caixas estavam todas etiquetadas: IMPOSTOS, NOTAS FISCAIS, REUNIÕES DE TRABALHO, FUNCIONÁRIOS, FOLHA DE PAGAMENTO.

– E aquelas lá em cima? – disse Kate, apontando para uma fileira de caixas muito velhas perto do teto. Deram uma conferida ao redor. Não havia escada ali.

– A máquina de revelação, ela tem rodinhas – comentou Tristan. Foram até ela e conseguiram puxá-la para o outro lado do cômodo. Tristan subiu na máquina e começou a passar as caixas velhas para Kate, que as empilhava no chão. Abriu todas, a poeira flutuava pelo cômodo.

As duas primeiras estavam cheias de documentos e extratos bancários velhos, mas a terceira continha pacotes de fotos.

Havia retratos de atores e fotos de modelos. Kate viu que os pacotes tinham datas. Tristan lhe entregou mais algumas caixas, Kate as conferiu apressadamente e encontrou pacotes de 1989 a 1991. Os dois primeiros continham retratos de atores, mas depois encontrou fotos de duas garotas de uniforme escolar posando em um quarto ensolarado. A cada foto, as meninas estavam com menos roupa e, no final, nuas.

– Achou alguma coisa? Oh, Jesus – disse Tristan, descendo e se juntando a ela. Ainda faltava conferir seis ou sete caixas e ele as abriu.

– Tenho pacotes de fotos com data de 1990 e 1991 – falou ele. – A maioria de meninas adolescentes... E tem mais.

– O que foi isso? – perguntou Kate. Paralisaram ao barulho de um carro estacionando do lado de fora. Houve silêncio, então escutaram uma porta batendo.

– Pessoas moram aqui. Você viu as casas lá fora – disse ela. – Empacota isso. Vi uma pilha de sacolas promocionais velhas ali.

Ela se aproximou da cortina de veludo e a abriu um pouco. Pela janelinha, viu Paul Adler, de calça *jeans* e jaqueta, e Tina, a menina que trabalhava na drogaria, com um vestido curto, cambaleando de salto alto e segurando no braço dele. Tina ria, estavam a caminho da frente da loja.

– Droga, temos que ir embora agora – disse Kate, com o coração martelando o peito. Viu que Tristan tinha colocado os pacotes de fotos em uma sacola promocional e estava em cima da máquina de revelação com as caixas.

– Me passa o resto! – falou ele. Kate as pegou e as entregou a ele, depois foi à porta e abriu uma fresta. Escutou um zumbido vagaroso e viu que a grade de segurança de metal que cobria as vitrines na frente da loja estava subindo. Os pés de Tina e Paul ficaram visíveis e, depois, as pernas, à medida que ela se erguia lentamente.

Ela virou-se, Tristan pulou da máquina e eles a colocaram de volta no lugar.

– Corre! Pega a sacola! – falou ela entredentes. Empurrou-o porta afora e saiu em seguida. Tirou o cadeado do bolso assim que a grade de segurança deixou a porta visível. Kate se agachou para enganchar o cadeado na porta, mas o deixou cair.

– Depressa! Ele está entrando! – falou Tristan.

– Vai, vai logo – disse Kate, tateando o chão no escuro. Escutou uma chave sendo enfiada na fechadura da porta da frente. Fechou a mão sobre o cadeado e o pegou, o enganchou na porta e trancou. Escutaram a segunda volta da chave na porta e, quando ela abriu, Kate e Tristan dispararam pelo corredor e entraram na sala dos funcionários. Kate fechou a porta o mais silenciosamente possível. Tristan abriu a porta de trás e, após sair, Kate a fechou, os dois só pararam de correr quando chegaram a uma rua lateral.

– Ai, meu Deus! – Tristan sorriu quando diminuíram a velocidade e retornaram caminhando para o carro.

– Foi por muito pouco! – disse Kate. Ficavam olhando para trás andando apressados para o carro, mas ninguém os seguia.

Kate abriu a porta do carro e entrou, seguida por Tristan. Deu partida no veículo e foram embora.

Kate olhou para Tristan, que estava agarrado à sacola com os pacotes de fotos.

– O que acha que estavam fazendo lá tão tarde? – indagou ele.

Kate suspendeu uma sobrancelha.

– Tenho certeza de que não estavam lá para contar aspirina.

– A gente passou do limite ao roubar? – perguntou ele, olhando para ela, visivelmente trêmulo.

– Não. Não. Essas fotos não parecem nada inocentes – respondeu ela.

– E se a Caitlyn não estiver em nenhuma delas?

– Vamos respirar e dar um tempinho – disse Kate, com os nervos ainda à flor da pele.

Tinha sido uma ação arriscada e quase foram pegos. Kate aguardou chegarem à rodovia e só então tirou o boné.

Tinha esperança de conseguir alguma pista nas fotos.

CAPÍTULO 54

Tristan pegou no sono quando estavam na rodovia. Kate dirigia saboreando a paz e o silêncio. Era a primeira vez que conseguia processar o que tinha acontecido nos últimos dias: a foto de Jake enviada pelo "Fã" a Peter Conway; o segundo bilhete deixado no carro após a vigília. Depois, o encontro com Gary Dolman e a ligação que ele teceu entre Peter Conway e Paul Adler. Em meio a tudo isso, quase teve uma recaída e bebeu.

Não sabia se devia sentir medo ou o gosto da vitória por ter sobrevivido aos últimos dias. Estava tomada pela culpa. Culpa por não ser capaz de proteger Jake; culpa por agora ter que arrumar tudo em casa às pressas e no último minuto para o período em que ele ficaria lá; culpa por ter colocado Tristan em situação de perigo.

Kate se perguntou se os homens sentiam culpa com tanta intensidade. Não precisavam sentir culpa por serem pais ausentes. Paul Adler tinha a coleção de fotos dele e parecia estar dormindo com pelo menos uma das jovens que empregava. Não se sentia culpado, mesmo tendo uma esposa em casa? Olhou para Tristan dormindo curvado, com a cabeça em cima da sacola de fotos. Como conseguia simplesmente se desligar e dormir depois de tudo o que tinha acontecido? Os nervos dela continuavam à flor da pele e a cabeça estava abarrotada de pensamentos, todos querendo ser ouvidos.

A estrada adiante estendia-se escura e vazia. O único ponto de luz no horizonte era Jake, que a visitaria durante alguns dias. Quatro dias sem chamadas por Skype e ela precisava aproveitar esse tempo. Teriam dias e noites para conversar, botar o papo em dia e se divertir.

Chegaram a Ashdean logo depois da meia-noite.

A adrenalina tinha deixado o corpo de Kate, ela se sentia muito cansada. Era um alívio finalmente ver as luzes cintilando ao longo da praia.

Tristan ainda dormia quando chegaram em frente ao apartamento dele à beira-mar. Ela se inclinou e sacudiu gentilmente o ombro do rapaz.

– Oi, chegamos – disse ela.

Ele abriu os olhos e, ainda sonolento, deu uma conferida ao redor, baixou o rosto e viu a sacola de fotos.

– Quer dizer que não foi sonho, né?

– Não. E obrigada.

Esfregando os olhos, ele aceitou o agradecimento com um gesto de cabeça e um sorriso.

– Esta é a semana de recesso antes das provas – comentou Kate.

– Que maravilha! Vou dormir até tarde.

– Jake vai lá para casa na terça-feira... bom, agora já é segunda-feira, então acho que devo dizer amanhã. Tenho um milhão de coisas para resolver, mas você quer dar uma passada lá em casa à tarde para a gente dar uma olhada nas fotos e planejar o próximo passo?

Tristan fez que sim, desceu do carro e despediu-se.

– Tenha uma boa noite de sono.

Kate ficou observando até ele chegar à porta. Tristan deu tchau e ela arrancou. O carro da polícia não estava mais em frente à sua casa e Kate decidiu que ligaria para Varia na manhã seguinte. Quando entrou, fez uma xícara de chá e foi sentar-se na poltrona à janela.

Apesar da exaustão, pegou os pacotes de fotos e os espalhou no tapete. Todos continham as fotos e os negativos em um bolsinho na frente. Ajoelhada, começou a analisar cada um dos pacotes, datados de 1989 a 1991. Os anos em que Peter Conway morou em Manchester. As imagens eram todas de mulheres jovens e pareciam fotos amadoras e improvisadas de modelos. As meninas estavam no final da adolescência, eram baixas, magras e tinham cabelo comprido. Todas haviam sido feitas nos meses da primavera e do verão, ao ar livre, na região campestre ensolarada. As garotas despiam-se lentamente até ficarem nuas, posando com os braços cruzados sobre os seios, a princípio, depois totalmente peladas, algumas deitadas ao sol em uma coberta, outras apoiadas em árvores com as costas arqueadas, os olhos fechados, uma encenação de desejo fingido.

À primeira vista, não pareciam aflitas, embora fosse impossível dizer, apenas por meio de fotografias, o que elas estavam pensando. Paul

Adler tinha prometido alguma coisa àquelas meninas? Ele as pagava? Ou tinham apenas se encantado por ele e queriam agradá-lo?

Prosseguiu, pegou outro conjunto de fotos e reconheceu Caitlyn. Buscou as que Paul tinha lhe dado. Iguais. Era Caitlyn. Aparentemente, eram fotos tiradas em outro dia. O cabelo estava mais curto e, desta vez, encontravam-se em uma área arborizada. Caitlyn posava deitada em um tapete.

A foto seguinte foi tirada à distância. Mostrava um homem nu de cabelo escuro com as costas para a câmera e Caitlyn, trepada nele, abraçava-o com as pernas. Havia várias fotos assim, tiradas numa sucessão rápida.

Outra foto era o *close-up* de Caitlyn com um pênis na boca. Estava agachada no mesmo tapete. Algo nas pernas nuas fez Kate parar e observar. Ambas tinham pelo escuro, mas proporções ligeiramente diferentes e pertenciam a dois homens sentados bem próximos. O segundo estava fotografando Caitlyn com o primeiro.

Ambos estavam nus.

Kate viu apressada as outras fotos e descobriu que mais duas mulheres tinham ido ao bosque fazer sexo. Novamente, havia dois homens envolvidos e o rosto de nenhum deles aparecia.

As fotos de uma mulher de cabelo escuro fez Kate paralisar. Aproximou-a dos olhos e observou o rosto.

– Jesus – disse ela. – Eu sei quem você é.

CAPÍTULO 55

Logo antes das nove horas da manhã seguinte, Kate e Tristan bateram na porta de uma elegante casa nos arredores de Bristol.

Tinham dormido algumas horas apenas, pois saíram às seis da manhã para evitar o trânsito da manhã de segunda-feira.

– E se ela não estiver em casa? – perguntou Tristan.

Kate não queria pensar nisso: não tinha nada pronto para a visita de Jake. Precisaria dar um jeito de fazer compras, faxina e trocar as roupas de cama. Tirou isso da cabeça quando viu, através da janela com vitral, um corpo movimentando-se na direção da porta.

Victoria O'Grady abriu a porta usando *legging* e uma blusa rosa comprida. Sem maquiagem no rosto, ficava mais jovem, mais vulnerável.

– Olá? – cumprimentou, com o rosto confuso e aborrecido. – O que estão fazendo aqui?

– Podemos falar com você? – perguntou Kate. – É importante.

– Não. Estou me arrumando para ir trabalhar. E como vocês conseguiram o meu endereço? – disse ela.

– Pesquisamos no Google – respondeu Kate. – Por favor, é importante. É sobre o desaparecimento da Caitlyn.

– Já contei tudo o que sei. Agora, é sério, vocês têm que ir embora – falou, começando a fechar a porta, mas Kate pôs o pé no marco. – Tira o pé – exigiu, forçando a porta.

Kate tirou uma foto da bolsa e a enfiou no vão. Não era a foto mais explícita. Mostrava Victoria de joelho no tapete, ao lado das duas pernas masculinas nuas. O rosto estava levantado para eles e iluminado pelo sol, os braços cruzados de maneira protetora sobre o peito, e ela parecia preparar-se para o que aconteceria.

Victoria olhou para a foto um momento e começou a tremer. Tentou fechar a porta novamente, mas desmoronou na parede.

– Oh, oh, não – espantou-se ela, contorcendo o rosto. Pôs uma das mãos na boca, fugiu correndo pelo corredor, entrou por uma porta e a bateu com força. Escutaram Victoria vomitando. A porta da casa abriu para dentro e bateu na parede.

– Você se importa de esperar no carro? – pediu Kate. – Acho que ela não vai querer falar na frente de um homem.

Tristan deu um suspiro e concordou com a cabeça.

– Ok – disse ele, pegando as chaves. – Mas fica com o telefone ligado.

Kate entrou na casa e fechou a porta. Foi ao banheiro em que Victoria estava e bateu devagar.

– Victoria?

– Vai embora – falou uma voz abafada. – Por favor.

– Tenho mais fotos. Paul Adler não está mais com elas. Se falar comigo, acho que consigo ajudar você...

Houve um longo silêncio e, então, a porta abriu. Os olhos de Victoria estavam inchados e ela tremia. Kate enfiou a mão na fresta, segurou a mão da mulher e disse:

– Está tudo bem.

Victoria apenas mexeu a cabeça.

Kate fez chá para elas e, depois, sentaram-se na aconchegante sala. Demorou alguns minutos para convencer Victoria a falar.

– Sempre fizeram eu me sentir um nada na escola. Era uma escola de meninas ricas e populares. E você sabe como adolescentes podem ser. O Paul Adler começou a ir à locadora de vídeo e ficava flertando comigo e com a Caitlyn. Um dia, chegou no final do expediente, bem na hora em que estava fechando, e perguntou se eu queria sair para beber alguma coisa. Ele era bonito e tinha um certo magnetismo. Era perigoso, excitante e falou que eu era linda. Comecei a sair com ele, a gente ficava passeando de carro, aí, um dia, ele marcou um piquenique maravilhoso e me levou a um lago. Era o perfeito cavalheiro. Fui eu que tomei a iniciativa e a gente se beijou... Algumas semanas depois, perguntou se eu queria ir de novo, contou que tinha uma câmera nova e que queria experimentá-la. Estávamos bebendo vinho e fiquei um pouco altinha, o que me deu confiança. Tirou fotos minhas, me pediu para fazer poses, eu estava toda vestida e foi outro dia lindo. Ele até me deu as fotos depois... – Limpou uma lágrima do olho. – Parecia ser um cara tão legal, mas agora eu sei que ele estava...

– Aliciando você? – completou Kate.

Victoria revirou os olhos e pegou um lenço.

– É tão óbvio quando você fala assim. Fui tão idiota e inocente... – Assoou o nariz.

– Você contou para alguém sobre os piqueniques? – indagou Kate.

– Não. Ele me falou para não contar. Disse que perderia a licença e que a mãe era doente. Falou que podíamos esperar o meu aniversário de 16 anos, aí poderíamos casar... Olhando para trás, eu achava que era um relacionamento. Quanta idiotice...

– E a Caitlyn?

– Descobri que ela também estava saindo com o Paul. Para mim, eu era a única. Tive uma briga feia com a Caitlyn e fiz o meu pai despedi-la. Depois confrontei o Paul. Acho que ficou chocado com o quanto eu estava furiosa... Me convidou para outro piquenique no dia seguinte e falou que queria me recompensar. Dessa vez, a gente foi para um bosque, o Jepson's Wood, diferente do lugar a que a gente ia antes. Falou que era um lugar mágico, o lugar favorito dele, e que queria me pedir uma coisa.

– Em casamento? – perguntou Kate.

– Foi o que ele deu a entender... – Victoria meneou a cabeça para os lados novamente. Respirou fundo. – Preparou um piquenique lindo, comprou vinho... Mas não lembro de ele ter bebido muito. Ficava enchendo meu copo e aí comecei a me sentir muito esquisita, desconectada... Como se estivesse flutuando para fora do corpo. O resto da tarde é um borrão. De repente, tinha outro homem lá... só me lembro dos dois conversando comigo, mas eu não conseguia escutar, depois ficaram pelados... e me lembro de colocar a mão nas pernas e sentir que estava sem *short*, sem calcinha... – Victoria desabou e enfiou a cabeça nas mãos, aos prantos. Kate aproximou-se e tomou-a nos braços.

– Não me lembro de muita coisa mais. Quando fiquei lúcida de novo, estava em casa, no banho, e sangrava, sabe, lá embaixo – disse ela.

– E os seus pais? – perguntou Kate.

– Tinham saído nesse dia e só chegaram em casa tarde da noite, quando já tinha me limpado... Na manhã seguinte, o Paul me ligou e disse que queria conversar. Pediu para eu me encontrar com ele na drogaria e foi aí que me mostrou as fotos. Todas as coisas que tinham feito comigo e fotografado. Falou que se algum dia eu contasse para alguém, mandaria as fotos para o meus pais e as seções de leitores de todas as revistas pornôs. Isso aconteceu antes da internet e muitos caras viam essas seções das revistas, até o meu pai. Se ele me visse lá...

– Oh, Victoria, sinto muito.

– Só de saber que ele estava com elas...

– Você quer ver as fotos? – perguntou Kate.

– Não. Já vi uma vez, são nojentas e explícitas... depois disso, nunca mais consegui gostar de sexo.

– Você sabe quando a Caitlyn se encontrou com eles? Tenho fotos similares em que a Caitlyn está com os mesmos dois homens.

– Não sei. Depois que brigamos e ela foi embora da locadora de vídeo, nunca mais a vi.

– Não pensou em falar nada quando ela desapareceu?

– Acha que não me sinto *culpada*? Acha que isso não me afeta? O medo do que ele pode fazer com essas fotos um dia? Então, à medida que o tempo passa, a gente só consegue pensar em sobrevivência. Sobrevivi até aqui, todo mundo esqueceu. Vou enterrar isso, nunca mais vou falar a respeito...

– O outro homem nas fotos era o Peter Conway? – perguntou Kate.

– Não sei. Ao longo dos anos, algumas memórias voltaram, mas eu os via do lugar em que estava deitada no chão e o sol ficou atrás da cabeça deles, borrando o rosto... mas tenho uma coisa.

Enxugou os olhos e levantou da cadeira. Virou as costas para Kate e começou a suspender a blusa comprida e a lateral da camisa que usava por baixo.

– Ela esticou com os anos, à medida que eu crescia, mas foi aí que um deles me mordeu.

Havia uma cicatriz no formato de uma mordida. A pele era enrugada ao redor de uma marca nítida de dentes.

– Peter Conway – disse Kate.

Victoria se virou e sentou novamente.

– Mas não vi o rosto dele... Fiquei com hematomas no pescoço depois, acho que tentaram me estrangular.

– Sim, as fotos mostram isso – confirmou Kate em voz baixa.

– O que acontece agora? – questionou ela, entrando repentinamente em pânico. – Ele sabe que você está com as fotos?

Kate explicou como tinham conseguido as fotos e contou à Victoria que ia ligar para a polícia e que ela devia dar um depoimento completo, com as fotos de prova.

– Temos os originais e os negativos – falou Kate. – Por favor, fale com a polícia sobre o que aconteceu. Registre isso.

***

Já era fim de tarde quando Kate e Tristan saíram da casa de Victoria. Kate tinha entrado em contato com Varia, que mandou policiais envolvidos no caso falarem com Victoria e colherem o depoimento dela. A história daquela mulher era outra revelação chocante para Kate.

– O que acontece agora? – perguntou Tristan.

– Espero que conversem com o Paul Adler. Como eu queria que fôssemos policiais! Adoraria ser a pessoa a bater na porta dele e o arrastar para o interrogatório.

Dirigindo, Kate sentiu-se despedaçada e a culpa voltou. Queria continuar investigando, mas Jake estava voltando e ela não desejava nada além de ficar um tempo com o filho.

Kate deixou Tristan no apartamento dele.

– Aviso você assim que souber de alguma coisa – disse ela. – Tenho que ir fazer uma faxina lá em casa e me preparar para o Jake.

– Ok, mantenha contato – disse ele.

Kate foi fazer compras no supermercado para que tivesse comida em casa durante a estadia de Jake. Na volta, olhou pelo retrovisor algumas vezes. Parecia que um carro, dois veículos atrás do seu, estava seguindo-a a caminho do supermercado. Mas não tinha prestado tanta atenção assim. Era uma manifestação de sua ansiedade? Ou a estavam vigiando?

Assim que pensou nisso, o carro virou em uma rua antes que ela pudesse dar uma boa olhada no motorista. Kate livrou-se desse pensamento, mas continuou sentindo um desconforto no estômago.

CAPÍTULO 56

Kate ficou empolgada ao ver Glenda e Jake quando eles chegaram às três da tarde do dia seguinte. Tinha sido uma longa viagem de carro, então, levou-os direto para uma caminhada na praia.

O sol brilhava, ventava um pouco, mas estava agradável o bastante para tirarem os sapatos e caminharem com os pés na água. Jake tinha corrido na frente e cutucava as piscinas de pedra com um graveto.

– Ele estava muito entusiasmado para vir te ver. Nem conseguiu dormir ontem à noite – comentou Glenda, enquanto caminhavam pela areia. – Acho que vai apagar mais tarde.

Kate ficou emocionada ao saber que o filho estava entusiasmado para visitá-la. Jake inclinou-se um pouco mais para olhar dentro de uma piscina de pedra grande e deu um pulo para trás.

– Caralho, tem uma água-viva enorme, aqui, com listras azuis! – gritou ele.

– Jake! Olha a língua! – gritou Glenda. O garoto a ignorou, começou a cutucar e a andar com dificuldade dentro da piscina de pedras. – Fique de olho nele. Não o deixe ir muito longe.

– Não sou idiota – encrespou Kate. Jake agora olhava a água-viva e tirava fotos com o telefone. – O que você disse a ele sobre o carro de polícia?

Kate tinha entrado em contato com a polícia local em Whitstable, para avisar que Jake passaria um tempo com ela, e coordenaram com a polícia de Devon e Cornualha. Novamente, havia uma viatura estacionada em frente à casa de Kate. Deviam achar que ela e Jake juntos eram um alvo mais provável.

– Falei que a polícia está procurando um homem mau envolvido com Peter Conway e que eles estão ali só por precaução – respondeu Glenda.

– E o Jake aceitou isso sem fazer mais nenhuma pergunta?

– Aceitou, mas fui bem vaga. Para ser sincera, eu queria cancelar a vinda dele para cá por causa de tudo isso que está acontecendo. Pelo menos, com a polícia aqui, me sinto um pouco melhor – revelou Glenda.

– Vou tomar conta dele, mãe – disse Kate, com raiva por Glenda não confiar nela com Jake.

– Sei que vai, querida. E fique de olho na polícia, certifique-se de que não estão cochilando no trabalho.

– Policiais em vigilância não cochilam no serviço – disse Kate. Lembrava-se de todas as vezes em que fez vigilância e sentiu que devia defender a antiga profissão.

Jake estava no meio da piscina de pedras, o solo de areia afundou um pouco e a água bateu na cintura dele.

– Aaah! Água gelada! – reclamou, fazendo careta.

– Jake! Essa calça está limpinha. É a sua única calça mais arrumada! – gritou Glenda. Kate conteve um sorriso quando Jake a ignorou.

– Mãe – disse Kate, pondo a mão no braço de Glenda. – É só água do mar e não estou planejando levar o Jake a nenhum restaurante grã-fino nem à igreja. A gente vai se divertir e você pode descansar até sábado.

Quando chegou a hora de Glenda partir, Jake não ficou triste ao vê-la ir embora. Estava mais preocupado em voltar para a praia e fazer um castelo de areia enorme. Aproximaram-se do carro e Glenda insistiu em ir conhecer o policial na viatura em frente à casa. Tinha apenas 20 e poucos anos e estava na metade de um sanduíche quando ela bateu no vidro. Engoliu depressa e abaixou a janela.

– Oi. Sou Glenda Marshall. Qual é o seu nome? – perguntou, encarando-o com uma expressão séria.

– Sou o agente Rob Morton – respondeu ele, limpando as mãos em um guardanapo. Pegou a identidade e mostrou para Glenda, que passou os olhos nela.

– Quero que cuide muito bem do meu neto, Jake. E esta é a minha filha, Kate. Ela também era policial!

– Olá – cumprimentou Rob. Jake estava inquieto ao lado delas na calça molhada. Não parecia interessado no fato de que tinha proteção policial. Kate não sabia se isso era bom ou ruim. "Estava acostumado com aquela loucura?", perguntou-se. Glenda devolveu a identidade do policial.

– Só queria dar um alô e dizer que agradecemos muito pelo que estão fazendo. Pedi à Kate que faça um café para você de vez em quando, o que vai ajuda-lo a ficar ligado e alerta.

– Tem sido tranquilo. O parque de *trailers* é ali mais adiante na rua, mas está bem vazio. Só alguns *trailers* com um pessoal radical animado a encarar o vento – disse Rob, que pegou a identidade, sorriu, fechou a janela e dedicou-se ao resto do sanduíche. Foram para o carro de Glenda.

– Agora, Jake, obedeça à sua mãe, certo? – disse ela.

– Pode deixar. A gente está de boa. Vai ficar tudo bem – disse ele. Glenda inclinou-se e deu-lhe um beijo na bochecha. – Eca! – berrou Jake, limpando o rosto com a mão suja de areia.

– Obrigada, mãe. Cuidado na estrada. Qualquer problema, eu ligo.

– Não vai demorar muito para ele poder ficar onde quiser – disse Glenda. Kate detectou um vestígio de amargura na voz da mãe. – Fique de olho nele. É precioso.

Kate tinha passado tanto tempo pensando em não morar com Jake que nunca parou para refletir sobre o quanto Glenda era apegada a ele e em como devia ser difícil vê-lo crescer.

– Vou protegê-lo com a minha vida – afirmou Kate.

Ficou observando Glenda sair com o carro. Quando chegou à curva na rua, desapareceu.

Jake disse:

– Achei que ela nunca mais ia embora. Podemos voltar para a praia?

– Podemos, sim. Vamos fazer um castelo de areia – falou Kate.

***

O Fã ruivo estava sentado no carro na extremidade do parque de *trailers*, em meio aos veículos estacionados de algumas pessoas acampando e passeadores de cães. Nesse dia, havia optado por uma *van* branca surrada, o carro que gostava de usar para passar despercebido. Estava com equipamento de caminhada e, se alguém desconfiasse dele ali, bastava descer do carro e sair na direção da colina com um mapa e uma mochila.

Fingiu estar absorto em um mapa grande quando Glenda passou de carro. Ele a tinha visto chegar com Jake algumas horas antes. Aquilo era bom demais para ser verdade. Kate e o menino sozinhos em casa. Estava observando Kate havia alguns dias e tinha dois problemas: a vizinha velha da loja de surfe e um carro de polícia agora parado em frente à casa.

Aquilo envolveria algumas alterações em seu plano, mas gostava de ser criativo. Aguardou alguns minutos, depois ligou a *van* e foi embora. Os preparativos estavam quase prontos. O palco seria montado em breve e ele retornaria.

***

Kate desceu novamente para a praia com Jake, sentou em uma cadeira de praia e ficou observando o garoto fazer o castelo de areia. O céu estava limpo e o sol brilhava, aquecendo-os. Seu telefone tocou no bolso, ela o pegou e viu que era Tristan.

– Kate, fizeram alguns avanços no caso da Victoria O'Grady – disse, soando empolgado. – A polícia colheu o depoimento dela. Contou a mesma coisa que falou para você, e estão analisando as fotos que pegamos na drogaria do Paul Adler. A Varia falou que há provas suficientes para reabrirem o caso da Caitlyn Murray e uma equipe quer ir dar uma olhada no Jepson's Wood amanhã... Imagino que não vá dar para você ir, né?

– É. Você sabe que estou com o Jake aqui – disse Kate, observando-o cavar o buraco que já lhe batia na cintura.

– Ok. Posso ir se estiver tudo bem para você.

– É claro. Você me conta o que acontecer?

– Assim que eu tiver alguma notícia nova, te ligo.

Desligou o telefone, sentiu-se distante da investigação e uma pequena parte dela, envergonhava-se de admitir, queria que Jake a tivesse visitado em outro fim de semana. Arrancou esses pensamentos da cabeça e se juntou a ele na construção do castelo de areia. Conseguiram fazer um impressionante, com quatro torres e um fosso, antes de uma onda enorme obliterá-lo e deixar os dois encharcados.

Subiram de volta para casa e Kate pegou toalhas para se secarem e se aquecerem. O sol estava atrás de algumas nuvens e tinha esfriado.

– Mãe, aquele foi o melhor castelo de areia de todos os tempos. Não dá para fazer uns grandões assim lá em casa, porque a praia só tem pedra.

Ao vê-lo na sala de casa pela primeira vez em alguns meses, percebeu o quanto estava alto.

– Fica em pé ali na porta – pediu Kate. Foi pegar uma caneta e marcou o lugar em que o topo da cabeça do garoto alcançava. Ele se afastou e os dois olharam as marcas no marco da porta; tinha crescido desde a última visita.

– Poxa vida, você vai ficar mais alto do que eu logo, logo – afirmou Kate. Ele passou o dedo pelas marcas. O tempo tinha passado tão depressa e, muito em breve, a infância de Jake terá acabado. Sentiu necessidade de desculpar-se por complicar tanto a vida dele. Por...

– Mãe, estou ensopado e a areia molhada está raspando meu bumbum – disse, fazendo uma careta engraçada. Kate lançou-se sobre ele e lhe deu um abraço apertado.

– Para quê isso? – perguntou ele. – Para falar a verdade, eu devia estar encrencado porque entrei no mar todo vestido.

– Tudo bem – disse Kate. – Eu só precisava de um abraço.

– Mulheres – comentou ele, revirando os olhos.

– Vamos, vou levar você lá pra cima. Precisamos botar umas roupas secas.

Levou-o ao quarto da frente, que ficava ao lado do dela. Era o quarto em que sempre ficava quando ia para lá. Tinha um cobertor de listras coloridas na cama, uma prateleira cheia de livros infantis – que ela se deu conta de que não serviam mais para o filho crescido – e a janela dava vista para a praia. Jake passou o dedo na cabeceira da cama, para ver se estava empoeirada.

– Catherine, você não está sendo relaxada com o polimento da mobília – acrescentou, fazendo uma imitação esquisitíssima de Glenda.

– Precisa de uma mão para desfazer as malas? – ofereceu Kate, rindo. Ele pôs a mochila na ponta da cama.

– Deixe comigo – respondeu, tocando-a pra fora.

– Ok. Vou fazer linguiça Cumberland com batata e feijão para a janta, e vou tirar a pele da linguiça – revelou ela.

– Legal!

– E tem sorvete de sobremesa.

– O prêmio de melhor mãe vai para você – disse Jake, antes de fechar a porta.

Ela desceu e começou a cozinhar, sentindo toda a animação e felicidade por ter o filho com ela. A única coisa que estragava seus pensamentos era ver o carro de polícia estacionado do lado de fora. Aquilo a fez pensar no caso e lembrar que Tristan ia para Jepson's Wood sem ela.

Novamente, a eterna luta entre ser mãe e a vontade de ter uma carreira fazia sua cabeça ficar ainda mais confusa. Afastou esse pensamento e começou a cozinhar.

CAPÍTULO 57

Na manhã seguinte, Tristan se encontrou com uma equipe de policiais e Victoria O'Grady no Jepson's Wood. Tinha pegado o carro da irmã emprestado e, sob ameaça de pena de morte, prometeu que o entregaria inteiro. O bosque havia diminuído de tamanho nos últimos anos e possuía cerca de dois hectares de árvores cercadas por residências construídas recentemente.

A parte em que a polícia faria a busca ficava na beirada de um complexo residencial, onde uma cerca comprida margeava as árvores. Uma *van* de apoio da polícia estava estacionada ao lado da cerca com duas viaturas. Um homem com dois cães farejadores de cadáveres tinha chegado e conversava com um policial. Tristan pegou um chá na *van* de apoio e foi até Victoria. Com os olhos inchados e vermelhos de tanto chorar, ela usava um casaco alaranjado enorme.

– Obrigada por vir – disse ela. – Não acredito que estamos fazendo isso.

– Eu esperava dois pastores-alemães ferozes – comentou Tristan, enquanto observavam o adestrador de cães abrir a *van*. Dois cavalier spaniels fofos pularam para fora e começaram a latir e correr. As cabeças brancas e peludas contrastavam com as compridas orelhas marrons caídas.

Victoria riu. Os cachorros aproximaram-se aos galopes e rolaram para que coçassem a barriga deles. O adestrador de cães os seguiu e se apresentou.

– Oi, sou Harry Grant – disse ele. Devia beirar os 60 anos, um homem animado e com o cabelo grisalho ralo. – Estas são Kim e Khloe.

– Elas são tão fofas – elogiou Tristan, enquanto Kim, que era ligeiramente maior, brincava de morder a gola de sua jaqueta.

– Não subestime as carinhas fofas e peludas. Elas são incríveis. São treinadas para farejar carne decomposta.

– Mas Caitlyn desapareceu vinte anos atrás. Mesmo que tenha sido enterrada aqui, o que teria restado dela depois de tanto tempo? – perguntou Tristan.

– Eu as treinei para lidar com muitíssimas variáveis. A Kim conseguiu detectar a presença de carne apodrecida de um caso arquivado havia dezoito anos. A polícia acreditava que um homem tinha matado a filha, a enterrado no quintal e retirado o corpo dela de lá pouco depois. Elas conseguiram identificar onde o corpo foi enterrado, mesmo tendo sido retirado de lá dezoito anos atrás e enterrado em outro lugar. Quando a polícia cavou o local, acharam fragmentos de dente e crânio pertencentes à menina.

– Até que profundidade conseguem captar o cheiro? – perguntou Victoria.

– Até dois metros e meio, três – respondeu ele quando Khloe deitou de costas e deixou Victoria coçar sua barriga rosa.

Depois de terminarem o chá, a polícia e Tristan caminharam com Victoria de volta à área em que ela se lembrava de ter feito o piquenique com Paul Adler.

Andaram em silêncio até a margem das árvores, Victoria com seu enorme casaco alaranjado, acompanhada por quatro policiais e Tristan. Harry e os cachorros ficaram na *van*, aguardando até que ela identificasse a área onde começariam a busca.

Victoria caminhava sem equilíbrio no terreno acidentado e, exceto o barulho do distante trânsito na rodovia, o local era silencioso. Chegaram à margem das árvores e entraram na clareira coberta de folhas de pinheiros. O sol fraco brilhava através dos galhos e mosqueava o chão.

– Está tão diferente – disse ela. Apesar do casaco grosso e do sol fraco, Tristan percebeu que ela tremia. – Antigamente, eram quilômetros de vegetação.

– Onde ficava o lago? – perguntou ele.

– Havia um lago com uns 500 metros lá – falou um dos policiais, que estava segurando um mapa. Apontou para um lugar que agora era ocupado por fileiras e mais fileiras de telhados. Victoria deu uma olhada ao redor e decidiu.

– Foi em algum lugar por aqui, perto dessa clareira. A gente foi mais para o fundo do bosque, mas não fundo demais, porque a vegetação era muito densa.

Um policial de cavanhaque aparado com perfeição deu uma conferida ao redor.

– O que te dá certeza disso? – perguntou ele. Foi uma pergunta sem hostilidade nem dúvida.

– Eu me lembro da via que saía da estrada principal. Tem uma cabine de telefone do King George bem velha um pouquinho antes de onde a rua acaba e os campos começam. As árvores eram maiores, mas nunca vou me esquecer do lugarzinho para onde me levaram – explicou ela.

– Qual é mais ou menos o tamanho da área em que devemos procurar, de acordo com o que se lembra?

– Esta clareira inteira e um pouquinho mais para dentro daquelas árvores ali – respondeu. Seus olhos marejaram novamente e ela vasculhou o casaco em busca de um lenço.

– Ok – disse o policial e pegou o rádio. – Harry, pode trazer a Kim e a Khloe.

Apesar da seriedade da situação, Tristan teve que conter um sorriso. "Tudo agora depende das fofas e peludas Kim e Khloe. Tomara que ninguém passe aqui em uma *van* de hambúrguer para distraí-las." Ele simplesmente não acreditava que as cadelas seriam capazes de farejar outra coisa além de musgo e folhas podres.

Harry levou Kim primeiro e todos ficaram para trás. Ele a soltou da coleira e a cadela saiu correndo farejando a área que Victoria havia descrito.

O trabalho de Harry com a cadela era metódico, garantindo, assim, que ela se movesse para cima e para baixo na clareira, seguindo sempre o mesmo percurso, como se estivesse cortando grama. Aproximadamente dez minutos depois, ela chegou a um pinheiro alto e grosso, parou e ficou circulando-o e farejando-o diligentemente, com as compridas orelhas peludas remexendo as pilhas de folhas e pinhas. Sentou, inclinou a cabeça para trás e começou a latir.

Um policial marcou o local e ela continuou farejando mais quinze minutos. Então, retornou e latiu novamente. Tristan e Victoria observavam em silêncio e, quando a cadela latiu pela segunda vez, ele sentiu a tensão no ar.

– E se ela estiver farejando um passarinho ou uma raposa morta? – questionou Victoria, com a voz falhando de emoção.

– Harry falou que ela foi treinada para detectar apenas restos mortais humanos – explicou Tristan, sentindo tensão e emoção no estômago.

Harry deu algumas guloseimas para Kim e a levou de volta para o carro. Os policiais permaneceram na margem da clareira.

– E agora? – perguntou Victoria ao policial de cavanhaque.

– Ele vai trazer a segunda cadela para conferir, só por precaução... Mas acho que acertamos bem no alvo. De um jeito ou de outro, ela detectou restos mortais humanos.

CAPÍTULO 58

Kate tinha acordado em seu horário habitual, às sete e meia da manhã, mas Jake continuou dormindo até as dez horas. Outra mudança que a lembrava que o filho agora era adolescente. Ele costumava acordar sempre às seis horas da manhã, animado e tagarela.

Ficou à toa pela casa. Fez um chá para ela e para o policial estacionado em frente à casa, falou com Tristan, que estava a caminho de Jepson's Wood e prometeu ligar no minuto em que tivesse alguma notícia. Quando Jake finalmente levantou, foram dar um mergulho no mar. O dia de céu limpo estava lindo e a água, calma. Ele sentia-se empolgado com o macacão de mergulho e o sapato aquático, os dois saíram nadando juntos e passaram uma hora felizes, pulando nas ondas e mergulhando de óculos.

Depois, foram para Ashdean almoçar, voltaram para casa e Myra se juntou a eles para uma caminhada na praia. Kate adorava o jeito de Myra com Jake e, quando chegaram às piscinas de pedra, ela nomeava todas as criaturas marinhas escondidas nas profundezas escuras e lhe contava tudo sobre aqueles seres. O garoto ficava fascinado.

***

O agente Rob Morton estava no terceiro dia de turno em frente à casa de Kate e o serviço mostrava-se arrastado e enfadonho. O turno começava às sete horas da manhã e terminava às sete horas da noite. Era grato pelas canecas de chá e café que Kate e a vizinha Myra lhe davam, mas a porcaria de comida que acabou comendo nos últimos dias revirava-lhe as entranhas. Desde que a namorada, Danni, terminou com ele, Rob foi forçado a ter que se virar com o que ia comer.

Sentia mais falta dos almoços que Danni embalava para ele, das refeições caseiras, do que dela. Deu uma olhada no almoço do dia no banco do passageiro, um sanduíche de queijo e cebola cheio de óleo do posto de gasolina. Caro e uma porcaria. Esse seria o terceiro dia seguido que almoçava aquilo.

Sentado com o rádio ligado, sua mente flutuou. Começou a pensar no que jantaria naquela noite. Esse tipo de vigilância desgastava a pessoa e a única coisa que queria fazer era ir de carro para casa, tomar um banho e apagar no sofá. Faria um agrado a si mesmo e pediria *sushi* de um restaurante novo em Ashdean. Pegou a carteira e viu que só tinha uma nota de dez. Havia um caixa automático em frente à loja de surfe e, com vontade de dar uma esticada nas pernas, desceu do carro e caminhou até lá.

Depois da casa de Kate, a rua não tinha saída e, no outro lado, havia vegetação. O tipo de rua em que não acontecia muita coisa, mas ele tinha que manter os olhos bem abertos, pois era um lugar sossegado e sem nenhum tipo de vigilância.

A camada de sal na tela do caixa automático a deixava embaçada e teve que a esfregar com a manga do uniforme para enxergar. Enfiou o cartão e sacou 50 pratas, vendo que lhe cobrariam 5 libras pelo privilégio. Daria uma palavrinha com a senhora idosa mais tarde e perguntaria para onde iam aquelas 5 libras.

Quando estava enfiando o dinheiro na carteira, percebeu que uma pequena *van* branca havia estacionado um pouquinho adiante na rua. Um ruivo alto com equipamento de caminhada tinha descido e estava calçando uma bota.

Rob retornou ao carro e ficou observando o homem pegar uma mochila e tirar um mapa dela. E começou a andar na direção dele.

***

O Fã ruivo olhava de um lado para o outro, enquanto se aproximava da viatura. Já tinha percorrido metade da extensão da praia abaixo da casa de Kate e a visto na praia com Jake e a idosa da loja de surfe.

Quando chegou à viatura, viu que o policial magro e abatido parecia desconsolado lá dentro. Deu um sorriso amigável e bateu na janela.

O policial fechou a cara e abaixou o vidro.

– Oi, desculpe incomodar, senhor – disse ele. – É aqui a entrada para a caminhada costeira até Ashdean? – Estava segurando um mapa da área dobrado, que suspendeu à janela. Levou a mão ao bolso do *short* e sentiu o contorno de um canivete automático e bolinhas de algodão.

O policial ignorou o mapa e virou a cabeça para olhar por trás dele.

– É, sim. A trilha é ali, eu acho – disse ele, antes de começar a fechar o vidro.

O Fã pôs o mapa na beirada da janela.

– Senhor, sou horrível com mapas. Essa trilha é a que tem um monte de erosão? Não quero despencar da beirada de um barranco. – Enfiou o mapa pela janela, forçando o policial a segurá-lo com as duas mãos.

Ele olhou para o mapa e falou:

– Escuta, amigo, estou de serviço...

O Fã enfiou a mão no *short* e, com um movimento rápido e fluido, sacou o canivete automático, o encostou na orelha direita do policial e pressionou o botão. A lâmina de 20 centímetros disparou para fora e incrustou-se no cérebro dele.

Aquilo aconteceu muito rápido: o policial olhou em choque para o Fã, começou a se contorcer e agarrou a mão que segurava a faca em sua cabeça. O Fã torceu a lâmina com um movimento circular, atravessando o tecido cerebral.

O policial começou a ter espasmos, gorgolejar e espumar pela boca. Menos de um minuto depois, estava imóvel.

O Fã removeu o canivete, tampou a orelha do policial com algodão e endireitou o corpo dele, de modo que, a certa distância, parecesse ainda estar sentado no carro.

Pegou um lenço, limpou o queixo do policial, depois a lâmina, então a recolheu e guardou o canivete de volta no bolso do *short*. Deu uma olhada ao redor. A rua estava silenciosa e tranquila.

Era hora de invadir a casa de Kate e aguardar.

CAPÍTULO 59

Tristan estava com Victoria em Jepson Wood, quando a segunda cadela farejadora, Khloe, percorria a clareira com o focinho pairando sobre o chão da floresta. Parou no mesmo lugar que Kim, sentou e latiu.

Peritos forenses chegaram uma hora depois. Tristan e Victoria se aproximaram e ficaram observando três peritos limparem as folhas e pinhas de uma área e começarem a cavar. Após alguns minutos, começou a chover, e ergueram uma lona às pressas para que pudessem continuar. Deram a Tristan e Victoria um guarda-chuva, ele ficou segurando-o para ambos, que escutavam o som ritmado das pás no solo e da chuva retumbando na lona.

– Nunca mais voltei aqui – disse Victoria, quebrando o silêncio. – Não depois do que aconteceu. Você se importa se eu segurar a sua mão? Estou tremendo demais.

– Imagine – disse ele. Tristan pegou a mão de Victoria, estava gelada. Uma hora se passou com a equipe cavando cada vez mais fundo e a pilha de terra ao lado do buraco não parava de crescer. A chuva continuava a martelar e as nuvens ficavam mais carregadas, lançando a clareira na floresta em uma densa penumbra.

O cheiro da chuva no solo e nas plantas era fresco, não parecia que encontrariam um corpo, independentemente da profundidade que cavassem. Tristan tinha acabado de pensar que desistiriam em breve, já que o buraco estava muito fundo, quando um dos peritos deu um berro lá embaixo.

– Achamos uma coisa! Precisamos de uma lanterna!

Tristan foi com Victoria para a beirada. Ele viu que estava com dois metros de profundidade, e raízes das árvores ao redor despontavam nas beiradas do buraco.

– Não consigo olhar – falou Victoria, pondo a cabeça no ombro dele.

Os peritos estavam com os rostos vermelhos e os macacões azuis cobertos de terra.

Tristan observava-os começarem a cavar com mais cuidado, raspando a terra. Então, passaram a usar grandes escovas grossas para arar o solo.

Um policial providenciou uma lâmpada em um suporte e iluminou o interior do buraco. O enlameado formato de um crânio com dentes olhava para eles do fundo da terra escura. Seguiram afastando torrões de solo com as escovas e desencobrindo um pequeno esqueleto, intacto.

– Ai, meu Deus – disse Tristan, com o coração batendo acelerado no peito. Victoria virou-se e olhou dentro do buraco. Inspirou com força e começou a tremer violentamente.

– Nunca vi gente morta – disse ela.

– Tudo bem – falou Tristan. Victoria desabou para trás e sentou na terra molhada.

Tristan se aproximou quando o perito começou a limpar os ossos com uma escova mais fina. Viu que tufos de cabelo permaneciam grudados no crânio. Chegaram aos pés, estavam de sandália de couro e, ao lado, havia algo fino e quadrado que parecia uma bolsa com alça.

As sandálias e a bolsa foram as primeiras coisas a serem retiradas do solo e envelopadas. Tristan pediu para dar uma olhada e pegou uma foto que a vizinha de Malcolm Murray tinha enviado. Era de Caitlyn com as roupas do dia em que desapareceu. Na foto, usava um leve vestido de verão azul, com uma fileira de flores brancas estampada na bainha. A sandália e a bolsa eram de couro azul e tinham estampa de flores que combinavam.

– Eu me lembro dela usando essa roupa um dia no trabalho – comentou Victoria, espiando a foto.

– A mãe da Caitlyn disse que ela estava usando essa roupa no dia em que desapareceu – comentou Tristan.

Comparou a foto com a bolsa de couro e depois com as sandálias no envelope plástico de provas. Estavam cobertas de terra e tinham manchas marrons escuras, mas a aba na frente da bolsa continuava intacta, e ele esfregou a estampa de flores gravada no couro.

Devolveu os envelopes de provas ao policial. Tinha que ser ela. Tinha que ser a Caitlyn.

– Teremos que conferir a arcada dentária e fazer exames de DNA, mas há uma grande possibilidade de estes serem os restos mortais de Caitlyn Murray – afirmou o policial.

– Ai, meu Deus – disse Victoria. – Nunca imaginei que pudesse ser verdade... Nunca achei que realmente tivessem feito isso e a desovado aqui.

"É isso aí!", pensou Tristan, sentindo triunfo misturado com tristeza. "Isso, nós a encontramos."

CAPÍTULO 60

Kate estava na praia com Myra e Jake, tentando atrair um caranguejo enorme para fora de uma piscina de pedras, quando o telefone tocou. Tirou-o do bolso da calça *jeans*, achando que fosse Tristan com novidades, mas era Alan Hexham.

– Olá, Kate – cumprimentou ele. O vento tinha ficado mais forte e rugia pela praia, atingindo o topo das ondas e deixando-os brancos. Afastou-se da piscina de pedras caminhando pela praia.

– Oi, por onde você andou? Está tudo bem? – perguntou ela.

– Desculpe. Tive que ir trabalhar no norte uma semana. Escute, estou com o arquivo da autópsia da Abigail Clarke para te passar. Também recebi uma informação e acho que vai ser do seu interesse.

– Espere aí, Alan – disse ela. Acenou para Myra e Jake. – Preciso atender, vou subir um pouco para sair do vento.

Myra mostrou que entendeu com um gesto de cabeça e se virou para Jake, que estava concentrado na piscina de pedra. Kate caminhou pela praia e se protegeu do vento nas dunas.

– Desculpe, prossiga, Alan – disse ela.

– Estava analisando os arquivos de todas as vítimas. Por causa da natureza da agressão de Abigail Clarke, não consigo achar nenhuma ligação com as outras jovens, ainda que a polícia suspeite que tenha sido a mesma pessoa... mas percebi que há algumas discrepâncias com Emma Newman... nada muito importante, porém achei melhor te contar antes de passar a informação para a frente. Ela tinha 18 anos, não 17 como foi registrado a princípio. Prestaram queixa do desaparecimento dela, uma mulher do lugar em que ela trabalhava ligou. E o nome do namorado de Emma no primeiro relatório da polícia estava errado.

– Nome errado?

– É. No relatório está Keir Castle, mas o nome de batismo é Keir Castle-Meads. Ele usa Keir Castle nas redes sociais e o *Okehampton Times* informou incorretamente o nome dele como Keir Castle quando foi acusado de ameaçar a namorada e teve que pagar uma multa e prestar serviço comunitário. Mas, ao conferir os registros do magistrado, descobri que ele é o Keir Castle-Meads. Não sei se a polícia cometeu o mesmo erro. Ele não tem mais nenhum crime na ficha...

Kate olhou para Myra e Jake. Estavam com as calças dobradas, entrando em uma piscina de pedras e deixando uma ondulação pela superfície calma. Uma luz acendeu na mente de Kate e ela não ouviu o que Alan disse em seguida.

– Kate, ainda está aí? Falei que vou mandar tudo isso por *e-mail*, mas você sabe como funciona. Ninguém pode ficar sabendo que compartilhei essas informações com você. Guarde em um local seguro.

– Pode deixar... obrigada.

Alan desligou. A lembrança de onde tinha escutado aquele nome atropelou-a como um caminhão.

– Myra! Jake! – chamou Kate. Viraram-se para ela, Jake com a mão cheia de algas marinhas. – Tenho que dar uma corrida lá em casa. Vocês ficam aí um pouquinho?

– Beleza! – gritou Myra, gesticulando para que ela fosse, e os dois voltaram a observar a água. Kate subiu correndo pelas dunas até sua casa. A lembrança estava na cabeça e não podia deixá-la escapar. "Keir Castle-Meads, Castle-Meads. Castle-Meads." Na sala, vasculhou as prateleiras e o encontrou, um livro sobre crimes reais, um dos melhores que já tinham sido escritos sobre o caso do Canibal de Nine Elms.

Folheou-o e encontrou as fotos no final. *Onde é que estava, Castle-Meads... Castle-Meads.* Havia doze páginas de fotos no final e ela o encontrou no meio. Uma foto do principal advogado do caso do Canibal de Nine Elms, Tarquin Castle-Meads. Era um homem enorme, imponente e pomposo, que deixava o cabelo vermelho mais comprido de um lado para penteá-lo sobre a cabeça e disfarçar a calvície. Era conhecido por sua papada e seus olhos empapuçados, que lhe davam a aparência séria de um *bulldog*.

Ao lado, havia uma foto tirada no dia do veredito, nos degraus da suprema corte. Um triunfante Tarquin Castle-Meads com o sorriso que deixava à mostra dentes tortos e amarelados, ao lado da esposa,

Cordelia, uma bela mulher de cabelo escuro, testa grande e expressão séria. Os quatro filhos estavam enfileirados diante deles, bem-vestidos como se fossem passar o dia na igreja. Todos tinham herdado o cabelo vermelho fogo e os olhos empapuçados do pai, o que deixava os rostos esquisitos e quase borrachentos. Kate observava a imagem dos quatro filhos: Poppy, Mariette, Keir... e Joseph.

– Jesus – disse ela olhando para a foto. O Keir tinha um álibi, ele estava nos Estados Unidos quando Emma Newman desapareceu, mas e o outro filho? E se essa for a conexão e a pista a se investigar?

Lembrava-se de algo mais a respeito da família, folheou até o sumário e encontrou a passagem sobre Tarquin Castle-Meads. Tinha estudado na Queen's College, em Oxford, e feito o exame da Ordem bem novo. A esposa foi a responsável por ajudá-lo a alçar ao *establishment* britânico. Era herdeira da transportadora CM Logística LTDA.

– CM Logística – comentou Kate, segurando o livro. – CM Logística. Vejo as porcarias dos caminhões e das *vans* deles em todo lugar. Têm depósitos por todo o país... – Pesquisou a empresa no Google pelo telefone e acessou o *site* sofisticado, que tinha a foto de uma frota de *vans* e caminhões estendendo-se por uma vasta rodovia.

– Tarquin Castle-Meads aposentou-se e foi morar na Espanha com a esposa. Os filhos têm brigado pela administração da empresa multibilionária – falou ela, lembrando-se de partes do que havia escutado na imprensa ao longo dos anos. – Como não enxerguei isso?

Kate tremia de empolgação e adrenalina e foi ligar para Tristan. Caiu direto na caixa postal.

– Tristan, me ligue assim que escutar esta mensagem. Descobri a conexão... a pessoa que está imitando os assassinatos. É o filho do advogado que pôs Peter Conway na prisão. Tarquin Castle-Meads foi o promotor responsável pelo caso e venceu. Os filhos dele são Keir Castle-Meads e Joseph Castle-Meads. Keir tem álibi, mas acho que é o outro filho, Joseph, quem está imitando os assassinatos, e o motivo por que está conseguindo se movimentar por aí com tanta facilidade é o acesso a toneladas de dinheiro, além de a família ser dona da CM Logística, a empresa de transportes e entregas... Eles entregam produtos, mas também devem ter contrato para abastecer caixas automáticos, e foi um veículo que faz esse serviço que a gente viu na filmagem da câmera de segurança em frente à casa do Frederick Walters...

– Que menina mais esperta... – comentou uma voz. Kate deu um pulo e deixou o telefone cair.

Um homem alto e ruivo estava à ponta da prateleira de livros. Tinha os mesmos cabelo vermelho e olhos empapuçados da foto. Sem tirar os olhos dela, se abaixou e pegou o telefone. Colocou-o na orelha e pressionou um número na tela. Kate escutou uma voz computadorizada dizer: "Mensagem apagada". Ele finalizou a ligação.

– Joseph Castle-Meads – disse ela. Vê-lo ali na sala de sua casa era desesperador. Era muito alto e projetava tanta energia furiosa que o ar ao redor dele parecia estalar. Ele jogou o telefone no tapete e pisou com força na tela.

– É. As fotos não fazem justiça a você. É mais bonita em carne e osso – disse ele. Avançou na direção de Kate, que deu um passo para trás e sentiu a estante nas costas. A palidez dele brilhava de suor. Apesar da boa estrutura óssea e da altura, tinha uma aparência bestial. Sorriu e deu um murro forte no rosto de Kate, que sentiu o nariz quebrar e uma explosão de dor. Desabou estrondosamente em cima da mesinha de centro e rolou para o chão.

CAPÍTULO 61

Jake gostava de investigar as piscinas de pedra com Myra. Mesmo muito velha – o cabelo era branco e o rosto, cheio de rugas profundas –, ela era legal, divertida e conhecia muito de criaturas marinhas.

Encontraram uma enguia comprida nadando na mais funda das piscinas de pedra, bombeando água preguiçosamente pelas guelras, e Myra conseguiu capturá-la. Suspendeu-a para que ele tirasse uma foto e observasse os grandes olhos e dentes. A única coisa que Jake achou nojenta foi ela pegar uma concha de mexilhão e perguntar se queria experimentar.

– O quê? Comer? – indagou ele.

– É! Mais fresco, impossível... Na minha infância, esse era o ponto alto de uma viagem ao litoral.

– Comer esse negócio que parece meleca enrolada com cera de ouvido?

– Isso aí.

Myra pôs a concha na boca e, com uma chupada, comeu o mexilhão.

– Eca! – gritou Jake.

Ela sorriu.

– Tem certeza de que não consigo te convencer a experimentar? – perguntou Myra, pegando outro mexilhão gigante na pedra coberta de algas marinhas. Ele se contorceu na mão dela e Jake fez careta, respondendo que não com a cabeça.

– Duvido que você coma! – desafiou ela.

– Quer apostar quanto?

– Não sou de apostar, mas para você eu pago dois bolinhos da Mr Kipling.

– Se eu comer isso aí, vou ficar vomitando bolinhos a noite inteira!

Gritou quando ela comeu e Myra deu risada lavando as mãos na água. O vento estava ficando mais forte e Jake viu nuvens cinzentas rolando do horizonte na direção deles.

– Aonde a sua mãe foi? – perguntou Myra. Jake olhou para a casa lá no alto. Deu de ombros. – Por que você não vai lá ver onde ela está e eu vou à loja ver se acho uma prancha de *bodyboard* para você praticar?

– Tá bom! – concordou ele.

Jake saiu correndo pela praia, atravessou as dunas e subiu o barranco de areia que levava à porta dos fundos. A casa estava tomada por um sossego sinistro quando ele entrou. Havia livros espalhados por todo o chão da sala e a tigelona de porcelana na mesinha de centro estava quebrada. Então, escutou um barulho estranho à porta da frente. Como de fita adesiva sendo descolada.

Atravessou a sala e entrou no corredor da entrada. Kate estava desmaiada de costas no chão, com o nariz ensanguentado. Os pulsos presos com fita adesiva. Um homem de cabelo vermelho enorme curvado sobre ela atava-lhe os pés com fita. Jake pôs a mão na boca para reprimir um grito. O homem parou e cravou os olhos nele. Jake não conseguiu se mover.

– O menino – disse o homem com um sussurro roufenho. Sorriu, tinha grandes lábios molhados e dentes enormes. Parecia um palhaço sinistro. Levantou-se, era muito mais alto que Jake. Tirou o canivete automático do bolso de trás.

– Se gritar, vou fatiar os peitos da sua mãe e obrigar você a comê-los – ameaçou, com a voz baixa e equilibrada. – Matei o policial lá fora. Enfiei esta faca na orelha dele e TÓIN! – a lâmina enorme pulou para fora. Era comprida, afiada e prateada. Jake sentiu as pernas começarem a tremer incontrolavelmente. – Então fique quieto e faça o que eu disser, tá, Jake?

O lábio superior de Jake tremia, ele concordou com a cabeça. Começou a chorar.

– Não chore – disse o homem, estendendo o braço. Jake estremeceu ao sentir a carícia que o sujeito lhe fez no cabelo com o gume da lâmina. – Você é o menino de ouro. Sabe o quanto eu queria ser você? E se parece com seu pai e sua mãe. – Passou a ponta da lâmina na bochecha de Jake, que sentiu o metal gelado encostar em sua pele. Medo e horror o dominaram de repente e ele soltou um berro.

O homem apertou a mão livre na boca de Jake e o empurrou contra a parede, segurando a lâmina na garganta do garoto. Era fria.

– Está dificultando as coisas, seu merdinha... Se gritar, vou fazer o que falei com a sua mãe, é sério, está me ouvindo?

A voz suave e ameaçadora dele parecia enrodilhar as orelhas de Jake.

– Cadê a velha? Responde, fale baixo...

– Ela, ela... ela foi para casa – sussurrou Jake. Ele viu pelo canto do olho que Kate se mexeu um pouco com as pálpebras drapejando.

– Você tem os mesmos olhos – disse o homem, analisando o rosto do menino. – O raio de sol no olho esquerdo.

Jake encolheu-se quando o homem tirou a faca de sua garganta. O sujeito enfiou a mão no bolso de trás e pegou um quadrado de algodão perfeito. Inclinou-se para a frente. Jake sentiu um bafo horrível e azedo. Seu corpo agora tremia descontroladamente, e sentiu o *short* e as pernas mornas de urina.

– Jake, você não sabe há quanto tempo espero por isso. Tenho uma surpresa tão grande para você – disse o homem.

Ele pressionou o algodão na boca e no nariz de Jake, empurrando a cabeça do garoto na parede. Jake sentiu o forte cheiro cáustico de produto químico, sua mente foi inundada de vermelho, de preto, e ele ficou inconsciente.

***

Joseph Castle-Meads tinha estacionado a *van* exatamente diante da porta da frente da casa de Kate. Colocou Kate e Jake atrás. Demorou-se ali um pouco, agachado ao lado dos dois. Pôs a mão no rosto de Kate e sentiu a respiração. Mãe e filho juntos. O sujeito os tinha visto na praia e invejado a proximidade entre eles.

A presença da mãe dele na infância tinha sido fria e distante. Seus pais sempre foram mais preocupados com a posição na sociedade, com a carreira jurídica do pai, do que com os filhos. Enviaram-no para um internato brutal ainda bem novo e esqueceram-no lá. Quando via os pais, tinha que lutar por atenção.

– Mãe, pai! Vocês vão ter que prestar atenção em mim agora – disse ele. Cobriu Kate e Jake com uma coberta e fechou a porta da *van*. Conferindo se ninguém o tinha visto, arrancou para a comprida viagem, dando tchauzinho para o policial morto, ainda sentado no banco do motorista da viatura.

CAPÍTULO 62

Desde que matou Meredith Baxter, três dias atrás, Peter Conway estava na solitária. A rotina era a mesma: comida, medicamento, banho, exercício.

Estava sendo difícil manter a noção do tempo sem relógio nem janela durante o dia, mas ele se arrastava e a paranoia se apoderava de Peter. Tinham cortado o contato dele com Enid. E se o plano tivesse desmoronado? Encararia um longo período na solitária, mas e depois? Uma decadência lenta até se tonar um *serial killer* geriátrico.

Perguntava as horas a cada refeição e quando era levado para o pequeno pátio de exercício. "Como um cão", pensava ele, "um cão que é levado para fazer suas necessidades todas as manhãs e noites."

No dia anterior, ele tinha recebido a visita de Terrence Lane, seu advogado, e por vinte minutos ficou na sala com divisórias de vidro no bloco das solitárias. Terrence explicou que ele seria acusado de assassinato, mas que provavelmente não iria a julgamento, pois entrariam com uma alegação de semi-imputabilidade. Quando a reunião terminou, Terrence levantou e recolheu os documentos.

– Falei com a Enid. Ela ficou arrasada ao saber o que fez... Você estava prestes a ser enviado para uma prisão de segurança mínima, Peter. Onde estava com a cabeça? Aquela médica. Estava do seu lado. Vinha trabalhando para mandar você a um lugar melhor para viver seus últimos anos... Ela tinha um filho pequeno... – Balançou a cabeça, aparentemente esforçando-se para lembrar que Peter continuava sendo seu cliente e não estava em posição de emitir julgamento moral.

– Obrigado por tudo, Terrence – disse Peter, levantando-se. – Gostaria de dar um aperto de mão e agradecer por tudo o que fez esses anos todos.

– Vai a algum lugar, é? – perguntou Terrence, enfiando o último documento de volta na pasta.

– Lógico que não.

– Te vejo na semana que vem, então – disse Terrence e saiu da sala de visitação. Peter sorriu sozinho.

– Um lugar melhor para viver meus últimos anos... Espere e verá – murmurou.

***

Enid Conway sentou na ponta da cama e olhou para a pequena mala aberta e muito bem organizada. A malinha plástica de mão era azul e comum. Tinha ajeitado cuidadosamente várias roupas casuais, dois terninhos, sapatos elegantes e um maiô novo. Também continha um *kit* de descoloração e uma tesoura amolada. Planejava ficar loura e mudar o corte. Era uma das coisas pelas quais estava muito entusiasmada. Tinha a oportunidade de se tornar uma pessoa diferente. Seria June Munro e Peter, Walter King.

Na cama ao lado da mala, havia uma carteira de tecido bege. Pegou um maço de 20 centímetros de espessura de notas de 500 euros e o enfiou nela. Os 250 mil euros ficaram bem encaixados. Conferiu os passaportes pela zilhonésima vez: June Munro e Walter King. Enfiou-os na doleira e fechou o zíper. Tentou prendê-la ao redor da cintura. Ficou apertada e cravava dolorosamente na pele. Ajeitou as roupas e conferiu o reflexo no espelho. A doleira sobressaía ligeiramente sobre a blusa, como se estivesse barrigudinha.

O telefone tocou e ela desceu ao andar de baixo para atender. Era o advogado de Peter. Terrence soava abatido e a atualizou sobre a audiência para definir se ele iria a julgamento pelo assassinato da dra. Baxter. Também falou que Peter estava com uma aparência boa e que o Great Barwell o manteria na solitária nas próximas semanas.

Enid desligou o telefone. Eles não tinham nem ideia do plano. Desejou poder contar a Peter que estava tudo correndo conforme o planejado. Foi à cozinha e se serviu de uma dose grande de uísque. Enid não tinha nenhum amigo, apenas conhecidos na rua em que morava, mas levava uma vida simples. Ou estava em casa, ou visitando Peter.

Não conseguia acreditar que em breve abandonaria sua casa e aquela vida para sempre. Virou o copo de uísque e se serviu de outro. Para dar coragem.

CAPÍTULO 63

Tristan saiu do Jepson's Wood logo depois de escurecer, quando o esqueleto foi finalmente retirado do solo e colocado em um saco preto para ser levado ao laboratório forense.

Tinha visto a chamada perdida de Kate, mas não havia recado e ele tentou retornar várias vezes, mas ninguém o atendia. Sentia-se culpado por sair correndo e deixar Victoria O'Grady. Mas a falta de contato com Kate, quando ela estava desesperada para saber do resultado da busca policial, o preocupou, então voltou para casa o mais depressa que o limite máximo de velocidade permitia.

Quando chegou a Ashdean e entrou na rua de Kate, ficou chocado ao ver as luzes azuis piscando em frente à casa apinhada de carros de polícia.

Myra estava em frente à lojinha de surfe com Varia Campbell, havia muitas viaturas no estacionamento e o choque de Tristan virou sobressalto quando viu a *van* do patologista. Fita de isolamento da polícia cercava a casa de Kate. Estacionou o mais próximo que conseguiu e correu até Varia e Myra.

– O que aconteceu? Estou tentando ligar para a Kate – disse ele. A pergunta foi respondida enquanto o corpo do policial que vigiava a casa era retirado do carro e colocado em uma maca dentro de um saco.

Varia explicou.

– Kate e o filho, Jake, estão desaparecidos. Achamos que alguém invadiu a casa. O vidro na porta da frente está quebrado e há sinais de que houve luta.

Tristan nunca havia se encontrado com Myra, mas Kate tinha falado dela e ele percebeu que os olhos da senhora estavam vermelhos de choro.

– Eu estava lá embaixo na praia. Primeiro a Kate subiu, depois o Jake – contou ela. – Achei que voltariam. Estávamos na praia passeando...

Aí subi e achei o coitado do policial esfaqueado na cabeça... Fiz uma xícara de chá para ele hoje de manhã mesmo.

– Não viu ninguém? – perguntou Tristan. Myra negou com a cabeça. Ele virou o rosto e olhou para os carros de polícia e o saco com o corpo, que estava fechado e sendo levado para a *van* do patologista em uma maca. Viu um recibo pendurado no caixa automático em frente à loja de surfe. Tristan foi lá e o pegou.

– O horário aqui é vinte minutos antes da Kate me ligar – disse Tristan, entregando o recibo para Varia.

– E? – indagou ela.

– A Kate brincava que era a única a usar o caixa automático no inverno. Você usa, Myra?

– Não. Ele cobra cinco pratas a cada saque – respondeu ela. – Kate ou o policial devem ter usado. Não tem quase ninguém lá no parque de *trailers*.

– Há uma câmera instalada na frente do caixa automático, ela é ativada quando alguém faz um saque. Pode ter pegado alguma coisa – disse Tristan.

Os olhos de Varia se iluminaram. Ela tomou o recibo do caixa automático da mão dele e pegou o telefone para fazer uma ligação.

CAPÍTULO 64

Quando Kate acordou, sentiu uma superfície dura sob as costas e a boca estava molhada no lugar em que tinha babado. Pôs a mão no rosto cautelosamente. O nariz inchadíssimo doía só de encostar nele. Havia uma luz forte no alto e ficou chocada ao ver que as mãos não estavam atadas.

Sentou-se. Ainda estava com a calça *jeans*, a camisa de malha e a blusa da praia. Deitado ao lado dela, encontrava-se Jake. Imóvel e pálido. Estava sem tênis e com os pés ainda cobertos de areia.

– Meu Deus, ai, meu Deus – falou, tateando-o por inteiro. Ainda estava quente, ela pôs a mão no pescoço do filho. Tinha pulso. Um momento depois, tossiu e abriu os olhos. Levou um momento para se dar conta e, então, berrou. Kate pôs a mão na boca dele.

– Não! Por favor, Jake – sussurrou ela. – Por favor, não grite.

Jake começou a chorar, ela sentia as lágrimas quentes na mão. Recuou o braço e o filho aconchegou-se nela.

– Mãe, o que está acontecendo? Quem era aquele homem? Onde a gente está?

– O nome dele é Joseph Castle-Meads – falou ela. Não sabia mais o que dizer. Sua mente ainda estava perplexa com a descoberta de que o filho do advogado que havia julgado o caso de Peter Conway era o assassino imitador. Tentou recordar o que tinha acontecido. Joseph invadiu a casa dela. Ele a agrediu na sala. Depois disso, mais nada. Tateou os bolsos e lembrou que Joseph tinha destruído seu telefone. – Sabe como chegamos aqui? Do que você se lembra?

Através das lágrimas, Jake contou que tinha voltado para casa e visto Joseph a prendendo no corredor de entrada.

– Ele te machucou? – perguntou Kate, dando uma conferida no garoto.

– Não. Mas me assustou e eu... eu... eu fiz xixi na calça – falou, começando a chorar de novo. – Ele colocou um negócio no meu rosto. Tinha cheiro de produto químico, e é só isso que lembro.

– Tudo bem – disse Kate, abraçando-o com força. Tinha que manter a compostura e ficar calma.

Kate olhou ao redor. Estavam em um cômodo sem janelas, com chão de pedra. Era pequeno, tinha aproximadamente um metro quadrado. Uma lâmpada exposta brilhava sobre eles. As paredes eram brancas. No canto, havia uma redoma de acrílico com uma câmera de segurança. Ambos estavam deitados em um saco de dormir, que tinha cheiro de novo e limpo. Outro canto acomodava uma garrafa de dois litros de água mineral e um balde com um rolo de papel higiênico ao lado.

Ela levantou. Jake a acompanhou, ainda segurando-lhe a mão. A cabeça de Kate latejava e os braços e tornozelos continuavam dormentes nos lugares em que foram atados. Tateou as paredes e encontrou o contorno de uma porta. Estavam em um depósito ou câmara frigorífica. Se fosse a última opção, estava desligada. Por que não estavam atados e amarrados? Por que estavam sendo vigiados? Câmaras frigoríficas atualmente eram equipadas com câmeras de vigilância?

Foram à porta e Kate bateu nela com a palma da mão, mas o barulho foi baixo. Devia ser de metal grosso. Pôs o ouvido nela, mas, de novo, nada.

Agora que seus sentidos estavam retornando, sentiu o cheiro metálico e sórdido de carne morta. Olhou ao redor novamente e se perguntou se o local tinha entrada de ar. Não havia respiradouro. Viu três ralos separados no piso de concreto. Ralos significavam esgoto, ou seja, canos. Era uma entrada de ar. Estava com a garganta seca e sentia o gosto dos produtos químicos com que tinha sido sedada. Olhou para Jake, que continuava segurando sua mão e acompanhava os olhos dela que examinavam o lugar. De olhos arregalados, ele estava apavorado.

– Está com sede? – perguntou Kate. Ele fez que sim.

– Mãe. Esta sala. Parece que está encolhendo – falou ele.

– Não está, não. Eu prometo. Está tudo bem.

Foi até a garrafa de água ao lado do balde. Ainda estava selada. Girou a tampa e a cheirou, depois jogou um pouquinho na boca e sentiu o gosto. Era água doce. Deu quatro goles demorados e limpou a boca.

– Aqui, bebe isso que vai se sentir um pouco melhor. Inclinou a garrafa para ele, que deu alguns goles. Jake começou a tremer e Kate o envolveu com um dos sacos de dormir.

Por que Joseph levou os dois para aquele lugar? Por que não apenas ela?

Vasculhou a memória em busca de qualquer coisa que pudesse dar uma pista de onde estavam ou do quanto tinham andado, mas não conseguiu lembrar-se de nada. Por um momento, seu coração acelerou ao lembrar-se da ligação que havia feito para Tristan, mas Joseph tinha apagado a mensagem. E Myra? Desejou que Myra não tivesse se deparado com Joseph.

Segurou Jake junto ao corpo e observou o cômodo em busca de qualquer coisa que pudesse usar como arma. Devia estar preparada para defendê-los quando ele abrisse a porta.

***

Joseph tinha conferido a câmera antes de sair e visto que Kate e Jake estavam acordados. Receava ter dado uma dosagem forte demais e que tivessem morrido na longa viagem, mas ficou satisfeito ao ver que estavam bem.

Saiu do depósito pouco depois e foi à Nine Elms Lane e ao Rio Tâmisa. A paisagem tinha mudado desde 1995 e a área possuía uma quantidade gigantesca de construções e obras. Ficou de olho nos carros ao redor enquanto passava pelos canteiros de obras onde guindastes estendiam-se na direção do céu da noite e seguiu para o Heliponto Battersea, onde deixava três helicópteros. Estavam registrados no nome de uma empresa fantasma e as autoridades teriam dificuldade em rastrear até ele. Rastreariam os veículos, mas levariam um tempo, e era só disso que precisava.

O heliponto era privado e, àquela hora da noite, estava vazio. Seu coração disparou quando abriu o portão com seu cartão de acesso e uma pessoa gesticulou para que fosse à área de embarque ao lado do rio, onde parou o carro.

Tinha usado dois dos helicópteros para negócios ilícitos e por prazer, e havia registrado muitos planos de voo nos últimos doze meses. As leis que comandavam o espaço aéreo ao redor de Londres e na M25 eram rigorosas devido às rotas aéreas de jatos e aeronaves comerciais que o tempo todo entravam e saíam dos aeroportos da cidade. Em outras partes do país, as regras eram mais flexíveis e um pequeno desvio no plano de voo era permitido. O Hospital Great Barwell ficava a 140 quilômetros de Londres.

Joseph já tinha registrado um plano de voo de Londres para Cambridge e Great Barwell. Só possuía uma chance de fazer aquilo e, com um planejamento cuidadoso, tinha certeza de que conseguiria.

Limpou o volante e as maçanetas antes de sair do carro. Sempre usava luva para dirigir, mas aquilo lhe renderia mais algum tempo, caso precisasse.

Pegou uma mochila pequena e trancou o carro. Seguiu para uma ambulância aérea vermelha que o aguardava em seu heliponto. Conferiu se tinha sido abastecida e se tudo estava no lugar. Então, embarcou. A CM Logística tinha uma vasta quantidade de contratos de fornecimento de veículos para empresas e pessoas físicas. Também possuía um contrato de armazenamento e manutenção de dois helicópteros usados como ambulâncias aéreas pelos hospitais do Reino Unido. Esse helicóptero havia acabado de passar pela manutenção anual e retornaria ao serviço em dois dias. Tinha sido uma tarefa difícil providenciar a documentação, mas ele agora tinha o elemento-chave de seu plano.

Após receber a autorização da torre de controle, Joseph ligou o motor, as hélices começaram a girar e a ambulância aérea decolou e ascendeu depressa, adentrando o céu escuro.

CAPÍTULO 65

Winston tinha sido transferido para a solitária de modo que pudesse continuar a trabalhar com Peter. Estavam juntos na ala havia muito anos e Peter sabia que no Great Barwell a continuidade era um fator importante na manutenção da calma do prisioneiro.

Quando Winston entregou a refeição da noite de Peter, ele ficou à portinhola um tempo maior que o de costume. Os olhos de Winston estavam solenes e judiciosos. Peter foi à portinhola pegar a bandeja.

– O que você está aprontando? – disse Winston, puxando a bandeja de volta.

– Vou comer essa gororoba aí – respondeu Peter.

– Não, conheço você mais do que imagina. Agrediu pacientes e médicos no passado, mas por raiva. Não estava com raiva naquele dia. Foi planejado.

Peter inclinou o corpo para aproximar-se mais da portinhola.

– Você é um cara inteligente, Winston. Como acabou enfiado nesta pocilga recebendo esse salarinho ridículo?

– De um homem inteligente para outro, Peter. Por que fez aquilo?

– Acabei achando a Meredith Baxter mais irritante do que eu conseguia aguentar. Nunca acreditei naquela vontade toda alegrinha de fazer a diferença. Se eu não a tivesse matado, algum outro paciente perderia a paciência e tentaria acabar com ela.

– Você quer ficar na solitária por algum motivo – afirmou Winston, seus olhos pareciam alcançar o interior da cabeça de Peter. – Qual é o motivo? – Por um momento, Peter achou que Winston conseguia ler sua mente.

– Nunca confie em nós, Winston. Nunca confie em nenhum de nós. Não temos salvação. Os assassinos, estupradores e pedófilos que estão neste lugar são todos iguais. A gente se alimenta da dor dos outros.

Winston hesitou e, depois, jogou a bandeja pela portinhola. A comida gosmenta escorreu pelo lado de dentro da porta da cela.

– Você vai apodrecer no inferno.

– Ele não é real, Winston, mas salarinho mixuruca é, pense nisso – gritou Peter quando Winston fechou a portinhola com força.

Não conseguiu comer nada. O coração estava disparado e ele suava. Aquilo realmente aconteceria? Tudo parecia tão quieto e trivial no Great Barwell. O percurso até o banheiro parecia longo. Tinha passado tanto tempo naquele lugar. Iria mesmo embora para sempre?

Quando Winston voltou para buscar a bandeja, seu rosto tinha voltado a ser uma máscara impassível. Enfiou o capuz anticuspe na portinhola e Peter o colocou, com as mãos trêmulas.

Então, foi à portinhola e pôs as mãos diante do corpo para serem algemadas. Seu advogado, Terrence, tinha defendido que as mãos fossem algemadas na frente devido a um ferimento no ombro de Peter quando o atingiram com o Taser e o imobilizaram. Quando as algemas estavam fechadas, Winston desaferrolhou a porta e levou Peter pelo pequeno corredor até o pátio de exercício. Destrancou a porta lenta e metodicamente.

– Ok, Peter, você tem quinze minutos – disse ele. Deu um passo atrás e Peter seguiu para o pátio e sentiu o ar fresco da noite.

Olhou para a janelinha de vidro enquanto Winston fechava novamente as três trancas na porta. Em seguida, tirou as chaves, as prendeu novamente no cinto e sumiu da vista ao sair caminhando pelo corredor.

Peter começou a andar de um lado para o outro no pequeno espaço. Olhava para cima e via apenas um pedaço do céu com manchas alaranjadas da poluição luminosa. Estava tão sossegado. Sossegado demais. Franziu a testa e sentiu o capuz anticuspe gelado no rosto.

***

Joseph manteve-se em contato com o controle de tráfego aéreo enquanto voava sobre Londres, entretanto, assim que chegou aos arredores da M25, parou de atualizá-lo. Tinha fornecido sua posição final e seguido em frente. Aguardou até chegar perto da cerca que contornava o Great Barwell, quando a comprida fileira de construções baixas ficou visível adiante, então entrou em contato com a torre de observação e anunciou que uma ambulância aérea solicitava autorização para pousar.

– Estamos atendendo a uma chamada de emergência. Um médico que trabalha no hospital foi esfaqueado, solicito permissão para pousar – disse Joseph pelo rádio. Houve silêncio. Sabia que fariam algumas confirmações, mas esperava que, após a morte recente da dra. Baxter, eles lhe dessem permissão, o que lhe garantiria um tempo valioso.

– Tem permissão para pousar – informou uma voz pelo rádio. Joseph deu um soco no ar e arreganhou um sorriso. Conferiu se o rádio estava mudo e berrou, entusiasmado:

– Aêê! Aêê! Aí vamos nós, seus desgraçados!

***

Peter aguardou mais alguns minutos, caminhando e tentando aparentar que estava tomando um ar. Teve a impressão de que o silêncio estendia-se e indagou se a mãe já estava a caminho do lugar onde se encontrariam mais tarde.

Parecia que seus quinze minutos já tinham acabado fazia tempo. Estava com medo de Winston voltar logo.

Seu coração começou a bater mais depressa quando ouviu o zumbido distante do motor de um helicóptero. Era apenas uma aeronave passando por perto ou aquilo era para ele?

Então, o barulho do motor aumentou gradativamente até ficar ensurdecedor. O helicóptero apareceu de repente no céu, bem lá no alto, com as hélices girando, então desceu depressa, e ele sentiu a pressão do ar de cima para baixo. Uma luz forte iluminou o pátio, clareando cada centímetro do minúsculo local. Peter viu o braço estendido do piloto do helicóptero acenando para ele, que fez o mesmo com as mãos algemadas.

Peter olhou para cima quando uma escada de corda foi colocada para fora da janela. Ao ser arremessada, desenrolou e a ponta dela por pouco não lhe acertou a lateral da cabeça. Winston apareceu na janela da porta. A princípio, ficou confuso, porém reagiu depressa e começou a enfiar as chaves na tranca de maneira atrapalhada.

Peter mal conseguia segurar a corda com as mãos algemadas quando ela enrijeceu e ele começou a elevar-se do pátio de exercício. Winston destrancou a última fechadura, abriu a porta com força e saiu correndo na direção de Peter. Seus dedos golpearam o tornozelo do assassino antes de ele subir mais e ficar fora de alcance.

– Tchau, Winston! – gritou Peter, tentando vencer o ronco do motor. Ficou chocado ao sentir uma pitada de tristeza por deixá-lo para trás. Winston ficou pasmo, boquiaberto e de olhos arregalados, tamanha sua perplexidade.

O pátio de exercício encolhia lá embaixo e ele viu dois outros assistentes chegarem correndo e pararem ao lado de Winston, observando inutilmente enquanto ascendia, deixando as cercas de arame farpado para trás e adentrando o frio céu da noite. O helicóptero parou, flutuou no lugar um segundo e saiu voando por cima das construções do hospital com Peter agarrado à escada de corda, ciente de que sua vida dependia disso.

O vento gelado no rosto era real. O movimento constante do helicóptero, levando-o embora dali, era real. Peter não conseguia acreditar que aquilo estava realmente acontecendo. Quando passou por cima da entrada principal, funcionários e assistentes aglomeravam-se à porta da frente e só podiam assistir a Peter Conway, o Canibal de Nine Elms, passar voando por cima da cerca de arame farpado.

E, então, desapareceu voando céu noturno adentro.

CAPÍTULO 66

Kate não sabia quanto tempo havia se passado quando ouviu o som de uma porta grande abrindo. Jake tinha pegado no sono em seu colo. Ela gentilmente o colocou no saco de dormir, levantou, se aproximou da porta para tentar escutar o que estava acontecendo.

Por causa de um estrondo, Jake abriu os olhos e começou imediatamente a entrar em pânico. Kate foi até ele.

– Shhh, está tudo bem, fique calmo – disse ela, falando tanto para si mesma quanto para Jake.

Pegou a garrafa de água, que estava pela metade. Segurou-a com força e se aproximou da porta.

– O que está fazendo? – perguntou Jake.

– Vou jogar esta garrafa bem na cara dele. Assim que eu fizer isso, você dá a volta nele e sai correndo. Se prepare.

Lembrando-se da câmera, ela manteve a garrafa ao lado do corpo.

– Mãe?

– O quê?

– Mira nas bolas dele. Leva a mão atrás e bate bem no saco dele – sugeriu Jake.

– Boa ideia – concordou ela. Preparou-se quando escutaram o ferrolho sendo aberto atrás da porta enorme, que começou a abrir. Kate balançava a garrafa para trás e para a frente. Quando a porta de correr abriu, ficou paralisada e quase perdeu o equilíbrio, deixou a garrafa cair no chão.

Era Peter Conway à porta.

Olhou-a de cima a baixo, sem pestanejar. Estava de calça azul, pulôver de lã vermelho e tênis. As roupas pareciam novas em folha. Um vinco muito benfeito estendia-se pelas duas pernas e um dos pés de tênis ainda estava com a etiqueta. Kate viu que o cabelo de Peter estava comprido e grisalho, e ele o usava preso atrás das orelhas. Sorriu, revelando uma fileira de dentes marrons.

– Oi, Kate – disse ele. – Quanto tempo...

Kate meneava a cabeça incrédula e deu um passo para trás. Por um momento, se perguntou se não era um sonho. Peter não podia estar ali na frente deles, fora da prisão.

– Como? Como? – questionou Kate.

Peter sorriu.

– Como? O que, Kate? Como ainda posso estar tão jovem? – Olhou para Joseph ao lado dele com um sorriso impetuoso, como se recebesse a visita de Tom Cruise.

– Como você pode estar aqui? Onde estamos? – questionou ela, puxando Jake para perto de si.

– O Joseph aqui engendrou o plano mais *genial* do mundo. Os melhores planos são sempre os mais simples. Usou um helicóptero, uma ambulância aérea – explicou ele.

– A polícia vai saber que ele roubou um helicóptero – argumentou Kate, olhando os dois.

– Não vai, não – discordou Joseph, ainda sorrindo e abismado com a presença da celebridade. – A CM, empresa da minha família, é proprietária do helicóptero e o aluga. Além disso, voamos fora do alcance do radar nos arredores de Londres e pousamos em uma fazenda. Vão achá-lo, mas vai levar um tempo.

– Esse é o meu filho? – perguntou Peter, de repente se interessando por Jake.

Kate era incapaz de falar à medida que ele se aproximava. Os olhos tinham a mesma cor castanha de que se lembrava. A voz era igual.

– Não tem nada que queira me falar depois de todos esses anos?

A presença de Peter parecia encher o cômodo minúsculo. Kate olhou para Joseph. Ele sorria e seus olhos brilhavam. Estava absorvendo cada palavra, cada movimento; estava amando aquilo. Peter se aproximou na direção de Jake. Joseph deu o bote em Kate, a agarrou pelo cabelo e a puxou para fora do depósito, segurando uma faca no pescoço dela.

– Não encoste nele! – berrou ela, estendendo o pescoço para manter os olhos em Jake. Peter foi até ele e estendeu a mão.

– Você é um rapaz bonito. Tem os olhos da sua mãe – comentou, apontando para a explosão alaranjada no olho de Jake. – Sou o seu pai. – Desnorteado, Jake hesitou, mas apertou a mão dele.

– Não! Jake! Não! – berrou ela. Entreolharam-se e Jake parecia fascinado. Aquilo era o que ela sempre temeu, que se encontrassem e tivessem essa conexão pai-filho. Lutava contra Joseph, mas ele a segurava forte, com uma das mãos no cabelo e a outra ao redor do peito.

– Deixe-me ver seus dentes – pediu Peter. Inclinou-se para a frente e pressionou a gengiva de Jake, que o encarava em choque com os dentes alinhados e brancos expostos. – Tem escovado duas vezes por dia? – Jake respondeu que sim com a cabeça. – Bom rapaz.

Peter soltou Jake, virou-se para Kate e saiu do depósito. Kate desejou que ele fechasse a porta, deixando Jake trancado lá dentro em segurança, mas Peter não fez isso.

– Kate, você provavelmente sabe que o Joseph aqui é fã do meu trabalho. Ele tem prestado homenagens a mim. É um aficionado por Peter Conway. E muito criativo, não acha? Embora tenha dado azar com a quarta vítima.

– Sinto muito por aquilo ter acontecido – disse Joseph, com a voz rouca à bochecha de Kate.

– Como estavam se comunicando? – perguntou Kate.

– Caramelos – respondeu Peter com um sorriso. – A minha querida mãe escondia os bilhetes nos caramelos que levava para mim nas visitas. Já eu colocava as respostas em cápsulas vazias de remédios que armazenava no fundo da boca entre os dentes e a gengiva. Quando me visitava, me deixavam dar um beijinho na bochecha dela. Ao fazer isso, eu cuspia a minha resposta na cápsula de remédio vazia dentro do ouvido dela. Diabolicamente simples.

– Como a Enid conseguia sair do hospital?

– Usava um aparelho auditivo falso. Ela o trocava de ouvido e enfiava a cápsula dentro dele. Viviam revistando a minha mãe, conferiam todos os orifícios dela com lanterna, mas nunca pensaram em revistar o aparelho auditivo.

Peter sorriu e aproximou-se de Kate. Passou a mão pelo corpo dela, apertando os seios e alisando entre as pernas.

– Está procurando arma em mim?

– Não, só quero tirar uma casquinha – respondeu, abrindo um sorrisão. Joseph riu com a boca perto da cabeça dela. Quis fechar os olhos e virar o rosto, mas estava tentando olhar para Jake no depósito aberto. Kate retraiu-se quando Peter suspendeu a blusa e encontrou a cicatriz na barriga.

– Cicatrizou muito bem – comentou ele, passando a ponta do dedo pela dura linha enrugada do tecido cicatrizado. Ele sorriu e abaixou o suéter. – Certo, Joseph, você sabe que preciso ir a alguns lugares, então é melhor começarmos, concorda?

– Sim – disse Joseph com a boca ainda perto da orelha de Kate.

Peter virou-se, foi até Jake, o agarrou pelo cabelo e o jogou para fora do depósito aos berros e esperneando. Joseph o seguiu com Kate.

– Não encoste nele – gritou Kate, entrando em pânico. – Você não merece encostar em um fio do cabelo dele!

Peter se aproximou de Kate.

– Não grite comigo – ordenou. Deu um tapa na cara dela. Jake gritou. Foi tão forte que ela quase desmaiou de dor. – Você está longe de ser a mãe do ano, droga.

Uma *van* grande encontrava-se estacionada a poucos metros do depósito. Peter e Joseph os empurraram até ela e Kate viu que estavam em um galpão grande. No centro, havia um quarto, porém não um quarto de verdade. Era construído como um *set* de filmagem. Três painéis formavam as paredes, todos com um suporte atrás para mantê-lo de pé.

– Reconhece, Kate? – perguntou Peter. Joseph a arrastou na direção dele e Peter puxou Jake pelo braço.

Abismada, Kate ficou em silêncio. Era uma réplica perfeita do quarto no apartamento em Deptford em que morou anos atrás. Tinha o mesmo papel de parede e uma janela falsa exibia a mesma paisagem da rua e da fileira de lojas.

– Eu o recriei a partir das fotos das cenas do crime, pesquisei tudo que consegui na internet – contou Joseph. – Também consegui acesso ao apartamento para tirar fotos pela janela. Essa é a vista de verdade.

Kate os olhava, petrificada pela loucura daquilo tudo. Até a colcha era idêntica à que tinha na época, com centáureas azuis e amarelas. O abajur de lava encontrava-se na mesinha de cabeceira, a cera laranja desabrochava no fundo e se desprendia em círculo para flutuar até o topo. A TV pequena sustentava o abajur – o abajur horroroso da Laura Ashley, que Glenda tinha lhe dado de presente de aniversário.

O sangue de Kate gelou quando se deu conta do que estava acontecendo.

– Você estava imitando os assassinatos de Peter – disse ela. – Eu me perguntava o que você ia fazer depois da quarta vítima... Eu era a quinta vítima, não era?

– Era – respondeu Joseph entredentes ao ouvido dela.

– Ela é muito esperta, não é, Joseph? – disse Peter. – É. Você *teria sido* a minha quinta vítima. Ou devo dizer, depois desta noite, que *será* a minha quinta vítima.

Havia uma certeza enorme na voz dele, algo quase religioso naquela declaração, que fez Kate gelar.

– Por que está fazendo isso, Joseph? – perguntou Kate.

– Durante anos, cresci vivendo à sombra de um advogado supostamente brilhante. O meu irmão, Keir, é o primogênito, o herdeiro, e eu sou o sobressalente. A vida inteira me disseram que eu não seria memorável, que nunca faria nada maravilhoso como o meu pai, só que não. Hoje, estou mostrando a eles do que sou capaz. Meu pai achou que tinha sentenciado o Peter à prisão perpétua, e agora o filho, que para ele nunca daria em nada, o libertou!

Kate sentiu como Joseph tremia, como seu corpo vibrava, e ele a apertou com mais força.

– E o que você ganha com isso, Peter? – disse ela. – Sabe que vão pegar você de novo.

Peter abriu um sorriso e deu de ombros.

– A minha vida na prisão é toda preta e branca. Sim e não. O interior e o exterior. Certo e errado. É controlada. Não existe uma área cinzenta. De um jeito ou de outro, é arriscado, mas consigo sair e experimentar a vida nas áreas cinzentas. O Joseph aqui está providenciando uma vida nova para mim e para a minha mãe no continente. Em troca, o ajudarei a completar a obra dele. Joseph prestou homenagem às minhas quatro primeiras vítimas e, agora, você é a quinta. Pense nisso como uma participação especial. *Um reboot.*

– E o Jake? – disse Kate, pensando rápido e enxergando uma oportunidade. – Você não precisa dele. Jake nem era nascido quando tudo isso aconteceu. Não tem nada a ver com ele. Deixe o menino ir embora.

– Precisamos de uma testemunha para contar a todo mundo o que aconteceu. Para revelar a lenda. Você, Kate, estará morta; Joseph e eu desapareceremos. Não podemos deixar para a polícia desvendar tudo.

Peter riu, mostrando os dentes marrons. Repentinamente, Kate sentiu a realidade sair de fininho, era tudo tão surreal. Ouviu uma risada estranha irromper de sua garganta.

– Está achando graça de quê, droga? – disse Peter, o rosto ficando nebuloso. – Não era para você estar rindo!

Os dois homens entreolharam-se, com pânico no rosto.

– De vocês dois – respondeu Kate rindo.

– Você me acha engraçado, *vadia*? – berrou Joseph, a puxando e girando para que ficassem de frente um para o outro. – Você me acha engraçado? – Soltou-a e partiu na direção de Jake. Em um único movimento, arrancou um pedaço do alto da orelha do garoto com a faca. Foi bem pequeno, mas Jake gritou, levou a mão a ela e sangue começou a escorrer entre os dedos.

– Não! Por favor! – berrou Kate, correndo até Jake arrependida por sua idiotice ter gerado consequência nele. – Desculpe. Não te acho engraçado. – Segurou Jake e deu uma olhada no ferimento.

– *Não ria de mim!* – berrou Joseph. – Posso comprar qualquer coisa que eu quiser. Tenho dinheiro demais. E hoje em dia pessoas podem comprar qualquer coisa. Podem comprar passaporte, salvo-conduto. Dá para subornar, se defender e transformar fantasias e sonhos em realidade. Tenho dó de pessoas como você! Você não é nada! E *não ria de mim, inferno*!

– Ok, ok – disse Peter, suspendendo as mãos para Joseph. – Jesus. Precisamos acabar logo com isso.

Kate olhou para a réplica do quarto. O abajur brilhando e a cama benfeita. Em meio a toda loucura e medo, a cama estava tão convidativa e confortável. Pela primeira vez, ela desejou ter chegado em casa naquela noite, depois de trabalhar na cena do crime em Crystal Palace, e ter deixado a sacola no carro de Peter, que teria ido embora para casa. Teria afundado naquele colchão confortável e desfrutado do resto da vida sem percalços.

Kate saiu de seu devaneio e viu os dois a encarando.

– Onde estamos? – perguntou ela, tendo uma ideia. – Que lugar é este?

Peter começou a rir, Joseph juntou-se a ele.

– Onde estamos, eu acho, é a parte mais genial de tudo isso – disse Joseph, separando Jake da mãe com um puxão, e Peter agarrou-a pelo braço. Arrastou-a até a grande porta de correr e apertou um botão. Permaneceu segurando-a enquanto a porta abria lentamente. O vento soprou para dentro, fazendo o cabelo de Kate esvoaçar ao redor da cabeça. Ficou de queixo caído ao ver que o lugar dava vista para o Tâmisa e o horizonte de Londres cintilando na noite. As chaminés da Battersea Power Station despontavam na água.

– Nine Elms Lane – disse ela.

– Não apenas na Nine Elms Lane – corrigiu Peter no ouvido dela. – Esta é a localização do ferro-velho que existia na Nine Elms, hoje propriedade da CM Logística, que está revitalizando a área. O seu quartinho triste ali atrás está no exato lugar em que desovei o corpo de Shelley Norris em 1993...

Kate tentou libertar-se das garras dele e o xingou:

– Você é um louco maldito!

– Sou – concordou Peter, virando-a para que ficasse de frente para ele. – Sempre achei que isso é o que faz você se sentir atraída por mim.

O vento gelado berrava porta adentro e Kate viu que Joseph se aproximava dela.

– Cadê o Jake? – Ela ouviu um estalo e viu Joseph segurando um Taser. Olhou para baixo e viu dois fios enganchados na frente do suéter. Uma dor terrível chacoalhou seu corpo, enrijecendo-a, e a escuridão se apoderou dela novamente.

***

Quando retomou a consciência, Kate sentiu o forte cheiro de amônia e arregalou os olhos. Joseph deu um passo atrás com os sais aromáticos que tinha usado para reanimá-la. Estava deitada na cama, no antigo quarto, de roupão. Peter, ajoelhado por cima dela, prendia-lhe os braços ao lado do corpo, bem como tinha feito anos atrás. Segurava uma faca comprida e fina.

No lugar da quarta parede, Joseph havia se posicionado atrás de uma câmera de vídeo e filmava tudo. Ao lado dele, Jake estava preso em uma cadeira com os braços e as pernas atados com fita.

Apesar da idade e da falta de músculos, Peter ainda era forte e, ao debruçar-se sobre ela, seu peso a fez gritar. A situação de Kate piorava rapidamente; não tinha tempo para pensar. Peter havia dado uma facada nela e daria outra. No chão ao lado da câmera de vídeo, havia uma garrafa de água, um rolo de fita adesiva e um Taser.

– Está filmando? – perguntou Peter. Joseph levantou os polegares. Os olhos de Jake estavam arregalados e ele se contorcia na cadeira. Kate o olhou, desesperada para ver se ele conseguia alcançar o Taser, mas Jake estava muito longe e com os pés atados à cadeira.

– Alguma coisa está errada – disse Peter. Pôs a faca entre os dentes marrons e desamarrou o roupão de Kate. Quando abriu, ela ficou nua. Kate berrou e lágrimas de humilhação encheram-lhe os olhos.

– Não, não! – esganiçou ela. Peter passou a ponta da faca pelos mamilos e desceu até a cicatriz.

– A costura que fizeram em você foi muito benfeita, não foi? – comentou ele. De onde estava, Joseph observava, rindo. Peter virou-se para a câmera e percebeu que Jake tinha fechado os olhos. – Abra esses olhos, moleque! Abra esses olhos ou o Joseph vai arrancar suas pálpebras com uma faca!

As ordens fizeram Jake se contorcer e chorar, mas ele abriu os olhos. Peter levantou a lâmina e encostou a ponta no final da cicatriz de Kate.

– Você se lembra da dor? Ouvi dizer que o corpo esquece. – Preparou-se para enfiar faca.

– Peter! Espera! – esganiçou ela, tentado ganhar tempo.

– O quê?

– Você se esqueceu de fazer uma coisa. Já que o Joseph quer que isso seja autêntico.

– Não me esqueci de nada, não.

Ela teve uma ideia e esperava ter força para executá-la até o final.

– Não! Não está certo! Para! Está tudo errado – alegou ela.

– Espera aí, espera aí – disse Joseph, dando a volta na câmera e se aproximando deles. – O que foi?

Peter se acomodou, cravando os joelhos e as pernas nos pulsos e na barriga de Kate. A dor era quente e ferrenha, mas ela manteve o rosto neutro.

– É... ahn, bom, constrangedor.

– O quê? – perguntou Joseph.

– O Peter sabe – disse Kate.

– Sei? – indagou ele, transparecendo confusão nos olhos.

– Falei algo para você na noite em que me esfaqueou. Eu... implorei a você pela minha vida.

A dor da pressão dos joelhos de Peter nos pulsos dela estava insuportável.

– Ok, ok, vamos começar de novo – disse Joseph, indo para trás da câmera. – Vai!

Kate suspendeu um pouco a cabeça preparando-se para sussurrar, e Peter inclinou-se sobre ela, colocando ainda mais pressão nos pulsos. Ela sentiu que quebrariam. À medida que se aproximava, Kate viu a pele do pescoço, o quanto ela tinha mudado ao longo dos anos, de firme e jovem a enrugada como papel crepom. Os tendões estavam evidentes e ela percebeu a pulsação sob a pele da garganta.

– Você vai morrer – afirmou ele, aproximando-se, sorridente. Kate pôs a boca na orelha dele.

– Você vai apodrecer naquele hospital psiquiátrico, demônio filho da mãe – sussurrou Kate. Arreganhou a boca, afundou os dentes na garganta dele e mordeu com toda a força que tinha. Sentiu a pele dele rasgando e o sangue da jugular escorrendo. Peter soltou a faca, que retiniu no chão. Jake berrou quando ela fez mais força e começou a sacudir a cabeça para os lados, mordendo como um cão. Peter berrou e fez força para trás.

– Solta! Me ajuda! – gritou, esperneando até conseguir se soltar e pressionar a parte do pescoço por onde o sangue esguichava. O rosto e os olhos de Kate ficaram cobertos de sangue.

Joseph segurava a câmera em choque e foi instintivamente ajudar Peter. Kate saltou da cama, deslizou pelo chão e agarrou o Taser no chão. Deu um giro no corpo, mirou e disparou no pescoço de Joseph. Ele berrou, caiu para a frente e ficou se contorcendo agarrado aos fios.

Kate não esperou um segundo mais. Fechou o roupão, pegou a tesoura e começou a soltar Jake.

***

No banco de trás da viatura, Tristan segurava com tanta força a porta que os nós dos dedos estavam brancos. As sirenes piscavam e faziam barulho. O Rio Tâmisa ondeava à direita, a água escura refletia as luzes dos guindastes elevados. Outras quatro viaturas da Polícia Metropolitana tinham se juntado a eles além de uma ambulância, que os seguia logo atrás. Varia Campbell estava no banco do passageiro e John Mercy dirigia. Tristan nunca tinha ido a Londres e essa incursão insana ao depósito na Nine Elms Lane era uma apresentação esquisitíssima e aterrorizante.

– A entrada é na próxima à direita – orientou Varia, gritando para se fazer ouvir por causa das sirenes.

Duas coisas os haviam alertado sobre o local para onde achavam que Kate e Jake podiam ter sido levados. O caixa automático em frente à loja de surfe tinha capturado a imagem de um homem ruivo alto chegando em uma *van* branca com placas registradas como roubadas. Varia também tinha recebido uma mensagem de Alan Hexham sobre Keir Castle-Meads ter sido registrado com o nome errado.

A *van* branca havia sido capturada por uma câmera de segurança a caminho de Londres. O resto tinha sido Tristan. Ele achou o livro aberto que Kate tinha deixado cair no chão da sala contendo a foto da família Castle-Meads. Assim que identificaram Joseph Castle-Meads, a polícia recebeu a informação de que alguém havia ajudado Peter a fugir do Great Barwell e tudo se encaixou. Tristan tinha pedido à Varia que conferisse os locais em Londres de cada um dos crimes cometidos por Peter Conway. Então, descobriram que o lugar do primeiro assassinato era agora ocupado por um depósito de propriedade da CM Logística.

Saíram da Nine Elms Lane cantando pneu e entraram no estacionamento vazio de um galpão enorme.

Quando entraram no cais de carga, uma porta grande começou a deslizar, e uma mulher coberta de sangue saiu correndo, carregando um adolescente de braços e pernas atados.

– São Kate e Jake! – berrou Tristan quando a viatura parou flanqueada pelos outros dois carros e a ambulância. Tristan não esperou. Pulou do carro e correu na direção deles.

– Ai, meu Deus, onde está ferida? – gritou ele.

– Não sou eu. Estou bem – falou Kate, limpando o sangue do rosto. Estava chorando, Jake também, agarrado ao roupão da mãe. Os paramédicos de uma das ambulâncias dispararam na direção de Kate, Jake e Tristan.

– Peter Conway e Joseph Castle-Meads – informou Kate sem fôlego. – Estão lá dentro. Peter está ferido... Eu o mordi.

Tristan correu com os paramédicos e os policiais para dentro do galpão. Viu o cenário insano imitando o quarto com a câmera no tripé.

Ao lado da cama, Peter Conway estava caído no concreto com a mão no pescoço sangrando. Na mão livre, segurava uma faca. No chão ao lado dele, Joseph, quase inconsciente e embolado nos fios do Taser.

– Cheguem mais perto que eu o mato. Faço um rasgo nele! – gritou Peter, segurando a faca à garganta de Joseph.

– Jogue a faca para longe do corpo. Caso contrário, vamos atirar em você – alertou uma voz pelo megafone. Quatro policiais da equipe de resposta armada tinham entrado atrás de Tristan, usavam equipamento protetor, capacete e seguravam armas. Varia apareceu com o detetive-inspetor Mercy, e eles puxaram Tristan de volta para a porta.

– Vou matá-lo! Vou matá-lo, desgraçado! – berrou Peter. Ele pressionou a lâmina na garganta de Joseph. – E vou sangrar até a morte!

A fileira de policiais armados se aproximou e rodeou Peter e Joseph, com as armas apontadas para Peter. O sangue empapava a lateral direita do corpo de Peter, escorrendo pelos dedos da mão direita, ainda pressionada no pescoço. A faca começou a tremer na mão esquerda.

– Vou, vou morrer sangrando! – disse com a voz vacilante.

– Solte a faca, senão atiraremos em você – avisou a voz no megafone novamente.

Peter olhou para a equipe de resposta armada, os carros de polícia e as ambulâncias esperando do lado de fora do depósito.

– Que se dane, que se dane todo mundo! – xingou ele. Tirou a faca do rosto de Joseph e a jogou longe. Ela retiniu ao cair no chão de concreto.

Joseph começou a voltar a si e tentou levantar, mas escorregou na crescente poça de sangue, caiu de bunda e soltou um grito estrangulado.

Dois dos policiais armados afastaram-se do círculo e o agarraram.

– Preciso de ajuda! Estou sangrando! – gritou Peter, desabando para trás no chão. O terceiro policial armado revistou Peter depressa em busca de armas e pegou a faca.

Quando estavam satisfeitos, chamaram os paramédicos, que começaram a trabalhar em Peter, colocando um curativo de pressão em seu pescoço.

Varia e o detetive-inspetor Mercy aproximaram-se de Joseph, que já estava consciente.

– Joseph Castle-Meads, você está preso pelos assassinatos de Emma Newman, Kaisha Smith, Layla Gerrard, Abigail Clarke e do agente Rob Morton...

– Desligue a câmera! – berrou Joseph, com os olhos bravios, enquanto o inspetor Mercy algemava as mãos dele às costas.

– Também está preso pelo sequestro de Kate Marshall e Jake Marshall, e por auxiliar a fuga de um criminoso conhecido. Você não precisa dizer nada, mas a sua defesa pode ser prejudicada se não responder, quando interrogado, a algo que possa recorrer mais tarde no tribunal. Tudo o que disser pode ser usado como prova – finalizou Varia.

– Desligue a câmera – pediu Joseph, agora chorando. – Não era para isso ter acontecido!

Foi levado pelo inspetor Mercy e por dois guardas. Peter estava imóvel e em silêncio, olhando para o nada. Os paramédicos que cuidavam dele tinham colocado um curativo de pressão no pescoço, aplicado soro no braço ensanguentado e o deitado em uma maca.

Tristan foi até a câmera no tripé e Varia juntou-se a ele. Ficaram observando a réplica do quarto de Kate por um momento.

– Meu Senhor, nunca vi nada parecido – comentou Varia. – É exatamente igual ao quarto da Kate nas fotos da cena do crime de 1995. – Tristan, intrigado para ver o que estava na câmera, estendeu a mão. – Não, não encoste nisso – ordenou Varia. – A perícia vem aqui.

– Desculpe, vacilo de principiante – disse ele, recolhendo o braço.

Varia sorriu.

– Parabéns. Não os teríamos achado sem a sua ajuda.

Tristan sentiu o peito encher-se de orgulho e alívio. Saiu apressado do galpão para ir ao estacionamento.

***

Kate e Jake estavam no estacionamento em frente ao galpão enrolados em um cobertor grande. Os paramédicos tinham examinado os dois, que estavam em choque, mas ficariam bem. Kate sentiu Jake tremendo e ajeitou o cobertor sobre eles.

Observaram Joseph Castle-Meads passar ao lado deles algemado e ser colocado na parte de trás de um carro da polícia. Não parava de xingar a polícia aos berros e não viu Kate e Jake. Momentos depois, dois paramédicos correram para fora do depósito empurrando a maca com Peter Conway, que estava deitado sobre a lateral esquerda do corpo. O enorme curativo de pressão no pescoço ensanguentado também cobria o lado direito do rosto. Quando a maca estava passando, Peter gritou:

– Espera! Para!

A maca parou ao lado de Kate e Jake. Peter os fitou com um olho e o rosto ensanguentado. Estendeu a mão livre, o braço ensanguentado com o soro.

– Jake, você devia ir me visitar. Sou seu pai... temos o mesmo sangue – disse ele. A voz estava fraca, mas o olho aberto cintilou diabolicamente. Kate ficou paralisada observando Jake, que encarava Peter, como se o visse pela primeira vez.

– Pai? – questionou Jake.

– Isso. Sou seu pai – sorriu Peter. Trocaram um olhar, um olhar de reconhecimento de que eram pai e filho.

– Temos que te levar para o hospital – falou um dos paramédicos.

– Te amo, filho – afirmou Peter, antes de ser levado às pressas para a ambulância que o aguardava. Somente quando as portas do veículo fecharam e ele começou a ir embora, Kate voltou a respirar.

Olhou para Jake.

– Sinto muito. Você está bem?

– Estou, sim – respondeu ele, levantando o rosto e olhando para a mãe. – Não quero vê-lo de novo.

Kate beijou o topo da cabeça dele e o abraçou com força. Não estava convencida do que Jake havia dito. Por mais breve e provisória que tivesse sido, o filho tinha feito uma conexão com Peter e, em alguns anos, ela seria impotente caso Jake quisesse ver o pai.

***

A 120 quilômetros dali, Enid Conway aguardava sentada em um banco de madeira de um pequeno píer à sombra no Portsmouth Harbour. Tinha sido difícil de achar, pois o acesso era por uma estrada estreita de terra e o lugar ficava ao lado de uma margem lamacenta coberta de junco.

Aos pés dela estava a malinha de mão. Precisava ficar sentada com o corpo bem ereto no banco, senão a doleira contendo os passaportes e os 250 mil euros cravava dolorosamente na pele dela. Usava sandália de camurça de salto. Não era a mais prática, mas não caberia na mala. Ao lado dela no banco, um chapeuzinho. Estaria quente na Espanha, mesmo em outubro, e o chapéu era de palha, escolhido para combinar com o cabelo que, em breve, seria louro.

Sentiu um arrepio. Também estava vestida para um clima mais quente e o frio serpenteava por suas costas, atravessando o cardigã fino. Disseram para esperar um barquinho de pesca às duas e meia da madrugada, tripulado por um sujeito imponente de barba grisalha chamado Carlos, mas, olhando para a água tranquila do porto, não via nada além de um grande petroleiro arrotando fumaça.

Levantou e começou a andar, xingando a doleira que beliscava a pele. Estavam uma hora atrasados, pensou ela, conferindo o relógio. Disseram que poderia haver algum atraso, mas aquilo estava começando a fazê-la suar, apesar do frio.

Foi então que viu uma luzinha aparecer ao lado do portão e seguir na direção dela, atravessando a água. Movimentava-se depressa demais para um barco de pesca, mas se sentiu aliviada e empolgada ao mesmo tempo. Peter não estaria no barco, se reuniriam em uma embarcação maior alguns quilômetros mar adentro. Enid pegou a mala, o chapéu e conferiu se a doleira estava segura. Caminhou pelo píer com a sandália de camurça de salto, escolhendo cuidadosamente o caminho pela madeira apodrecida, e chegou até a ponta dele.

Só quando o barco estava bem perto que ela viu e ouviu que era uma lancha e que estava escrito **POLÍCIA** na lateral.

Enid entrou em pânico. Agarrou a alça da mala e saiu correndo de volta pelo píer até a margem, onde achou que conseguiria despistá-los nos acres de juncos altos, mas a ponta de um pé da sandália agarrou na madeira desnivelada. Enid cambaleou na beirada do píer, girando os braços ao lado do corpo, e então perdeu o equilíbrio e despencou na água, que espirrou em todas as direções.

– Seus filhos da mãe! – gritou ela, pensando no dinheiro e nos passaportes agora ensopados. Tentou escapar nadando e engolindo aquela água de gosto lamacento. Apontaram-lhe uma luz forte, uma vara comprida sapecou a superfície da água e ela foi envolvida por um grande arco plástico.

Pescaram-na da água pela ponta da comprida vara e largaram-na dentro do barco, onde foi recebida por dois policiais.

– Enid Conway, está presa por associação para cometimento de fraude e assassinato... – falou um dos policiais. Quando o outro tentou tirar o arco plástico pelos ombros dela, Enid deu-lhe um tapa no rosto.

– E por resistir à prisão e agredir um policial.

Enid inclinou o corpo para trás, encharcada, enquanto liam os direitos dela e a algemavam. Mesmo ciente de que estava tudo acabado, recusava-se a deixá-los vê-la chorar.

CAPÍTULO 67

Duas semanas depois...

O cemitério em Chew Magna estava lindo na fresca manhã de novembro. Kate, Tristan e Jake chegaram assim que a cerimônia começou e sentaram-se em um banco no fundo da igreja. Ela estava completamente cheia e alguns jornalistas e fotógrafos espreitavam perto da saída, de pé atrás dos bancos.

Dava para Kate ver Sheila e Malcolm na fila da frente, ladeados pelos vizinhos e amigos. Apesar do horror, Sheila tinha uma aparência melhor do que no último encontro, quando ligada ao aparelho de diálise. A pele branca e pálida carregava um leve rubor rosa e ela segurava a mão de Malcolm nas suas. O caixão de Caitlyn encontrava-se no altar, em um pedestal rodeado por uma profusão de flores: rosas, lírios e cravos.

– Estou vendo o nosso buquê de flores – sussurrou Jake no ouvido de Kate, antes de apontar para os lírios que haviam mandado para a família.

Os restos mortais de Caitlyn tinham sido identificados pela arcada dentária e pelo DNA colhido tanto de Sheila quanto de Malcolm. Kate não tinha dado a notícia a Sheila e Malcolm, mas imaginou como deviam ter se sentido ao saber que a filha tinha finalmente sido encontrada vinte anos depois. Após todo esse tempo, enfim seriam capazes de fazer o luto.

A cerimônia foi comovente para Kate. A última música que tocaram foi "Ave Maria". Kate não era religiosa, mas sentada ali ouvindo a bela e emotiva letra da canção, entendeu o quanto era importante para Malcolm e Sheila abençoarem os restos mortais de Caitlyn e enterrá-la sob o olhar atento de um poder superior.

Durante a execução da última estrofe, o caixão de Caitlyn foi lentamente carregado pelo corredor e levado ao cemitério. Kate enxugou uma lágrima e viu Tristan fazer o mesmo.

Sheila e Malcolm tinham pedido para passar o momento final com Caitlyn a sós quando o caixão fosse sepultado e, enquanto a congregação retirava-se lentamente, Kate escutou várias pessoas dizerem que a vigília seria no *pub* da região.

Optaram por aguardar Sheila e Malcolm em frente ao cemitério.

– O que acontece com ele, o Peter, agora? – perguntou Jake, quebrando o silêncio.

– Ele está na enfermaria do Hospital Great Barwell, mas vai se recuperar – respondeu Kate. – E será avaliado para ver se irá a julgamento pelo assassinato da dra. Baxter.

– E, tomara, pelo de Caitlyn – disse Tristan.

Paul Adler foi preso pouco depois que os restos mortais de Caitlyn foram identificados. A polícia fez uma batida tanto na casa quanto na drogaria dele e encontraram mais provas de sua ligação com Peter Conway, além de fotos de outras jovens. A descoberta do corpo de Caitlyn e subsequente veiculação da notícia na TV levou outras mulheres a denunciarem histórias de abuso. Era um desdobramento positivo, mas apenas o começo.

– O Joseph vai ser colocado no mesmo hospital psiquiátrico que o Peter? – perguntou Jake.

Ele estava prestes a falar "pai" e se conteve? Não, quando tinham que falar dele, usavam "Peter".

– Não, originalmente havia planos para isso, mas a polícia achou melhor separá-los – disse Kate. Perguntou-se se Joseph Castle-Meads algum dia seria declarado saudável o suficiente para ser levado a julgamento. A família tinha entrado com os melhores advogados e usado suas conexões. A imprensa não conseguiria difamar tão facilmente a imagem de um figurão como Tarquin Castle-Meads e seu filho.

Enquanto aguardavam no portão do cemitério, um homem e uma mulher se aproximaram deles. Estavam bem-vestidos e tinham por volta dos 50 anos. A câmera pendurada no pescoço do homem fez Kate desconfiar de que eram da imprensa local.

– Kate Marshall, podemos conversar um momento? – perguntou a mulher, com um pequenino gravador na mão suspensa.

– Sinto muito, mas não – respondeu Kate.

– Estou atrás de um depoimento, só isso – disse ela. – Você deve ter visto que o advogado Tarquin Castle-Meads e a esposa estão voltando ao Reino Unido para tratar da notícia de que o filho é o *serial killer* responsável pela morte de quatro jovens e que concebeu a trama bizarra para recriar os assassinatos do Canibal de Nine Elms. Vários veículos jornalísticos recordaram que Tarquin Castle-Meads criticou o seu relacionamento com Peter Conway durante o julgamento do Canibal de Nine Elms. Você enxerga como justiça ele agora ser forçado a encarar o próprio filho como um *serial killer*?

Com os olhos arregalados e ansiosa, ela enfiou o gravador debaixo do nariz de Kate, que se lembrou de todas as vezes em que as pessoas tinham falado mal dela, e até poderia dar àquela jornalista uma declaração suculenta e sair por cima, mas não quis fazer isso. Preferia seguir em frente.

– Sem comentários – respondeu Kate.

– E a Enid Conway? A polícia está tendo dificuldade de conseguir provas para acusá-la. Sabe como ela se comunicava com Peter no Great Barwell? E como se sente agora que a sua "sogra" provavelmente continuará sendo uma mulher livre?

Novamente, Kate resistiu à vontade de soltar a história de como Enid tinha sido pescada do Portsmouth Harbour igual a uma ratazana se afogando. A história tinha lhe dado muita satisfação e tinha sido motivo de uma bela gargalhada, mas preferiu, uma vez mais, seguir o caminho correto.

– Desculpe. Sem comentários.

– Por fim, como se sente agora que Peter Conway, o Canibal de Nine Elms, viveu para lutar mais um dia? Em breve, ele voltará para os cuidados do Great Barwell.

Kate tinha tantos sentimentos: culpa, pavor e medo. Jamais desejaria a morte de alguém, mas seria um grande alívio se Peter Conway tivesse morrido.

– Sem comentários – respondeu Kate. Não tinha visto Sheila e Malcolm aproximarem-se do grupo, ainda chorosos após se despedirem de Caitlyn.

– Sai, xô! – falou Malcolm para os jornalistas que relutaram, mas foram embora e os deixaram em paz.

– Sei que já falamos muitas vezes, mas obrigada, Kate e Tristan – disse Sheila, abraçando os dois. – Só de saber que ela está descansando e que posso sentar ao lado do túmulo e conversar com ela... – Começou a lacrimejar.

– Se um dia pudermos fazer alguma coisa por vocês – disse Malcolm. – A repórter do jornaleco daqui estava amolando vocês?

– Não. Já passei por coisa pior – disse Kate.

– Você deve estar orgulhosa com a matéria no *Guardian*. Foi difícil para a gente ler, mas ela retrata você como o que é: uma grande detetive particular, e você também, rapaz – acrescentou, dirigindo-se a Tristan.

Sheila abriu a bolsa.

– Queríamos dar isto a vocês dois – disse ela, entregando um envelope à Kate, que o abriu. Era um cheque de 5 mil libras.

– Não podemos aceitar – disse ela, tentando devolver.

– É do fundo de vítimas de crime, do governo... pela morte da Caitlyn – informou Sheila. – Gostaríamos que você e o Tristan ficassem com ele, pelas despesas e também na esperança de que continuem o que estão fazendo. Vocês eram a nossa última esperança e o seu trabalho de detetive achou a nossa menininha.

– Por favor, aceitem e façam bom uso dele – disse Malcolm. Eles se abraçaram novamente e foram embora. Kate, Tristan e Jake ficaram parados ali um momento.

O sol saiu e eles percorreram o caminho de volta até o carro. Jake pegou a mão de Kate.

– Vou de mão dada com você. Ninguém me conhece aqui – disse ele.

– Se é o que tem, vou aceitar. Não demora você será um homem e não vai querer me dar a mão – sorriu Kate.

– Quem quer peixe com batata frita? – perguntou Tristan.

– Eu, eu, eu! – gritou Jake. – Adoro aquele restaurante em Ashdean.

– Estamos a quilômetros de Ashdean – disse Kate.

– Vamos achar um aqui perto – sugeriu ele. – Mas a gente pode ir ao de Ashdean quando eu voltar, daqui a duas semanas?

– É claro – falou Kate enquanto entravam no carro. Jake tinha perguntado se podia ficar com a mãe mais frequentemente e Glenda havia concordado.

– Beleza, vamos encontrar o peixe com batata frita mais próximo. E temos que comemorar outra coisa: agora somos detetives particulares profissionais! – disse Tristan.

Kate concordou com a cabeça e sorriu. Preocupava-lhe o futuro e a maneira com que Jake lidaria, nos anos por vir, com o trauma pelo que tinha passado. Por enquanto, era apenas um garoto que queria ir comer peixe com batata frita.

Prometeu a si mesma que se apegaria a essa felicidade e lembraria que a luz sempre triunfa sobre a escuridão.

LEIA TAMBÉM, DO MESMO AUTOR:

A GAROTA NO GELO
Robert Bryndza
TRADUÇÃO Marcelo Hauck

UMA SOMBRA NA ESCURIDÃO
Robert Bryndza
TRADUÇÃO Marcelo Hauck

SOB ÁGUAS ESCURAS
Robert Bryndza
TRADUÇÃO Marcelo Hauck

O ÚLTIMO SUSPIRO
Robert Bryndza
TRADUÇÃO Marcelo Hauck

SANGUE FRIO
Robert Bryndza
TRADUÇÃO Marcelo Hauck

SEGREDOS MORTAIS
Robert Bryndza
TRADUÇÃO Marcelo Hauck

Este livro foi composto com tipografia Electra Std e impresso
em papel Off-White 70 g/m² na Formato Artes Gráficas.